カフカ後期作品論集

上江憲治　野口広明　編

Interpretationen zu Werken der späten Schaffensperiode Franz Kafkas

Herausgegeben von
Kenji Kamie und Hiroaki Noguchi

執筆者

有村　隆広
上江　憲治
佐々木 博康
下薗　りさ
立花　健吾
西嶋　義憲
野口　広明
林嵜　伸二
古川　昌文
村上　浩明
山尾　　涼

同 学 社

まえがき

本書はフランツ・カフカ（一八八三－一九二四）の作品を論じた『カフカ初期作品論集』（二〇〇八年）、『カフカ中期作品論集』（二〇一一年）に続くカフカ作品論集であり、カフカが「後期」に執筆した作品群を対象としている。『カフカ初期作品論集』と『カフカ中期作品論集』は、基本的に生前に発表された作品を中心に論じ、必要に応じて生前未発表の作品も取り扱うという方針で編集された。本書もそれにならうが、「後期」に出版された作品集は『断食芸人』のみであり、それだけでは「後期カフカ」の全体像を十分に浮かび上がらせることが難しい。そこで、遺稿からも多くの作品をとりあげた。また、前二書にならって、本書でも長編は扱わない。

初期・中期・後期という区分については、すでに前二書の「まえがき」で詳述されているが、手短に繰り返しておく。カフカの創作意欲が高まった時期が、三つの未完の長編『失踪者（アメリカ）』、『訴訟（審判）』、『城』の執筆時期とほぼ重なっていることを踏まえて、カフカの創作期を便宜的に三期に区分している。本書でもこれに従っている。このうち「後期」とされる期間について少々補足する。三番目の長編『城』の執筆が開始されたのは一九二二年の一月であるが、一九二〇年にカフカは結核発病後の長い中断を経て夜の執筆活動を再開した。そこで本書では、一九二〇年からカフカが死去する一九二四年までを「後期」と位置づけている。

本書は二部構成となっている。第一部では短編集『断食芸人——四つの物語——』(一九二四年刊、ディ・シュミーデ社、原題 *Ein Hungerkünstler. Vier Geschichten*)に収められた四編が論じられる。サーカスの空中ブランコ乗りの苦悩を描いた『最初の悩み』、語り手に対していつも不満と怒りを抱いていると思われる女性が描写される『小さな女』、断食芸を行う芸人の後半生が語られる『断食芸人』、そしてねずみの歌手とねずみ族の聴衆との関係が扱われる『歌姫ヨゼフィーネあるいはねずみ族』の四編である(執筆時期 一九二二年二月〜一九二四年四月初旬)。

カフカはこの短編集『断食芸人』の校正刷りを病床で何度も読み返していたが、残念ながらその初版を存命中に目にすることはなかった。この短編集はカフカの死後およそ二ヶ月後に刊行された。

第二部では、『批判版カフカ全集』の『遺稿と断章Ⅱ』に収められた作品が論じられる。これらの作品は、およそ二つの時期に集中して執筆されている。一九二〇年の秋から冬にかけて執筆されたのが、『都市の紋章』、『却下』、『ハゲタカ』などの小品群である。そして、一九二一年末から二四年にかけては、『寓意について』などの小品に加えて、『ある犬の探究』、『巣穴』など比較的まとまった分量の作品も執筆されている。

遺稿中の作品については、カフカ自身がタイトルを付しているものはほとんどない。しかし、読者と論者双方の便宜上、本書ではこれまでのカフカ研究でなじみの深い、マックス・ブロート版全集の作品タイトルを使用した。


ここで、後期の作品が成立した時期のカフカの生活と執筆活動を概観しておきたい。

この時期のカフカを特徴づけるキーワードは「結核」と「女性」である。当時はまだ、結核菌に対して有効な抗生物質などはなく、保養地で療養して自然治癒を待つのが一般的な治療方法であった。カフカもまた療養を繰り返す日々を送る。一方、女性との関わりでは、ミレナ・イェセンスカーとドーラ・ディアマントとの出会いがある。以上の二つのキーワードを軸に見ていこう。

一九一七年八月の喀血後、労働者災害保険局での勤務と保養所での療養とを繰り返す生活の中で、カフカの結核は確実に進行していた。一九二〇年二月、カフカは労働者災害保険局の嘱託医から長期療養を勧められ、二ヶ月程の療養休暇を得た。ちょうどその頃、プラハのカフェで、ミレナ・イェセンスカーというチェコ人ジャーナリストの女性に会い、『火夫』をチェコ語に翻訳する許可を求められた。四月には、療養のために南チロルのメラーンへ行き、そこからミレナに手紙を書く。カフカとミレナは頻繁に手紙を交換し、二人の関係は急速に恋愛関係へと発展した。メラーンでの滞在は、年休による延長も含めて三ヶ月に及んだ。療養休暇からの帰途、ミレナの強い願いに圧されて、カフカは彼女と会うことになる。一九二〇年六月末から七月初めにかけての四日間、二人はウィーンで逢い、親密な時間を過ごした。

プラハに戻ってからも、カフカはミレナと手紙で連絡を取り続けた。そして八月一五日に、二人はグミュント（プラハとウィーンの間にある国境の町）で再び会った。しかし、この二度目の逢瀬はカフカにとって辛いものとなった。ミレナに自分と一緒に暮らす気がないことを悟り、カフカは落胆する。

ミレナとの一連の出来事がきっかけとなったのか、カフカは夜の執筆活動を再開し、八月の終わりから一二月の初めにかけて『都市の紋章』などいくつかの小品を書く。しかし、昼の勤務と夜の執筆活動という二重生活は病身のカフカには大きな負担となった。一二月から執筆活動を中断し、三ヶ月間、ポーランドとスロバキアの国境にある、ホーエ・タトラのサナトリウムで療養せざるを得なくなる。翌年三月にはさらに療養を二ヶ月延長し、五月にさらに三ヶ月延長するという状態で、ほとんど作品を書けず、病気との戦いが続く。二一年八月にようやく職場に復帰するが、またもや病状が悪化し、翌二二年の一月末に、ポーランドとチェコの国境にあるシュピンデルミューレの療養所に四週間滞在することになる。療養所で『城』の執筆に取りかかったが、それを中断して二月から四月に『最初の悩み』を書き上げた。その後プラハに戻って数ヶ月の間に『断食芸人』を執筆した。その間にも、

『城』の執筆と中断とを繰り返していたが、八月にはついに断念する。その後、九月中旬から一〇月の終わりにかけて『ある犬の探究』を執筆した。さらに、二二年の冬から翌年の春にかけて『夫婦』、『寓意について』が成立している。

一九二三年七月、カフカは妹エリに誘われてバルト海の保養地に出かけ、そこでドーラ・ディアマントという、ポーランド生まれのユダヤ人女性と出会う。カフカは、この正統派ユダヤ教徒の娘に強く心を惹かれた。カフカがプラハに戻ってからも、二人は手紙を通じてさらに親交を深めた。九月末に、カフカはドーラと暮らすためにベルリンへと赴く。カフカがドーラと暮らし始めた時期のベルリンは、ドイツの第一次世界大戦敗北によって未曾有のインフレに見舞われていた。その大混乱のベルリンでドーラとの暮らしを享受しながら、カフカは『小さな女』と『巣穴』を執筆した。

インフレによる食料難のために、ベルリンでは十分な栄養が摂れなかった。また、その冬の厳しい寒さも影響して、一九二四年に入るとカフカの病状は急速に悪化した。結局、ベルリンでの暮らしは半年しか続かず、三月にはドーラとブロートに付き添われてプラハの両親の家へと帰った。カフカの体を蝕む結核菌は咽頭をも冒しており、喉は笛のように鳴った。このような病状の中でカフカは最後の作品となる『歌姫ヨゼフィーネあるいはねずみ族』を執筆した。四月初め、ウィーンの森のサナトリウムに入り、さらにウィーン大学附属病院に入院し、咽頭結核と診断された。その後、ウィーン郊外クロスターノイブルクのキーアリングにある小さなサナトリウムへと移り、そこで、四〇歳と一一ヶ月の生涯を閉じた。一九二四年六月三日のことであった。この間、ドーラは常にカフカに付き添い、手紙の代筆や筆談の手助けをして彼を支えた。カフカはこのサナトリウムで死の前日まで、もはやペンを持つ力もない中で短編集『断食芸人』の校正刷りに目を通していた。

「後期」のカフカは、それまで強く望みながらも手に入れることができなかった生活を体験した。ミレナという恋人と出会い、喜びと失望とを体験した。プラハを出て、ドーラという伴侶と共にベルリンで暮らした。また、仕事を辞めて執筆に専念する日々を過ごすことができた。その一方で、幸福を脅かす病との闘いが、絶え間なく続いた。このような生活の中で書き綴られたのが後期の作品群であり、その多くはカフカが作家としての人生を総括して書き記したものである。本書ではカフカが書き残したこれらの作品を一一人の執筆者が様々な方法で考察する。

カフカの作品に出会い、それぞれの興味や関心に従って作品を読み進める読者にとって、本書が多少なりともカフカ理解への手がかりとなれば幸いである。

二〇一五年一〇月

編者

目　次

遺稿より

短編集『断食芸人——四つの物語——』

一　『最初の悩み』
――芸術と芸術家――

有村　隆広

はじめに

カフカ後期の作品群は、第一期と第二期に分かれる。後期第一期の作品群は、一九二〇年の秋から冬にかけて書かれたが、そのほとんどは清書されず遺稿として残されていた。(1)翌年の一九二一年は、一九一七年に発病した咽頭結核がさらに悪化したため、カフカはほとんど創作に従事することは出来なかった。しかし、一年余を経て一九二二年の一月末『城』を書き始めたが中断し、二月から四月にかけて『最初の悩み』を書いた。この作品が、まさに後期、第二期の最初の作品である。

『最初の悩み』は、一九二四年八月、他の三つの物語、『断食芸人』(一九二二年五月)、『小さな女』(一九二三年一〇月から一九二四年一月)、『歌姫ヨゼフィーネあるいはねずみ族』(一九二四年三月半ばから四月初め）とともに、著作集『断食芸人――四つの物語――』に組み込まれ、一九二四年八月、ベルリンのシュミーデ社から二〇世紀文学シリーズとして出版された。(2)
『最初の悩み』は、他の二つの物語『断食芸人』と『歌姫ヨゼフィーネあるいはねずみ族』とともに、芸術（文学）と芸術家（文学する人）の在り方を描いている。すなわち、作者カフカ自身が自らの文学をどのように考えているかを描いている。

カフカの『最初の悩み』は、一九二二年の二月から四月の間に書かれているが、一九二〇年一一月一五日の日記のなかで、若い頃を回想して次のように述べている。

次に述べることが重要なのだ。もうずいぶん前のことだった。哀しみに打ちひしがれて、私はラウレンチの丘の中腹に腰を下ろしていることがあった。そして人生にいだいている願いを考えてみた。そのうちで最も重要な、あるいは最も魅力的な願いとして明らかになったものは、人生を展望すること（もちろんそれに必然的に結びついていることであるが、他人を納得させるようにその展望について書くこと）であった。人生がそれ本来の厳しい浮き沈みを続け、同時に人生がそれと同じようにはっきり、虚無として、夢として、浮動として、認識されるよう展望したかったのである。(3)

この日記には文学に対する若き日のカフカの考えが、遺憾なく表れている。彼はこのような想いで、文学の道を歩いてきた。そして人生の終わりが近づくのを感じて、文学と作家の関係を、作品集『断食芸人――四つの物語――』の第一作である『最初の悩み』を手始めとして、考え直したといえる。

一　『最初の悩み』のストーリーの特徴

『最初の悩み』を書いた頃、カフカは最後の長編『城』の執筆にも着手していたが、一時それを中断して、『最初の悩み』を書き上げている。『最初の悩み』は、他の三つの物語、『小さな女』、『断食芸人』、『歌姫ヨゼフィーネあるいはねずみ族』と同じく一種の寓話（パラーベル）の手法で描かれている。『最初の悩み』は四頁たらずの小品であるが、カフカは生涯の終わりに接して、彼にとって、文学することは最終的に何を意味するかその一端をこの短編で描いている。主人公は空中曲芸師であるが、そのストーリーの展開は三つの段落に区分することが出来る。

第一の段落。空中曲芸師の幸せな生活。主人公の空中曲芸師は、『ある犬の探究』の空中犬が空中を漂っているように、ブランコの上で暮らしている。その理由としては、最初は曲芸を完璧にしたいという野心から、そして後には抗いがたい習慣から、というのがその理由である。空中曲芸師は、並外れた芸を有しており、その芸は人間に可能なあらゆる曲芸のなかで最も困難なものである。

曲芸師が常に滞在しているその高い場所は健康にもよく、暖かい季節には円天井の窓から新鮮な空気が流れ込み、陽光が薄暗い内部へ差し込んでくる。人との会話は限られているが、仲間の曲芸師と話したり、非常用の照明の検査に来た消防夫が敬意をいだいて彼に話しかけたりすることもある。

第二の段落。曲芸につきまとう空中曲芸師の苦悩。興行のために他の場所へ移動するとき、曲芸師の世話をする興行師は、最大限の配慮を行う。都市で興行するときには、夜または早朝、舗装道路をレース用自動車で疾駆して目的地に到着し、鉄道で行くときには車室を借り切り、曲芸師は網棚の上で旅の間を過ごす。客演する演芸場では、曲芸師が到着する以前に、ブランコがしかるべき所につるされ、すべての準備が整っている。その世話をする興行師は、準備をととのえた曲芸師がブランコの上に載っているのを見るとき、彼の生涯で最も美しい瞬間を味わう。しかし、同時に、興行師は、旅に伴う煩雑さが空中曲芸師に破壊的な作用を及ぼすかもしれないことを心配する。このように、第二段落では、曲芸にともなう煩雑さが描かれている。つまり、芸のためには、日常生活に関することは犠牲にしなければならないことが描かれている。

第三の段落。芸をさらに続けるための曲芸師の要求。そのような興行の旅を続けているとき、空中曲芸師は突然、次のような要求を興行師に突き付ける。これまではブランコは一つだったが、向かい合ったもう一つのブランコが必要であると述べ、これからは一つのブランコでは芸を見せないと、断言する。そして、泣きながら、「両手にこのような止まり木が一本だけなんて、それでどうして私が生きていけるであろう」（320）と訴える。曲芸師は、これまでのようなブランコ一つでの曲芸の仕方では、これ以上芸を続けることは出来ないと、そしてさらなる高度の曲芸を行うには、ブランコ一つだけでは、不可能であることを示唆しているといえる。興行師は、ブランコをもう一つ欲しいという曲芸師の嘆願に同意する。そして、興行師は早速次の駅で第二のブランコを用意するように連絡する。そして、ブランコ一つだけではもはや芸ができないことを気づかせてくれたことを曲芸師に感謝し、賞賛の言葉を浴びせる。しかし、興行師は、ブランコを二つにしたいという空中曲芸師の考えが、エスカレートし、やがては彼の生命を脅かすことになるのではないかと心配した。そして、幼さの残る曲芸師の額に最初の皺が刻まれていくのが見えるような気がした。以上が『最初の悩み』のストーリーである。

二　『最初の悩み』を執筆するまでのカフカの心の葛藤と生活

ストーリーで示されるようなことは現実の世界では生じない。人間としての空中曲芸師や、その世話をする興行師が実在することはありえず、また、そのような曲芸団が存在することもありえない。

これは、カフカの他の作品の場合と同じく明らかに写実的作品ではなく、一種の寓話である。このような寓話によって描かれている作品を論議するためには、この作品を執筆する前の作者カフカの精神状況と生活を把握することが必要である。

（一）結核の発病と婚約解消。カフカは一九一七年、短編集『田舎医者』の諸短編を書いて以来、一九二〇年の前半までほとんど三年の間、創作不可能の状態であった。その最大の原因は一九一七年の八月に喀血し、九月、喉頭結核であるとの診断を受けたことによる。そして、そのことが原因で、婚約者フェリーツェ・バウアーとの婚約が解消された。カフカの親友マックス・ブロートの話によると、彼は婚約解消を泣きながらブロートに打ち明けたという。カフカは、また、ブロートとの交際まで絶ってしまおうとした[4]。

（二）カフカは、一九一七年九月、結核療養のため、北ボヘミアのツューラウにある、妹オットラが居住している小農場で静養した。一九一八年ツューラウからプラハに帰り、職場復帰したが、その後再び療養所で治療に努めた。同年九月から一一月にかけて重いスペイン風邪にかかる。一九一九年一月から三月まで療養のため、エルベ河畔のシュレーゼンで療養した。そこで、カフカは同じユダヤ人の女性、ユーリェ・ヴォホリゼクと知り合い、恋愛関係になり、結婚しようとした。しかし、父親ヘルマンの猛反対で、結婚することは出来なかった。同年四月、職場復帰した。同年一一月半ば、父親に宛てて『父への手紙』を書いた。[5]

（三）一九二〇年春、チェコ人女性ジャーナリスト、ミレナ・イェセンスカーと知り合う。彼女は、カフカの短編『火夫』をチェコ語に翻訳し、雑誌に掲載した。二人は恋愛関係になるが、しかしそれは同時に神経をすりへらす関係でもあった。結核の深刻化とミレナとの別れに伴う精神的重圧のなかでカフカは再び自己自身と対決しなければならなかった。

（四）諸短編（遺稿・断章）の執筆。一九二〇年の秋から冬にかけて、内部の闇を吐露するために、次の遺稿・断章等を精力的に書いた。『都市の紋章』、『ポセイドン』、『仲間どうし』、『夜』、『拒絶』、『掟の問題』、『徴兵』、『試験』、『ハゲタカ』、『舵手』、『こま』、『小さな寓話』等の小品である。これらの小品には題名がなく、そのほとんどは遺稿であったので、編集に際しては、マックス・ブロートが、彼独自の考えで題名を付け加えた。

（五）結核サナトリウムでの療養生活。これらの遺稿と断片等を書いたのち、カフカは、一九二〇年の一二月一六日、病気再発のために、北スロヴァキアのタトラ山中にあるマトリアリィの結核サナトリウムに入院した。彼はマトリアリィでは、長い冬眠、仮死状態へと引きこもっており、その状態から抜け出すことができなかった。カフカは、気管支炎、フルンケル症等に次々にかかった。しかし、一九二一年の八月になると彼の健康は山歩きが出来る程度にまで回復した。八月二六日、プラハに戻り、勤務についた。その後、またもや、肉体的には耐えきれない状態になったので、九月にはついに医師の勧めにより、療養に専念することになった。
（六）荒涼とした世界への突入。そのころカフカの心を痛めたのは、恋人ミレナのことであり、同時にそれは、苦渋に満ちた別れでもあった。彼の結核の病状は深刻になった。誰が見ても、労働者災害保険局の任務に耐えられなくなった。一九二一年の一〇月二九日、彼は再度の休暇を与えられた。この年の暮れから一九二二年の初めにかけて彼の心は荒涼とした世界へと踏み込んでいった。このようなカフカの心身の破局は、彼の一九二二年一月一六日の日記のなかで示されている。

> 先週はまるで一つの崩壊のようなものだった。こんな完璧なものは二年前のあの一夜ぐらいのものだ。これと似たほかの例を体験したことがない。すべてが終わったように思え、今もまだその状態が変わっていないように思える。（中略）最も目立つのは自己観察だが、これはいかなる観念をも落ち着かせず、どれもこれも狩り立ててであり、そのためにそれ自身が観念として、新たな自己観察によってさらに狩り立てられるという結果になるのだ。（……）この狩り立ては人間から外れる方向をとっている。大部分は前々から無理強いされていたとはいうものの、部分的には私が自分からもとめていた孤独――しかしこれとても無理強いでなくてなんだろう――が、今やまったく疑う余地のないものとなり、極限に達している。この孤独はどこへ通じているのか（……）そうしたら私はどこへ行くのだろう。狩り立てといったところでもちろん一個の比喩に

過ぎず地上的なものの最後の限界への突進と言ってもいいのだ。それも下からの、人間の側からの突進である。（……）このような文学のすべては、限界への突進である。[6]

カフカはまた、彼の現実の生活についての焦燥感、すなわち、家族関係、果たすことのできない結婚、持つことのできない子供等への不安と焦燥を、一月二一日の日記のなかで次のように書いている。

祖先、結婚、子孫を激しく求めながら、祖先も、結婚も、子孫もない。祖先、結婚、子孫、すべてが私に手を差し伸べているが、私には遠すぎる。[7]

カフカの心を苦しめたのは、さらにユダヤ人としての意識のことであり、フェリーツェ・バウアーとの婚約解消、ユーリエ・ヴォホリゼクとの結婚についての父親の猛反対、ミレナ・イェセンスカーとの別れ、それらと関係する父親との葛藤等であった。

（七）やさしきもの、すなおなものへの憧れ。しかし絶望に苛まれながらも、カフカは、同時に次のような日常の生活についてのほのかな憧れを夢想する。一九二二年一月一九日の日記がそのことを明らかにしている。

自分の子供の揺籃のそばに、母親と向かい合って座っているということの無限の、深く、温かく、救いをもたらす幸福。その幸福の中には、お前が望まない限りは、それはどうしようもないことだという感情もいくらかあるのだ。（……）シジフォス[8]は独身だった。[9]

以上、例示したように、絶望と焦燥の中でも、カフカは、日常の純粋な無垢な生活に対する憧れを有していたことが理解できる。虚無とは反対のかすかな憧れが、一九二二年初頭のカフカの心のなかにも存在していたといえる。また、「シジフォスは独身だった」という記述は、カフカが自らをシジフォスに例え、絶望のなかに落ち込んでもそこから這い上がろうとする絶え間ない努力を意味する。

一九二二年一月一六日の日記（注6を参照）が示すように、同年一月の初旬から中旬にかけて、すなわち、『最初の悩み』を執筆する前のカフカは、これまで経験したことのないほどの極限状況に陥っている。人間としての孤独と挫折、そして、「このような文学のすべては、限界への突進である」という悲痛な表現が示すように、文学すること（書くこと）への絶望感に苛まれている。しかし、同時に、カフカは、限定された表現ではあるが、自然と人間の営みに対するほのかな憧れにも触れている。このようにカフカは、人間存在についての両局面、否定と肯定のアンビバレンスを有していた。『最初の悩み』は、このようなカフカの現実生活の苦悩を前提のもとに、論じることが出来る。そして、空中曲芸師と彼の興行師は、如何なるタイプの人間であるかということが、このような経緯を経て初めて明らかになってくる。

三　空中曲芸師について

（一）カフカの創作活動の反映

『最初の悩み』の内容は、ベノ・フォン・ヴィーゼが指摘しているように作家としての在り方について論じたカフカの最初の省察であると言えよう。(10) つまり作家として、これまで創作活動を続けてきた実在のカフカが自分自身の生涯を振り返って、文学すること（書くこと）は何を意味してきたか、そしてその後どのような展開がなされうるかを、正面から意識して書いた最初の物語である。部分的には、文学（書くこと）というテーマは、既に初期・中期の作品でも取り扱われているが、『最初の悩み』の表題の「最初の」の意味は、本作品が作家カフカとして、「書くこと」それ自体をテーマにした「最初の」作品であることを示唆している。カフカは、『遺稿と断章Ⅱ』のなかで、次のように述べている。

私はもう書くことが思うようにいかなくなった。そこで、自伝ではなく、自伝的な調査を計画してみた。できるだけ小さな事の調査とその発見である。私はそれをもとにして自分を立て直してみたいのだ。家がぐらつき出したので、その隣へ、出来るだけ元の家の材料を使って新築するようなものである。(11)

この断片を書いた時期は、『最初の悩み』を執筆する一年前の一九二一年の春であったと推測される。ともあれ、『最初の悩み』の題名の「最初」は、まさしく書くことに対する悩みとそのことに関連する事柄を、作家その人としての視点から初めてとりあげたという意味で、適切な題名であるといえる。空中曲芸師は空中で夜も昼もブランコに乗りつづけているが、このことは創作に励んでいるカフカその人に相当し、ブランコに乗っていることは作品を書いていることを意味する。このことに関連して、カフカは親友のブロートへの一九二二年七月五日の手紙で次のように書いている。

つまり少なくとも数日の間、書き物机から離れることになるという考えまでが、旅に対する私の不安に一役買っているということだ。そしてこの滑稽な考えこそ、実際には唯一正当な考えなのであって、それというのも作家の生存とは、実に書き物机にかかっているからだ。作家は元来、狂気から逃れようとするなら、決して書き物机から離れてはならぬ。歯で噛みついてでも、しがみついていなければならない。(12)

この場合の「書き物机」は、『最初の悩み』においては、空中ブランコのことであり、「歯で噛みついて」という表現は、他の日常の生活はかえりみず、創作することを続けることを意味する。カフカは、『最初の悩み』を執筆する九年前、一九一三年八月二一日の日記の中で、文学することについて次のように述べている。

私の務めは私にとって耐えがたいものです。なぜなら、私の唯一の要求と使命に、つまり文学に反対するからです。私は文学にほかならないのです。それ以外の他の何ものでもあることは出来ないし、あろうとも思わないのです。したがって私の務めが私を占有することは出来ず、むしろそれは私をすっかり混乱させてしまうのです。[13]

『最初の悩み』を書き始めようとした頃、カフカは、一九二二年一月二七日から二月一七日まで、シュピンドラーミューレ（チェコとポーランドとの国境に位置するズデーテンランド）の保養所で、四週間の休暇を得て、結核を癒すために滞在していた。[14]

カフカは一九二二年一月二七日に、シュピンドラーミューレへ出発した時の様子を日記のなかで次のように書いている。

二人乗りの橇の、壊れたトランクの、ぐらぐらするテーブルの、薄明るい電燈の、ホテルで午後休息できないこと等の、不器用さも混入した不運に、超然としていることの必然性、（……）橇を走らせている間の、粉々に砕ける力。人は一つの人生を、体操選手が逆立ちするようなふうに、自分で作り上げることはできない。[15]

この日記で注目すべきは、「人は一つの人生を、体操選手が逆立ちするようなふうに、自分で作り上げることはできない」の文章である。この表現は、『最初の悩み』の次の文章、「両手にこのような止まり木一本だけなんて、それでどうして私が生きていけるだろう」（320）にまぎれもなく相当する。『最初の悩み』の主人公の空中曲芸師は、一つのブランコでは耐え切れなくなり、興行師にもう一つのブランコを要求する。そして、見かけ上のおだやかな眠りに落ち込んでしまう。これはまた、カフカその人の心に一瞬、文学へのさらなる絶望感がかすめたことを意味する。空中曲芸師は、自分のブランコでの芸に、常に完全性を求めようとする。そのためには、もう一つのブランコが必要である。しかし、それを達成することは出来ない。作者のカフカも同じように、文学すること（書くこと）に全力を傾け、それによって自己存在の意義を見つけようとするが、果たすことができない。

空中曲芸師が空中曲芸による芸の完全性を求めることが出来なかったと同じく、作家のカフカも己の文学の完全性を求めることができない。カフカは、その際の虚無感と焦燥を、空中曲芸師の「芸」を通して表現しようとしているといえる。

（二）カフカの生活状況の反映

また、『最初の悩み』には、カフカの文学上の悩みだけが描かれているのではなく、この時期のカフカの生活状況が描かれている。このことに関して、ビンダーは、カフカの日記（一九二二年三月五日）とブロートへの手紙（一九二二年四月中旬）を分析して次のように述べている。ブランコに乗り、そこで生活する空中曲芸師は、両親の家での作者カフカの寝椅子での窮屈な生活、すなわち、カフカが当時、この物語を執筆した頃の生活様式に結び付けられる、と分析している。当時、カフカは両親の部屋との間で極度に緊張した生活をしていた。[16]

このように、『最初の悩み』には、カフカの場合単に彼の文学ばかりでなく、彼の周囲で生じるあらゆる生活、すなわち、結核による死の恐怖、フェリーツェ・バウアーとの婚約破棄、恋人ミレナ・イェセンスカーとの破局、ユーリエ・ヴォホリゼクとの結婚に猛反対する父親との不和等も象徴的に描かれている。すなわち、文学することの意味とその限界、ならびに彼の生活にまつわるあらゆる葛藤と苦しみ等を、『最初の悩み』の背後に読みとることが出来る。

四　興行師は何の象徴であるか

『最初の悩み』に登場する人物は、空中曲芸師と興行師だけである。その興行師は何の象徴であるか。空中曲芸師は、子供のように興行師に依存して、彼から離れない。

興行師もまた、作者カフカの分身であるといえる。彼は空中曲芸師に対して理解がある。空中曲芸師の苦しみに同情し、前述したように彼の要求をすべてかなえる。興行のため、曲芸団が町から町へ移動するとき興行師は空中曲芸師の旅につきまとう様々な苦情を出来るだけ軽減することを試みる。さらに、曲芸師のこのような要求は、将来、彼の生命を脅かすことになるのではないかと心配する。そしてまた、興行師はしばしの眠りについた曲芸師の額に最初の皺が刻まれ始めていくのを見たように感じる。

興行師は曲芸師のすべてのことを心配している。このような気配りは、両親が、息子の行動を不安げに見つめ、行く末を案じていることに通じている。この穏やかな登場人物は同じくカフカの『十一人の息子』の父親像を思い出させる。父親は、十一人の息子たちの性格と行動を冷静に語り、彼らの将来を懸念する。たとえば、父親は、三男の生き方について、彼の眼は夢見るようであり、この三男は永遠に失われてしまった家族に属しているように見える、と心配する。これは、カフカが父親の視点から、自分自身の生き様を観察しているといえる[17]。
『最初の悩み』に於いても、興行師はもう一人のカフカの視点で、空中曲芸師と化したカフカを観察している。つまり、カフカが自分の文学の営みを、視点を変えてみつめなおしていることになる。作者のカフカは、空中曲芸師と興行師との関係を示唆する記述を一九二二年二月一八日の日記で示している。

なにもかも土台から自分の手でつくらずには気が済まない劇団支配人。彼は俳優まで最初からこしらえなければ承知しない。ある訪問者が面会を断られる。支配人は大事な劇場業務で手がふさがっているというのだ。なんの用だろう。彼は未来の俳優のおしめを替えているのだ[18]。

この場合の俳優は空中曲芸師であり、劇団支配人は興行師に相当する。そうすると次のような組みあわせが、『最初の悩み』に当てはまる。つまり、空中曲芸師は興行師によって、育まれている。空中曲芸師がブランコに乗って芸をするのも、列車の網棚に乗って旅行するのも、二つ目のブランコを要求するのも、すべて劇団支配人の理解のもとに行われる。このことは、はたして何を意味するのであろうか。それは、劇団支配人は、「未来の俳優のおしめを替えているのだ」という記述から明らかになる。つまり、『最初の悩み』の興行師が、空中曲芸師のおむつを替えていることを意味する。これは、さらに解釈すれば、空中曲芸師は興行師の援助なくしては、己の芸の完全性を求めることが出来ない。カフカは、今度は興行師の視点から文学することの厳しさと、同時にその脆弱性を彼自身の心に向けて発信しているといえる。

五　その他の先行研究者の解釈

（一）ノルベルト・フュルストは、空中曲芸師の次の発言、「両手にこのような止まり木が一本だけなんて、それでどうして私が生きていけるのであろう」を取り上げる。この空中曲芸師の発言は思想ではなくて、芸術における孤独の感情であると解釈し、この孤独からの脱出はブランコをもう一つ増やすことである、と述べる。また、カフカが何故『最初の悩み』をこれら四つの作品の最初に置いたかというと、彼は、これまでの永い人生を通して麻薬に侵されたように、「芸術のための芸術」を享受してきたからである、と推測する。そして、これら『断食芸人』の四つの物語は、文学に対するカフカの絶えざる信頼感を表していると同時に、また揺れ動く不信感を表現していると述べ、これらの矛盾のなかにカフカ文学の本質があると分析している。(19)

（二）旧東ドイツのカフカ研究者、ヘルムート・リヒターは、カフカは自分の芸術の完成を果たすために、通常の生活を顧みようとしない芸術家の人生を描いている、と述べる。その際、芸術家（空中曲芸師）の生活は芸術を危険なものにする。すなわち、人生のすべてが芸術的であるとすれば、人生ばかりでなく、芸術そのものもその意味を失ってしまう。空中曲芸師のような生き方は、芸術家その人を、この地上的生活から遠ざけてしまうことになる、と解釈する。さらにリヒターは、カフカは後期資本主義社会における芸術概念への苛立ちを描いている、と述べ、『最初の悩み』では、自己の存在についての疑念が芸術家をどこに導いていくのかが解明されていない、と指摘する。[20]

（三）ブリギッテ・フラッハは、『最初の悩み』を次のように解釈している。曲芸師は己の芸の完全性を目指すので、いつもブランコに乗っている。ブランコでの滞在が、専制的な（強制的な）習慣となってしまう。したがって、次の興行地へ移動するときは、ブランコに乗っていないので、彼の神経を逆なでする。芸に専念するそのような生き方は、日常のふつうの生活を圧迫する、つまり芸術活動と人生への態度の同一視は、生存を脅かす、と解釈する。[21]

（四）ハインツ・ヒルマンは、他の三つの物語とは異なり、『最初の悩み』では、文章の書き方が具体的で、かつ分かりやすくなっている、と指摘し、『ある犬の探究』の空中犬のように、空中曲芸師は空中に浮かんでいる、と述べ、両作品の類似に触れる。そして、空中曲芸師の人生は、完全性の重圧に支配されていることに注目し、芸術の偉大さは、危険な一方性と習慣的な集中力を強制する、と述べる。[22]

（五）ヴェルナー・ホフマンは、『最初の悩み』の主人公の空中曲芸師のことについて論じる前に、結核療養のためにシュピンドラーミューレに到着した翌日（一九二二年一月二八日）のカフカの日記を引用する。

というのも私は今や既に、耕される土地の逆の荒野、すなわちこの日常生活とは別のもう一つの住民になっている、（私は四〇年前カナンを出てさ迷っているのだ）、異邦人として振り返ってみると、私はやはり別の世界の人間だ[23]（……）

ホフマンの解釈によれば、当時のカフカは、カナン[24]から脱出してきたさすらい人のような、厳しい世界に生きている。これは、空中曲芸師がブランコの上で、芸を磨くことに相当する。空中曲芸師は自分の演技を最高のものにするために、懸命の努力をするが、その完全さへの努力に満足できなくなり、さらにもう一つのブランコを要求する。このことは、空中曲芸師は、「カナンを脱出した」時と同じ状況にあることを意味する。そしてそのような状況は、作者カフカの心情でもある、と解釈する。ホフマンはさらにこの作品『最初の悩み』は、空中曲芸師が己の仕事に満足しなかったことを描いているが、作者のカフカも、この作品に満足することができなかった、と述べている。その理由として、ホフマンはカフカのブロートへの手紙（一九二二年六月二六日）を引き合いに出す。その手紙の中で、カフカは『最初の悩み』を「ちっぽけな物語」と書き、この作品に自己有罪判決をくだしていた、と述べる。その理由としては、二つのことが挙げられるが、その一つは、主人公の過度の完全主義であり、他の一つは、神経衰弱症であると、ホフマンは分析している。[25]

六　『最初の悩み』、『断食芸人』と『歌姫ヨゼフィーネあるいはねずみ族』

マンフレート・エンゲルはカフカのすべての物語のなかで、文学する人（作家）としてのカフカの不安を、もっともよく表しているのは、『最初の悩み』と『断食芸人』である、と分析し、この二つの物語では、芸術（文学）と生活との間にある確執が描かれている、と論じる。[26]

ロナルド・ハイマンは、『最初の悩み』はカフカの日記のなかに書かれていたが、ミレナにすべての日記を渡す前に、カフカはその部分だけを破り捨てた、と述べている。そして彼は、カフカに於いては文学と自己分析、すなわち書くことと自伝的な探求との間にある限界が非常にもろいと論じている。[27]これは、カフカの現実の生活の諸相が、そのまま文学作品となっていくことを指摘している、といえよう。

『最初の悩み』の空中曲芸師は、一つのブランコだけでは、芸を続けられないと嘆いて芸を中断する。そして涙を流し、眠りにつく。それに対し、断食芸人は、断食を中断する意思はないと述べ、さらに断食を続けようとする。しかし、興行師は、四〇日の期限で断食をやめさせる。その時の断食芸人は、自分は断食の能力に限界を感じていないので、自分自身を無限の彼方まで超えさせる、と主張する。しかし、彼は自分の信念を貫いた結果、観衆は断食芸人から離反する。そして彼は死亡し、敷き藁とともに捨てられる。

カフカの個々の作品を大河小説の一環とみなせば、空中曲芸師は眠りから覚め、再生して断食芸人となり、その芸の貫徹を目指す。しかし、断食芸人は、観衆と興行師からその芸の中止を求められ、さらに断食を続けるという断固たる意志を示しながらも檻の中のわら屑の中で死去する。空中曲芸師から断食芸人への主人公たちの道は、作者カフカの側からすれば、文学による生の挫折、ならびにその挫折からのさらなる脱出を意味する。

このように、『最初の悩み』の空中曲芸師、ならびに『断食芸人』の断食芸人は、いずれも己の芸を究めることが出来ない。これ等の主人公たちは、いずれも作者の分身である。カフカも己の文学に満足することが出来ない。従って、文学によって自己自身の存在を究めることは出来ない。

しかしカフカは一九一三年八月二一日の日記のなかで、「私は文学に他ならないのです。それ以外の何ものであることも出来ないし、あろうとも思わないのです」（注13を参照）と祈りにも似た気持ちで訴えている。

カフカの心には、現実の生活に対する絶望と文学による救済への願望が、常に併存している。これは本稿で論じている『最初の悩み』と『断食芸人』についてもいえる。『最初の悩み』では、空中曲芸師の将来についての興行師の懸念がそのことを表している。興行師は、空中曲芸師がブランコをもう一つ増やしてくれという要求は、空中曲芸師の負担を増すことになるのではないかと不安に思う。つまり、第二のカフカと化した興行師が、自分自身の未来を心配している。このことは、作者カフカの不安、すなわち文学によって、己の生をさらに充実させることができるのかという懸念に通じている。『断食芸人』では、サーカスの檻の前で、父親に連れられた子供たちの表情を、作者のカフカは次のように描いている。「子供たちはなにかしらまさぐるような目つきをして、新しい未来の、より幸福な時代の何ものかを推し量るのだった[28]」この表現のなかには、文学による救済の可能性を認めることが出来る。子供たちの目つきのなかに、未来へむけてのシグナル、すなわち文学することの新たなる可能性の片鱗を垣間見ることが出来る。このことは、断食芸人の死が子供たちの心を通して、次なる生に至ることを意味する。カフカにおいては、文学の営みは視点を変えれば、永遠に生き続けることの願望を意味する。

『歌姫ヨゼフィーネあるいはねずみ族』に於いては、主人公の歌姫は、観客の前から消えてしまうが、作者のカフカは、ヨゼフィーネの存在について、「彼女が最高の冠を求めるのは、それが今手の届きそうなところにあるのではなく、それが最高の冠であるからである。出来ることならば、彼女はその冠をさらに高いところに掲げるであろう[29]」と記述している。この表現には、絶望を乗り越えて絶対的なもの、不壊なるものに到達しようとするカフカの飽くことなき執念を読み取ることが出来る。

カフカは若き日の文学への想いを、初期の作品から後期の作品にいたるまで描き続けている。すなわち「人生がそれ本来の厳しい浮き沈みを続け、同時に人生がそれと同じようにはっきり虚無として、夢として、また、浮動として認識されるよう展望したかったのである」（注3を参照）、と述べている。

カフカはこれまでの作品では、それぞれの作品の主人公たちは一時的には破滅しても、次の作品では、その前の主人公たちが甦り、さらなる人生の旅を続けていることを描いている。『変身』で、グレーゴル・ザムザは妹のバイオリンの音色に感激し、己の芸術への想いを新たにする。そして『訴訟（審判）』では、掟の門のはるかかなたに田舎の男が見たと思った永遠の光、この光もカフカの作品の傍らをとおり過ぎてゆくが、彼はその後の作品群でも、その永遠の光をさらに追い求めていく。

おわりに

『最初の悩み』の空中曲芸師は姿をかえ、『断食芸人』の芸人となる。物語の主人公たちは舞台から立ち去っても、作者のカフカは時と場所を変えて新たなる主人公を作り出し、新しい文学世界を切り開いてゆく。そのような流れのなかで、つまり、作者カフカの創作テーマの変遷のなかで、『最初の悩み』の執筆は『断食芸人』への前提段階として理解され、そしてそれは、『歌姫ヨゼフィーネあるいはねずみ族』へと移り変っていく。同時にそれら作品群の背後には、『城』の主人公、土地測量技師Kの世界が展開されている。カフカはまた、次のように述べている。

目標はある。しかしそこに至る道はない。ふつう、私達が道と呼んでいるのは逡巡にほかならない。[30]

カフカのこの文章は次のように解釈できる。芸術（文学すること、書くこと）を完璧に行うという目標はある。そして、それを目指して果てしなき努力をおこなうこと（逡巡すること）は出来る。しかし目標に到達することは出来ない。カフカに即していえば、不壊なるものに到達することはできない。「不壊なるもの」について、カフカは次のように述べている。

人間は自分の心の中に何か「不壊なるもの」を、絶えず信じていなくては生きて行くことは出来ない。その際、当の不壊なるもの、またそれを信じていることにも、自分では気付いていないことがある。この気付いていないときに現れ出る一つが、個人的な神への信仰だ。[31]

「不壊なるもの」を直訳すれば、「破壊しがたきもの」という意味になり、さらに意味を深化すれば、絶対的なもの、侵すことが出来ない精神的・哲学的な存在根拠ということになる。カフカも、まさに

「不壊なるもの」を求めて文学の道を究めてきたわけであるが、その目標には、到達することはできない。このことは、カフカの分身である『最初の悩み』の空中曲芸師にも当てはまるといえる。

カフカは、『最初の悩み』の主人公である空中曲芸師の悩みを通して、文学へのあくことなき信頼と、同時にまた絶望的な不安を描いている。そして、文学に対するカフカの想いは、それに続く作品群の主人公たち（『断食芸人』、『小さな女』、『歌姫ヨゼフィーネあるいはねずみ族』）のなかで、視点を変えて展開されていく。カフカは次のように述べている。

芸術は真理の周りを飛び交う。しかし、真理に焼き尽くされまいと固く決意してのことだ。芸術に成しうるのは、空漠とした闇の中にあって、あらかじめ所在を知ることのできない光を受け止められる、そういう一点を発見することである。(32)

まさしく、『最初の悩み』の主人公の空中曲芸師は、そしてその作者のカフカは、空漠とした闇のなかで、真理の周りを永久に飛び交う芸術家、文学する人である。

本稿で使用したテクスト

［1］本稿『最初の悩み』（Erstes Leid）で使用したテクストは、*Drucke zu Lebzeiten*（『生前刊行作品』）である。（Hrsg. von Wolf Kittler, Hans -Gerd Koch und Gerhard Neumann）. S. Fischer 1994. 本稿では『最初の悩み』の引用箇所は同書の本文中にアラビア数字で記載している。

［2］*Nachgelassene Schriften und Fragmente II*（『遺稿と断章Ⅱ』）（Hrsg. von Jost Schillemeit）S. Fscher Verlag 1992.

［3］日記の引用文については、*Tagebücher*（Hrsg. von Gerd Koch, Michael Müller und Malcolm Pasley）を用いた。同時に、Max Brod版の *Franz Kafka Tagebücher*（S. Fischer 1949）を参照した。

［4］その他の引用文については、Max Brod版の *Franz Kafka Gesammelte Werke*（S. Fischer）を用いた。

注

（1）一九二〇年の秋から冬にかけて書かれた遺稿群は、*Nachgelassene Schriften und Fragmente II*（『遺稿と断章Ⅱ』）（S. Fischer Verlag 1994）の二二三頁から三六二頁に編集され、それらの中には『都市の紋章』、『ポセイドン』、『仲間どうし』、『拒絶』、『ハゲタカ』、『舵手』、『こま』、『小さな寓話』等も採録されている。

（2）Auerochs, Bernd: Ein Hungerkünstler-Vier Geschichten. In: *Kafka Handbuch Leben-Werk-Wirkung*. Hrsg. von Manfred Engel/Bernd Auerochs. Verlag J. B. Metzler 2010, S. 318.

（3）Kafka, Franz: *Tagebücher*（『日記』）S. 854-855.

（4）マックス・ブロート（辻・他訳）『フランツ・カフカ』みすず書房　一九八七年一九〇頁。（Brod, Max: *Franz Kafka Eine Biographie*. S. Fischer Verlag 1954, S. 149.）.

（5）カフカは、一九一九年『父への手紙』を書いたが、それは母親から父親へは渡されることはなかった。現在では、この手紙は父親その人への手紙、あるいは一種の創作として、両方の立場から研究対象とされている。

(6) Kafka, Franz: *Tagebücher*（『日記』）S. 877-878.

(7) Ebd.（同書）S. 884.

(8) シジフォスについて。シジフォスはギリシア神話にでてくるコリントスの王。彼は、ゼウスの怒りに触れ、死後、地獄に落とされ、大石を山頂まで押し上げる罰を受けるが、大石はあと一息のところで転げ落ちるので、シジフォスは、その作業を永遠に続ける。カフカはこの日記で自分自身をシジフォスに例えている。なおアルベール・カミュはその著書『シジフォスの神話』（一九四一年発行）の付録（「フランツ・カフカの作品に於ける希望と不条理」）の中で、カフカについて次のように述べている。「いずれにしても、カフカやキルケゴール、シエストフの作品のような同じ精神的血縁に属する諸作品が（……）「不条理」ならびに不条理の諸帰結の方にすっかり向きながらも、ぎりぎりの決着に於いてこの大きな希望の叫びに到達するということは奇妙なことである」（一五五頁）。この文はカミュ著作集Ⅴ『結婚・シジフォスの神（窪田・矢内原訳 新潮社 昭和三三年）から引用した。

(9) Kafka, Franz: *Tagebücher*（『日記』）S. 881.

(10) von Wiese, Benno: *Zwischen Utopie und Wirklichkeit. Franz Kafka. Die Selbstbedeutung einer modernen dichterischen Existenz.* August Bagel Verlag 1963, S. 241.

(11) Kafka, Franz: *Nachgelassene Schriften und Fragmente II*（『遺稿と断章Ⅱ』）S. 373.

(12) Kafka, Franz: *Briefe*（『手紙』）S. 386.（ブロートへの手紙、ブロート版）

(13) Kafka, Franz: *Tagebücher*（『日記』）S. 579. なおこの手紙の文章は、フェリーツェ・バウアーの父親宛の手紙の下書きを日記として書いたものである。

(14) Hayman, Donald: *Franz Kafka・Sein Leben・seine Welt・sein Werk.* Scherz Verlag 1983, S. 314.

(15) *Tagebücher*（『日記』）S. 891-892.

(16) Binder, Hartmut: *Kafka Kommentar zu sämtlichen Erzählungen.* Winkler Verlag 1973, S. 256.

(17) 有村隆広「『十一人の息子』―カフカの分身―」 古川昌文・西嶋義憲編『カフカ中期作品論集』、同学社 二

〇一一年　二九八－二九九頁。

(18) *Tagebücher*（『日記』）S. 907.

(19) Fürst, Norbert: *Die offenen Geheimtüren Franz Kafkas*. Wolfgang Rothe Verlag 1956, S. 78

(20) Richter, Helmut: *Franz Kafka Werk und Entwurf*. Rütten & Loening 1961, S. 237-238.

(21) Flach, Brigitte: *Kafkas Erzählungen Strukturanalyse und Interpretation*. H.Bouvier u. CO.Verlag 1967, S. 145-146.

(22) Hilmann, Heinz: *Franz Kafka Dichtungstheorie und Dichtungsgestalt*. Bouvier Verlag Herbert Grundmann 1973, S. 69.

(23) Kafka, Franz: *Tagebücher*（『日記』）. S. 893.

(24) カナン。元々は、地中海とヨルダン河、死海に挟まれた古代の地名。聖書では、「乳と蜜の流れる場所」と言われ、神がアブラハムの子孫に約束した「理想」郷。

(25) Hofmann, Werner: *Anstrum gegen die letzte irdische Grenze*. Aphorismen und Spätwerke. Francke Verlag 1984, S. 123.

(26) Engel, Manfred: Zu Kafkas Kunst Literaturtheorie　Kunst und Künstler im literarischen Werk. In: *Kafka Handbuch Leben-Werk-Wirkung*. Hrsg. von Manfred Engel/Bernd. Auerochs Verlag J.B. Metzler 2010, S. 486.

(27) Hayman, Ronald: *Franz Kafka Sein Leben, seine Welt,* sein Werk.　Scherz 1983, S. 316.

(28) Kafka, Franz: *Ein Hungerkünstler*. In: *Drucke zu Lebzeiten*（『生前刊行作品』）S. Fischer Verlag. S. 346.

(29) Kafka, Franz: *Josefine, die Sängerin oder das Volk der Mäuse*. In: *Drucke zu Lebzeiten*（『生前刊行作品』）S. Fischer Verlag, S. 372.

(30) Kafka, Franz: *Nachgelassene Schriften und Fragmente II*, S. 118.

(31) Ebd.（同書）S. 58.

（32） Ebd.（同書）S. 75-76.

二　『小さな女』
――語りの磁場を逃れて――

野口　広明

はじめに

『小さな女』は一九二三年一〇月半ばから一一月半ばに成立した。本文批判版で一二頁ほどの短編である。四〇才となったカフカは、同年九月下旬から、二一才のユダヤ人女性ドーラ・ディアマントとベルリンで暮らしていた。二人が出会ったのは七月のことなので、女性と暮らすことに大きなためらいを抱えていたカフカとは思えない決断の早さだった。二人が暮らしたシュテーグリッツの住まいで、女性の大家とのいさかいがきっかけでこの作品が書かれたとドーラは伝えている。(1) 作品の形式的な側面に関しては、ゲルハルト・ノイマンが、カフカ中期の遺稿『隣人』を論じる際に、「一人称形式による厳密に制限されたパースペクティブ」という点で、『小さな女』との類似性を指摘している。[2] いずれの作品においても読者は、語り手である「私」が語り出す世界の磁場に巻き込まれることになるが、この磁場とどのように関わるかで作品理解が方向付けられる。作品には語りの磁場の外へ通じる道が用意されているようだ。つまり「私」の語る世界が、読者によって相対化されるよう構成されているようにみえる。ライナー・J・カウスは、『小さな女―文学的精神分析の観点から―』のなかで、作品に書かれている内容を覆してしまうような解釈を試みている。[3] 他方ラルフ・R・ニコライは、字義通りに作品内容の解釈をおこなっている。[4] このように作品理解の方向が分かれるのは、字義通りのテクストを受け入れるか、あるいはそれを打ち消していくかの二者択一が作品のなかに準備されているためと思われる。本論では、研究史を踏まえてこのようなカフカ文学の両義性を受け止め、筆者として可能な作品の理解を示したい。

『小さな女』の要約

作品は9段落からなる。段落数は①～⑨の数字で示した。

① その女はほっそりしているのに、きつくコルセットを締めている。いつも同じ木材のような色の服を着て、くすんだブロンドの髪をゆったりと束ねている。両手を腰にあててすばやく上半身をひねる仕草が特徴的である。彼女の手ほど、一本一本の指がはっきりと分かれた手を、私はほかに見たことがないが、解剖学的に異常だというわけではない。ごく普通の手である。

②この女は私にひどく不満を持っている。しかし、私のせいで彼女が苦しまねばならないような関係はない。私を愛すればこそ苦しんでいるということはない。彼女は自分の事しか考えておらず、私に苦痛の報復をしたいだけなのだ。そうした怒りに終止符を打つよう助言したこともあるが逆効果でしかなかった。

③私にも一抹の責任があるかもしれない。彼女は今朝、特に具合が悪く、真っ青で、一晩中眠れなかったそうだ。家族は心配しているが、病気の原因はわからない。私だけがその原因を知っている。私への憤懣が原因なのだ。ある程度は、世間の嫌疑を私に向かわせるために、苦しんでいるふりをしているのではあるまいか。だがもしそんなことを考えているとしたら、見当違いというものだ。彼女が考えるほど私は無用な人間ではない。だが世間が彼女のことで私を咎めるという事が起りうるかもしれない。

④そこで、世間が介入してくる前に彼女の憤懣をいくらかでも和らげるため、私自身を変えてみることにした。だが彼女は私の意図をただちに見抜いたので何の成果もなかった。何ものも彼女の憤懣を除くことはできない。早朝の幸福感にひたりつつ家を出る。すると悲哀にやつれた彼女の顔と出会う。私を見ると彼女はたちまち、大げさなポーズで異常を訴えるのだ。

⑤私はある親しい友人に、この件で相談してみた。友人は真剣に話を聞き、少し旅行に出ることをすすめてくれた。だが私が旅行に出ることで解決するような問題ではない。むしろ何も変えないこ

とが重要なのだ。問題を狭い範囲にとどめておかねばならない。些細な個人的な事柄なのだから。

⑥時間の経過とともに、事態が変化するというより、私の考え方の変化による事態の見え方の変化が生じている。私自身、一種の神経過敏状態に陥っているようだ。

⑦世間の側での決定は目前に迫っているように見えるが、結局その時は来ないだろう。彼女の苦痛は相変わらず深刻な様子である。それを見るにつけ、世間による決定と召喚そして弁明を迫られる時が間近に迫っているように感じられる。だが女というものはよく失神騒ぎを起こすものであり、世間はそれほど暇ではない。近くをうろつく野次馬連中が、特に親戚がうるさいが、私は次第に彼らを見分けることができるようになった。その結果、決定と野次馬連中とは無関係のようだ、ということが分かってきた。世間がこの件に関与してくることがあるとしても、私は世間を信頼しかつ世間の信頼に応えて生活してきた。私の人生に後から現われたこの悩む女は、世間の私への評価に小さい醜悪な飾り模様を付ける程度の存在に過ぎない。

⑧それでも年とともにいささか不安になってくる。絶えず誰かに不満をもたれているということは、それがいかに無根拠であるとはいえ、やはり耐え難い。不安になり、単に肉体的なものにせよ決定を待ち焦がれはじめる。年を取ったというように過ぎないのかもしれない。年を取るにつれ、以前は何でもなかったことが重荷になってくるものだ。

⑨どの観点から見ても、この小さな問題を隠しておく限り、あの女がどれ程の狂乱ぶりをみせよ

うと、これまでどおりの生活を静かに営んでいくことができるだろう。(5)

一　『小さな女』を読む

作品に描かれているのは非常に制限された世界である。主人公「私」に家族はいるのか、どのような職業に従事しているのかなど、何も分からない。小さな女には一言の台詞もなく、名前で呼ばれることもない。名前がわからないという点では「私」も同様であり、二人が言葉を交わす場面もない。そのような場面を設定するとすれば、「私」が第三者の視点から描かれることになるが、カフカは一貫して外からの視点を排除している。小さな女の家族など、他の登場人物も言及されるのみで具体的に描写されることがないのは、この視点の制限に起因する。終始一貫して「私」のモノローグが続くのである。このような叙述の形式は、一般的な一人称形式の語りとは異なる側面をもつ。例えば、ヘルマン・ヘッセの『青春は美わし』は一人称形式であるが、主人公が恋心を打ち明けるとき、語り手は「私」と、相手の女性アンナとの会話をカッコ付きの台詞で伝えることができる。(6)主人公「私」を超越した視点がそのような場面を可能にするのであり、この場合、語り手は「私」が登場する場面を俯瞰することができる。『小さな女』ではそのような語り手による俯瞰はなく、動詞の時制が基本的に現在形であることから、形式的にはいわゆる内的独白の一形態といえる。過去形が用いられるのは、第四段落で「私」が自分を変えようと試みたことを伝えるとき、また第五段落で「私」が親しい友人に小さな女のことで相談したことを伝える際、そして第七段落で小さな女が「私」を見て大げさな絶望の身振りを示す場面のみである。第六段落と第八段落では年月の経過を表す表現があり、物語世界に時間的な幅が生じているが、基本的には視点を制限された一人称のモノローグであり無時間的な印象を与える。以下ではまず段落に沿って『小さな女』を読み進むことにしよう。

第一段落では小さな女の容姿について語られているが、その最後で「私」は、彼女の手に驚いているのである。「彼女の手ほど、一本一本の指がはっきりと分かれた手を、私はほかに見たことがないという。しかし人間の手として他にどんな手が考えられるだろう。「ほかに見たことがない」というほど特筆すべきことは語られていない。こうした違和感を残して第二段落が始まり「この女は私にひどく不満を持っている」と展開して、小さな女の「私」に対する不満、憤懣という作品全体を支配するモチーフが提示される。「私」は、なぜ彼女がそのような感情をもつのかわからない。男女関係における愛情のもつれといった可能性を「私」は強く否定する。

第三段落で「私」は「小さな女」の示す苦痛に対して疑いを表明する。「ある程度は、世間の嫌疑を私に向かわせるために、苦しんでいるふりをしているのではないかと私は疑っている」(324) ところがこの「疑い」はすぐに「事実」となり、思考の前提となっていくのである。第四段落は「世間が介入してくる前に(……)私自身を変えてみる以外にあるまい」(327) と展開する。この試みは失敗に終わるが、何を具体的に試みたかは書かれていない。「世間の嫌疑を私に向かわせるために、苦しんでいるふりをしているのではあるまいか」という私の疑いが、「世間が介入してくる前に」と展開することで、自明な前提へとすり替わっている。第七段落ではさらに世間による「決定・呼び出し」そして「私」が強いられるであろう「弁明」へと展開するのだが、これらすべては「私」の「疑い」から導き出された仮定にすぎない。それが「私」のモノローグのなかでは現実的なものにすり替わっていくのである。『小さな女』はただ「私」の思い込みが綴られているだけの作品のようにみえてくる。ノイマンが類似性を指摘する『隣人』にも同様の展開が認められる。(7)

『隣人』（一九一七）は本文批判版で三ページほどの短編である。主人公「私」は若い商人だが、隣室に別の若い商人が引っ越してくる。ドアには「ハラス事務所」と書かれている。「私」はこの隣室の住人と言葉を交わしたことはない。「私」の電話は隣室側の壁に取り付けてあり、壁が薄いので声が筒抜けである。「私」は電話で顧客の名前を言わないよう用心するなどの配慮を強いられる。「私」が電話をかけている間、ハラスは何をしているのだろう」と、「私」は自問する。ここが、『小さな女』における「疑い」に当たるところである。「ハラスは電話を必要としない。私の電話を使っているようなものだ。長椅子を壁際に押し寄せ聞き耳を立てている。」（372）ここで「疑い」は「私」にとって「事実」となっている。続いて、自分が電話を置くまえにハラスは敵対的な活動を開始しているのだと「私」が考えるところで作品は終わる。『小さな女』もこの『隣人』同様にノイマンが指摘しているように、「私」による一方的な語りで構成されており、小さな女も隣室の商人も「私」の側からしか描かれない。そして「私」が抱く思いが増殖して「私」にとっての「現実」が形成されていく点が共通している。

ここで第五段落に引き返すことにしよう。「私」はこの段落で、ある親しい友人に小さな女のことで相談する。友人の助言は「少し旅にでること」であった。「私」は、この友人の考えを強く否定している。そして続く第六段落では、「一種の神経過敏状態に陥っているようだ」と認めざるをえない。第七段落では、世間による「決定・呼び出し」そして「私」が強いられるであろう「弁明」に言及される。しかし第七段落後半で「私」は、そのような不安が、どうやら取り越し苦労に過ぎないようだと気付き始める。また「私」は「世間を信頼しかつ世間の信頼に応えて生活してきた」と述懐し、小さな女のことで世間の信頼を失うはずはないと確信する。ここまでくると、世間による決定や呼び出しといった事柄が、「私」の「疑い」に端を発するモノローグの展開にすぎなかったことは、私たち読者の意識から遠のいている。第八段落では、再度不安に襲われる「私」だが、最後の第九段落では現状維持を確信して安堵する。小さな女の憤懣に終わりはないが、それを誰にも知られなければ、これまでどおりの生活を続けていくことはできる、というのである。

「私」によって語られる世界が、「私」というフィルターを通して描かれる世界であるのは当然である。しかし、カフカがここで試みている一人称形式の語りの特徴は、語られた世界が読み手にとって疑わしくなり、さらに否定されてしまう可能性を含むところにある。カウスは『小さな女──文学的精神分析の観点から──』で次のように述べている。「この作品では、ほとんどすべての言葉が、表面上述べていることの逆を意味していることに気づかない読者には、（……）どんな文体分析も役には立つまい。」（25）

『小さな女』は字義通りのテクストが読者によって否定される可能性を孕んでいるのである。そのような作品は一体何を目指し、何を伝えようとしているのだろうか。

二　語りの磁場の形成と解体

カウスは前掲書で、カフカと親交のあったウイーンのユダヤ人哲学者ブーバーの「我と汝」の思想を援用し、『小さな女』の語り手である「私」には「汝」の存在が欠けていると指摘している。(8) そして第九段落で作品を閉じる最後の言葉、「どの観点から見ても、この小さな問題を手で隠しておく限り、あの女がどれ程の狂乱ぶりをみせようと、これまでどおりの生活を静かに営んでいくことができるだろう」（333）を、「汝」を欠いた状態に固執する態度と解釈している。『小さな女』における「私」のモノローグは、「私」に対して手厳しい読者を生み出すようだ。カウスは、「私」によって語られた世界を覆してゆく。例えば「いずれにせよ彼女の側では、私に対する友好的な関係などまったくない」（327）という文は、「彼女は実際、私に対し愛そのものである。だが私にはそれを受け入れ、本物の親密さを許容する能力がまったくない」（39）と読み換えられる。語り手「私」が語り出す世界は、カウスにとって否定されるべきものである。カウスは作品内容を読みかえることで隠された意味を発見しようとする。

また一方でカウスは、作品を作者と読者との格闘の場と捉えている（54）。語り手である「私」と格闘し、その語りの磁場から自らを解き放とうとする読者は、「私」とともにこの作品の主人公であると言えるだろう。そのような解き放ちを作品のモチーフと捉えれば、作品が何を意味しているかということは二次的である。作品を読む読者の能動性が発揮されることに焦点が移るからである。批判的な読者の誕生とともに作品はいわば脱け殻となるかにみえる。

一方ニコライにとって作品は抜け殻とは縁遠いものであり、意味に満ち溢れている。『小さな女―カフカのモチーフ構成のなかで―』において長編、短編を交えた多くのカフカ作品に言及しつつ、ニコライは個々の作品を包括する作品解釈を形成していく。ニコライの基本的な理解の枠組みは、『創世記』における楽園追放である。(9) 認識の木の実を食べ反省的な存在となった人間にとって、楽園と非反省的な優雅さは、逆に異なるもの、低次元のものとして抑圧される。カフカの作品のなかではその異なるものが、様々な形で登場する。『一枚の古文書』での遊牧民族もその一例であるが、小さな女も異なるものの系列に属する「私」のドッペルゲンガーである、というのがニコライの解釈である。

アストリート・ランゲ＝キルヒハイムは『前進なし―カフカの『小さな女』について―』のなかで、『小さな女』を『父への手紙』と対をなす「文学的に偽装された母親との関係の表現」（180）と捉えている。そしてドイツロマン派の作家、ホフマンの『砂男』における機械人形オリンピアと「小さな女」をパラレルなものと捉える[10]（183）。

『砂男』で主人公ナタナエルは、人形であるとは知らず、機械人形オリンピアに恋をして幼馴染の許婚クララから遠ざかる。フロイトは、オリンピアをナターナエルから分離した、幼児期における父親に対する女性的態度の物質化と捉え、それが人の姿で登場すると理解している。そしてオリンピアへの愛を自己陶酔的恋愛とし、父親に対し強いコンプレックスをもった若者は女性と正常な関係を構築することができないと指摘している[11]。

ティルマン・モーザーは『不和な自己――カフカの「小さな女」』のなかで「『小さな女』において我々は「分割された自己」同士の戦闘状態を前にするのである」（197）と述べている。分割されているのはカフカ自身の女性的側面であるとしてモーザーもまた、カフカの幼年時代における母子関係へと遡及する[12]。モーザーやランゲ＝キルヒハイムにおいて『小さな女』という作品は、いわばドキュメント「症例カフカ」であり、母子関係に問題を抱える一患者の記録となる観がある。

一方ニコライは、自立した作品という場に立脚する。『小さな女』論の最後に近い箇所で、本論冒頭に挙げた、カフカの伴侶ドーラの証言を拠りどころとして、小さな女をシュテーグリッツでの女性大家と関係づける解釈を批判し「そのような「解釈」は作品にも作者にも正当なものではない」(109)と述べ、次のように続けている。「語り手に対し、彼の意志に反して、彼が誤った生活を送っているという理解が迫ってくることが、むしろ問題なのだろう。」(109) ここでニコライは、上で紹介した解釈とは異なる立場を取っている。ニコライは創世記をモデルとして、カフカ文学を反省的なものと非反省的な優雅さとの凌ぎあいと捉えていたと言ってよいだろう。ところが論文の最後で述べられるこの見解は、それとは次元が異なる。語り手「私」に対する批判的な見解が、読者に生まれてくることに焦点が移っているのである。カウスにおいても『小さな女』の物語世界が、作者と読者とが格闘する場と捉えられるとき、明確に読者への観点の移動が生じている(54)。

二人の作品理解に共通する動きとして、一定の作品内容の解釈がなされ、次に作品と読者との関係へと作品理解の枠組みが移行することが挙げられる。そしてこの枠組みの変化は、語り手「私」に対して読者の側に批判的態度が生じ、語り手「私」によって語られた世界が読者によって相対化あるいは逆転されてゆくことと軌を一にしている。そのとき物語世界は、批判的な読者が生み出されるための媒体以外の何物でもない。『小さな女』は、読者と作者との格闘の場となり、読者が「私」によって語られた世界の磁場から身を振りほどくよう促しているのである。

注

（1）Binder, Hartmut: *Kafka Kommentar*. Winkler 1975. S. 300. ビンダーの『カフカ　コメンタール』によればこの事実は以下の資料で確認できる。Hodin, J. P.: Erinnerungen an Franz Kafka. In: *Der Monat I, Nr8/9.* 1949, S. 92

（2）Binder, Hartmut（Hrsg.）: Kafka-Handbuch, Bd. 2. Alfred Kröner 1979, S. 323.

（3）Kaus, Rainer. J.: *Eine kleine Frau. Kafkas Erzählung in literaturpsychologischer Sicht.* Universitätverlag C. WINTER 2002. カウスは反語的否定（ironische Negatioin）という概念を提示し、次のように指摘する。「（『小さな女』においては）反語的に逆のことが語られる。つまり（潜在的に）真実であることの否定というかたちで（顕在的に）逆のことが語られるのである。」（29）カウスからの引用は以下頁数のみを記す。

（4）Nicolai, Ralf. R.: Eine kleine Frau im Motivgeflecht Kafkas. In: *Neues zu Altem. Novellen der Vergangenheit und der Gegenwart.* hrsg. v. Sabine Cramerm. Fink 1966. S. 89-115. ニコライからの引用は以下頁数のみを記す。

（5）Kafka, Franz: *Drucke zu Lebzeiten.* S. Fischer 1994. S. 321-333. 作品からの引用は、カッコで頁を示す。

（6）Hesse, Hermann: *Schön ist die Jugend. in Gesammelte Werke 2 Unterm Rad Diesseits.* Suhrkamp 1970. S. 391.

（7）Kafka, Franz: *Nachgelassene Schriften und Fragmente I.* S. Fischer 1993. S. 370-372. この遺稿は一九一七年三月／四月の八つ折りノートDにあるがタイトルはない。『隣人』というタイトルはブロートによる。

（8）Kaus, Rainer J. a.a.O., S.21. ここでカウスは以下のブーバーの著作を参考文献として挙げている。Buber, Martin: Ich und Du. In: *Das dialogische Prinzip.* L. Schneider 1984（1923）.

（9）『旧約聖書』創世記　第三章　一二節。

（10）Lange-Kirchheim, Astrid: *Kein Fortkommen. Zu Franz Kafkas Erzählung Eine kleine Frau.* In: *Phantasie und Deutung. psychologisches Verstehen von Literatur und Film.* Frederick Wyatt zum 75. Geburtstag.

Hrsg. v. Wolfram Mauser, Ursula Renner, Walter Schönau. Könighausen + Neumann 1986, S. 180.

（11）『フロイト著作集3　文化・芸術論』（高橋　義孝他訳）人文書院、「不気味なもの」三三五頁以下を参照。

（12）Moser, Tilmann: Das zerstrittene Selbst. S. 197. In: *Pantasie und Deutung.* 注10を参照。

三　『小さな女』

――「お見通し」行為という観点からの分析――

西嶋　義憲

はじめに

『小さな女』は、英語の「I」に相当する一人称単数の人称代名詞で言及される語り手が、ある小さな女との関係について語る作品である。語り手の説明によると、この女性は語り手によって不快な思いをさせられているという。語り手にはそのような意図はないのだが、女性の怒りを買っているらしいのだ。このことをめぐって語り手はあれこれ苦悩し、考えをめぐらせる。それがこの小説の内容である。描かれるのは、基本的に、語り手が想定する世界である。相手の女性が実際にどう考えているのか、二人の関係を周りの人たちがどう捉えているのか、これらについては語り手の語りを通して提示されるのみである。語り手によって他者の内面世界が見通されているわけである。そのような見通す行為は相手の思考内容を断定的に提示する「お見通し発言」の基礎となるものなので、「お見通し」行為と名付けることができる。本稿では、この作品を「お見通し」の能力、すなわち、相手の考えを見抜く能力の優位性をめぐる心の葛藤という観点から分析を試みる。この観点により、語り手の「お見通し」能力が他者のそれを凌駕しているので、結局のところ、語り手の悩みはそれほど問題とはならないとの結論にいたる過程を考察する。同様の構造は、『父への手紙』にも見られるので、本研究は『父への手紙』の構造との平行性を明らかにすることになろう。

一　問題設定

この作品では、登場人物間の人間関係や怒りを買う状況に関して極めて抽象的な記述しか提供されていないので、どうしてこのような問題状況が生じてしまっているのか、その具体的な原因が想像しがたい。野村（二〇〇五）が論じているように、女性の怒りやそれに伴う語り手の苦悩を主題にしているように見えるが、それ自体に焦点をあてているというよりも、思い込みや想像力などによって事態の深刻度の理解が変化する可能性についてまとめた小品であるように思われる。事実、„durchschauen", „merken", „einsehen", „erkennen"という認識にかかわる特定の動詞が要所要所で使用され、その動詞によって表わされる認識の度合いの違いとその主語との係わりにより認識能力に優劣が存在していることが提示される。その中には、「お見通し発言」を暗示するような表現も使用される。「お見通し発言」とは、話し手が対話相手に対して、その人物の考えていることを面と向かって断定的に提示する発話のことである（Nishijima, 2005; 2013）。この作品では、登場人物間に対面コミュニケーションが行われるわけでもなく、また、『父への手紙』とも異なり、直接話しかける相手が想定されているわけでもない。その意味で、「お見通し発言」自体は出現しない。

ここで『小さな女』と『父への手紙』の異同について見ておこう（西嶋、二〇一二）。両者とも、一人称の語り手によって描かれる。ただし、『父への手紙』の登場人物は語り手とその父親であり、それぞれ一人称と二人称で描写されるが、父親の視点からの発言も提示される。他方、『小さな女』では一人称の語り手と三人称で提示される小さな女、そして世間の人々が登場するが、語るのは語り手のみである。『父への手紙』では、それぞれの相手を主語にした「お見通し発言」が認められるが、『小さな女』ではそもそも発言は記されていない。すべてが地の文によって構成されている。そのかわりに、「お見通し」行為に関連する動詞が、上で指摘したように、メタ表現として使用される。したがって、両作品とも「お見通し」行為は共通してなされている。

「お見通し」能力に関して、『父への手紙』では、父親よりも語り手の息子のほうが勝っていることが最終的に確認され、これにより、息子の優位性が主張される。本章では、①『小さな女』も同様に、小さな女と公衆（世間）との関係において、「お見通し」行為能力の優劣がこの作品のテーマになっていることを指摘し、②語り手の「お見通し」能力が他の登場人物よりも勝っていること確認して語り手が安堵する過程を明らかにする。この作業によって、『小さな女』が『父への手紙』と「お見通し」能力の優劣という点で同様の構造を持つことを主張する。

次節では、「お見通し」行為が具体的にどのように事態と関連づけられて描かれるのかを見てみる。

二 「お見通し」行為の表現

事態が、事実関連として叙述されるのか、推量などによる主観として提示されるのかを見てみよう。その際、認識にかかわる動詞にも着目することにより、事態把握の認識能力がどのように扱われているのかを確認することができるはずである。

（一）第一段落

まず、女性の不満や行動は、直説法という話法により事実関連として提示される。次のドイツ語原文で下線を施してある定動詞はすべて直説法である（以後の引用における下線等による強調は筆者による）。なお、参考のために、原文の後に日本語訳を載せておく（以後、同様）。

Diese kleine Frau nun ist mit mir sehr unzufrieden, immer hat sie etwas an mir auszusetzen, immer geschieht ihr Unrecht von mir, ich ärgere sie auf Schritt und Tritt; [……] (322)

ところでこの小さい女はぼくに対してひどく不満を抱いている。彼女はいつでもぼくに不平を言い、絶えずぼくから迷惑を蒙ると称している。ぼくは一歩ごとに彼女を焦立たせるらしいのだ。

（円子修平訳『小さい女』一六一～一六二頁）

女性が語り手に対して不満をもっていることが提示される。その根拠として、語り手に対していつも批判することが挙げられる。その批判の内容は、語り手から不当な扱いを受けたり、語り手が女を怒らせているというものだ。これらはすべて、直説法という話法が採用され、事実関連として提示されている。ところで、日本語では人称制限と呼ばれる、主語と思考動詞との間に文法的制約があるために、日本語訳では三人称の内面世界は推量（「らしい」）というモダリティを用いて表わされるが（日本語訳の傍線部参照）、ドイツ語にはそのような制限がないので、女の不満が事実関連として提示される（これは「証拠性」という観点からの研究テーマとなりうる。西嶋（二〇一五）を参照）。

（二）第二段落

語り手は、なぜこの女性を怒らせるのか、その理由を考えてみよう。その理由は „mag sein, daß ... " という表現により可能性として提示される（下線部参照）。したがって、語り手にもその根拠が十分に明確でないことがわかる。

Ich habe oft darüber nachgedacht, warum ich sie denn so ärgere; mag sein, daß alles an mir ihrem Schönheitssinn, ihrem Gerechtigkeitsgefühl, ihren Gewohnheiten, ihren Überlieferungen, ihren Hoffnungen widerspricht, [……] (322)

ぼくは自分がどうしてこんなに彼女を怒らせるのか、なんども考えて見た。ぼくのすべてが、彼女の審美感覚や正義感、習慣、伝統、希望に抵触するのかもしれない。

（円子訳『小さい女』一六二頁）

語り手に関することのすべてが、女の美意識や正義感などに抵触しているのではないかという可能性がこの推測という形式（„mag sein, daß ... "）を用いて指摘されている。

次に、この女性と語り手との間には語り手が原因で女性を悩ませるような関係が全くないことが指摘される。したがって、語り手を無関係な他人と見なせば、問題は解消されるはずである。それが英語の仮定法に相当する接続法Ⅱ式を用いて語り手の推測として提示される（下線部参照）。

Es besteht ja gar keine Beziehung zwischen uns, die sie zwingen würde, durch mich zu leiden. Sie müßte sich nur entschließen, mich als völlig Fremden anzusehn, [……] und alles Leid wäre offenbar vorüber. [……] sie kümmert nichts anders als ihr persönliches Interesse, nämlich die Qual zu rächen, die ich ihr bereite, und die Qual, die ihr in Zukunft von mir droht, zu verhindern.（322–323）

ぼくたちの間には、彼女がぼくのせいで苦しまねばならないような関係はまったく存在しない。彼女はただ、ぼくを赤の他人と見做す決心をしさえすればいいのだ。（中略）そうすればきっとあらゆる苦痛は消えてしまうだろう。（中略）彼女の心を占めているのは、彼女自身に関することばかり、つまりぼくが彼女にあたえた苦痛に復讐し、将来ぼくが彼女に加えるかもしれない苦痛を芟除《さんじょ》することばかりなのだ。

（円子訳『小さい女』一六二頁）

（三）第三段落

このように、この女性は語り手を関係のない他人として扱いさえすれば、この女性の悩みはなくなるはずであるが、彼女はそうしない。苦しみを与えられていることに対して報復したり、さらなる苦しみを避けようと、一方的に心を砕いていることが直説法により事実関連として説明される（原文三二三頁の二重下線部 „kümmert“ 参照）。同じことは、後段でも次のように指摘される。

［……］da mir ja die Frau völlig fremd ist und die Beziehung, die zwischen uns besteht, nur von ihr hergestellt ist und nur von ihrer Seite aus besteht. (326)

なぜなら彼女はぼくにとって赤の他人であり、ぼくたちの間にある関係は彼女が作り出して、彼女の側からの一方的なものにすぎないのだからと、（……）

（円子訳『小さい女』一六四頁）

ここにおいても語り手にとって本来関係はないのに、関係が女性の側から一方的に作り上げられていると直説法により事実関連として指摘される（下線部参照）。

しかし、関係がないとはいえ、彼女の怒りが彼女の体調に影響を与えているのは外見からして明らかなので、ある種の責任はあるということが直説法により事実関連として指摘される（下線部の定動詞 liegt 参照）ことを、話が前後するが、次の箇所で確認してみよう。

Auch liegt ja, wenn man will, eine gewisse Verantwortung auf mir, denn so fremd mir die kleine Frau auch ist, und so sehr die einzige Beziehung, die zwischen uns besteht, der Ärger ist, den ich ihr bereite, oder vielmehr der Ärger, den sie sich von mir bereiten läßt, dürfte es mir doch nicht gleichgültig sein, wie sie sichtbar unter diesem Ärger auch körperlich leidet. (323)

あるいはぼくにも一種の責任があるのかもしれない。なぜなら、この小さい女はぼくにとって赤の他人ではあるけれども、そしてぼくたちの間にある唯一の関係は、ぼくが彼女に掻き立てる忿懣、あるいはむしろ彼女が自分からすすんでぼくをきっかけにして掻き立てる忿懣であるとしても、彼女がこの忿懣のために肉体的にも目に見えて苦しんでいることに、ぼくが無関心でいることは許されないであろうからだ。

（円子訳『小さい女』一六二頁）

怒りの体調への影響が明らかなので、無関心でいられないだろうとの語り手の判断が接続法Ⅱ式の助動詞„dürfte"により推測として提示される（二重下線部参照）。

女の体調に影響があることから、まわりの人たちがそれを心配し、その原因を探ろうとするが、見つけられないことが、次のように直説法により事実関連として指摘される（下線部参照）。

［……］sie macht damit ihren Angehörigen Sorgen, man rät hin und her nach den Ursachen ihres Zustandes und hat sie bisher noch nicht gefunden.（324）

そのために彼女は親戚のひとたちに心配をかけているのだ。親戚のひとたちはあれこれとこんなことになった原因を推測しているが、まだそれをつきとめられずにいる。

（円子訳『小さい女』一六三頁）

親戚の人たちには彼女の体調不良の原因はわからないままである。しかし、その原因が怒りにあることを知っているのは語り手だけであると、次のように指摘される。そして、その際、彼女には十分な強さが備わっているので自分で克服できるはずだと推量を表わす副詞（wahrscheinlich）を用いて述べている。

Ich allein kenne sie [die Ursachen ihres Zustandes], es ist der alte und immer neue Ärger. [……] sie ist stark und zäh; wer sich so zu ärgern vermag, vermag <u>wahrscheinlich</u> auch die Folgen des Ärgers zu überwinden; [……]（324. [ ] による補足と下線による強調は論者による）

しかしぼくだけは知っているのだ。前々からの、しかしそのつど新しい忿懣がその原因なのだ。（中略）彼女は頑健で強靭な女なのだ。彼女のように憤慨できる人間はおそらくその憤慨が惹き起す結果をも克服できるのだろう。

（円子訳『小さい女』一六三頁）

ところが、実は彼女は苦痛を感じているふりをして、それによって世間の注意を語り手に向けているのではないかとの疑いを語り手はもつにいたる。語り手の存在自体のために彼女が悩まされていることを公表すること、そして、それを他者に訴えかけることは彼女にとって自分自身を貶めることになるだろうとの推測を次のように接続法Ⅱ式により述べる（前半一重下線部 „würde“ を参照）。しかし、反抗心にのみ基づいて語り手の「私」と関わっている。したがって、そのような不純なことは、恥だということになるであろうと、同じく接続法Ⅱ式により語り手の推測として述べられる（後半一重下線部 „wäre“ を参照）。

[……] ich habe sogar den Verdacht, daß sie sich – wenigstens zum Teil – nur leidend stellt, um auf diese Weise den Verdacht der Welt auf mich hinzulenken. Offen zu sagen, wie ich sie durch mein Dasein quäle, ist sie zu stolz; an andere meinetwegen zu appellieren, würde sie als eine Herabwürdigung ihrer selbst empfinden; nur aus Widerwillen, aus einem nicht aufhörenden, ewig sie antreibenden Widerwillen beschäftigt sie sich mit mir; diese unreine Sache auch noch vor der Öffentlichkeit zu besprechen, das wäre für ihre Scham zu viel.
(324)

ぼくは彼女が——すくなくとも部分的には——世間の嫌疑をぼくに向わせるために、苦しんでいるふりをしているだけなのだと疑ってすらいる。ぼくという存在が彼女にとって苦痛である、と公然と認めるには、彼女は誇りが高すぎる。ぼくごときもののことで他のひとびとに訴えるのは、自分を貶めるものでしかないと思うのだろう。ただ厭悪から、けっして熄むことのない、永遠に彼女を駆り立てる厭悪から、彼女はぼくに拘《かかずら》っているのだ。こういう不健全な葛藤を公衆の前にまでもちだして喋るのは、彼女の羞恥心にとって我慢ならないことだろう。

（円子訳『小さい女』一六三頁）

ここでもう一点注意すべきなのは、彼女が語り手によって悩まされているということが不純なこと（unreine Sache）として語り手によって提示されている点である（二重下線部参照）。これは彼女の怒りが対抗心という個人的で勝手な理由であるとの語り手の評価を反映しているといえる。ここに、女の一方的な思い込みによるものという、語り手の解釈が現われていると見ることができる。なお、日本語訳では、「不健全な葛藤」と訳されているが、この訳語では語り手の解釈が伝わりにくいだろう（傍線部参照）。

話はさらに、次に見るように展開する。語り手の疑念のように、世間の目を語り手に向けようとする女性の側の期待が万が一実際にあったとしても（下線を施した接続法Ⅱ式の „sollten" により実現の可能性が極めて低いことが示唆されている点に注意）、それは彼女の思い違いである（täuscht）と直説法で断定的に表現している。世間は彼女の期待通りには動かないだろうと推量の助動詞 „wird" により語り手は述べる。語り手は自分が、女性が考えているような役立たずな人物ではないと直説法の „Ich bin" により断言し、彼女の眼にはそう見えているだけだと同じく直説法の „bin ich" により明言している。したがって、誰も納得させることはできないだろうと推量の助動詞 „wird" を用いて述べている。

Nun, sollten dies wirklich ihre Hoffnungen sein, so täuscht sie sich. Die Öffentlichkeit wird nicht ihre Rolle übernehmen; [……] Ich bin kein so unnützer Mensch, wie sie glaubt; [……] nur für sie, für ihre fast weißstrahlenden Augen bin ich so, niemanden andern wird sie davon überzeugen können.（325）

ところで、もしほんとうにこんなことを望んでいるとすれば、彼女は思い違いをしているのだ。公衆はそんな役割を引き受けたりはしないだろう。（中略）ぼくは彼女が考えるほど無用な人間ではない。（中略）ただ彼女にだけ、彼女の白く光っている眼にとってだけぼくがそんなふうに映るのであって、いくら彼女がそう主張しても、誰も彼女の主張を信じないだろう。

（円子訳『小さい女』一六三頁）

ここで、「彼女が考えるほど」（„wie sie glaubt"）により、また、「ただ彼女にだけ、彼女の白く光っている目にとってだけ」（„nur für sie, für ihre fast weißstrahlenden Augen"）とたたみかけるように、女性が予想していることや、女性の視点に映る語り手に言及される。これは、語り手による女に対する「お見通し」行為であると見なすことができるだろう。つまり、女性の見方の限界を提示している。リヒター（Richter, 1962）が正しく指摘しているように、この作品で唯一提示される女性の考えである（二四〇頁）。

では、何が問題か。次に見るように、注意深い人の中には語り手の「私」に原因があることを見抜けるくらいに注意深い人がいると指摘される。そうなると、自分と女性との関係が世間に知れるところとなってしまい、その理由を問われることになるだろうと助動詞（wird）により推測する。そうなると、それに対抗するのが難しいだろうと語り手の予想が推量の助動詞（wird）により提示される。

> [……] und einige Aufpasser, eben die fleißigsten Nachrichten-Überbringer, sind schon nahe daran, es zu durchschauen oder sie stellen sich wenigstens so, als durchschauten sie es, und es kommt die Welt und wird mir die Frage stellen, warum ich denn die arme kleine Frau durch meine Unverbesserlichkeit quäle und ob ich sie etwa bis in den Tod zu treiben beabsichtige [……] wenn mich die Welt so fragen wird, es wird schwer sein, ihr zu antworten. (325–326)

> （……）そして偵察好きな連中、彼女についての情報をいちばん熱心にぼくのところへもってくる連中はもうほとんど事情を見抜いているらしいが、あるいは、すくなくとも見抜いたふりをしているが、そのときには世間がやって来て、なぜお前はその性懲りもない悪質さでこの哀れな小さい女を苛めるのか、お前は彼女を死にまで追いつめるつもりなのか、（中略）と問い糾すだろ

う──世間がぼくにそんな問を向けるとすれば、それに答えることは困難だろう。

（円子訳『小さい女』一六三～一六四頁）

ここで、世間の連中がこの事態を見抜くことに関して„durchschauen"という認識能力に関わる「お見通し」動詞が使用されている点に注目しておこう（二重下線部参照）。周りの人の中には「お見通し行為」ができる人がいると見ているわけである。

（四）第四段落

厄介な事態が起こらないように、世間が介入する前に彼女の怒りを和らげる必要がある。それには語り手自身が変わるしか道は残されていないだろうとの考えが接続法Ⅱ式（bliebe）によって次のように提示される（下線部参照）。

So bliebe mir eigentlich doch nur übrig, rechtzeitig, ehe die Welt eingreift, mich soweit zu ändern, daß ich den Ärger der kleinen Frau nicht etwa beseitige, was undenkbar ist, aber doch ein wenig mildere.（327）

したがって結局は、時機を失することなく、世間が介入して来る前にあの小さい女の忿懣を、消滅させることは不可能だとしても、いくらか和らげる程度にぼく自身を変えることしか残されていない。

（円子訳『小さい女』一六四頁）

実際に変わろうと試みた結果、変化は起こったことが直接法の過去形により事実関連として次のように記述される（二重下線部参照）。しかし、その意図に気づかれてしまったので、失敗に終わった。そのことがつぎのように述べられる。

Und ich habe es ehrlich versucht, [……] einzelne Änderungen ergaben sich, waren weithin sichtbar, ich mußte die Frau nicht auf sie aufmerksam machen, sie merkt alles derartige früher als ich, sie merkt schon den Ausdruck der Absicht in meinem Wesen; aber ein Erfolg war mir nicht beschieden.（327–328）

そしてぼくは、（中略）まじめにそれをやってみた。（中略）さまざまな変化が起り、人目にもつくようになったが、それに彼女の注意を促す必要はなかった。彼女はそういうことにはぼくよりも早く気がつく、ぼくの挙動からたちまちぼくがなにを企んでいるか見抜いてしまうのだ。成功はぼくにあたえられなかった。

（円子訳『小さい女』一六五頁）

彼女に語り手の意図が気づかれていることが指摘されている。これは „merken" という動詞の現在形で叙述されているので、習慣的であると考えることが示唆されている（二重下線部参照）。女性の直感的な「お見通し」能力に言及しているわけである。

しかしながら、女性による語り手への不満は、語り手の見るところ、根本的なものなので、取り除くことは不可能であると、次のように直説法により事実関連として指摘される（下線部参照）。

Ihre Unzufriedenheit mit mir ist ja, wie ich jetzt schon einsehe, eine grundsätzliche; nichts kann sie beseitigen, nicht einmal die Beseitigung meiner selbst; [……] (328)

ぼくに対する彼女の不満は、いまではぼくも洞察しているように、原則的なものなのだ。なにものも、たとえぼくが自分を抹殺したとしても、この不満を除去することはできない。

（円子訳『小さい女』一六五頁）

今度は、語り手の「見通す」能力が「いまではぼくも洞察しているように」（„wie ich jetzt schon einsehe"）の„einsehen"という、本質を見抜くという意味で使用される動詞で説明される。「見通す」能力（動詞„einsehen"（洞察する）によって呈示される）に関して言えば、次に見るように彼女の能力が語り手自身のそれより劣っているとは考えにくい（一重下線部参照）。彼女にはたしかに鋭い「見通す」能力がそなわってはいるが、それが闘争心によって忘れられてしまうのだと直説法の定動詞„vergißt"（忘れる）により事実関連として指摘される（二重下線部参照）。

Nun kann ich mir nicht vorstellen, daß sie, diese scharfsinnige Frau, dies nicht ebenso einsieht wie ich, [……] Gewiß sieht sie es ein, aber als Kämpfernatur vergißt sie es in der Leidenschaft des Kampfes [……] (328)

ところでぼくはこの炯眼な女がこの事実を、（中略）ぼく同様に洞察していないとはとうてい想像できない。確かに彼女は知っている。ただ生まれついての戦士である彼女は、戦いの情熱のなかでそれを忘れてしまう。

（円子訳『小さい女』一六五頁）

（五）第五段落

認識能力に関わる動詞„einsehen“との関連で、すでに使用されている動詞„durchschauen“が再び提示される。女性の語り手への不満について友人に相談した際、問題は誰もが見通せるものであることが„durchschauen“（見極めがつく）という動詞を用いて次のように指摘される（下線部参照）。この動詞はすでに指摘したように、表面上は見えにくい相手の心のうちを見抜くという意味であり、直前で使用されている動詞„einsehen“（洞察する）とほぼ同義で用いられている。

[……] die Dinge liegen zwar einfach, jeder kann sie, wenn er näher hinzutritt, durchschauen, aber so einfach sind sie doch auch nicht, daß durch mein Wegfahren alles oder auch nur das Wichtigste in Ordnung käme.（329）

事柄は確かに単純で、すこし立ち入って見れば誰だって見極めがつく。しかし、ぼくが旅行に出ることですべてが、あるいはいちばん肝腎なところだけにせよ、解決するというほど単純でもない。

（円子訳『小さい女』一六五頁）

（六）第六段落

事細かに考えてみると、変化はあった。しかし、それは事態の変化ではなく、語り手自身の彼女に対する見方（Anschauung）——日本語訳では「考え」——が変わったことによるものだと次のように指摘される（下線部参照）。

Wie es sich ja überhaupt bei genauerem Nachdenken zeigt, daß die Veränderungen, ... keine Veränderungen der Sache selbst sind, sondern nur die Entwicklung meiner Anschauung von ihr, [……] (330)

すこし詳しく考えてみればわかることだが、（中略）変化は、事柄自体の変化ではなく、この事柄に関するぼくの考えの変化にすぎない（略）

（円子訳『小さい女』一六六頁）

（七）第七段落

さらに、状況が理解できるようになったと思うことにより、落ち着いて（冷静に）事態と向き合えるようになったと次のように説明される。

Ruhiger werde ich der Sache gegenüber, indem ich zu erkennen glaube, daß eine Entscheidung, so nahe sie manchmal bevorzustehen scheint, doch wohl noch nicht kommen wird; [……] (330)

断罪は、しばしば目前にさし迫っているように見えても、結局はまだ行われないだろうということがわかったように思うので、この問題に対してぼくは前よりも冷静になった。

（円子訳『小さい女』一六六頁）

この記述によって、認識能力の変化したことがわかる。ここでは、„erkennen"（日本語訳では「わかる」）という認識動詞が用いられ、「見通す」能力を表わしていることに注意しておこう（下線部参照）。そして、それが推量をともなって叙述されている。

以下の箇所に接続法Ⅱ式の助動詞（würden）により、世間の連中は機会さえ見つければ介入しようとする可能性が指摘されるが（二重下線部参照）、実際はそのような機会は見つけられないし、彼らは嗅覚にのみにたより、限界があることが直説法の動詞（finden）により事実関連として叙述される（二重下線部参照）。

Und daß Leute sich in der Nähe herumtreiben und gern eingreifen würden, wenn sie eine Möglichkeit dazu finden würden; aber sie finden keine, bisher verlassen sie sich nur auf ihre Witterung, und Witterung allein genügt zwar, um ihren Besitzer reichlich zu beschäftigen, aber zu anderem taugt sie nicht. [……] immer haben sie aufgepaßt, immer haben sie die Nase voll Witterung gehabt, [……] (331)

ひとびとは近くをうろついて、機会さえあれば介入して来るだろう。しかし、その機会がないので、かれらは自分たちが嗅ぎつけたものしか当てにできずにいる。そして嗅ぎつけるということは、それだけで鼻の所有者を多忙にするに足りるが、他のことには役に立たない。（中略）いつでも眼を光らせ、いつでも嗅ぎつけた匂で鼻を膨らませるのだが、（略）

（円子訳『小さい女』一六六〜一六七頁）

他方、語り手は認識能力が向上し、かぎ回る連中の区別がつくようになったことが „erkennen" という認識判断を表わす動詞（ただし、ここでは完了分詞形 „erkannt"）によって述べられる（下線部参照）。

Der ganze Unterschied besteht darin, daß ich sie allmählich erkannt habe, ihre Gesichter unterscheide; [……] (331)

以前と変ったことといえば、ぼくはしだいにかれらの見分けがつくようになり、かれらの顔を識別できるようになったことだ。

（円子訳『小さい女』一六七頁）

つまり、「見通す」能力が向上しているのは語り手のみで、それ以外の人物は、その能力について変化がないということである。

三　認識動詞と主語

以上見てきたように、直説法と接続法という2つの話法がたくみに使い分けられ、事態が事実関連として提示される場合と、語り手の推量あるいは思考内容として提示される場合に分けられていることがわかった。また、認識能力を表わす動詞が要所要所で用いられていることも確認した。本節では、この認識に関する動詞の用法について考察する。

これまで論じてきた範囲内で出現した認識に関わる動詞はつぎの4つである。

（A）durchschauen,（B）merken,（C）einsehen,（D）erkennen

これらの動詞の用法を、それぞれが出現する場面ごとに確認してみよう。これらの動詞の意味は、『ドイツ語ユニバーサル辞典』（DUW）に基づき、つぎのように理解しておく。（A）durchschauen は隠されているものを見抜くこと、（B）merken は知覚や直感によって気づくこと、（C）einsehen は相手が認めたくないものを洞察すること、（D）erkennen は識別がつくこと。

（A）durchschauen

この動詞の主語として現れるのは「世間の注意深い人たち」（„einige Aufpasser"）と「誰も」（„jeder"）の二つである。具体的な表現はつぎのとおりである（イタリックによる強調は論者。以下、同様）。

[……] und *einige Aufpasser*, eben die fleißigsten Nachrichten-Überbringer, sind schon nahe daran, es zu *durchschauen* oder sie stellen sich wenigstens so, als *durchschauten* sie es, [……] (325)

[……] die Dinge liegen zwar einfach, *jeder* kann sie, wenn er näher hinzutritt, *durchschauen*, [……] (329)

右の文脈では、女と私との関係に関する事態について表面的にはわからないが、それに気づくことが述べられている。二つめの文脈では、誰でも事態を詳しく見れば理解できるといった意味で使われている。両者とも、すぐにはわからないことや見えないことを見通し、見破る能力を表わしているといえよう。

（B）merken

この動詞の主語として登場するのは「その小さな女性」（„die kleine Frau“）を指示する人称代名詞「彼女」（„sie“）だけである。用法を確認してみよう。

[……] *sie merkt* alles derartige früher als ich, *sie merkt* schon den Ausdruck der Absicht in meinem Wesen; [……] (327)

この文脈では、「表われ」（„Ausdruck“）がその目的語として用いられていることから、知覚能力や直感によって理解する能力として使われているようである。女性の直観的能力という特性が垣間見られるようである。

（C）einsehen

この動詞の主語は語り手の「私」（„ich“）と「この感の鋭い女」（„diese scharfsinnige Frau“）を指示する人称代名詞（„sie“）の二つである。文脈を考察してみよう。

Ihre Unzufriedenheit mit mir ist ja, wie *ich* jetzt schon *einsehe*, eine grundsätzliche; ...（328）
Nun kann ich mir nicht vorstellen, daß *sie*, diese scharfsinnige Frau, dies nicht ebenso *einsieht* wie ich, [……] Gewiß *sieht sie* es *ein*, aber als Kämpfernatur vergißt sie es in der Leidenschaft des Kampfes, [……]（328）

「根本的な」（„grundsätzliche“）という表現が使用されていることから、本質的なものを見抜く洞察する能力という意味で使用されていると判断できよう。そのような能力は、語り手と女性の双方に備わっていることがわかる。これは、「お見通し」能力については、両者とも同等であることを示唆するものである。ところが、女性はその闘争心（„Kämpfernatur“）のためにそれが有効に使えない状態であることが指摘される。

（D）erkennen

この動詞の主語は語り手の「私」（„ich“）のみである。二つの文脈で用いられている。

Ruhiger werde ich der Sache gegenüber, indem *ich* zu *erkennen* glaube, daß eine Entscheidung, so nahe sie manchmal bevorzustehen scheint, doch wohl noch nicht kommen wird; [……] (330)

Der ganze Unterschied besteht darin, daß *ich* sie allmählich *erkannt* habe, ihre Gesichter unterscheide; [……] (331)

前半の文脈では、「決定」（„Entscheidung“）がまだ来そうにないと時期を判断する能力として使用されている。もう一つの文脈は、世間の中で問題となっている事態をかぎつけようとしている連中の区別、すなわち、識別がつくようになったという意味で使われている。両者とも違いが分かることに焦点があてられている。

四つの動詞は、認識するという点で意味を共有するが、以上見てきたように、動詞の選択は、その主語で表わされるその能力を有する人物と目的語で表現される対象と関連しているようだ。たとえば、„merken" は女性特有の直観的な認識能力と関連づけられて使用されている。そして、このような動詞の使用から、認識能力を十分に発揮できるのは、語り手である「私」であることが判明する。

おわりに

「お見通し」行為に関してこの物語を分析した結果、語り手がその能力の点で優位に立っていることが明らかにされた。女の「お見通し」能力は怒りのために用を成さず、世間の人々の中には「お見通し」能力に優れたものもいるにはいるが、おのずと限界がある。結局のところ、語り手の能力は他の人物に比べて優れているというわけである。いろいろと悩みが語られてはいるが、結局のところ、語り手の認識能力が他者のそれを凌駕しているので、問題のないことが明らかにされたことになる。

このように、小さな女と公衆（世間）との関係において、「お見通し」行為能力の優劣がこの作品のテーマになっていることが確認された。また、語り手の「お見通し」能力が他の登場人物よりも勝っていることを確認し、納得する過程が明らかにされた。したがって、『小さな女』が『父への手紙』と「お見通し」能力の優劣がテーマになっているという点で同様の構造を持っていると言うことができる。

使用テクスト

Franz Kafka: *Drucke zu Lebzeiten*. Hrsg. von W. Kittler, H.-G. Koch, und G. Neumann. Frankfurt/M.: Fischer Taschenbuch Verlag, 2002.

マックス・ブロート編集『決定版 カフカ全集1 変身、流刑地にて』（川村二郎・円子修平訳）新潮社、一九八〇。

文献

DUW *Deutsches Universalwörterbuch*. Hrsg. vom Wissenschaftlichen Rat der Dudenredaktion. 4., neu bearb. Und erw. Aufl., Mannheim, usw.: Duden, 2001.

Nishijima, Yoshinori: Durchschauende Äußerung im Dialog von Kafkas Werken. 『文体論研究』第五一号、二〇〇五、一三～二四頁。

西嶋 義憲 お見通し行為としての『父への手紙』、『かいろす』第四五号、二〇一一、一八～三一頁。

Nishijima, Yoshinori: Seeing-through Utterances in the Work of Franz Kafka: A Functional Analysis of Three Novels. In: Georgeta Rata (ed.): *Linguistic Studies of Human Language*. Athens: Athens Institut for

Education and Research. 2013, 55-68.
Nishijima, Yoshinori: Ignorance of Epistemological Distance: Rhetorical Use of Non-evi-dentials in the Work of Franz Kafka. In: Barbara Sonnenhauser & Anastasia Meermann (eds.): *Distance in Language. Grounding a Metaphor*. Cambridge: Cambridge Scholors Publishing, 2015, 167-186.
野村 廣之『ヤーヌスの解剖——1922年以降の後期カフカ-テクストの構造分析』、博士論文（東北大学）、二〇〇五、二七六～二八一頁。
Richter, Helmut: *Franz Kafka. Werk und Entwurf*. Berlin: Rutten & Loening, 1962.

四　『断食芸人』
―書く人として生きる―

佐々木　博康

はじめに

カフカの短編『断食芸人』が成立したのは、一九二二年五月二三日頃と推定されている。日にちまではっきりしているのは、同年五月二五日のカフカの日記に、「おととい、『断食芸人』[1]」という記述があるからである。『ノイエ・ルントシャウ』誌などに発表された後、短編集『断食芸人――四つの物語――』に収められて刊行されたのは、二年後の一九二四年八月末のことである。カフカが同年六月に亡くなったので、友人のブロートが校正を引き継ぎ、出版にこぎつけたのである。

『断食芸人』が書かれた一九二二年は、しばらく執筆を中断していたカフカが再び旺盛な創作欲を見出した時期で、長編『城』の執筆が開始され、同時に多数の短編が書かれた。チェコ人女性ミレナとの関係も終わり、また結核の進行もとどめることができないという状況で、カフカは迫り来る死を予感しつつ、これまでの人生を総括しようとしていたと思われる。

『断食芸人』は、語り手が断食芸人について報告する三人称形式の作品である。あらすじは次の通りである。


断食芸人は断食を見せ物にすることで生活の資を得ている。藁を敷きつめた檻に入り、少量の水以外には一切の食物を摂らない。観客から選ばれた三人一組の見張りが昼も夜も監視にあたる。断食が進むにつれて人々の関心が高まり、大勢の見物客が訪れる。そして四十日目には、円形劇場で音楽が盛大に演奏されるなか、興行師の指示で断食芸人は檻を出され、二人の若い女性に導かれて小卓で病人用の食事を取る。これがクライマックスとなる。観客はこの興行に満足していたが、断食芸人だけは不満を抱えている。それは四十日で断食をやめなければならないからである。彼は無限に断食を続けることができると主張するが、四十日を超えて断食を続けることは興行師が許さない。この期間を超えると人々の興味が薄れ、客の入りが悪くなることを知っていたからである。

やがて絶大な人気を誇っていた断食芸に対する関心が急速に衰えていく。人々の嗜好が別の見せ物に移ったのである。断食芸人は興行師と別れ、大きなサーカスに雇われる。今や彼は自分が望むだけ断食を続けることができるようになる。しかし、人々のお目当ては動物たちであり、彼らは断食芸人の檻の前を通り過ぎていくばかりである。断食芸人はサーカスで働く人たちからも忘れられていく。

あるとき、監督の一人が断食芸人の檻に気づき、声をかける。断食芸人は、自分が断食を続けていたのは口に合う食物を見つけることができなかったからであって、見つけていたらみんなと同じように腹一杯食べていたでしょう、と言って息を引き取る。断食芸人のいた檻には若い豹が入れられる。生命力と自由にあふれる豹は大勢の見物人を魅了してやまない。

断食芸というと、いかにもカフカらしい突飛な空想の産物であるように思われるが、一九世紀の終わりから二〇世紀初めのアメリカやヨーロッパで、サーカス、寄席、見世物、歳の市などにおいて実際に演じられていた芸である。カフカの描いている断食芸には、この実際の断食芸と共通している面が多々あるようである。(2)

本稿では、『断食芸人』についてのこれまでの解釈を概観した上で、まずこの物語を読む一般読者にとって謎と思われるいくつかの点を作品に沿って明らかにし、次いで作者カフカにとってこの物語がどのような意味を持っていたのかを考察する。

一　これまでの解釈

（一）精神的実存への道――フォン・ヴィーゼ

最初の本格的な『断食芸人』論を書いたのは、ベノ・フォン・ヴィーゼである。[3]　彼は、断食芸人を「禁欲に基礎を置く自由な精神的存在[4]」と捉え、虚偽的な世間と対立させる。

フォン・ヴィーゼによれば、世界に居場所を見出せない断食芸人は、「精神へと孤独に突き進む[5]」。カフカが断食芸人を通じて浮かび上がらせようとしているのは、「生命的なものの否定が、同時に絶対的で精神的な実存への道……を開くことになる[6]」ということである。しかし、カフカは単純に断食芸人を肯定的に、世間を否定的に描いているわけではない。世間の人々の旺盛な生命力を体現する豹は肯定的である。カフカが断食芸人を否定的に描いたのは、世間においては精神には自分を正当化する可能性が与えられていないことを示すためである。それが現代における精神の位置なのであり、カフカはあえて精神の力という真実を覆い隠すことで、この虚偽の世界に精神が現前することを願ったのである。

フォン・ヴィーゼは、この作品に例外的芸術家と虚偽的世間の対立、また精神と生の対立を見、前者を極めて高く評価する。精神による生命的なものの徹底的な否定は結局死につながらざるを得ないが、それさえも自己の完成としてポジティヴに捉えるのである。[7]

（二）肯定的な断食芸人像の修正――ポリツァー、ヘーネル、ヘルムスドルフ

その後の研究は、フォン・ヴィーゼの断食芸人に対する肯定的評価を修正する方向に進む。断食芸人を絶対化せず、冷静なまなざしが向けられるのである。

フォン・ヴィーゼ以後もあまり変わらないのは、断食芸人が求めているのが死の彼方にある一種の真理であるとされるところである。ハインツ・ポリツァーはそれを、「精神の中にある確かさ」や「完全さの中の確かさ」と呼び[8]、インゲボルク・ヘーネルは生を超越した真理と見なす[9]。このような真理への無条件の探究者であるという意味では、断食芸人は肯定的に見られるのであるが、真理が死の彼方にしか存在しないものであるという点で、断食芸人の目標が疑問視されることになる。たとえばポリツァーは、断食芸は死ぬときに完成する「死の芸術」であると述べ、断食芸人は「完全さ」という「致命的な理念」にとらわれていると批判する[10]。

断食芸という特殊な芸も問題にされる。断食芸はそもそも芸と呼べるようなものではなく、単なる「欠乏の産物[11]」にすぎず、そのようなものを芸と称するのは欺瞞にほかならないと非難される[12]。ポリツァーもヘーネルもクラウス・ヘルムスドルフも、断食芸人は最後にこの欺瞞を告白して謝ったのだ

と考える。[13] ヘーネルはそれによって断食芸人は真理に回帰したのだと述べるが、[14] ヘルムスドルフは断食芸人が自分のしたことは失敗だったという意識を抱いて死んでいくと言う。[15] フォン・ヴィーゼが断食芸人の謝罪の理由を、生命的なものを克服したことを精神は誇ってはならないからであるとし、それが例外者の宿命であると解釈したの[16]とは大きな違いである。一方、豹については生命力の象徴としておおむね肯定的に受け取られる。ヘルムスドルフは、生きる歓びを体現する豹に観客がひきつけられるのは当然であるとする。[17]

（二）断食芸人は自己中心的――シェパード

断食芸人に対してもっとも厳しい判断を下したのはリチャード・シェパードである。[18] 彼は断食芸人を人間として心理学的に考察するとどうなるかという観点から見ていく。

シェパードによれば、断食芸人は自分の芸を窮めることに中毒状態になっている。それはあるがままの自分を受け入れることができないからである。人間としての限界を受け入れず、絶対的な断食という理想を頑強に追い求めるが、この理想は死と同義であり空虚でしかない。また断食芸人は自分が偉大であるという虚構にとらわれており、それに由来する根深いプライドのために人々に背を向けている。断食芸人の自己陶酔は、「精神的自慰」[19]に等しい。死に臨んだとき、ようやく断食芸人の自己中心主義が消える。断食芸人は初めて自分がしてきたことを理解し、人々に謝罪する。

シェパードにおいては断食芸人がけんもほろろの扱いになっているが、これはフォン・ヴィーゼの芸術家至上主義的な解釈に対する徹底的な反発から来ているだろう。シェパードはフォン・ヴィーゼとは逆に、完全に世間一般の人々の立場から断食芸人を見ている。

(四) 楽園への回帰をめざす対抗神話の試み——ノイマン

ゲルハルト・ノイマンはそれまでとはまったく別の観点から、断食芸人を肯定的存在として絶対化する。ノイマンの解釈は壮大である。[20]

ヨーロッパ文化は堕罪神話における禁止から始まる。「食べるな」という神の禁止に逆らって楽園の果実を食べた人間は、罪を負って楽園から追放される。以来、神ではなく人間が「法」を作ることになる。つまり、「食べる」ことによって「法」が導入されたのである。許可と禁止の記号体系が作り上げられ、ヨーロッパ文化を形成する。しかし同時にヨーロッパの文明人は身体性を喪失し、抽象的な記号体系の中で、許可と禁止の強制に従いつつ生きざるを得なくなる。儀礼による抽象的な記号ゲームに陥っているのが現在のヨーロッパ文化である。従って堕罪以前の、あらゆる強制から自由な、純粋な快楽の状態に戻ることが重要となる。「自分の口に合う食物を見つけることができなかった」という断食芸人の最後の言葉は、ヨーロッパ的な文化を全面的に否定するものである。食べない行為は、堕罪以前の、身体や自然が世界を経験する基盤となっていた楽園への回帰をめざす試みである。

断食芸人は堕罪神話に対する対抗神話を創出しようとしているのである。

ノイマンはまた、豹についてもこれまでとはまったく異なる見方を示す。断食芸人と豹は対立関係にあるのではなく、ヨーロッパ文化に対して異質な存在として同じ側にあるというのである。断食芸人の食べることを拒否した身体と、豹が象徴する自然や野生の生命力は、ともに「異質のまなざし[21]」としてヨーロッパ文化を脅かすものとされる[22]。

（五）その他の解釈――ビーメル、バイケン、パウル・ヘラー、アルト

その他にも独自の視点からの興味深い解釈がある。いくつか展望しておこう。

ヴァルター・ビーメルは、この物語で扱われているのは芸術の問題ではなく、「自由」の問題であると言う[23]。断食芸人は自ら檻に入って自由を放棄してしまうが、人間のこのような自己放棄は「ニヒリズム[24]」にほかならない。一方、豹は断食芸人とは対照的に十全に自己実現を果たしている自由な存在である。

ペーター・バイケンは「疎外」をキーワードにしてこの作品を読み解く[25]。断食芸人と大衆とのつながりの喪失は「全面的な疎外の表現[26]」である。断食芸人は自分だけの動機を追求し、「狂信主義と自己逃避と過度の禁欲主義」のために「人間として間違った方向」に進んでいる[27]。断食芸人の立場は「人間の生の根本原則への違反[28]」であり、断食芸が人々の関心を呼ばなくなった本当の原因はそこにある。

しかし、「楽しみ」を追い求めるだけの大衆もまた問題である。この作品に描かれているのは、「疎外された個々人が、置かれた状況から出られないで循環しているという宿命」[29]である。

パウル・ヘラーは、カフカの作品にたびたび登場する食物のモチーフを取り上げ、それを社会ダーウィニズムと関連づける。[30]肉を食べる人々が生きている世界とは弱肉強食の世界、生存をめぐる戦いの世界である。肉を食べることを拒絶する断食芸人は、世界が強者の原理で動いていることを洞察し、この世界から離脱しようとする存在である。自然淘汰の面で有利な体を所有している豹は、生存競争の勝者である。しかし豹は自分自身が檻の中に入れられており自由ではないことに気づいていない。それに対して断食芸人は世界を支配する生存競争のルールを認識し、自由意志で敗者となることを選択したのである。[31]

ペーター＝アンドレ・アルトは再び芸術と生の問題に戻るが、新しい観点も導入する。[32]アルトによれば、断食芸人は生涯の終わりに近づき、もはや芸術的効果を上げるためのオーラを持たなくなった老いた芸術家である。断食芸人は自分の芸がもはや賞賛に値するものではなく、同情されるのが関の山であることを知っている。知っていながら隠している。一方、豹は力と生命力にあふれる存在であり、エネルギッシュに自己を主張する。断食芸人は、豹＝生によって「殲滅」[33]される。「力強い生の大河」は「敗者」[34]である断食芸人の死とは無関係に続いていく。

以上見てきたように、断食芸人を肯定的に評価する者、否定的に見る者などさまざまである。またこの作品のテーマをどう捉えるかという点でも、解釈者ごとに実に千差万別であることがわかる。

二　作品に対する疑問

この作品は大きく三つの部分に分けられる。断食芸人が興行師と行を共にする第一部、興行師と別れサーカスに雇われる第二部、そして断食芸人の最後の様子が語られる第三部である[35]。

第一部の断食芸人は、断食芸によって多くの観客の拍手と賛嘆を得ている。しかし、観客という他者からの評価よりも、自分がどこまで断食できるのかを徹底的に試してみたいと思っている。第二部に至って、自分の限界に挑戦する機会を得る。どこまで断食し続けることができるのか、また周囲の人々はどう反応するのか、そして物語はどのような結末を迎えるのか、――これらの点が読者の興味を喚起する。しかし第三部において、読者は断食芸人の奇妙で不可解な言葉を聞くことになる。

この作品の大きな謎をまとめれば、次のようになるだろう。

一　なぜ断食芸人はサーカスの監督に向かって赦しを乞うのか

二　断食芸人の最後の言葉は何を意味しているのか

三　断食芸人が死んだ後に登場する豹にはどのような意味があるのか
四　そもそもこの作品は何を描いているのか
まずこれらの疑問について、作品に沿って見ていく。その際、カフカの他の自伝的作品群においてもテーマとなっている「世間」との関係に着目する。[36]

三　作品の考察

（一）第一部——世間と妥協しつつ

第一部の断食芸人は、観衆の喝采を浴びており、外面的に見れば芸人として社会的成功を収めている。しかし、断食芸人は非常に不満である。興行としての成功を優先させる興行師が断食期間を四十日間[37]に限定しているために、思う存分断食ができないからである。

どうしてみんな私の栄誉を奪い取ろうとするのか。このまま断食を続けて、あらゆる時代を通じてもっとも偉大な断食芸人——おそらく私はすでにそのような存在なのだ——になるだけでな

く、さらに自分の可能性を試し、想像を絶するものに至るという私の栄誉を。（D339）[38]

断食芸人は、自分は「あらゆる時代を通じてもっとも偉大な断食芸人」であると自負している。それは驕り＝ヒュブリスと言えるほどのものとなっている。

また、断食芸人は興業に伴うさまざまな虚偽にも反発を感じている。興行師の派手で大仰な演出に従わざるを得ないし、「痛ましい殉教者」（D339）に仕立て上げられることも甘受しなければならない。興行師の嘘に反論することもできない。たとえば興行師は、断食を中断せざるを得なかったために絶望してぐったりしている断食芸人の写真を見物人に見せて、断食芸人はもっと長い期間断食ができると主張しているが、四十日目にはこんなに衰弱しているのだとほのめかす。断食芸人は激しい怒りを感じる。

毎度のこととはいえ、そのたびごとに新たに断食芸人をやりきれない気持ちにするこの真実の歪曲はあまりのことであった。断食を早めに切り上げた結果生じたことが、今や主張を覆すための理由づけに使われているのだ！　このような無分別に対して、このような無分別の世間に対して戦うことは不可能だ。（D342）

断食芸人の怒りは直接的には興行師に向けられているのだが、「このような無分別の世間」と一般化されている。興行師ばかりでなく、ショーとしての断食芸にしか興味のない観客、いかさまをしていると決めつけている見張りたちなどの周囲の人々が「世間」として捉えられ、彼らの虚偽性に断食芸人は強い不満を感じている。

このように、第一部での断食芸人は十分に自己実現できているとはいえず、観客の願望やその意を汲んだ興行師の欺瞞的な演出に従いながら生きている。自分を抑えつけて、世間とある程度妥協しながら生きているのである。

（二）第二部——世間から隔絶して

サーカスに移った断食芸人は、断食芸を徹底的に追究する機会を得る。観客や興行師などの周囲の人々の思惑を顧慮することなく、思う存分断食をすることができるようになる。しかし観客はもはや断食芸に関心を示さなくなっている。断食芸人の檻が置かれるのは、演芸場の外の動物置き場への通路である。

最初のうちは彼は上演の休憩が待ち遠しくてたまらなかった。感激して彼は転がるように自分の方に駆けてくる大勢の人々を迎えたが、やがてすぐにわかったのは——どんなに頑なに、ほとんど自分に嘘をついてまで否定しようとしても、そのたびに思い知らされることになった――彼らが行くことを望んでいるのは本当はたいてい、いつもいつも、例外なく、徹頭徹尾、動物置き場だったということである。(D345)

第一部の断食芸人は大勢の観客から歓呼で迎えられたにもかかわらず、思うとおりに断食させてくれない観客に不満を感じていた。思う存分断食できるようになった今、断食芸人は必死に観客を求めるようになる。しかし、観客が見たがるのは動物たちであり、人々は断食芸人の前を通り過ぎていく。「本当はたいてい、いつもいつも、例外なく、徹頭徹尾」と副詞や副詞句が連ねられているが、これは断食芸人が観客に対する期待を裏切られていった過程を表現しているだろう。

やがて断食芸人は人々から完全に忘れ去られる。

そういうわけで断食芸人は、かつて自分が夢見ていたように引き続き断食を続け、そして当時彼が予言したように苦もなくそれは続いたが、日数を数える者は誰もいなかった。誰も。断食芸人自身でさえ自分の記録がどれほどに達したかを知らなかった。彼の心は重くなった。(D347)

あれほど記録の樹立にこだわっていたにもかかわらず、断食期間の表示板が更新されなくなったことに対して、断食芸人はもはや何も言っていない。「彼の心は重くなった」と述べられているが、いったい何を考えているのだろうか。

そのことがわかるのは、表示板の断食日数を見た一人の男が「いかさまだ」（D347）と言ったときである。語り手は断食芸人の反発を次のように代弁する。

それは無関心さと生まれついての悪意がでっち上げうるもっとも愚劣な嘘であった。というのも、断食芸人がだましているのではなく――彼は誠実に働いていた――世間のほうが彼に与えるべき報酬をだましとっていたからである。（D347）

自分の断食記録に対して、本来なら世間は栄誉で報いるべきなのに、自分を認めないどころかいかさま扱いさえする。そのことに対して、断食芸人は激しい怒りをたぎらせている。

第一部におけるように、世間と妥協して生きれば十分な自己実現ができない。かといって、第二部におけるように、世間との関わりを絶って自分の道をひたすら追い求めても、そこで達成したことを認めてくれる人がいなければ自己実現は意味をなさないのである。読者は、いったい断食芸人はどうなるのかと思いながら、第三部へと読み進むことになる。

（三）第三部——新しい認識の獲得

（1）なぜ断食芸人は赦しを乞うのか

第三部で、断食芸人はサーカスの監督の一人と言葉を交わす。監督に「みなさん」と呼びかけているが、それは断食芸人が監督を通じて世間と対話しているからである。

「みなさん、私を赦してください」と断食芸人はささやくように言った。それは檻に耳を寄せていた監督にしか聞こえなかった。「もちろんだとも」と監督は言って、断食芸人の状態をほかの者に知らせるために指を額にあてた。「俺たちはおまえを赦してやるよ。」（D348）

断食芸人の監督への最初の言葉は謝罪である。彼はこれまで、世間の人々が自分の断食記録をまったく評価しようとしないことに憤懣を覚えていた。ところがここでは一転して謝っている。なぜ赦しを乞わなければならないのだろうか。

「ずっと私はあなたたちが私の断食に感心してくれるのを望んでいました」と断食芸人は言った。「俺たちは感心しているさ」と監督は相手の意に添うように言った。「でも感心してはいけないんです」と断食芸人は言った。「うん、じゃあ感心するのはやめよう」と監督は言った、「でもどうして感心してはいけないんだね？」「なぜなら私は断食をせざるを得ないからです。断食しないでいることはできないんです」と断食芸人は言った。(D348)

断食芸人が謝るのは、自分が世間の賞賛に値しないにもかかわらず、それを求めていたことを悟ったからである。普通に食欲のある人間が、その食欲を抑えて断食をするとすれば、それは苦しいことである。それゆえ、苦しみに耐える人間に対して人々は感心し、賞賛を惜しまないだろう。そして、断食をした人が自分の忍耐力に対して人々の賞賛を求めるのも当然である。しかし断食芸人は「私は断食せざるを得ない」、「断食しないでいることはできない」と言っている。普通の人々が「私は食べざるを得ない」、「食べないでいることはできない」と言うのと正反対の言葉である。人々にとって「食べること」が自然なことであるように、断食芸人にとっては「食べないでいる」ことが自然なことだったのである。もちろん「食べる」ことへの欲求をもたず、それゆえ断食が苦しみとはならず、あっさりやってのけられることであったとしても、それは芸となるだろう。それは普通の人々にとっては不可能を可能にする驚くべき事柄であるだろうし、人々の賛嘆の的となるにちがいない。しかし、断食芸人にとっては、それは人々からの賞賛を求めるべき事柄ではないのである。自分にとって自然なことをしているにもかかわらず、世間の賞賛を求めたこと、そのことに対して世間の人々に赦しを乞うのである。

（２）最後の言葉の意味は？

断食芸人の言葉に驚いた監督は、「どうして断食しないでいることができないんだね」と尋ねる。そして断食芸人の最後の言葉が語られる。

「なぜなら私は」と断食芸人は言って、その小さな頭を少し持ち上げた。そして、一言も聞き漏らされることがないように、キスをするときのように唇をとがらせ、監督の耳もとにささやいた、「なぜなら私は、自分の口に合う食物を見つけることができなかったからです。もし見つけていたら、私はきっと注目を集めるようなことはせず、あなたやみんなと同じように腹一杯食べていたでしょう。」（D348f.）

この言葉から明らかになるのは、断食芸人がもう長い間、記録や世間の栄誉などに関心を持たず、まったく異なる次元の問いを自分に向けてきたということである。それは、なぜ自分はこのような存在なのかという問いである。なぜ自分は普通の食べる人々と異なるのか、なぜ自分にとって断食をすることが簡単なのかという問いである。そして見出したのが、第一に、自分も根本的には「あなたやみんなと同じよう」な「食べる人」であったということ、そして第二に、自分が「食べない人」として生きてきたのは、ただ「自分の口に合う食物を見つけることができなかったから」にすぎないということである。これが完全な孤独の中で断食芸人が獲得した新しい認識である。

この認識は次のような要素を含んでいる。まず第一に、自分が世間の人々と同じ「食べる人」であったという自覚は、断食芸人にとってコペルニクス的転回と言えるほどの大きな認識の転回である。自分が特殊な存在であり、偉大な能力を持っているというそれまでの自尊心の根拠が崩れてしまう。人々から賞賛を求めるいわれはなくなるのである。

第二に、「自分の口に合う食物を見つけることができなかった」という言葉からわかるのは、世間一般の人々が食べたいと思う物を食べたいとは思わなかったということである。だから断食芸人にとって断食が容易なのであり、だからこそ断食芸を生業として生きるようになったのである。

第三に、根本的には断食芸人も「食べる人」だったとはいえ、「自分の口に合う食物」を見出していないという点で、やはり世間一般の人とは異なる。そのことを再確認したのである。そしてこのことは、断食芸人に新たな生きる目標を与えることになる。つまり、「自分の口に合う食物」、『変身』で使われている言葉を借りれば、「未知の糧」（D185）を求めて生きるという目標である。

第四に、ここに至って断食芸人はもはや芸人ではないと言えるだろう。断食芸人が行っているのは断食芸ではなく、ただの断食だからである。人々に見せるためのものではなく、ただ自分のためだけに行う探求である。断食芸人は今や芸人としてではなく、一人の人間として生きている。

（3）断食芸人の死

結局、断食芸人は「未知の糧」を見出すことなく死ぬ。断食芸人の最後の様子は次のように語られる。

しかし光の消えた彼の目にはなおも、さらに断食を続けていくんだという信念、もはや誇らしげではなかったが、固い信念が浮かんでいた。(D349)

この死をどう捉えたらよいのだろうか。ポリツァーは、彼岸にある「未知の糧」に到達したので「満ち足りた」ように見えるが、それは「死体の顔」にすぎないと言う。[39] ヘルムスドルフは、誇りを失い失敗したという意識とともに死んだと言う。[40] しかし、ここで何よりも注目しなければならないのは、死んだ断食芸人の目になおも浮かんでいる「固い信念」である。それは、断食芸人が人生の最後に至って、自分の生きる方向をはっきりと見出していたことを示している。それに、断食芸人の死はひっそりとして目立たないが、カフカの他の作品の主人公の死と比べても、格段に力強いものである。[41] 失敗に終わった生を示唆するこれまでの主人公たちの死に対して、断食芸人の死は、自分自身の生に確信を持って生きた人の、静かで満ち足りた死となっている。「未知の糧」を得ることはできなかったが、それに向かって最後まで歩み続けたのである。

（4） 豹にはどのような意味があるのか

断食芸人が死んだ後、彼が入っていた檻には「若い豹」が入れられる。豹の様子は次のように描写されている。

そんなにも長い間ひっそりしていた檻の中でこの猛獣があちこち動き回るのを見ると、どんな鈍感な者の心も晴れ晴れとした。豹に足りないものは何もなかった。世話をする者たちは、餌を運ぶときに何がこの動物の口に合うのかと頭を悩ます必要はなかった。豹は自由さえ必要としているようには見えなかった。獲物を引き裂く力も含め、必要なすべてをそなえたこの高貴な体には、実際また自由が宿っているように見えた。その牙のどこかにそれが潜んでいるように見えた。生きる歓びがその口から灼熱の炎となってあふれてきたので、観客はたじろがざるを得なかった。しかし彼らはそれに耐え、檻の周りに群がり、まったくそこを離れようとはしなかった。

(D349)

断食芸人とは対照的に、豹は自分が食べる物にまったく迷いがない。牙で獲物を引き裂き、その肉を食べる。食べるために必要な牙に「自由」が宿り、食べた口から「生きる歓び」があふれてくる。豹が圧倒的な生命力を発散することができるのは「食べる」からである。豹はつまり、「食べる人々」である世間一般の人々の理想的形姿であると言えるだろう。観客は、豹に自分たちの生が最高度に高められた姿を見ていつまでも檻の周りにひしめいているのである。

こうして読者もまた観客と同じように、豹の持つ生命力に心を高揚させられてこの物語を読み終えることになる。しかし、まばゆい豹の向こうにもう一度断食芸人の姿を思い浮かべ、もし断食芸人が「未知の糧」を見出していたなら、豹と同じように生命力にあふれる存在になったのではないかと想像してみることはできる。そのとき、断食芸人は肉を食べる豹とはまったく異なる存在として輝いたのではないだろうか。

四　カフカに即して

以上見てきたように、断食芸人は世間の賞賛でもなく、自身の記録でもなく、「未知の糧」を求めて生きることが自分の生の意味であることを悟り、これまで続けてきたようにこれからも断食を続けていくことに納得して死んでいく。つまりこの物語は、断食芸人が自分自身の生に対する認識を深めていき、ついに自分本来の道を見出すようになる過程を描いた作品であると言える。

ではカフカに即してみるなら、この物語はどのような意味を持っているのだろうか。

断食芸人は明らかにカフカの分身である。それは単にカフカが菜食主義的生活を送った[42]という意味においてだけではない。カフカの日記に次のような記述がある。

書くことが僕の本質のもっとも実り豊かな方向であるということが、僕という有機体の中で明らかになったとき、すべてがそこへと殺到し、性への、食べることへの、飲むことへの、哲学的思索への、そして何よりも音楽への喜びに向けられていたすべての能力を空っぽにしてしまった。僕はこれらすべての方向においてやせ衰えた。[43]

ここでは「書くこと」、つまり文学と、それ以外の「性」、「食べること」、「飲むこと」、「哲学的思索」、「音楽」が対立的に捉えられている。後者は一般に人が強い欲求を感じ、それを享受することで人生に歓びを見出している事柄である。カフカは文学に没頭することによって、それらすべての面において「やせ衰えた」と言う。「書くこと」と「生きること」の対立についての同じような記述はカフカの日記のいたるところに見られる。[44]

断食芸人と周囲の人々、「食べない人」と「食べる人々」の対照によって示されているのはつまり、人生の享楽から遠ざかり「書くこと」に没頭する人と、人生を享楽する世間一般の人々との対照である。カフカはこの物語において、書くことに集中してきた自身の人生を振り返っているのである。

カフカが断食芸人の物語へと抽象化したものを、再びカフカ自身の人生へと還元してみよう。思い通りにならないながらもとりあえずは断食芸によって自己実現をはかっている第一部は、カフカにとって次々と作品を発表していた初期や中期に相当するだろう。興行師は、カフカの原稿を盗むようにして取り上げ出版社に売り込んだブロートを思わせる。[45] 実際、ブロートからカフカを紹介された編集者クルト・ヴォルフは、「興行師が自分の発見したスターを紹介する」ときのような印象を受けたと述べている。[46] また、断食芸人が観客や興行師と妥協しながら生きている姿は、ブロートに導かれて人々と交際したり、フェリーツェとの結婚を考えたりしたカフカを想起させる。このように世間とつながりを持とうとする一方で、周囲の人々に妨げられずにひたすら「書くこと」に没頭することも、カフカは絶えず求めていた。フェリーツェに宛てて、「僕には生まれつき、途方もない禁欲能力があります」と誇らしげに書き、「僕は文学に関心があるのではなく、文学からできているのです。文学そのものであり、それ以外のものではありえません」[47] と高らかに宣言しているところなどは、まさに断食芸人のヒュブリスそのものである。

また、ひたすら自分の断食芸をつきつめようとして世間と隔絶していく第二部は、結核の発症によってフェリーツェとの婚約が最終的に解消され、世間との関係を顧慮する必要のなくなった一九一七年以降のカフカの状況を写し取っているだろう。ブロートはそのカフカ伝において、カフカがこの時期、「一切のことから身を引こうとした。ついには私との交際まで断ってしまおうとした(48)」と書いている。もっとも親しい友人からも距離をとったことは、断食芸人が「同じ道を進む一番の同志」(D343)とされる興行師と別れたことと符合している。しかし世間との関係を絶ったからといって、必ずしも生産的になれたわけではない。むしろ、しばらくは作品が生まれない状態が続く。これも第二部の断食芸人の状況と似ている。

こうしたときに、カフカはミレナとの出会いと別れを経験する。ミレナのことを「いままで見たこともないような生き生きとした火(49)」であると述べており、強烈な生命力を備えた豹は彼女の姿を映し出していると言えるだろう(50)。ミレナとの関係を経て、カフカは書くことに没頭し、生を味わうことをしてこなかった自分の生き方はこれでよかったのかという問いを自分自身に問い、その答を物語の形で求めたのである。

カフカは自分自身の人生を寓話的に振り返り、書き続けるのが自分の人生であり、それ以外に自分は生きようがなかったことを認識する。豹が享受する「肉」で象徴される、今目の前にある生のさまざまな楽しみとは異なる、自分に本当の歓びを与えてくれる生の糧、「未知の糧」を見出すことを目的としてこれからも書き続けていくこと、そのことに対する確証を得たのである。

むすび

カフカは世間一般に対して強い異和感を覚えており、それを作品においてしばしば具体的なイメージで可視化してきた。作者と世間の人々との距離は、たとえば『変身』では虫と人間の距離として、『あるアカデミーへの報告』では猿と人間の距離として示されている。カフカは人々の間で、自分を虫や猿と表象するほどに異種であると感じ続けてきたのである。

では『断食芸人』ではどうだろうか。ここでは、カフカと世間の人々との距離は、「食べない人」と「食べる人々」との相違として示されている。しかし最後に断食芸人は、根本的には自分も「食べる人」であったと言明するに至る。これはひたすら世間に対する異和感だけを強調していたこれまでのカフカには見られなかった点である。そしてそのことを反映しているのが、この物語の主人公と世間の人々が同じ人間に設定されていることではないかと思われる。『変身』や『あるアカデミーへの報告』では異種同士であったものが、同種同士の関係に変わっているのである。そしてこれは、『断食芸人』以降の物語にも当てはまる。『ある犬の探究』ではカフカを思わせる語り手の「私」は犬族の一員であり、カフカ最後の作品『歌姫ヨゼフィーネあるいはねずみ族』の主人公ヨゼフィーネはねずみ族の一員である。カフカにとって世間との関係は後期に至ってそれまでとは明らかに変化している。距離が縮まっているのである。

もちろん、世間の人々との相違は依然として残り続ける。断食芸人は普通の人々や豹のように肉に対して食欲を覚えず、あくまで「未知の糧」を求める。しかし「未知の糧」とはいったい何なのだろうか。換言すれば、カフカは「書くこと」を続けていくことを通じて、いったい何を見出そうとしているのだろうか。

この問題は『ある犬の探究』に引き継がれていくことになる。なぜなら、そこにはまさに「未知の糧」を探求する犬が登場しているからである。

注

(1) Kafka, Franz: *Tagebücher*. Hrsg. v. Hans-Gerd Koch, Michael Müller und Malcolm Pasley. Frankfurt a. M. 1990, S. 922. また、Kafka, Franz: *Drucke zu Lebzeiten. Apparatband*. Hrsg. v. Wolf Kittler, Hans-Gerd Koch und Gerhard Neumann. Frankfurt a. M. 1996, S. 437参照。

(2) これについては、Walter Bauer-Wabnegg: *Zirkus und Artisten in Franz Kafkas Werk. Ein Beitrag über Körper und Literatur im Zeitalter der Technik*. Erlangen 1986参照。バウアー＝ヴァプネックは次のように述べている。「断食芸の世界からの多くの要素がカフカのテクストの中に見出される。興行師、見張りたち、断食芸人と彼らの対話、賭け、断食芸人の怒りの発作、医者たちによる診察、断食期間の終わりが華々しく告げられ女性たちに導かれて最初の食事が厳かに取られること、檻の中に閉じ込められること、断食芸人の人気、見世物になった結果死んでしまったりすることなどである。これらすべては、正確には何を参照したのかこれまで明らかになっていないが、カフカが自分の物語のために実際の断食芸から非常に具体的な刺激を得ていたことを示している。」(S. 168) ——なお近年の断食芸としては、二〇〇三年イギリスでアメリカ人 David Blaine によって行われた四四日間の断食芸が有名である。

(3) Wiese, Benno von: Franz Kafka: »Ein Hungerkünstler«. In: ders.: *Die deutsche Novelle von Goethe bis Kafka.* Düsseldorf 1956, S. 325-342.

(4) Ebd., S. 333.

(5) Ebd., S. 337.

(6) Ebd., S. 336.

(7)「自由でしなやかに戯れる精神による生命的実存の無条件の止揚は、死においてのみ終わるだろう。これはネガティブではなく、まったくポジティブな意味である。つまり、それは自己表現の完成であり、自己証明の達成なのである。」(Ebd., S. 339)

(8) Politzer, Heinz: *Franz Kafka. Der Künstler.* Frankfurt a. M. 1978, S. 472.

(9) Henel, Ingeborg: Ein Hungerkünstler. In: *Deutsche Vierteljahrsschrift für Literaturwissenschaft und Geistesgeschichte* 38, 1964, S. 230-247. 特に S. 237参照。

(10) Politzer, a. a. O., S. 471-473.

(11) Hermsdorf, Klaus: Künstler und Kunst bei Kafka. In: *Weimarer Beiträge* 10 (1), 1964, S. 404-412. この表現は、S. 407より。

(12) Politzer, a. a. O., S. 469, Henel, a. a. O., S. 233, Hermsdorf, a. a. O., S. 407.

(13) Politzer, a. a. O., S. 469, Henel, a. a. O., S. 237, Hermsdorf, a. a. O., S. 407.

(14) Henel, a. a. O., S. 237.

(15) Hermsdorf, a. a. O., S. 407.

（16）von Wiese, a. a. O., S. 340.
（17）Hermsdorf, a. a. O., S. 407.
（18）Sheppard, Richard W.: Kafka's »Ein Hungerkünstler«. A Reconsideration. In: *German Quarterly* 46, 1973, S. 219-233.
（19）Henel, a. a. O., S. 231.
（20）Neumann, Gerhard: Hungerkünstler und Menschenfresser. In: *Franz Kafka. Schriftverkehr.* Hrsg. v. Wolf Kittler und Gerhard Neumann. Freiburg i. Br. 1990, S. 399-432.
（21）Ebd., S. 430.
（22）ベルント・アウアーオクスは、二〇一〇年に出版された『カフカ・ハンドブック』において、ノイマンの研究を「その後もこれを超える研究はなされていない」（S. 323）ときわめて高く評価している。Auerochs, Bernd: Ein Hungerkünstler. Vier Geschichten. In: Engel, Manfred/Auerochs, Bernd（Hrsg.）: *Kafka Handbuch. Leben–Werk–Wirkung.* Stuttgart･Weimar 2010, S. 322-323.
（23）Biemel, Walter: *Philosophische Analysen zur Kunst der Gegenwart.* Den Haag 1968, S. 38-65.
（24）Ebd., S. 64.
（25）Beicken, Peter U.: *Franz Kafka. Eine kritische Einführung in die Forschung.* Frankfurt a. M. 1974, S. 319-324.
（26）Ebd., S. 322.
（27）Ebd., S. 323.
（28）Ebd., S. 324.
（29）Ebd.
（30）Heller, Paul: *Franz Kafka. Wissenschaft und Wissenschaftskritik.* Tübingen 1989.
（31）ヘラーの解釈は『キントラー新文学事典』（*Kindlers Neues Literatur-Lexikon*）で『断食芸人』解釈の一つ

として採用されており、一定の評価を受けていることがわかる。

（32）Alt, Peter-André: *Franz Kafka. Der ewige Sohn. Eine Biographie.* München 2005, S. 647-653.

（33）Ebd., S. 651.

（34）Ebd., S. 652.

（35）従来、この物語は二部構成とされてきた。第一部は断食芸人が興行師と共に興行を行っていた前半、第二部は興行師と別れ、サーカスに身を寄せることになった後半である。しかし、断食芸人の自己認識の深化という観点から見ると、断食芸人の死を描いた最後の部分は第三部として第二部から独立させるほうがいいと思われる。第三部の直前には空行があるが、このことは第三部こそがもっとも重要なのであって、そのための前提として第一部と第二部が必要だったことを示しているだろう。

（36）ここで自伝的作品群と呼んでいるのは、初期の『判決』や『変身』、中期の『流刑地にて』や『あるアカデミーへの報告』、そして後期の『断食芸人』、『ある犬の探究』、『歌姫ヨゼフィーネあるいはねずみ族』などである。『あるアカデミーへの報告』における「世間」との関係の問題については、佐々木博康「『あるアカデミーへの報告』——世間で生きること——」（古川昌文・西嶋義憲編『カフカ中期作品論集』同学社、二〇一一年、三五一～三八一頁）を参照のこと。

（37）断食期間が四十日なのは、イエスの行った断食期間からきているようである。新約聖書の「マタイによる福音書」第四章第二節には、イエスが四十日間の断食を行ったと記されている。一六世紀に断食少女たちによる断食ショーが行われたが、それは四十日間断食したキリストの後継者的な行為であると理解されたとのことである。（Neumann, a. a. O., S. 406f.）また、近代になって最初の断食を行ったHenry Tanner の断食期間も四十日間だった。（Bauer-Wabnegg, a. a. O., S. 167）

（38）『断食芸人』の引用は、Kafka, Franz: *Drucke zu Lebzeiten.* Kritische Ausgabe. Hrsg. v. Wolf Kittler, Hans-Gerd Koch und Gerhard Neumann. Frankfurt a. M. 1994による。本書からの引用は、略号Dとともに頁数を挙げて示す。

(39) Politzer, a. a. O., S. 470.

(40) Hermsdorf, a. a. O., S. 407. その他、ヘーネル、シェパード、バイケン、アルトは断食芸人の死を肯定的に捉えるが、その場合もそれまでの虚偽的だったり、プライドにとらわれていたり、人々に認められなかったりという、いわば間違った生から脱したという意味で死が肯定的であるにすぎない。

(41) 『判決』のゲオルクの死は、社会的存在として生きられないことをわびるような悲しい自殺である。『変身』のグレゴールは、家族のためには自分がいなくなった方がいいのだという自己犠牲的幻想を抱いて哀れにも死んでいく。『流刑地にて』の士官は、処刑機械に自ら身を投げるが、望んでいたエクスタシーが得られずみじめな死を遂げる。長編『訴訟（審判）』のヨーゼフ・Kは最後に「犬のように」殺伐と処刑される。

(42) カフカ自身は厳格な菜食主義者というわけではなかったが、肉を食べないなど菜食主義的な生活を試みている。

(43) 一九一二年一月三日の日記の記述。Kafka, *Tagebücher*, a. a. O., S. 341.

(44) たとえば、一九一四年八月六日の日記の記述。「僕の夢のような内面生活を描きたいという気持は、他のすべてのことを副次的なことにしてしまった。それらは恐ろしく萎縮し、萎縮することをやめない。」(Kafka, *Tagebücher*, a. a. O., S. 546)

(45) カフカはヤノーホに、ブロートを始めとする友人たちが自分の原稿を奪うようにして出版してしまうと訴えている。「マックス・ブロート、フェーリクス・ヴェルチュ、そうした友人たちが皆、私の書いたものをなにかと取り上げてしまう。そして、いつの間にか出版契約を結んでしまっては私を驚かすのです。私はその友人たちに不快を与えたくない。そこで、もともとまったく私的な手記や筆のすさびにすぎぬものが、結局出版されてしまいます。私の人間としての弱点の個人的な証拠書類が、印刷され、しかも売りに出るのです。マックス・ブロートを筆頭に、友人たちがそれを〈文芸〉に仕立て上げようと妄想しているためであり、私に、孤独の証言を破棄するだけの力がないためです。」カフカはこのように述べた後、友人たちを非難するような物言いをすぐに反省したのか、次のように付け加えている。「事実は、私自身これらの出版に協力している。私はすでにそれほどの恥知らずに堕落しています。自分の弱点の口実に、私は私の周囲の影響を実際以上に誇大視します。これは当然欺瞞です。」(Janouch, Gustav: *Gespräche mit Kafka. Aufzeichnungen und Erinnerungen.* Frankfurt a. M. 1981, S. 40-41. 訳はグスタフ・ヤノーホ（吉田仙太郎訳）『カフカとの対話』筑摩書房、一九九四年、四三頁）——なお、これについてはHillmann, Heinz: *Franz Kafka. Dichtungstheorie und Dichtungsgestalt.* Bonn 1973, S. 89を参照。

(46) Binder, Hartmut: *Kafka-Kommentar zu sämtlichen Erzählungen.* München 1977, S. 116.

(47) 一九一三年八月一四日付フェリーツェ宛の手紙。Kafka, Franz: *Briefe an Felice.* Hrsg. v. Erich Heller und Jürgen Born. Frankfurt a. M. 1976, S. 444.

(48) Brod, Max: *Über Franz Kafka.* Frankfurt a. M. 1980, S. 149. 訳は、マックス・ブロート（辻瑆ほか訳）『フランツ・カフカ』みすず書房、一九八七、一九〇頁。

(49) 一九二〇年五月初めにメラーンより出されたブロート宛の手紙の記述。Kafka, Franz: *Briefe 1902-1924.* Hrsg. v. Max Brod. Frankfurt a. M. 1975, S. 275.

(50) 筆者の知る限り、これまで豹にミレナが反映していると見た研究者はいない。

五　『断食芸人』
――見られない芸――

上江　憲治

はじめに

カフカのアフォリズムの一節に、作品執筆時のカフカの姿勢とも考えられる記述がある。そこには、「おまえと世界との戦いにおいては、かならず世界を支持する側につくこと[1]」と記されている。断食芸人と世界との戦いにおいて、カフカは「世界を支持する側」についたのであろうか。あるいは、どちらの側をどのように支持したのであろうか。

一　芸人の栄誉としての、あるいは自己実現の手段としての「見られること」

物語は語り手の回想で始まる。まず、物語の前半では断食芸人が興行師とともに自らの芸を見物人に披露して成功と栄誉を体験していた絶頂期について語られ、後半では、人気を失った断食芸人がサーカスに雇われ、かつての名声を再び取り戻すこともなく哀れな最期を迎えるまでの没落の時期について語られる(2)。

物語の前半部分で断食の見張り役たちが登場する。彼らは断食芸人が何らかの方法で密かに食物を摂ることがないように昼も夜も断食芸人を見張るという役割を担っているが、この見張り役たちには二種類のタイプがある。ひとつは、断食芸人にわずかばかりの食料を摂らせようという明らかな意図のもとに、緩い監視をおこなう者たちである。彼らに言わせれば、断食芸人が密かに食物を摂ることは公然の秘密なのである。

もうひとつのタイプは厳密な監視を行うために「格子のすぐわきに腰を据えて、ホールの薄暗い夜間照明では満足できずに、興行師から渡された懐中電灯で彼を照らし」(335-6) さえする見張り役たちである。後者の行為は断食芸人にとって、決して迷惑なものではなく、彼はむしろそれを望ましいとさえ感じている。それに対して前者、つまり緩い見張りを行う者たちについては次のような記述がある。「断食芸人にとってはこういう見張りほど迷惑なものはなかった。それは彼を憂鬱にし、断食を極端に困難なものにした。」(335) このような見張りたちに対しては、彼は疑念を晴らすために夜通し歌を歌って見せる。これほどに彼にとっては芸を疑われることが不満であり、悲しいことなので ある。世の中から正当に評価されない断食は彼にとって「極端に困難」なのである。

ここで問題になっているのは芸人としての名誉である。彼は世界から賞賛されることを望んでいる。「彼がもっとも幸福な気分に浸れるのは、やがて朝になり、見張りたちのところへ、費用は断食芸人もちで、山のような朝食が運ばれて来て、見張りたちがそれに、つらい徹夜のあとで健康な男たちが抱く食欲をあからさまに見せながら、かぶりつくときであった。」(336) この断食芸人の幸福感が意味するものはまず第一に世間的な名誉である。周りの世界から評価されることによって、彼は彼自身が世界の中で特別な存在であり、すぐれた存在であると確信できるのである。ここで表現されている断食芸人の「名誉」は、一面では芸を見られて賞賛される喜びである。しかし彼にとっての「名誉」はそれだけではない。それはつぎの記述によって明らかになる。つまり、見張りたちが断食芸人に密かに食物を摂らせようという意図のもとに、いい加減な見張りをしても、彼は決して食べ物を口にしなかったが、その理由として、「芸の名誉がそういうこと(密かに僅かな食料をとること——筆者注)を禁じたのであった」(335) と述べられている。ただ表面的に賞賛されればそれで満足ということではなさそうである。さらには、断食を続けることによって次第に憔悴していく断食芸人について、彼は断食によって憔悴したのではなく、「自分自身に対する不満から憔悴したのである」（337）と記されている。断食芸人の中では、見物人や見張りに見られている芸人としての自分と、自らの欲求に従って満足な断食を全うしたいと願う自分とが渾然一体となっている。断食芸人にとって自らの断食芸を見られるということは、賞賛されることによって芸人としての名誉を得るというだけではなく、内的な欲求に従って自己を実現する手段でもあるのだ。ただ、内的な欲求に基づく断食においても彼は見物人を必要としている。

『断食芸人』とは執筆時期が異なり、カフカがかなり初期の段階で書いた作品ではあるが、『ある戦いの記述（祈るひととの対話）』にもすでに、自己確認の手段としての〈見られること〉というテーマがはっきりと現れている。

「わたしは、お祈りをしている人たちを浮かかぬ気持ちでながめまわしていました。と、やせた体躯を床に投げ伏しているひとりの若者の姿が、眼にとまりました。ときどき全身の力をこめてわれとわが頭をひっつかんだり、床石のうえにひろげた手のひらにその頭を打ちつけては、ため息をついたりしていました。

教会のなかにいるのは、数人の老婆たちだけでした。老婆たちは、ときおり布でくるんだ小さな頭をかしげるようにしてめぐらすと、お祈りをしている若者のほうを見ました。若者は、こうして人々の注目をあつめていることがうれしくてたまらないようでした。というのは、あの突拍子もないお祈りをやりだすまえには、きまってあたりを見まわして、たくさんの人たちが見てくれているかどうかを確かめるのでした。[3]」

「私」はこれを胡散臭い振る舞いだと感じ、どうして彼がそんな奇妙な方法で祈るのかと問いただす。いくつかのやりとりの後で若者は最終的に次のように答える。

「ぼくは、人々に見られいわばときどき祭壇に影を投げかけることがおもしろいだけなんです。(……)おもしろいのではなくて、ぼくにとって必要なことなんです。しばらくのあいだにせよ、人びとの視線によって自分をしっかりきたえてもらうことが必要なんです。[4]」

「見られる」ということは社会の中で自分自身を確かめ、鍛え直すという積極的な意味を持っている。

しかし人々は自分を正しく見ることができないし、正しく見ようともしない、と断食芸人は考えている。そもそも人は全体を見通すことはできないし、正しく認識することもできない。「したがって誰もほんとうに間断なく申し分なく断食が行われたかどうかを、自分の目で確かめることはできなか

った。」(337)

見る・見られるということに常につきまとう、この「誤認」はカフカの作品においてしばしば取り上げられるテーマのひとつでもある。たしかに誤解されるということは断食芸人にとって辛いことである。しかし、見られるということは彼にとって、さらには人間一般にとっても生きるために必要なことである。見られるということは、たとえそれが不可避的に誤解を内在するものであったとしても、人間が社会的な存在である限り避けて通れないものである。ベノ・フォン・ヴィーゼも『断食芸人』を論じる中で「見られる」ということについて次のように述べている。

断食芸人は異質な世界の中での精神世界への孤立した突出というグロテスクなメタファーとして描かれているが、やはり観客の来訪、〈見られること〉を必要としている。彼はこのような方法でのみ自己の存在を明らかなものとして実現できるのである。(5)

興行師は断食芸人に四〇日を超えての断食は許さない。断食芸人が繰り返すのは常に自分自身にとっては易しすぎる断食である。そして四〇日間の断食が終わると、盛大なお祝いが催される。

誰もこの見せ物に不満を持つ権利のある者はいなかった、ただ断食芸人をのぞいては。いつも彼

だけが不満だった。(341)

彼が享受している栄誉は常に彼の内的な欲求とは一致しなかった。むしろ彼は自分が不当に見られていると感じていた。この感情は彼にとって最も耐え難いもののひとつだった。前に述べた緩い見張り役に対する怒りもまさに同一の感情から生まれている。また、興行師に、彼の悲しさが断食による空腹から来るものだと指摘されたときの断食芸人の怒りも、誤解され、過小評価されたことに対する怒りである。

さらに断食を続けたいという彼の意思のなかでは、実際に評価されているよりも偉大であるということを証明して、賞賛されたいという世間的な名誉への執着と純粋に内的な断食への飽くなき欲求とが不可分に結びついているように見える。

しかし、興行師が、四〇日の断食の後でベッドに横たわり、ほとんど消え入りそうに憔悴している断食芸人の写真を示して、さらに続けて断食できるという断食芸人の主張を否定しようとするに至って、彼は正しく見られようとする戦いを断念せざるを得ない。断食芸人は考える。「この無理解と、この無理解の世間と戦うことは不可能だった。」(342)

このように、正しく見られることによる自己確認、自己実現への道は断食芸人に対して閉ざされたままである。やがて人気が凋落し、興行師との興行が成り立たなくなった彼は、不本意ながらも大きなサーカスに雇われ、そこで断食芸を続ける。しかし彼はそこでもかつての人気を取り戻すことはできなかった。それどころか、怠惰な従業員の不注意によって、断食日数の表示も途中から更新されないままに忘れ去られ、無制限に孤独な断食を続けることになる。

（……）断食芸人はかつて彼が夢想したように、断食をつづけ、かつて彼が予言したように、易々とそれに成功した。しかし日数を数えるものは誰もいなかった。（347）

四〇日を超える断食をやり遂げたにもかかわらず、自分の能力を賞賛してもらう可能性を奪われてしまった断食芸人は、今や見られる世界を離れて、つまり現実世界を離れて生きることになる。彼は内的な欲求に従って、言葉を換えて言うと、見られることによる自己実現に決別して、無期限の断食への道を突き進むことになる。これによって彼は真の自己実現、自己鍛錬のためのより高いステージへと踏み込んだかに見える。ここに至っては「芸」を媒介としての外部世界との関係は失われ、彼を動かしているのは彼の内的な欲求のみである。

二　内的な欲求による断食

かつて、見物人がいくら彼を褒めそやしても、そうされればされるほど彼の不満は大きくなった。その理由は彼に課された断食が容易すぎるものだったからである。この不満を取り除くためには、断食が彼の内的な欲求を満たすほど難しいものでなければならなかった。しかし、彼の欲求には明確な目標がない。彼のこの内的な欲求について、『歌姫ヨゼフィーネあるいはねずみ族』の次の文章をひとつの手がかりとして考察しよう。

彼女が何かを要求するとすれば、それは外的な事情に迫られてではなく、内的な論理に従って、そうするのである。彼女が最高の冠を求めるのは、それがいまや手の届きそうなところにあるからではなくて、それが最高の冠だからである。できることならば、彼女はその冠をさらに高いところに掲げるであろう。(6)

断食芸人が大衆から見捨てられた今、彼が断食への飽くなき欲求を外の世界に対して示す必要がなくなった今、皮肉なことに彼は「かつて彼が夢想したように、断食をつづけ、かつて彼が予言したように、易々とそれに成功した。」(347) しかし、四〇日をはるかに超える断食をやり遂げた時、彼が持ち続けていた不満は解消されたのだろうか。その時の断食芸人の心情については「彼の胸は悲哀に閉ざされた」(347) と記述されている。この「悲哀」の理由のひとつは、四〇日をはるかに超える断食をやり遂げたという事実を誰も評価してくれなかったということであろう。しかしそれだけであろうか。いかに長く断食を続けることができたとしても、彼はそれに満足できないし、それによって心が救われることはない。「ヨゼフィーネ」の「冠」同様に、彼の断食は高みを目指すことそのものが目的であり、具体的な到達目標はないからである。同じ事が次の言葉で説明されている。「私はうまいと思う食べ物を見つけることができなかったからだ。もし好きな食べ物を見つけていたら、きっと世間を騒がせたりしないで、あんたや他のみなの衆と同じように、たらふく食って暮らしたに違いないのだ。」（349）サーカスの監督にこの謎めいた言葉を残して、彼は息絶える。「しかし、光の消えた彼の眼のなかにはまだ、さらに断食を続けるのだ、というもはや誇らしげなというのではないが、断固とした確信が浮かんでいた。」（349）他の誰もがなし得なかった断食をやり遂げたにもかかわらず、断食芸人の心に晴れ晴れとした満足感は与えられていない。

三　見捨てられた者としての、あるいは見捨てる者としての死

孤独に檻のなかに横たわり、注目されることもなく見捨てられ、永遠に断食を続ける断食芸人に与えられるのは惨めな死である。この物語の後半では、彼は周りの世界によって見捨てられた存在として描かれている。しかし、本当に彼が一方的に世の中から見捨てられたと言えるのだろうか。見捨て

られた者の死ということに関連して、『ある犬の探究』の中に、次のような記述がある。少し長くなるが引用する。

わたしは仲間たちからほんのひとっ走りほどの距離だけ離れているのではなく、だれからも無限に遠く引きはなされているような気がし、本当は餓え死をするのではなく、無視され見棄てられたために死んでいくのだと思えた。だれも私のことをかまってくれないのは、火を見るよりも明らかではないか。地中にいる者も、地上に住む者も、高みにいる者も、だれひとりとしてわたしのことなど気にかけてはくれない。わたしは、彼らの無関心さのために死んでいくのだ。彼らの無関心さが、「あいつは、死んでいく」とつぶやいている。そして、実際そのとおりになるだろう。また、わたしも、それに同意したのではなかったか。この孤絶は、わたしがのぞんだのではなかっただろうか。なるほど、そうかもしれぬ。しかし、それは、こんなところでくたばるためではない。この虚偽の世界から抜け出して、真理のなかへはいっていくためだ。この世界には、真理を教えてもらえるような相手は、ひとりもいない。うまれながら虚偽の市民であるわたしからも、真理を教わることはできない。もしかしたら、真理はそれほど遠くにあるのではなかったかもしれぬ。したがってまた、わたしも、自分で考えていたほどには見棄てられていなかったのかもしれない。ほかのだれからも見棄てられていず、なすすべもなく死んでいく自分自身からだけ見棄てられていたのかもしれぬ（NII 475)。

ここで述べられている状況は『断食芸人』とも共通する部分を持っていると思われる。『ある犬の探究』における断食は、食物がどこから来るかを探究するための、実験としての断食であり、見世物芸としての断食芸人の断食とはそのまま同列に論じることはできないが、少なくとも断食に没頭することによって周りの世界との関係を失うという点では共通している。断食芸人は一方的に世界から見棄てられていたのではなく、彼自身も現実世界を、そして同時にその現実世界に属する自分自身をも見棄てていたのである。「この芸に対する生来の感覚を持っていないひとに、この芸を理解させることはできないのだ」（347）という彼の嘆きは確かに彼の苦悩に満ちた諦めの言葉ではあるが、同時に彼の高慢、思い上がりを表した言葉でもある。確かに人々は彼を正しく見ようとしないかもしれない。しかし、彼も、「正しく見られる」ための努力を諦めている。彼が現実の世界で見物人に見せているのは芸としての断食なのである。観客には四〇日間の完成された断食芸を「芸」として見る権利がある。そして断食芸人にはその完成された「芸」とそれに対する観客の賞賛に不満を持つ権利はないのである。

圧倒的、暴力的な生と純粋に精神的な存在との対立、そして純粋に精神的な存在が敗北するという物語はしばしばカフカの作品に描かれている。これらの作品に共通しているのは生と死との強烈な対比である。例えば、『変身』に描かれるグレーゴルの死と、その直後に描写される残された家族の朗らかな生命力。『判決』におけるゲオルクの自殺とその瞬間に橋の上を往来する雑踏の力強さ。これらの死は生の世界に対してどのような意味をもっているのだろうか。死者たちは単に圧倒的な生の力に打ち負かされただけなのか。それとも現実の世界を克服して、つまり虚偽の世界を否定して純粋な認識を獲得できる場所へと到達できたのであろうか。

カフカはこの物語の最後に豹を描いている。それまで断食芸人が入っていた檻に入れられた豹は明らかに断食芸人の精神的な世界に対立するものを象徴している。豹は断食芸人を取り巻く、興行師、二人の介添えの女性、見物人などの現実世界のなかでも最も力強く美しい部分を代表していると考えられる。しかし一方で、ここで豹が描かれているということは、現実の世界が動物の世界と同じであるというカフカの批判であるとも考えることができる。カフカはヤノーホとの対話のなかで次のように述べている。

「人間にとって自然な生活とは人間の生活でなければならない。しかもそれがわからない。わかろうとしないのです。人間の生存があまりにも困難になったために、人はそれをせめて幻想のなかで、振い落そうとするのです」（……）「人間が動物に戻ってゆきます。その方が人間の生活よりもずっと簡単なのだ。居心地よく家畜の群に投じて、人は都市の街路を仕事場に向って行進します。飼葉桶と満足感に向って。（……）人間は自由と責任を怖れ、その故にむしろ、自分ででっち上げた鉄格子のなかに窒息することをよしとするのです[7]」

断食芸人は食を拒み息絶える。その同じ檻に入れられた豹には、世話係が「さっそくこの獣が好きな餌を運んで」（349）来る。動物の位置まで降りてゆき、「家畜の群」に身を投じれば、義務も責任もなく食べ物は無条件に与えられる。

このような観点で物語の結末を読むと、断食芸人の死は、家畜の群に埋没することを受け入れずに精神的なものを守り抜いた断食芸人が、現実世界に対して勝利したことを表現していると解釈したい誘惑に駆られる。確かにこのような解釈も成り立つかもしれない。しかしそれではなぜ断食芸人の死の場面は救いのない哀れな最後として描かれているのであろうか。

四　食物に対する拒絶の二面性

断食芸人は「さらに断食をつづけるのだ、という、もはや誇らしげというのではないが断固とした確信」（349）を持って死んでゆく。彼は死を目前にしても断食に、つまり食物（Speise）に対する拒絶に固執している。ここでカフカの作品における食物という概念の二義性に注目しよう。食物は一面では肉体を維持するために必要な栄養素という表面的な意味を持っている。つまり現実世界、肉体の世界を象徴するものである。食物をこのように一般的な意味で捉えると、この部分の描写は、肉体的なものよりも精神的なものに重きを置いた断食芸人の最期を描いていると考えられる。しかし一方でカフカの作品においては食物やあるいは栄養（Nahrung）といった言葉は物質的なものとはまさに対極にある精神的なものを意味していることも多い。エムリッヒは『判決』、『変身』、『ある犬の探究』と『断食芸人』との関連箇所を指摘し、カフカにおいては食物や栄養という言葉は人間の精神を養い、力づける何かの比喩であると結論づけている。(8)

食物をこのように何か精神的な糧のようなものとして捉えると、食物を拒絶して死んで行く断食芸人の姿は断食芸人を取り巻く人びとに代表される現実世界の生を映し出しているとも考えられる。つまり彼らは精神的な食物を拒絶しているのである。ここではそのような生き方、つまり家畜の群れに身を投じた生きかたに疑問が投げかけられているとも考えられる。

しかし一方で、「さらに断食をつづけるのだ」という、「断固とした確信」を持って死んでゆく断食芸人の姿にも救いは感じられない。現実世界の食物を拒絶した断食芸人も、精神的な食物を拒絶した現実世界に生きる人びとも救われているとは思われない。断食芸人は最期の瞬間に現世に対して赦しを乞わなければならない。死の間際にも彼には安らぎが与えられていない。断食芸人の中には、芸を評価される事によって現実世界の中で自己を実現しようとする自分と、「うまいと思う食べ物」を探し続けて断食のかなたに真理を探究する自分とが存在していた。しかし、現実の世界での自己実現と精神世界での自己実現という生の二面性を、自分のなかで明確に認識し、受け入れることができなかった。精神的な高みを目指すためには、生きて断食を続けることが必要である。そして生きるためには食べることが必要なのである。食物の二義性を考えると、断食芸人自身も物質的な食物を拒絶しただけではなく、そのことによって同時に、まさに彼が追い求めていた精神的な食物をも拒絶したことになるのである。そして、断食芸人がこのことに気づいていないために、読者は最期の場面で断食芸人の救済を感じることができないのではなかろうか。カフカはアフォリズムの中で「認識」と「行動」ということに関連して、次のように書いている。

だれも、認識だけでは満足できず、この認識にしたがって行動するよう務めずにはいられない。しかし、そうするための力までは賦与されていないため、ここで自暴自棄におちいる。結果的にはかえって必要な力が得られなくなる危険があるにもかかわらず、自己を破壊することになる。

(NII 133)

『断食芸人』の中で描かれているのは、精神的なものと物質的なものとが不可分であり、どちらかを拒絶することは同時に他の一方をも拒絶することになるという人間存在のありようである。

おわりに

断食芸人と周りの世界との戦いの帰趨を問われると、物語の表面上は現実世界の側が勝利していると答えざるを得ない。断食芸人は死の間際に現実世界の人々に許しを乞う。そして断食芸人は、うまい食べ物（未知の糧）に辿り着いていない。一方、断食芸人の死後その同じ檻に入れられた豹は「必要なすべてをはち切れんばかりに具えて」いて、「高貴」であり、「生きる歓び」に満ちていると、いかにも魅力的に描写されている。豹は、断食芸人が追い求めている精神的な糧を持っていないし、そのことを認識することもできない。しかし、豹には不足しているものは何もないという。豹にとっては精神的な糧を持っていないこと（認識さえできないこと）が強みとなり、断食芸人にとっては、物質的な糧の欠如（それを断食芸人が認識していること）が弱みとなる。ここで描かれているのは、足りないことが強みとなる者と足りないことが弱みとなる者との戦いである。断食芸人と現実世界（豹）との戦いは断食芸人にとって、勝ち目のない戦いである。カフカは現実世界を支持する側につくことによって、つまり断食芸人に勝ち目のない戦いを戦わせることによって、せめて現実世界の理不尽さを描き出そうとしたのかもしれない。

注

（1）Kafka, Franz: *Nachgelassene Schriften und Fragmente II,* hrsg. von Jost Schillemeit, Kritische Ausgabe, Fischer Taschenbuch 2002, S. 124.（以下 NII と略記する。）

（2）Kafka, Franz: *Drucke zu Lebzeiten,* hrsg. von Wolf Kittler, Hans-Gerd Koch und Gerhard Neumann, Kritische Ausgabe, Fischer Taschenbuch 2002. 本テクストからの引用については、本文中に頁数のみを記す。邦訳は特に断らない限り、川村二郎・円子修平訳『決定版カフカ全集1』（新潮社、一九八〇年）による。

（3）Kafka, Franz: *Nachgelassene Schriften und Fragmente I,* hrsg. von Malcolm Pasley, Kritische Ausgabe, Fischer Taschenbuch 2002, S. 84-85. 邦訳は、前田敬作訳『決定版カフカ全集2』（新潮社、一九八一年）による。

（4）Ebd., S. 89.

（5）von Wiese, Benno: *Die Deutsche Novelle von Goethe bis Kafka,* Düsseldorf 1956, S.337.

（6）Kafka, Franz: *Drucke zu Lebzeiten,* hrsg. von Wolf Kittler, Hans-Gerd Koch und Gerhard Neumann, Kritische Ausgabe, Fischer Taschenbuch 2002, S. 372.

（7）Janouch, Gustav: *Gespräch mit Kafka. Aufzeichnungen und Erinnerungen,* erweiterte Neuausgabe, Fischer Taschenbuch Verlag 1981, S. 37. 邦訳は、吉田仙太郎訳『カフカとの対話』（筑摩書房　昭和四二年刊）による。

（8）Emrich, Wilhelm: *Franz Kafka,* Frankfurt am Main 1957, S. 158.

六　『断食芸人』
――ある作家の宿命――

立花　健吾

はじめに

フランツ・カフカの、ほぼ四一年という比較的短い生涯の晩年は幸福と不幸とが重なっている。幸福とは、長年望み、憧れ、それをめぐって悪戦苦闘してきたプラハからの退去の貫徹と自分の所帯を構え得たことである。すなわち、彼の死の前年一九二三年九月末、「彼が憎みもし、また愛しもした都会、いつも立ち去ろうとし、だがしっかり彼を捕らえてしまった都市、控えめながらも、彼によって正確に記録された世界をもった都市、彼が耐えたのかもしれなかったその危険な多様性と冷淡さをもち、現代の疎遠な諸相を示していた都市[1]」、このプラハからの逃亡の試みを実現してベルリンへ赴き、シュテーグリッツに住まいを借りて、二〇歳くらいのユダヤ人女性ドーラ・ディアマントと、生涯で初めて非常に幸せな生活を送った[2]。そして不幸とは、そのような生活に至るのが遅すぎたということ、というより、その生活実現後の彼の死があまりにも早すぎたということである。一九二三年から二四年にかけての冬、一九一七年喀血以来の肺結核の病状が急速に進んで、二四年三月初め容態が非常に悪化したため、カフカはプラハに移されたが、結核菌は肺のみならず喉頭部をも冒しており、治療は絶望的であった。四月初めから末にかけて、カフカはヴィーナーヴァルトの療養所、ウィーン大学付属病院、クロスターノイブルク近くのキーアリングのドクトル・ホフマン・サナトリウムへと移され、この最後の療養所で一九二四年六月三日、四一歳の誕生日のひと月前に死んだ。

カフカの死に至る数週間の肉体的苦痛ははげしく、かつ回復の見込みは完全に絶たれていたため、パントポンやモルヒネによる苦痛の軽減が試みられるのみであった。マックス・ブロートは医者のローベルト・クロップシュトック[3]の報告として、カフカの最期の日のことを次のように伝えている。

モルヒネの争奪戦が始まった。フランツはクロップシュトックに言った。「あなたは常にそれを私に約束してくれました、四年このかた。あなたは私を苦しめるのですね、私をいつも苦しめていましたね。私はもうあなたとは何も話しません。そうすれば黙ったまま死ぬんですから。」それで彼は注射を二本してもらった。二本目の後で彼は言った。「ごまかしちゃいけません、あなたは一緒に解毒剤も打ってますね。」……パントポンが打たれ、彼はそれを喜んで言った。「これ

でいいよ、しかしもっと下さい、もっと、効かないから。」やがて彼はゆっくりと眠りに入っていった。(4)

そのような死の直前の苦痛のさなか、カフカは届いたばかりの本の初校を見た。(5)これが、四つの物語の編まれたカフカ生前最後の作品集『断食芸人』(6)であり、一九二四年、カフカの死後、ベルリンのシュミーデ社から「二十世紀の小説」叢書の一巻として出版された。それらの物語は、『最初の悩み』(一九二二年二月～四月成立)、『小さな女』(一九二三年一〇月中旬～一一月中旬成立)、『断食芸人』(一九二二年五月二三日頃成立)、『歌姫ヨゼフィーネあるいは鼠族』(一九二四年三月成立)であるが、そのいずれもこの作品集が出版される以前に様々な場で印刷に付されていた。

ところで、ヨアヒム・ウンゼルトも指摘しているように、(7)一九二二年はカフカにとって本来的な作家としての生活が始まった年であった。それはカフカが、いわゆる「ミレナ体験」(8)に結着をつけ、長編小説『城』を書き、労働者災害保険局を辞めたからである。これ以後カフカの生き方は微妙に、しかし決定的に変化し、それが先に触れたように、翌年のドーラ・ディアマントとのベルリンでの同棲生活の実現をもたらすことにもなった。この年の春に成立した『断食芸人』はカフカの、あまりにも遅すぎたこの転機に立つ物語なのである。カフカ自身にとっても、「そのテクストの質は全く明白に疑いようもなく」、「問題なのは、彼が個人的に十分納得の得られる場でのテクストの発表であって、それはそもそもあの『判決』としか比較することができない。[9]」

このように、一夜にして書き上げられ、彼自身の文学の規範として常に意識されることになる作品『判決』によって彼の「書くこと」が確立した一九一二年秋から、『断食芸人』成立の一九二二年までの一〇年間を、カフカの文学的生における主要な期間として大きくまとめて捉えることができる。その始点は『判決』であることは明白である。そして、確かに『断食芸人』執筆後もいくつかの作品が書かれるが、死の直前まで校正した生前最後の短編集のタイトルとして『断食芸人』を選んだという事実から、カフカが自らの文学の終点をこの作品であると意識していたと言えるであろう。

一　他作品との共通性

『断食芸人』はカフカの晩年の転機に成立した作品である。しかし、この物語は『判決』以後のいくつかの物語と構成上の共通点をもっている。その作品構造的特性の共通性は次の三点である。

まず第一に、物語は、さりげない形ではあるが、やはりいわゆる「カフカ的ショック」で始まるということである。『断食芸人』は次の文で始まる。[10]

ここ数十年の間に断食芸人に対する関心ははなはだしく衰退してしまった。かつては自分が勧進元になって断食芸の大興行を催せば一財産作れたものだが、そういうことは今日ではまったく不可能になった。時代が変ったのである。(333-4)

何の前触れもなく、冒頭いきなり述べられる、「ここ数十年の間に(……)衰退してしまった」という断定は有無を言わさない言明であるだけに、読者は「断食芸の大興行を催せば一財産作れた」ほどの「関心」の高揚の状態から、それが「不可能になった」衰退への変化の事実を認めざるを得ないのであるが、その変化の内容と経過についてはまったく触れられていないので、怪訝な気配の中に取り込まれてしまう。また、その変化の原因は「時代が変ったのである」とされているが、これまたまったく要領を得ない。

このように、あることが冒頭きわめて断定的に、決定的に、有無を言わさない明白さでもって述べられているにもかかわらず、まったく内実が不明であるということが、この作品の「カフカ的ショック」であり、そのショックによって読者は不明のままに、何事かの解明を期待しつつ、虚構的現実世界の中に引きずり込まれるのである。

第二に、物語はしかし、そのようなショックをやわらげ、読者を納得させるべく、変化の経過について叙述される、という風には展開しない。この物語は構造的に大きく二つの部分から成り立っており、前半の断食芸興隆の時代における世間の関心の高まりと、後半のその人気衰退後、契約を結んだサーカスでの観客たちの無関心とが対比されている。しかし、その変動の経過内容は言及されることなく、前半と後半とは次のような変動の事実の即物的報告によってつながっているに過ぎない。

このような光景を目撃したひとが、数年後にこのときのことを思い出してみると、しばしば自分自身が不可解になった。というのは、そうこうするうちに最初に言ったあの変動が起こったからである。それはほとんど唐突に起った。(342)

このような対比的叙述の構造は、例えば『判決』における、弱々しかった父親が突然ベッドの上に仁王立ちする前と後との対比性や、『天井桟敷にて』における、非現実と現実との対照性と同じである。第三に、これが最も重要なのであるが、物語の終わり方の共通性である。『判決』のゲオルク・ベンデマン、『変身』のグレーゴル・ザムザ、『審判』のヨーゼフ・Kなどと同様、断食芸人も最後には死んでしまう。しかし、彼らの死によって主人公をめぐる「事件の経過」そのものは一応の結末を見るにせよ、いずれの場合もその死は物語の初めのショックへと戻り、そのくりかえしのうちに死の意味の不明性がますます肥大して、当該の物語の外へあふれ出し、ついには次の物語へとつながっていく。つまり、主人公の死に関連して、その死後の、主人公および主人公の空間と対極にあるものの叙述がなされることによって、物語は主人公たちの死によっても終わらないのである。(11)

二　結末部の共通性

物語の主人公の死と、その死によっても結着のつかない結末部を、いくつかの作品を例にしてもう少し詳しく見てみよう。

例えば『判決』では、父親から溺死による死刑の判決を下されたゲオルク・ベンデマンは「自分が部屋から追い出されるのを感じ」、川の方へ駆り立てられ、そっと「なつかしいお父さん、お母さん、ぼくはそれでもあなたがたをいつも愛していたのです」(61)と呼びかけ、つかまっていた橋の手摺から手を離して落ちてゆくが、物語は、「この瞬間に、橋の上を文字通り無限の雑踏が動いて行った。」(61)という文で終わる。この文に関してカフカ自身が、「ぼくはこの最後の文で強烈な射精のことを思っていたんだ。」と述べたことをブロートは伝えている。[12]これは最後の文が一種の解放をもたらすことを意味しているが、しかし、射精とはまさに生の根源である性の爆発であるから、主人公の死（しかも、河の中へ飛び込むのではなく、ただ単に手摺から手を離すだけで死の中へ落下して行くという、いささか消極的とも言える自殺）とは極端なコントラストを示している。したがって、この物語の結末は主人公ゲオルクの死よりも、簡潔な最後の文の「無限の雑踏」で示される生の方が異様に際立つ。

『変身』の主人公の毒虫、グレーゴル・ザムザの死については、「それから首が、ひとりでにがっくりとうなだれた。鼻孔からはこれを限りの息が弱々しく流れ出た。」(193-194) と述べられる。その後、この死によって父と母と妹は力を得て三人の間借人たちを追い出し、手伝いの老婆を解雇することにし、数ヶ月ぶりにうちそろって郊外へピクニックに出かけるのであるが、彼らの安堵と希望と解放感は次の最後の文で適確に言い表わされている。

(……) ザムザ氏とザムザ夫人が、時がたつにつれて生き生きとはずんでくる娘を眺めながら、ほとんど同時に気づいてはっとしたのは、(……) 彼女がいつの間にか、匂うばかりに美しくふっくらとしてきていたことだった。(……) 電車が目的地に着いて、娘が一番に席を立ち、のびのびと若い身体を反らせた時、それは二人にとって、彼らの新しい夢とよい心ばえが嘉(よみ)せられたしるしにひとしかった。(200)

しかし、この明るさは家族の一員であったグレーゴルの死の結果なのであり、そこに至るまでの家族の真実が明らかになったことによって、彼らの安堵と希望と解放は何の根拠もなく、空しさのみが広がる。したがって、グレーゴルの死も何事かの結末を示すのではなく、その死は宙をさまようことになる。

『審判』のヨーゼフ・Kは物語の終わりで二人の男に殺される。その時、その二人の男が「結末を見守り」、確かにヨーゼフ・Kは「犬のようだ！」と言いつつ死んでいくにせよ、やはりなお「恥辱だけは生き残るように思われ」るのである[13]。

『律法の門前』では、門の前で律法への入門の許可を長年にわたって待ち続ける田舎者の死が確実になった時、「誰もが律法を求めているのに、どうしてこの長年のあいだ、わたしのほか誰一人として、入れてくれと頼まなかったのか？」という彼の質問に対し、その門の守衛が「ここではほかの誰も入ることはできなかったのだ。この入口は、お前さんだけのためにあったのだからな。さあ、もう行って門をしめるぞ」（269）と大声でどなりつける。この場合、田舎者の死はいわば新たな謎の始まりなのであって、断じて終点ではない。

『流刑地にて』の最後で明らかになる、流刑地の前司令官の墓石に彫られた次の微細な文字の銘文も、終末としての死を悼むのとは対極の、来るべき復活の宣告である。

ここに老司令官閣下は眠る。閣下を崇拝せるものら、いまその名を明記することあたわずと雖も、この地に墳栄（ふんえい）を築きぬ。一予言に曰く、特定の歳月を閲せんか、閣下は甦り、ふたたび当流刑地に号令せんがため、当家屋より、閣下を崇敬する軍勢を指揮することあらん、と。汝ら、信じて、而して待て。（247）

『断食芸人』においては、躍動する生の象徴である豹が、死んでしまった断食芸人の檻に入れられることによって、『判決』や『変身』の結末部と同様、主人公の死と、躍動感あふれる生とのコントラストを鮮明にしている。

以上のような、これらの作品における結末部の共通性は、くりかえされる作中人物たちの死が個々の物語を終わらせるだけではない、ということを示唆しているように思われる。むしろそれは、一〇年間にわたって書きつがれた『判決』から『断食芸人』に至る作品群の連続性と関連性とに注目させ、それらが大きなまとまりとして存在していることを教えている。この観点に立って個々の作品の主人公たちの連続性について類推すれば、『判決』の主人公ゲオルクの死は、生きることの拒絶による作家・芸術家の誕生を意味し、まず、そのような死につつ生きるという状況の象徴として『変身』のグレーゴルの変身がなされたのである。そのグレーゴルの死後も、一九一二年以後書かれる多くの物語の主人公たちとして変容し、彼らは様々な場にくりかえし再生し、その世界でさまよい、闘い、求め、憧れ、試みる、と見なすことができるであろう。その最後に再生した断食芸人は、そのような主人公たちを集約するところの象徴的存在なのであり、『断食芸人』の物語はそれまでの作品群を総括して、この一〇年間の文学的営為の帰結をも示していると言えるのである。

三　『断食芸人』の物語

さて、『断食芸人』では一体何が物語られているのか、内実を支えている作品の構成、すなわち、

（1）導入＝カフカ的ショック
（2）前半＝断食芸興隆の時代
（3）つなぎ＝変動の報告
（4）後半＝衰退の時代
（5）［一行の空き］
（6）結末部＝断食芸人の死・豹の躍動

という流れに沿ってたどってみる。

（1）冒頭の「カフカ的ショック」については先に「一　他作品との共通性」で触れた。

（2）『断食芸人』の前半で述べられているのは、「誰もがすくなくとも一日に一度は断食芸人を見たがる」（334）ほどの断食芸人に対する世間の熱狂ぶりである。しかし、人々は断食芸の意味を理解しているのでもなければ、それに感動したわけでもない。実は、「大人にとって断食芸人は、しばしば、それが流行っているからというので自分も関心を示して見せる慰みにすぎなかった」（334）のである。

なぜならば、そもそも主人公の断食芸人が意図する断食は、断食する者の死に至る、くりかえしのきかない一回きりの過程という、本来完全に個人的な行いであるからであり、したがって、長期にわたって芸としてくりかえし見物されるべきものではないからである。断食芸人にとって「この世でもっとも易しいこと」(337)である断食は芸ではなかった。それ故にこそ、その人気を保つためには、芸人の真の意図とは無関係に取り入れられた「形式」(335)、本来的に芸でないものを芸とするためのまやかし、つまり、ひとつは三人一組の監視役を付けること、もうひとつは断食の最高期間を四〇日と定めることが必要であった。「こうして彼は規則的に短期間の休養をとりながら、長い年月を、みせかけの栄光のうちに、世間から尊敬されて過していた。」(341)

(3) やがて、「あの変動がほとんど唐突に起った。」(342)

(4)「ある日、それまですっかりあまやかされていた断食芸人は、娯楽を求める大衆が自分の許を離れて、他の見世物に流れて行くのに気づいた。(……)いたるところで見世物としての断食に対する嫌悪が大勢を占めていた。」(342-343) 断食芸人は大サーカスに雇われ、「動物たちの檻の近くに据えられたのを、自明のこととして甘受した。」(344) いまや彼のところに観客が来るのは動物たちの檻を見物するために押しかけるついでであった。そして、断食芸人を見世物にするという奇抜さに対する観客の「慣れ」とともに、ついに「最後の判決(「判決」はドイツ語で「Urteil」であるが、これは作品『判決』(*Das Urteil*)を連想せざるを得ない——筆者注)が彼に下された。彼は可能な限り断食を続けてよいことになった。彼はそれを実行したが、もはや彼を救い得るものは何もなくなった。そしてひとびとは彼の前を通り過ぎて行った。誰かに断食芸というものの説明を試みて見たまえ！この芸に対する生来の感覚をもっていないひとに、この芸を理解させることはできないのだ。」(347)こうして断食芸人は完全に人々から忘れ去られ、そのことによって彼は、「かつて彼が夢想したように、断食をつづけ、かつて彼が予言したように、易々とそれに成功した。(……)誰一人、断食芸人自身すら、彼の記録がすでにどれほど偉大なものになっているのかを知らなかった。そして彼の胸は悲哀に閉ざされた。」(347)

(5) 断食芸人の死の場面の前の一行分の空白、このさりげなく置かれた無音のインテルメッツォは叙述の流れを断絶することによって、予感される必然的な来るべき断食芸人の死の場面の特異な性格を強調することになる。

(6) あるとき、腐った藁の撒き散らかされた檻が監督の一人の眼にとまり、「数人が棒で藁を掻きまわすと、なかに断食芸人がいた。」(348) 彼はなおも断食を続けることを願い、監督たちが自分の断食に感心してはいけなかったと言い、その理由として、「それは、わたしは断食するよりほかないからなのだ、他にどう仕様もないからなのだ」(348) とも言う。「だが、他にどう仕様もないというのは、なぜだい?」(348) という監督の質問に対し、断食芸人は監督の耳のなかに次のように囁くのであるが、これが彼の最後の言葉であった。

わたしはうまいと思う食物を見つけることができなかったからだ。もし好きな食物を見つけていたら、きっと世間を騒がせたりしないで、あんたや他のみなの衆と同じように、たらふく食って暮したにちがいないのだ。(349)

このような断食芸人の死はそれまでの作品の主人公たちの死とは異質であり、次元の異なる死そのもの、すなわち、それまでひとつの死を遂げ、他の物語の主人公として変容し、再生し続けて来た者たちすべての終焉である。したがって、もはや変容も再生もあり得ない。しかし、それにもかかわらず、というよりそれだからこそ、上の断食芸人の最後の言葉の後に述べられる彼の「確信」は、まったく新たなる希望と未来に至る道の可能性を示しているであろう。

それが最後の言葉だった。しかし光の消えた彼の眼のなかにはまだ、さらに断食をつづけるのだ、という、もはや誇らしげなというのではないが、断固とした確信が浮かんでいた。(349)

新たなる希望は子供たちにある。断食芸興隆の時、付和雷同の大人の観客たちとは異なり、子供たちは純粋で確かな彼ら自身の眼でもって、檻の中で静かに断食を続ける芸人の様子を、「驚嘆して、口を開け、身を護るためにたがいに手を握り合って、（……）まじまじと眺めた。」（334）また、衰退の時代にあっても、まれに父親に連れられた子供が断食芸人のところへやって来て、父親からかつての大がかりな興行についての話を聞くと、彼らの無垢な好奇心は目覚めるのである。

（……）子供たちは、学校でも家庭でもあまり教わらないことなので、よく理解できない様子ではあったが ― 子供たちから見れば断食にいったいなんの意味があろう ― かれらの探るような眼の輝きのなかには、やがて来る断食復興の時代を予見させるなにかがあった。（346）

この子供たちの存在こそ希望なのであり、希望とは、「たしかにいつの日かふたたび断食芸興隆の時代が来ることはあきらか」（343）である、という確信である。

最後に、若い豹が新たなる生を象徴する。断食芸人は藁といっしょに埋められ、かつて彼がいた空間に彼に代わってこの野獣が身を翻しているのである。その生の躍動は圧倒的である。

この豹には間然するところがなかった。（……）豹は自由をすら恋しがっているようには見えなかった。必要なすべてをはち切れんばかりに具えて引き締まっているこの高貴な肉体は、自由をすら具えているらしかった。（……）生きる歓びはその喉元から、（……）強烈な火を吐いた。

四　『断食芸人』のテーマ

『断食芸人』のテーマは何であろうか。それは、この物語の表題の「Hungerkünstler」という合成語の中に隠されているように思われる。この語に我々はこれまで「断食芸人」という訳語を当ててきた。しかし、すでに見てきたように、この物語は『判決』以来のひとつのまとまりとしての作品群の終わりに位置する記念碑的作品であったのであるから、それらの諸作品との関連の中でこの語の意味するところを考察することによって、この語の真の意味内容が明らかになるのであり、それは同時にこの作品のテーマを規定することにも通じる。

この物語の主人公は食べ物を口にしない、つまり、断食する（hungern）。当然、断食すれば飢え（Hunger）が彼をおそい、その飢えに耐え得る限界は四〇日とされており、その時華々しい儀式の中、その回の断食が終了する。断食は、そのように人間にとって耐えがたいまでの（だからこそ中断されねばならない）、誰にでもできるはずのない苦行であるからこそ、ひとつの芸であり得るのであり、その見世物としての興行も成り立ち得るのである。しかし、このような断食芸の前提は断食芸人の最後の言葉でひっくり返されてしまう。つまり、この断食という苦行はこの芸人にとってはきわめて容易なことであった。なぜなら、彼は食べ物・糧（Nahrung）にはまったく食欲を感じることはなく、したがって、彼は断食をする（hungern）が飢え（Hunger）はあり得なかったからである。にもかかわらず、やはり断食芸人には強烈な真の飢えがある。その対象は、現実的な飢えを癒す食べ物ではあり得ない。彼の真の飢えの対象は、彼がその死に至るまで断食を続けることによってのみ、そこへの到達の道が得られる「何かあるもの」である。そこであらためて、物語の背後で漠然とした姿のまま、しかし、真にこの物語を物語たらしめているところの断食芸人の飢えの対象の糧とは何なのか、ということが問われることになる。この場合、『断食芸人』を終点とする一〇年間の作品群の始点に位置する双子の兄弟のごとき物語、『判決』と『変身』とが解決の鍵を我々に提供する。

『判決』の最後、主人公の自殺は次のように述べられる。

> ゲオルクは自分が部屋から追い出されるのを感じた、（……）戸口からとび出し、車道を越えて、河へ河へと衝き立てられた。もう、飢えた人間が食べ物を掴むように、手摺をしっかりと握っていた。優秀な体操選手のように、ひらりと手摺を飛び越えた、（……）しだいに力が抜けていく両手で手摺の鉄棒をまだしっかりと握り、（……）そして、手を放した。（60-61）（傍点筆者）

ここで述べられている「飢えた人間」がしっかりと掴む「食べ物」は現実の食物であること、したがって、手摺から手を放すのは現実の食物の放棄を意味していること、また、その放棄は河への落下の自殺という死に至ることは明らかである。しかし、ゲオルクの自殺はただ現実的な食物の放棄の選択を意味しているに過ぎず、その死はグレーゴル・ザムザ、つまりゲオルクの変身した毒虫（『判決』の主人公 Georg と『変身』の主人公 Gregor との字母の親近性が注目される）の誕生を促すのである。

『変身』では、表層的・形而下的には主人公グレーゴル・ザムザが毒虫として降格して行く。その深化過程は三段階に分けて叙述される[14]。そこで注目されるのは、作品全体を食物というモチーフが貫いていることである。その展開を要約すれば以下のようになるであろう。

突然毒虫に変身してしまったグレーゴルは、食欲を感じるが、しかし人間の食べ物は彼に食欲を抱かせず、彼にとって好ましい食べ物はいかにも毒虫にふさわしい、汚らしい食べ物であり、急速にそれらの動物の餌に慣れていく。また家族の者も彼に餌を与えることを掟として耐える。しかしやがてそれらの「餌」さえも口にしなくなり、そのことによる衰弱のせいもあって、最後には元の人間の姿にもどることなく、彼（er ＝英語の he）は、というより、「それ（es ＝英語の it）」は哀れな、干涸らびた毒虫の姿のまま「くたばってしまう」（194）。

ところで、もちろん『変身』というアンチ・メルヒェンにおいて、変身した動物が元の人間の姿に戻るはずはない。つまり、『変身』ではメルヒェン的救済は全く問題ではない。問題はこの物語の深層にある。物語の表層的な降格とメルヒェン的救済の不在性こそが、深層的・形而上的にはグレーゴルの昇格と真の意味での救済の可能性を示唆している。なぜならば、グレーゴルが「憧れていた」のは「未知なる糧」(185)であったからである。「未知なる糧」はグレーゴルにとって未知であると同時に、我々にも未知なのであるが、しかし少なくとも、それが人間の現実の食物ではないことは明らかである。メルヒェン的救済が、グレーゴルが再び人間の姿に戻り、人間の食べ物を口にする事ができるようになることであるとすれば、「未知なる糧」に憧れている毒虫にそのような救済があってはならず、真の救済は「未知なる糧に憧れる」ことそれ自体によってなされるであろう。

以上見てきたように、『変身』の主人公グレーゴルが憧れていた「未知なる糧」は『断食芸人』の物語でも主人公の芸人が求めていた真の糧である。この「糧」の二重性は、「飢え」、「芸」、「芸人」などの語の意味内容の重層性に対応しており、それらを単純化して示せば次のようになる。(15)

ドイツ語 ＼ 意味内容	表層 現実	深層 真実
Nahrung	食べ物	未知なる糧
Hunger	飢え	渇望

Hungern	断食	宿命
Kunst	芸（術策）	芸術（文学・詩）
Künstler	芸人（見世物）	芸術家（作家・詩人）
Hungerkünstler	断食して見せる芸人	未知なる糧を渇望する芸術家（作家・詩人）

断食芸は「真実の歪曲」（342）である。真実は、「わたしは断食するほかない、他にどう仕様もない」（348）だけのことである。だからこそ、断食芸興隆時代の栄光もまやかしであり、逆に衰退の時代に偉大なものになった断食を「ペテン」と言うのも「もっとも愚かな嘘」（347）なのである。断食芸人はそのような世間の評価や理解や尊敬、軽視や誤解や軽蔑などとは無関係に、彼自ら欲する断食をただひたすら行い続ける。つまり、断食芸人とは、人間が現実に食べるものではない、この地上に存在しない「未知なる糧」を渇望し、それに至る道を求めて永遠に飢え続けることを運命づけられた芸術家（作家）である。したがって、『断食芸人』のテーマは、そのような芸術家（作家）の宿命である、と結論づけることができる。

おわりに

『判決』の主人公ゲオルク・ベンデマンは、橋の欄干の手摺から手を放して自殺した。これは、食物を拒否して死を選ぶことを意味した。彼はその後の物語の主人公たちとして様々に再生はするが、しかし彼らはあくまでも死の圏内の存在でもある。このような、死につつ生きている、もしくは生きつつ死んでいるというアンビヴァレントな存在は、『猟師グラフス』で物語られる、生と死のはざまを永遠に漂う主人公として形象化された。断食芸人はそのような存在の帰結でもあった。そして、ユルク・ヨハネス・アマンも指摘しているように[16]、これまで見てきた断食芸人とその断食芸との関係は、カフカと彼の芸術（文学）との関係でもある。

カフカの生の本質が彼の「書くこと」であったということは、よく知られている。マルティン・ヴァルザーも挙げているように[17]、カフカ自身そのことに関する数多くの証言を残しているが、そのひとつに、一九一三年八月二一日、当時の婚約者フェリーチェ・バウアーの父親宛の手紙の草稿として書かれた日記の記述がある。

わたしは文学以外の何物でもなく、何物でもあり得ず、また欲しておりません。（……）文学でないものはすべて私を退屈させますし、私はそれが嫌なのです。[18]

「カフカはこのような原則的意志表明をして、はっきりと文学をとること（ということは生をとらないこと）に決めた。しかしまた、彼はそれでもやはり生に対立する立場をとるべく決心しようともしなかったこと、むしろ生が同時に彼の心を惹きつけていたことも明らかなのである。[19]」そのような、いわば「死につつ生きる」という生き方は徹底的に組織化された。例えば、彼は既に一九一二年一月三日の日記に次のように書き記し、自らの禁欲的生き方の組織化の不可避なことを確認していた。

ぼくには、かなり書こうとする精神の集中が見られる。書くことがぼくの本質の一番効果的な傾向であるということが、ぼくの機構の中ではっきりした時、一切のものがその方へ押し寄せて来て、性や、飲食や、哲学的思索や、音楽の喜びに向けられていたあらゆる能力を空回りさせた。ぼくはこれらすべての方面のことをひかえた。それは避けられなかった、[20]（……）

このカフカの徹底的禁欲、いわば死につつ生きていること、もしくは生きつつ死んでいることは、あの断食芸人の断食と生き方に通じている。また、『断食芸人』のテーマが芸術家・作家の宿命であるとすれば、それはカフカの宿命でもあった。断食芸人が「断食するほかなかった」ように、カフカは「書くこと」のほかに道はなかった。それ故に、「書くということは、たしかに一種、精霊招魂の儀式[21]」（J 67）であり、「確かなことは、祈りに傾くということ」（J 75）である。

その結果生まれることになる「文字になった言葉はすべて個人のドキュメント」（J 72）である。つまり、カフカによって「書かれたものは体験の単なる残り滓」（J 67）でしかなく、「もともと全く私的な手記や筆のすさびにすぎぬもの（……）私の人間としての弱点の個人的な証拠書類（……）孤独の証言」（J 48）なのである。それらは決して「文学」ではない。にもかかわらず、それらが「印刷され、しかも売りに出されるのは、マックス・ブロートを筆頭に、友人たちがそれを文学に仕立て上げようと妄想したから」（J 48）である。これは、断食芸人の断食が「芸」として見世物にされることに等しい。

断食が「未知なる糧」への道に通じるものであったように、カフカの「書くこと」も、物語において「未知なる糧」としか言い表せないものをひたすら目指している。しかし、後に残されるのは書かれた言葉であり、それはやはり出版された「文学」という姿をとらざるを得なかったのである。

注

（1）Wagenbach, Klaus: *Franz Kafka in Selbstzeugnissen und Bilddokumenten.* Reinbek: Rowohlt Taschenbuch Verlag, 1968, S. 135. 訳文は、クラウス・ヴァーゲンバッハ（塚越敏訳）『フランツ・カフカ』理想社　一九六八年、を利用させていただいた。

（2）カフカは一九二三年七月初め、妹のエリといっしょにバルト海のミューリッツへ出かけ、そこにあったベルリン在住ユダヤ人たちの民族の家（Volksheim）の臨海学校を訪れた。そこで助手をしていたドーラ・ディアマントと知り合った。彼女はその年の九月、ベルリンでカフカと生活を共にするようになって以来、彼の死までそばを離れることはなかった。

（3）カフカが若い医学生のローベルト・クロプシュトックと知り合ったのは一九二一年一二月、ホーエ・タトラのマトリアリにある肺結核サナトリウムに出かけた時である。クロップシュトックもドーラと共にカフカの最期を看取った。

（4）Brod, Max: *Franz Kafka. Eine Biographie.* Frankfurt a. M.: S. Fischer Verlag, 1962, S. 259.

（5）Ebd.

（6）カフカの作品の表題は『決定版カフカ全集』（新潮社）によった。また和訳も、同全集の訳文をそのまま、もしくは一部を変更して利用させていただいた。

（7）Unseld, Joachim: *Franz Kafka. Ein Schriftstellerleben.* Frankfurt a. M.: Fischer Taschenbuch Verlag, 1984, S. 203.

（8）ミレナ・イェセンスカー＝ポラックという一二歳年下のチェコ人既婚女性との、実生活上においてはついに実を結ばなかった恋愛。これがカフカの人生にとっていかなる意味合いを持つかということは、彼が彼女にすべての日記を手渡したという事実によって明らかに示されている。

（9）Unseld, Joachimm, a. a. O., S. 203.

（10）Kafka, Franz: *Drucke zu Lebzeiten.* Hrsg. v. Wolf Kittler, Hans-Gerd Koch und Gerhard Neumann,

Frankfurt a. M.: Fischer Taschenbuch Verlag, 2002, S. 333f. 以下、同書からの引用には本文中に頁数のみを記す。

（11）文学の未完了性と、文学作品中に登場する人物の死の機能とについては、高橋義孝『文学非芸術論』新潮社　昭和四七年、一四四頁以下参照。

（12）Brod, Max: *Über Franz Kafka*. Frankfurt a. M. und Hamburg: Fischer Bücherei, 1966, S. 114.

（13）Kafka, Franz: *Der Proceß*. Frankfurt a. M.: Fischer Taschenbuch Verlag, 2002, S. 312.

（14）立花健吾「『変身』――降格と昇格――」、立花健吾・佐々木博康編『カフカ初期作品論集』同学社　二〇〇八年、二五四－二七六頁参照。

（15）カフカの作品における現実と真実の関係については、立花健吾「『天井桟敷にて』――真実と現実――」、古川昌文・西嶋義憲編『カフカ中期作品論集』同学社　二〇一一年、一一八－一三六頁参照。

（16）Amann, Jürg Johannes: *Das Symbol Kafka. Eine Studie über den Künstler*. Bern und München: Francke Verlag, 1974, S. 117ff.

（17）Walser, Martin: *Beschreibung einer Form*. Frankfurt a. M.-Berlin-Wien: Ullstein, 1973, S. 9ff. 訳文は、マルティン・ヴァルザー（城山良彦／加藤忠男／田ノ岡弘子訳）『カフカ?・ある形式の記述』サンリオ出版　一九七三年、を利用させていただいた。

（18）Kafka, Franz: *Tagebücher*. Frankfurt a. M.: Fischer Taschenbuch Verlag, 2002, S. 579.

（19）Nagel, Bert: *Franz Kafka. Aspekte zur Interpretation und Wertung*. Berlin: Erich Schmidt Verlag, 1974, S. 55.

（20）Kafka, Franz: *Tagebücher*, a. a. O., S. 341.

（21）Janouch, Gustav: *Gespräche mit Kafka. Aufzeichnungen und Erinnerungen*. Frankfurt a. M.: S. Fischer Verlag, 1968, S. 67. 以下、同書からの引用には本文中に略号（J）と頁数のみを記す。訳文は、グスタフ・ヤノーホ（吉田仙太郎訳）『カフカとの対話　手記と追想』筑摩書房　昭和四三年、を利用させていただいた。

七　『歌姫ヨゼフィーネあるいはねずみ族』

――芸術家か、英雄か――

下薗　りさ

はじめに　語り手の登場

一九二四年三月中頃から書き始められ、同年六月に亡くなる直前まで手を入れていたという『歌姫ヨゼフィーネあるいはねずみ族』[(1)]（以下、『歌姫ヨゼフィーネ』と略記）は、名実ともにカフカ最後の作品である。この作品が収められた短編集『断食芸人』は、収録された四つの短編中『歌姫ヨゼフィーネ』を含めた三作品が芸人・芸術家を主人公にしており、終生「書くこと」に固執しながらも作家を題材に取り上げることがなかったカフカ作品の中で異彩を放っている。とりわけ『歌姫ヨゼフィーネ』は、文学と同じくことばを用いた芸術である歌を問題としているという点で、カフカの文学観が他の作品よりも直接的に現われ出てきていると考えられるだろう。明確な文学理論と言えるものを書き残していないカフカだが、その数少ない例外に「マイナー文学」のテーゼがある。一九一一年一二月二五日付の日記に記されたこのテーゼは、ドゥルーズとガタリがまとめた定義によると次のようになる。①マイナー言語による文学ではなく、メジャー言語を使用した少数民族の文学であり、②その中では個人的な事柄全てが直接政治と結びつき、③全てが集団的価値を持つ。[2] 日記ではワルシャワのユダヤ文学や当時のチェコ文学について述べられたテーゼではあるが、ドイツ語を話すユダヤ人であったカフカの文学こそがこのようなマイナー文学のひとつであることに議論の余地はないだろう。マイナー文学の特性を端的に表した作品としてドゥルーズとガタリが挙げるのが、『ある犬の探究』と『歌姫ヨゼフィーネ』である。

タイトルからも明らかなように、『歌姫ヨゼフィーネ』は主人公であるヨゼフィーネとねずみの一族についての物語である。芸術家を自称するヨゼフィーネが自身の歌をめぐって一族と対立する、その様子が語り手の視点を通して描き出される。この対立を、カフカよりも少し前の時代に多く書かれた芸術家小説が好んで取り上げた、芸術家と市民の対立と捉えることも可能だろう。[3] 実際ヨゼフィーネの主張からは、ヨゼフィーネという芸術家対大衆という構図が浮かび上がってくる。

個と集団の対立構造は、カフカの多くの作品に共通する。先に挙げた『ある犬の探究』においては、「私」を名乗る犬が周囲から一歩退き犬族全体を観察することによって、そして未完に終わっている三長編小説（『失踪者』、『訴訟（審判）』、『城』）では、いずれも主人公がよそ者として登場してくることによって、個対集団の構図が維持されている。(4) これらの作品同様『歌姫ヨゼフィーネ』においても、個と集団の対立関係は作品を動かしてゆく原動力となっている。

一人称小説である『ある犬の探究』はもちろんのこと、長編小説における語りの視点も主人公の視点と重なり合っているがゆえに、(5) これらの作品においては主人公の視点から捉えられる対立が問題となる。ところが『歌姫ヨゼフィーネ』では一人称の語り手が登場することによって、この関係は主人公側から見た一方的な対立ではなくなる。語り手の視線を通すことによって『歌姫ヨゼフィーネ』においては、マイナー文学のテーゼにもあるように、個人を主体とする芸術が集団と切り離すことのできないものとして現われるという、芸術の自律性を唱える芸術観とは異質な芸術が問題にされる。それゆえに、同作品に描かれる対立関係は芸術家小説特有の対立とは異なる様相を呈する。『歌姫ヨゼフィーネ』では、個と集団の二項対立ではなく、ヨゼフィーネという主体／一族という集団／一人称の語り手の三者間の関係が問題となるのだ。

この作品にはもともと『歌姫ヨゼフィーネ』というタイトルがつけられていた。『歌姫ヨゼフィーネあるいはねずみ族』という新たなタイトルは、この物語がヨゼフィーネとねずみの一族とを扱ったものであることを前面に押し出している。だが、両者を扱うことを言うだけならば、「あるいは(oder)」ではなく「と (und)」を用いて二者を結びつけるだけで十分だったはずである。カフカはこの新たなタイトルについて以下のように書き記している。

物語に新しいタイトルをつける。歌姫ヨゼフィーネ、あるいはねずみの族。このようなあるいはを使ったタイトルは、確かにとても見栄えがいいというわけにはいかないが、ここにはひょっとすると特別な意味があって、天秤のような何かがある。[6]

ここでカフカの言う「特別な意味」、「天秤のような何か」を生み出しているものこそ、語り手の存在であると考えることは的外れではないだろう。天秤の支点となるべくヨゼフィーネと一族との間に置かれた存在が、タイトルにおける「あるいは」であり、物語における語り手である。本論は『歌姫ヨゼフィーネ』における語り手の存在に焦点を当てることによって、作品に与えられた「特別な意味」を探ってゆく。これまでの作品では主人公の側、すなわち個人の視点からのみ捉えられていた個と集団の対立が、『歌姫ヨゼフィーネ』では新たに第三者の視点から捉え直される。そのような中立的立場にある者として、語り手は両者から等しく距離を取り、その対立を客観的に叙述する。しかしながらこの語り手は作品の終盤でその態度を大きく変化させ、ヨゼフィーネを「我々一族の英雄」(377)の一員に数え入れる。集団と対立する個をまさに集団を代表する存在であるはずの「英雄」にまで高める語り手は、ヨゼフィーネとはまた違った形で芸術の問題を体現していると言えるだろう。このような観点から、本論では芸術をめぐる個と集団の関係を読み解きつつ、語り手がヨゼフィーネの物語を物語ることの意味、そしてその背後にある芸術観に迫ってゆく。

一　揺れる語り

二つのものを天秤にかけているのはタイトルだけではない。ヨゼフィーネの歌が、一族が、語り手が、つまりは作品全体が、二つのものの間で揺れ動いている。物語を大きく分けると、ヨゼフィーネと一族との対立を考察する前半部と、ヨゼフィーネの失踪前後の出来事を描いた後半部とに二分される。前半部の中心にあるのは、語り手が立てる二つの問いである。すなわち、ヨゼフィーネの歌は芸術なのか、そして、ねずみ族が彼女の歌に抗いがたく惹きつけられるのはなぜかという問いである。この二つの問いに対する答えを見つけるために、語り手はヨゼフィーネの歌とねずみの一族、両者を俎上に載せる。

しかしながら、これらの問いに対して決定的な答えが下されることはない。語り手の論証は立証と反証の繰り返しであり、決着がつけられないままに進んでゆく。そもそも、問いの中心にある歌からしてあいまいである。

いったいぜんたいあれは歌だろうか？ひょっとするとやはりあれはただのちゅうちゅう鳴きでは

ないだろうか?ちゅうちゅう鳴きならもちろん我々なら誰でも知っている。我々一族本来の熟練技、いやむしろ熟練などでは全くなく、特有の生の表出なのだ。(351-352)

芸術なのか、鳴き声なのか。かたくなに芸術を主張するヨゼフィーネに対し、語り手は彼女の歌が芸術ではありえないことを立証してゆく。すなわち、彼女の歌は何ら優れたものではないどころか、普通の鳴き声の域にすら達しておらず、語り手が音楽に対して持っている予感というものに反しており、さらには非音楽的な一族を魅了するという事実そのものが、彼女の歌が芸術ではありえないことを証明していると語り手は言う。(7) ところがその一方で、一族はヨゼフィーネにのみ多くの例外を許し、「声楽家に耳を傾けるように」(363) 彼女の歌に耳を傾けるという。何よりも、語り手自身が作品冒頭でヨゼフィーネを「我々の歌姫」(350) と位置づけており、彼女が卓越した歌い手であることを認めている。

歌を受容する側の態度も一種の矛盾を抱えている。ヨゼフィーネの歌を理解するには「聞くだけでなく、見ることも」(352) 必要だとされるが、実際のコンサートの時には誰も顔を上げず「隣の者の毛の中に顔を埋めている」(362) という。そもそも一族そのものが、非音楽的でありながら「歌の伝承」(351) を保持し、歴史に無関心でありながら「歴史研究家」(360) を有するとされており、また、「子供っぽく」(364) あると同時に「年老いて」(365) もいる、矛盾を孕んだ存在である。

語り手の分析を通して明らかにされるこれらのあいまいさや矛盾は、語り手自身にも当てはまる。ヨゼフィーネ反対派、すなわち彼女の歌は歌ではないと主張するグループに属しているというこの語り手は、完全に反対派なのではなく、「半分属している」(354)のだという。さらに言えば、反対派といえどもヨゼフィーネの歌の魅力に抗うことは不可能であり、遠くからはヨゼフィーネに反対する者たちも、「彼女の前に座ると、ここで彼女がちゅうちゅう鳴いているのはちゅうちゅう鳴きではないと分かる」(354)。だが、反対派に属するという事実を除くと、語り手は謎に包まれている。語り手は自分自身のことについてほとんど何も語らない。ヨゼフィーネと違って名前もなく、性別すら明かされない。さらに、語り手は「私」という一人称を使うことが奇妙なほどに少なく、多くは複数形の「我々」を用いている。(8) 一人称の「私」が用いられるのは、ほとんどの場合語り手自身が体験した事柄を物語る際であり、語り手が「私」という主語を用いて自身の見解を示すことは極端に少ない。

他方で、「我々」という語はこの作品の冒頭から登場してくる。「我々の歌姫はヨゼフィーネという」(350)という一文だ。このことばは、「我々」と名乗る語り手と同様、主人公であるヨゼフィーネもまた「我々」すなわち一族という頸木を逃れることができないことを明らかにする。芸術家を名乗るヨゼフィーネも、集団を客体化する語り手も、集団にとっては特殊な個であるはずだ。だが、ヨゼフィーネがその事実を全面に押し出し、自らの特殊性を主張するのに対して、語り手は「我々」の背後に身を隠している。そこには、あくまでも集団の一員として、集団の立場から叙述しようとする語り手の意図が存在していると言える。個人が匿名となり、あえて「我々」と名乗ることによって、個人と集団の間にある差異は限りなく埋められることになるのだ。だが、個人が集団と完全に一体化することはできない。このずれこそが語り手の抱える最大のあいまいさとなる。

二　失われた歌

二―一　沈黙の歌

語り手はヨゼフィーネのコンサートとそこでの歌について次のように述べている。

もちろんあれはちゅうちゅう鳴きである。どうしてそうではないだろうか?ちゅうちゅう鳴きは我々一族の言語であり、少なからぬ者たちは一生の間ただちゅうちゅうと鳴いているのに、そのことに気づかない。しかしここではちゅうちゅう鳴きが日々の生という枷から解放されて、我々もまたわずかな間自由になる。そうなのだ、我々はこの催し物を逃したくないのだ。(367)

「音楽の興奮、高揚は我々の重苦しさに合わない」(365) のに対して、ヨゼフィーネの歌は一族に

「特有の生の表出」(352)、「我々一族の言語」である。つまるところ、ヨゼフィーネの歌に関してのみ、「我々は自分たちがやれば全く感嘆しないことを、彼女がやると感嘆するのだ」(353)という奇妙な事態が起こっている。この奇妙な歌の効果を説明するために、語り手は次のような例を持ち出す。

クルミを割ることは断じて芸(Kunst:芸術)ではない。それゆえに、あえて観衆を呼び集めて、彼らを楽しませるために目の前でクルミを割ってみせようなどとは誰もしないだろう。それでもなお誰かがそれをやってみて、その目論見を達成したならば、単なるクルミ割りだけが問題なのではないだろう。あるいは、クルミ割りが問題なのだが、我々が難なく身につけているので、この技(Kunst)を問題にしていなかったことや、この新参のクルミ割り師が初めて我々にこの技本来の本質を示したのだ、ということが判明するのだ。その際、クルミ割り師が我々大多数の者よりも、クルミを割ることにかけては幾分下手なほうが、その効果を上げるのに役立ちさえするだろう。(353)

決して優れているわけではない、むしろ劣ったクルミ割りを通して、クルミ割りという技の本質が見えてくる。ヨゼフィーネの歌もまた、このクルミ割りと同じように作用する。だが、ヨゼフィーネの歌を通して見えてくるのは、歌の技の本質ではない。彼女の歌が単なる鳴き声にすぎず、それも普通よりも劣った鳴き声であるがゆえに、浮かび上がってくるのは一族の言語である。ねずみ族の中には、「ちゅうちゅう鳴きが我々の特性のひとつだと気づいていない者も多くいる」(352)という。だが、そのような言語が「日々の生という枷から解放され」た結果、聴衆は鳴き声が自らの言語であること、そして自分たち自身の「民族的ちゅうちゅう鳴き」(353)を自覚する。

だがそのように評価する一方で、「我々を魅了するのは彼女の歌なのだろうか、それともむしろ彼女のか弱い声を取り巻く厳かな静けさなのだろうか」(354)と語り手は自問する。常に脅威にさらされ、喧噪のなかで生きる一族にとっては「静かな平和が最も好ましい音楽」(350)であり、「静けさ」は平和のイメージに結びつけられている。ところが、彼らの切望する「静けさ」を遠くへ追いやってしまっているのが、ほかでもない一族自身なのだという。そもそも「我々の内ではわずかな者しか口を閉じていることができない」(360)。そのような者たちが、ヨゼフィーネの歌を前にしたときにだけ口を閉じる。

ヨゼフィーネの歌が伝える静けさは、平和や幼年時代と同様、ねずみの一族にとって決して手に入れることのできないもののひとつであるとされる。だが、そのような静けさや平和を、ヨゼフィーネの歌は一時的にとはいえ現前させる。「あわれで短い幼年時代のいくばくかがその中にはある、失われ、二度と見いだせない幸福のいくばくか、しかし活発な今日の生活のいくばくかもその中にはある、わずかで、理解しがたく、しかしそれでもやはり存在し続け、消し去ってしまうことのできない生活の快活さのいくばくかが」(366-367)。彼女の歌を通して聞こえてくるのは、一族に「特有の生の表出」というだけでなく、静けさを通して対照的に浮かび上がる一族の生そのものである。それゆえに聴衆は「あたかも四肢がほどけるように、あたかも安らぎを持たない者たちが一度思うがままに一族という大きくて暖かなベッドの中で体を伸ばすかのよう」(366)に一族そのものに身を浸し、歌は「ほとんど一族からのメッセージのように個々の者に届く」(362)。他方の音楽はというと、「我々は音楽には年を取りすぎ」(365)ており、それゆえに「我々はうんざりと音楽をはねつける。我々はちゅうちゅう鳴きに引きこもってしまった。あちらこちらでのわずかばかりのちゅうちゅう鳴きというのが、我々には合っているのだ」(365)。すなわち、語り手の考える芸術とは違い、ヨゼフィーネの歌は一族の生から切り離されていない。むしろ芸術とは逆に、一族の生に根差し、一族の生を伝えるものであるがゆえに、非音楽的なねずみの一族はヨゼフィーネの歌に抗いがたく惹きつけられるのだ。

さらに、彼女の歌は一族に歴史の存在を思い起こさせる契機として機能している。語り手によれば、「伝説がそれについて語っており、それどころか歌も伝わっているが、ただし誰ももはや歌うことはできない」(351)。ねずみの一族において歌や歴史は、いずれも確かに存在してはいるが、それにも拘らず忘れられているものである。ねずみの一族は歴史から切り離されてしまっている。(9) そのような中でヨゼフィーネの歌は、失われた歴史の存在をわずかではあるが垣間見せる。

その中に音楽のなにがしかが保持されているとしても、限りなく無きに等しいまでに減らされている。なんらかの音楽伝統が保たれているが、それは我々を少しも苦しめたりはしないのだ。(366)

音楽の伝統と静けさ、そして静けさが呼び起こす平和や幼年時代。ヨゼフィーネの歌が伝えるものは、一族にとって存在しないもの、失われてしまったもの、もしくはその片鱗である。これらのものは一族の生の内奥に沈み込んでおり、日々の生活の中では意識されることがない。この失われたものがある限られたとき、すなわちヨゼフィーネの歌が響くときにのみ、歌を通してネガのように浮かび上がる。

二―二　語られる歌

ヨゼフィーネの歌は芸術ではない。しかしながら芸術と同じように受容され、それどころか芸術以上の成果を挙げるものである。おそらく彼女をめぐる問題のひとつは、芸術という以外にそのような歌を言い表すことばがないことに由来すると言えるだろう。芸術としか言いようがないが、同時に芸術ではないものとしてヨゼフィーネの歌を扱うがゆえに、語り手の論証は決着を見ない。

芸術であり、芸術でない。カフカ文学に描かれるこのような音楽をノイマンは「非音楽性としての音楽」[10]とまとめた。音楽はとりわけロマン主義の時代には始原の言語を表すものとして文学作品にしばしば登場し、作品を導く詩的原理の役割を担ってきた。そのような音楽に代わるものが、カフカ作品においては非音楽性なのだという。非音楽性も音楽も内包している問題は同一である。すなわち文化の外にある自然を文化的記号の枠に入れ込むこと、言語化できないものを言語化することである。鳴き声にすぎない、それも静けさのほうが際立つようなヨゼフィーネの歌を語ることは、ヨゼフィーネの歌という自然を言語化し文化の枠組みに収めようとする語り手の試みなのだ。確かにノイマンの論に沿って考えると、芸術か否かという二極の間を揺れ動く語り手の論証の性質も説明可能になるだろう。しかし、扱う対象が歌であることによって、この問題は多層化される。

テクストを持つものである以上、歌は言語芸術のひとつに数え入れられる。しかしながら、物語の中でヨゼフィーネの歌の内容が問題にされることは一度もない。しまいには歌であること、それどころか鳴き声であることすら否定され、後には沈黙しか残らない。言語化されているはずのものが、物語における空位として機能しているのだ。それゆえにここでは歌が語りの対象となる、すなわち、言語化されているはずのものがさらなる言語化の対象となるというずらしが生じている。

歌も歴史も一族に「特有の生の表出」である言語なくしては成立しえない。[11]語り手は空位となった歌を伝説や伝承と結びつけ、そこに歴史という意味を与える。そうすることによって、語り手は「一般的に言って、我々は歴史研究を完全にないがしろにしている」（360-361）という一族の生に通時的な視点を回復させるのだ。ヨゼフィーネが歌において失われた音楽を呼び覚ますように、それを語る語り手は失われた歴史をことばの中に呼び起こす。

三　芸術家から英雄へ

語り手の視線は、芸術家という特別な個を主張するヨゼフィーネが、対峙しているはずの集団の一員であり、そこから逃れえないという事実、そしてまた彼女の歌自体がそもそも一族から切り離しえないという事実を暴き出す。それゆえに、ヨゼフィーネの歌が一族にとって特別であるにも拘らず、彼女自身が芸術家として労働を免除されるという特権を与えられることはない。それでもなお、ヨゼフィーネの視点から見れば、彼女と一族の間にあるのは「戦い」である。仮に長編作品と同様に、主人公と視点を重ねる語り手によって物語が進められていたならば、『歌姫ヨゼフィーネ』もまた、終わりの見えない個と集団の戦いを描くことになっていただろう。語り手の存在はそのような構図を阻み、この戦いがそもそも戦いとなりえないことを明示する。

ところが物語の前半部から後半部への転換点で、これまでヨゼフィーネからも一族からも等しく距離を取っていたように見えた語り手がその態度を大きく変え、ヨゼフィーネを擁護し始める。「私」という一人称を使った語り手は、最近のヨゼフィーネは「年を取ったと感じ、声に衰えが出た」(372)

という周囲の意見に強く反発する。

私はそれを信じない。もしもそれが本当だとしたら、ヨゼフィーネはヨゼフィーネではないだろう。彼女にとっては、老いも声の衰弱もないのだ。(372)

ここにきて語り手の描くヨゼフィーネ像は、まるで年齢を超越した存在になってしまっている。ヨゼフィーネの失踪が決定的になった後も、彼女を絶対化しようとする語り手の態度は変わらない。

しかしヨゼフィーネはこの世の労苦――その労苦とはしかし、彼女の考えによれば、選ばれた者たちに課せられているものなのだが――から救済されて、嬉々として我々一族の数多くの英雄たちの中に姿を消すだろう。そして間もなく、というのも我々は歴史を追い求めないので、彼女の仲間たち全てと同じように、救済の度合いを高めながら忘れられるだろう。(377)

ここで語り手が用いる「英雄」という語は、ヨゼフィーネが自称する「芸術家」、「救済者」(360)という語と類似している。いずれの語も一族にとって特別な個を指しており、ヨゼフィーネを英雄とすることは、彼女の主張を語り手が認めたようにも見える。

語り手は天秤の支点としてヨゼフィーネと一族の間にいる。だが、その両端に置かれているものは、片や集団、片やその集団の一構成員であり、本来ならば釣り合うはずのない組み合わせだ。しかしながら、語り手が主人公であるヨゼフィーネを語るためには、一族について語らなければならない。むしろ、ヨゼフィーネという一族内の一存在について語ることばが、同時に、一族全体について語ることばになる。それゆえに語り手を支点とした天秤、それは同時に「あるいは」という語を支点としたタイトルでもあるのだが、片方に一族という集団を、もう片方にはその一構成員を載せているというアンバランスさにも拘らず釣り合いを保つ。ヨゼフィーネとねずみの一族、両者の関係はヨゼフィーネが主張するような芸術家と大衆、救済者と被救済者といった関係ではなく、また逆に被保護者と保護者の関係でもない。一個の存在が集団そのものを照らし出す、そのような関係を言い表す語が、ここでは「英雄」なのだと考えられるだろう。彼女が「英雄」となるその転換点において、語り手は唐突に「私」として出てくる。ヨゼフィーネを英雄化するのは、一族ではなく語り手という個である。

個人の行為でありながら集団の生を伝えるヨゼフィーネの歌は、個人の事柄を同時に集団の事柄であるとする「マイナー文学」のテーゼを体現していると言えるだろう。しかしながら、このことは個と集団の間にある差異が取り払われることを意味してはいない。集団の一員にすぎない個が同時に集団であるというのは矛盾以外の何物でもなく、それゆえに、ともすると「一族の救済者」を自称し、自身が一族を体現しているかのように振舞おうとする「ヨゼフィーネには、笑わずにはいられないことが多々ある」（358）と揶揄される。だが、物語の最後にヨゼフィーネの失踪が明かされ、この物語全体がヨゼフィーネについての回想であったことが知らされることによって状況は変わってくる。(12) ヨゼフィーネはもはや、彼女について語るこの物語の中にしか存在していない。不在のヨゼフィーネについて語ることばが、同時に集団について語ることばとなることによって、ヨゼフィーネという個と一族という集団が一体化する。この一体化を成し遂げることばを発するのもまた、個でありかつ集団である存在、「我々」を名乗る語り手である。

おわりに　物語の主人公へ

一般的に物語は過去形で書かれるものだが、『歌姫ヨゼフィーネ』は主として現在形で書かれており、過去形が用いられるのは、個々の具体的なエピソードが語られる場合に限られている。それゆえに読み手は、語り手にとっての現在が語られているのだと捉え、終盤になるまで物語が一種の回想録であることに気づかない。現在形は過去の出来事を目の前にあるかのように生き生きと表現するために用いられたり、超時間的な、普遍的な事柄を述べる場合に用いられたりする。現在形で書かれたこの回想録の場合は、ヨゼフィーネを英雄化する語り手の態度から考えると、現在形で物語ることによって、ヨゼフィーネという存在を超時間的なものとして捉えようとしているかのように見える。むしろ、ヨゼフィーネの物語は一族の歴史において限りなく繰り返されてきた物語なのではないだろうか。語り手が最後に予感する救済された仲間たちの存在は、ヨゼフィーネの物語が彼女についての物語であると同時に、その他大勢の物語でもあることを示唆しているように思われる。もちろん物語を現在形で綴ることは大いにありうることであり、そこには何の意図もないのかもしれない。しかしながら、ヨゼフィーネの物語が一族についての物語になるとき、その物語は個別の特殊な物語であると同時に普遍的な物語となるはずだ。ヨゼフィーネそして語り手という特殊な個が、一族という全体を物語化、歴史化する。その契機となるのが、語り手が最後に「我々」ではなく「私」としてヨゼフィーネを絶対化した瞬間なのだ。

「ヨゼフィーネは、我々一族の永遠の歴史におけるひとつの小さなエピソード」(376)である。このエピソードが一族の歴史にひとつの切れ目を入れ、一族の歴史全体を照らし出す。その姿を浮き彫りにするのは、今度は歌ではなく語り手のことば、ヨゼフィーネについて語る語り手のことばにほかならない。『歌姫ヨゼフィーネあるいはねずみ族』は、ひとつの集団の歴史であり、ひとつの個をめぐるエピソードとしての物語であり、そしてそれらが一体化したものである。ここにおいて、個人の事柄であると同時に集団の事柄としての文学の姿が浮かび上がると同時に、新しいタイトルが持つ「特別な意味」が見えてくる。語り手がヨゼフィーネをこの一族の物語(Geschichte)の主人公(Held)として語るとき、彼女は一族の歴史(Geschichte)の英雄(Held)になる。ヨゼフィーネと一族は、

「あるいは」という支点、語り手という支点を挟んで、同じ地平に並び立つのだ。

注

（1）Kafka, Franz: *Josefine, die Sängerin oder das Volk der Mäuse*. In: Ders.: *Drucke zu Lebzeiten*. Hrsg. von Wolf Kittler, Hans-Gerd Koch u. Gerhard Neumann. Frankfurt a. M. 2002, S. 350-377. 本書をテクストとして用い、引用する際にはカッコ内にページ数を示す。

（2）Deleuze, Gilles/Guattari, Félix: *Kafka. Für eine kleine Literatur*. Frankfurt a. M. 1976, S. 24ff.

（3）アンダーソンはカフカの、とりわけ初期の芸術観は、芸術を市民的生とは相容れないものとする一九世紀的なものであったと指摘している。Anderson, Mark M.: *Kafka's clothes. Ornament and Aestheticism in the Habsburg Fin de Siècle*. Oxford 1992, S. 6ff.（邦訳：マーク・アンダーソン『カフカの衣装』三谷研爾、武林多寿子訳、高科書店、一九九七。）

（4）三長編小説の共通点に関しては、例えば次の論を参照のこと。Neumann, Gerhard: *Franz Kafka. Experte der Macht*. München 2012, S. 137ff.

（5）バイスナーはカフカに特徴的な語りを「一義的（einsinnig：感覚Sinnが一体化していること）」と定義し、語り手の視点が主人公の視点と一致しているとした。シュタンツェルの分析によると、カフカの小説の語りは、語り手が姿を消してその視点を登場人物に反映させる「作中人物に反映する物語状況」に分類される。だが、シュタンツェルが強調していることだが、映し手となっている主人公と語り手との距離は常に一定というわけではない。また、映画の影響という観点からカフカ作品における語りを問題にしたアルトは、主人公の視点と重なりながらも、時としてそれよりも広い視点を獲得しうる語りのあり方が、当時新しいメディアとして勃興してきていたキネマトグラフ的なカメラ・アイとして説明可能であるとしている。Vgl. Beissner, Friedrich: *Der Erzähler Franz Kafka. Ein Vortrag.* Stuttgart 1961; Stanzel, Franz K.: *Theorie des Erzählens.* Göttingen 1985; Alt, Peter-André: *Kafka und der Film.* München 2009.（邦訳：フリードリッヒ・バイスナー『物語作者フランツ・カフカ』粉川哲夫訳、せりか書房、一九七六。F.シュタンツェル『物語の構造』前田彰一訳、岩波書店、一九八九。ペーター＝アンドレ・アルト『カフカと映画』瀬川裕司訳、白水社、二〇一三。）

（6）Kafka, Franz: *Drucke zu Lebzeiten. Apparatband.* a. a. O., S. 462f.

（7）非音楽的という一族の性格は、当時の反ユダヤ的なディスクールを反映している。その急先鋒であったヴァイニンガーが描き出すユダヤ人像によると、ユダヤ人は非音楽的かつ女性的であり、その性質は『歌姫ヨゼフィーネ』におけるねずみ族にそのまま当てはまる。それゆえに、これまでの先行研究では『歌姫ヨゼフィーネ』をユダヤ民族を描いた作品として解釈する傾向が強い。Vgl. Anderson: A. a. O., S. 194ff; Engel, Manfred/Auerochs, Bernd（Hg.）: *Kafka Handbuch. Leben-Werk-Wirkung.* Stuttgart/Weimar 2010, S. 323ff.

（8）『歌姫ヨゼフィーネ』が一人称の語り手によって語られることに着目したヤールアウスは、作品が語り手の自己正当化の物語となっていると述べている。しかしながらその解釈では、語り手が一人称複数を主語とすることが問題とされておらず、複数形を主語とした個人の自己正当化という矛盾が生じている。なお、語り手が複数形で語ることから、別の論でヤールアウスとヤーゴウは、この語り手を一族と同一視している。Vgl. Jahraus, Oliver: *Kafka. Leben, Schreiben, Machtapparate.* Stuttgart 2006, S. 449; Jahraus, Oliver/Jagow, Bettina von: *Kafkas Tier- und Künstlergeschichten.* In: Jagow, Bettina von/Jahraus, Oliver（Hg.）: *Kafka Handbuch. Leben-Werk-Wirkung.* Göttingen 2008, S. 530-552, hier S. 533.

（9）歴史の言語性に関して、例えばバンヴェニストは、過去の事実が記録され、言い表されるという言語行為を経て初めて過去のこととしての特性を与えられるとしている。E.バンヴェニスト『一般言語学の諸問題』

岸本通夫監訳、みすず書房、一九八三、二一九頁。

(10) ノイマンによると、カフカの創作言語もまた同じ特徴を備えている。すなわち、いわゆる詩的な言語ではなく、日常言語（家庭や役所で用いられる語彙）がカフカにおいては創作言語として用いられている。Neumann, Gerhard: *Kafka und Musik*. In: Wolf Kittler/Gerhard Neumann (Hg.): *Franz Kafka. Schriftverkehr*. Freiburg im Breisgau 1990, S. 391-398, hier S. 396 und 398.

(11) ねずみ族とユダヤ民族の関連から見ると、歴史との断絶は民族の歴史を核とするユダヤ教とは相いれないように考えられるが、ロバートソンはユダヤ民族がヨゼフス以降歴史の記述を行っていないことを指摘し、歴史との断絶をユダヤ民族とねずみ族との類似点としている。Vgl. Robertson, Ritchie: *Kafka: Judaism, politics, and literature*. Oxford 1985, S.281f.

(12) 物語の現在から見て過去の出来事を語ってゆくという物語の形式は、カフカの作品にはほとんど見られない。短編集『田舎医者』所収の『あるアカデミーへの報告』を例外として、主人公には「今、ここ（Hier und Jetzt）」のみが与えられる。Vgl. Engel/Auerochs (Hg.): A. a. O., S. 442; Bohrer, Karl Heinz: *Ästhetische Negativität*. München 2002. 尾張充典『否定詩学――カフカの散文における物語創造の意志と原理』鳥影社、二〇〇八。

八　『歌姫ヨゼフィーネあるいはねずみ族』
——歌のない絶唱——

古川　昌文

はじめに

『歌姫ヨゼフィーネあるいはねずみ族』[1]は一九二四年三月から四月にかけて書かれたカフカ最後の作品である。成立直後の四月に『歌姫ヨゼフィーネ』というタイトルでプラハ新聞に掲載され、同年八月、タイトルに「あるいはねずみ族」という語句を加えて短編集『断食芸人——四つの物語——』の一編としてベルリンのシュミーデ社（Die Schmiede）より出版された[2]。執筆当時、カフカは咽頭結核の進行のためほとんど声を失っており、同じ年の六月三日、ウィーン近郊のサナトリウムに没する。

「私たちの歌姫は名をヨゼフィーネという。彼女が歌うのを聞いたことのない者にはその歌の力が分からない。彼女の歌に心奪われない者はいない。」（350）——物語はこうして始まる。いや、それは物語というより、語り手「私」によるヨゼフィーネの観察記録という方が近い。語り手は彼女とその歌について、また彼女を取り巻くねずみ一族について観察し考察をめぐらす。作品世界全体が語り手の「私」——この語り手もまたねずみ族の一員である——による観察と考察によって構築されている。語りの焦点はヨゼフィーネとその歌及びねずみ族に合わせられているが、その記述は必ずしも首尾一貫せず、明確な像を結ばない。たとえば、今挙げた冒頭部分ではヨゼフィーネの歌が最高度に評価されているのに対して、少し後になると、「そもそもあれは歌なのか？ひょっとしてただちゅうちゅう鳴いているだけなのではないか？」(351) という疑念が述べられる。ヨゼフィーネの歌ははたして芸術なのか、ただのちゅうちゅう鳴きなのか、最後まではっきりした答えは得られない。

こうした両義性・曖昧性は本作に限らず、カフカ文学に共通する特徴である。そしてその特徴はカフカの文学が作家自身の「書くこと＝生きること」を表出しようとする自己言及的なものであることに由来すると筆者は考えている(3)。というのも、自己は常に途上にあって未完結であるがゆえに、定まった像を結ばないからである。解釈学が教えるように、テクスト全体の理解は部分の理解に依存し、部分の理解は全体に依存する。常に「部分」でしかありえない自己は、誠実であろうとすればするほど、特定の意味への収斂を拒み、表現は臆病なまでに非決定性を帯びていく。

以下では、『歌姫ヨゼフィーネ』を自己言及的な作品、つまりカフカが自分の「書くこと」のあり様を文学という形式を通して表出したものと見る立場から読み解いていくことにする。これは結論の先取りではなく、自己言及性を仮定することによって、どのように、またどの程度まで作品が説明できるかいう試みである。

一　ヨゼフィーネという名

『歌姫ヨゼフィーネ』には、主人公が女性であることや、「歌」が前景化されていることなど、カフカの他の作品にはあまり見られない特徴がある。そうした点について以下で一つずつ検討していく。まず「ヨゼフィーネ」という名についてである。カフカがなぜ主人公の名として「ヨゼフィーネ」を選択したかについては幾つかの可能性が指摘されている。一例を挙げると、カフカが自分との同質性を感じていた劇作家グリルパルツァーとの関連である。カフカはグリルパルツァーの伝記を読み、彼の生涯の伴侶であった女性の妹が歌手であり、ヨゼフィーネという名であったことを知っていた。しかしながら「ヨゼフィーネ」は決して珍しい名ではなく、他にもカフカが生活や読書の中で出会ったヨゼフィーネ（Josefine、Josephine）たちは複数いる。名前の選択にあたって彼女たちが連想的に関連していた可能性は否定できないが、モデル探しにはあまり意味があるとは思えない。

決定的に重要なのはヨーゼフ（Josef）という名との繋がりであろう。『訴訟（審判）』の主人公の名ヨーゼフ・Kがフランツ・カフカの変名であることは従来から指摘されてきた。ヨーゼフ・Kの「K」

はカフカ（Kafka）の頭文字と一致し、さらに「ヨーゼフ」はオーストリア皇帝フランツ・ヨーゼフ一世(4)の名を介して「フランツ」と結びつくというわけである。そのヨーゼフの女性名であるヨゼフィーネを歌姫の名としたことは、作者がこの歌姫に「カフカ」という自分の名を重ね書きしたことを示していよう。

二　ヨゼフィーネの歌とは何か

ヨゼフィーネの中に作者自身が書き込まれているのならば、ヨゼフィーネの歌とはカフカの「書くこと」だということになるだろう。『歌姫ヨゼフィーネ』が収められた短編集『断食芸人――四つの物語――』のうち、最初の短編『最初の悩み』では空中ブランコの芸人が、三番目の短編『断食芸人』ではタイトル通り断食芸を職業とする芸人が主人公となっている。最後の短編『歌姫ヨゼフィーネ』の歌と合わせて、いずれも芸（芸術）が中心におかれていることから、短編集はカフカ自身の芸術すなわち文学を異なる視点・方法で描いていると見なすことができる。

様々な芸（芸術）のなかで、本作で歌（音楽）が中心とされていることにはどんな意味があるのだろうか。カフカは後に述べるように自らを「非音楽的」と称し、音楽に対する理解力が欠けていることを自覚していた（作中のねずみ族もまた「非音楽的」とされている）。また、カフカの文学作品全体を見渡したとき、歌や音楽がモティーフとして特に重要な役割を果たしているとは言い難い。とはいえ、音楽を無視することもまた、カフカ文学のある重要な側面を見逃してしまうことになるだろう。初期の作品『変身』において、虫になったザムザが、下宿人たちに見られてはならないことを知りながらも思わず部屋から出て来てしまうのは、妹の弾くヴァイオリンの音に惹かれたためであった。妹のつたないヴァイオリン演奏とヨゼフィーネの歌との間にはある関連性をうかがうことができよう。ホメロスの叙事詩を利用した小品『セイレーンたちの沈黙』では、セイレーンたちは歌うのではなく歌と対極にある「沈黙」という武器を用いており、歌と沈黙との際立った対照性が浮かび上がる。晩年の遺稿『ある犬の探究』では、音楽が中心的役割を演じているとは言えないまでも、音楽を奏する犬たちの様子が細かく描写されている。そしてこの最後の作品『歌姫ヨゼフィーネ』に至って歌(音楽)が主題的な位置に浮上する。このことには偶然で済ますことのできない意味があるように思われる。

一九一一年末、カフカは合唱団のブラームス・コンサートに出かけた時のことを日記に書き、自らを「非音楽的」とした上で、こう記している。「僕は音楽をひと連なりのまとまりとして楽しむことができない。ときたま、ある感銘が僕の中に生じるが、それが音楽的な感銘であることはめったにない[5]」。カフカはブラームスのような正統的クラシック音楽や専門的に訓練された歌声と自分の音楽的感性との間には越えがたい壁があるのを感じていたようである。そんなカフカが音楽との関わりを持つようになったのは、おそらくイディッシュ劇においてであった。

カフカは一九一一年に東方ユダヤ人のイディッシュ劇と出会い、劇団員イツハク・レーヴィと親しく交わり、イディッシュ劇に足繁く通うようになる。小さなカフェで行われたあるイディッシュ劇を見たときの様子を次のように記している。

この女性の幾つかの歌を聞いたとき、「ユダヤの子供たち」という声を聞いたとき、彼女の姿を見たときのこと、――舞台に立つ彼女は（なぜって彼女はユダヤ人なのだから）、ぼくたち聴衆を魅了した（なぜってぼくたちはユダヤ人なのだから）、そこにはキリスト教徒への憧れも好奇心もない――そのとき、僕の頬を震えが掠めた。(6)

カフェに集まった聴衆たちの前で歌うユダヤ人女性、そして女性の姿に見入り、声に聞き入るユダヤ人の聴衆――これはヨゼフィーネとねずみたちの原型をなす体験だったのではないだろうか。カフカが見、聞いた女性歌手はアカデミックな教育機関で訓練された声の持ち主ではない。「なぜって彼女はユダヤ人なのだから」、「なぜってぼくたちはユダヤ人なのだから」という言葉が示すように、カフカが魅了されたのは女性歌手の歌声の卓越性ではなく、女性歌手とその声に聞き入る聴衆とが「ユダヤ人であること」を介して一体となる「場」なのである。

『歌姫ヨゼフィーネ』では、ヨゼフィーネが歌う姿勢をとるとねずみたちは大急ぎで彼女のもとに駆けつける。場は「コンサートというよりむしろ民族集会」(361) の様相を呈する。「はじめに」で触れたように、彼女の歌には「そもそもあれは歌なのか」「ただちゅうちゅう鳴いているにすぎないのではないか」という疑いが最後までつきまとっており、語り手によれば、そもそもねずみたちは「本物の歌手」など望んでいないという (362)。そして「本物の歌手」を欲しないねずみたちがヨゼフィーネの歌に集まるのは、彼女の歌が芸術とはほど遠いことの証である。ヨゼフィーネの歌はカフカの「書くこと」に相当すると述べたが、そうだとすると、右のとおり作中でヨゼフィーネの歌の芸術性が疑われている以上、カフカは自らの「書く」という文学行為にも大きな疑問符をつけたのだと考えねばなるまい。

さて、そのようなヨゼフィーネのコンサートにねずみたちがどんなに忙しいときであっても仕事を放り出し行列をなして馳せ参じるのはなぜか。ヨゼフィーネの歌にはいったい何があるというのか。語り手によれば、ヨゼフィーネが歌うとき、ねずみたちは「暖かく身体をくっつけ合い、息をひそめて耳を傾ける」(356)。

(……) 彼女のちゅうちゅう鳴きからはやはり――これは否定しようがない――何かが、否応なく私たちの耳に届いてくる。他の皆が沈黙しなければならないところで立ち上がってくるこのち

ゆうちゅう鳴きは、ほとんどこの一族のメッセージのように一人一人のもとに届けられるのだ。（362）

ここで「何か」（etwas）と言われているものが何であるかは語り手にも分からない。しかし「何か」があることは「否定しようがない」こととされ、ねずみたちはその「何か」をあたかも「一族のメッセージ」であるかのように黙して聞き入るのである。高尚な音楽性とはかけ離れたヨゼフィーネの歌声が一族を惹きつけることは、彼女とねずみ族が作り出す、「民族集会」に喩えられる場と密接に関係しているであろう。ではねずみ族とは何なのか。次項では、ねずみ族について、主人公が女性であることと合わせて検討してみよう。

三　ねずみ族と女性性

カフカが通ったイディッシュ劇の舞台が『ヨゼフィーネ』の原型であるとすれば、ねずみ族は舞台を見に集まってくる人々、つまりユダヤ人たちを指すことになるだろう。カフカの作品には動物を主要キャラクターとする作品が多いが、動物の種類は多岐にわたり、特定の動物が好んで選ばれているわけではない。ただし、『歌姫ヨゼフィーネ』のねずみたちのように「群れ」として登場するケースは、

『ジャッカルとアラビア人』のジャッカルの群れ、『ある犬の探究』の犬族の例があるくらいで、決して多くはない。そして群れとして登場するジャッカルや犬族はいずれもユダヤ民族との関連がしばしば指摘されてきた。(7)

『歌姫ヨゼフィーネ』もまた、マックス・ブロートがシオニズムやユダヤ人問題と関連させる解釈を提示して以来、(8) ユダヤ民族・ユダヤ問題との関連において解釈されることが多い。「敵意に満ちた世界の騒乱の只中にいる私たち一族の惨めな存在」(362)、「私たちは散らばって生きなければならず…」(363) といった語り手の言葉は、迫害されディアスポラ状況にあるユダヤ民族を想起させる。ユダヤ人への偏見、差別の中、ユダヤ人は害虫に喩えられ、ユダヤ人やユダヤ人の話すイディッシュなまりのドイツ語がそれぞれマウシェル(Mauschel)、マウシェルン(mauscheln)と軽蔑的に呼ばれていた。この蔑称がマウス(Maus)を連想させていたこともカフカがねずみによってユダヤ民族を表そうとしたと推測する有力な材料である。(9) 自身ユダヤ人であったカフカはこうしたネガティヴなユダヤ人イメージを批判したり避けたりするのではなく、『歌姫ヨゼフィーネ』の骨格として積極的に取り入れたのだ。

だがユダヤ民族といっても時代的、地域的にそのあり様は様々である。ねずみ族とユダヤ民族を結びつけて考えるとき、それはどのユダヤ人なのか。この点についてマーク・アンダーソンが説得力のある議論を展開している。彼はねずみがユダヤ民族一般を指すという従来の見方を否定し、一九世紀から二〇世紀にかけてのユダヤ人に関する言説に着眼する。ユダヤ人には真の音楽的才能が欠けているとするリヒャルト・ヴァーグナーやオットー・ヴァイニンガーの所説をはじめ、当時広まっていた様々な反ユダヤ言説が『歌姫ヨゼフィーネ』の中に再現されているというのである[10]。

アンダーソンが取り上げるヴァイニンガーの『性と性格』（一九〇三）は、カフカが女性を主人公としたことを説明するヒントにもなる。この反ユダヤ的かつ性差別的な書が言うところによると、ユダヤ人と女性とはいずれも音楽的創造力に欠け、主体的人格というものを持たない（それゆえに何にでもなれる適応力をもつ）。ユダヤ人と女性とはその劣等性において共通しており、それゆえ、女性の本質を最もよく体現しているのはユダヤ人の女性であるという[11]。カフカがこの本を読んだ証拠はないが、自らのユダヤ性に極めて敏感だったカフカが、出版以来ユダヤ人社会の中で広く知られるようになったヴァイニンガーの所説を知らなかったはずはなく、少なくともユダヤ人と女性をめぐる代表的な言説例として熟知していたと思われる。

ユダヤ民族とねずみ、ユダヤ民族と女性、そして音楽的才能の欠如、これらはヴァイニンガーをはじめとする反ユダヤ言説の中で一つに結びつく。『歌姫ヨゼフィーネ』では、ねずみ族は「非音楽的」（351）とされ、ヨゼフィーネは幼児性、自己中心性、高慢といったステレオタイプな「女性的特質」を誇張された形でまとい、その歌の芸術性に疑問符がつけられる。こうしてみると、この作品が当時の反ユダヤ的、性差別的言説を積極的に取り入れていることはほぼ確実と言っていいであろう。以下では、作品の自己言及的性格と関連づけながらこのことの意味について考えてみたい。

四　自己言及と語り

カフカの文学は描く対象が自分の「書くこと」へと向かっていく自己言及的性格を持つ。これは本論の仮定である。この仮定によって、ヨゼフィーネやねずみ族になぜユダヤ民族一般ではなく、カフカが足繁く通ったイディッシュ劇や彼と同時代の反ユダヤ言説が強く投影されているのかという問いに一つの答えを与えることができるように思われる。

つまり、『歌姫ヨゼフィーネ』にねずみ族として描かれたユダヤ人とはカフカ自身の中に構造化されているユダヤ人なのである。言い換えると、カフカの自己理解の中にあるユダヤ性、自我の欠くべからざる一部を成しているユダヤ性である。したがってそれは必ずしも史実・現実としてのユダヤ人とは一致しない。カフカの内部に住みついたユダヤ人イメージは、すでに触れたイツハク・レーヴィをはじめとするカフカが親しく接し、つぶさに観察した東方ユダヤ人たち、そしてユダヤ人に関する数多くの、時には相矛盾する言説によって複雑に構成されていただろう。対照的に、たとえ歴史的事実であっても、意識の奥深くに食い入っていない、自我を構成するに至っていない諸情報は「書くこと」の対象にはならない。カフカにとって現に流通している言説の方が客観的史実よりもずっと切実だったに違いないからだ。ねずみ族のもつ特徴がユダヤ民族一般とするにはかなり偏りがある理由をここに見出すことができる。[12]

だとすれば、カフカの自己を構成したユダヤ性とは総じて否定的なものだったということになる。『歌姫ヨゼフィーネ』はもとより、カフカの作品の多くが両義性・曖昧性を帯びていることもまた、ヴァイニンガーがユダヤ人に関して「ある種の両義性、多義性に囚われており、この曖昧性、二重性、多重性の外に出ることは決してない」[13]と否定的に評していることと不思議なほど合致している。カフカはそうした反ユダヤ言説が唱えるユダヤ人の否定性、曖昧性、いわば「弱さ」を自己の中に見出し、逆手にとり、これを元手として、「書く」という行為に賭けたのではないか。

ところで『歌姫ヨゼフィーネ』にはヨゼフィーネの他に語る「私」がいる。さらにその他大勢のねずみ族もいる。この作品が自己言及的であるとするなら、言及される自己はどれとどう結びついているか。すでに述べたように、ヨゼフィーネの歌はカフカの「書くこと」とみなすのが自然である。「歌うこと」と「書くこと」はともに芸（芸術）の実践行為だからである。では語り手の「私」は？また、作品タイトルの一部を成す「ねずみ族」は？この両者もまたカフカの自己に他なるまい。ただし、「書くこと」の周囲に位置し、これを支える「生活する自己」である。語り手の「私」はしばしば「私たち」と複数形主語で語る。「私たちの歌姫は」で始まる物語の初めから語り手は複数性を帯びており、個であると同時にねずみ族全体を包摂する存在でもある。語り手によれば、ねずみ族は労を惜しまず働き、自分の歌への無条件の心服を要求するヨゼフィーネを支え護っている。ところがヨゼフィーネの方は自分こそが一族を護っていると信じているという（359）。双方の言い分は対立するが、矛盾しているのではなく、それぞれに真実を含んでいる。つまり、ねずみ族はヨゼフィーネの自称「芸術」行為を労働者・聴衆として現実的に支え、ヨゼフィーネは皆を惹きつける「何か」によって一族を精神的に支えているのである。

物語の全体は人格をもつ語り手によって語られているから、論理上、限定された視野しか持たないはずである。しかし右のとおり語り手はねずみ族を包摂して「私たち」と称し、それだけに止まらず、分かるはずのないヨゼフィーネの心の内まで語っている。「ヨゼフィーネは自分こそが一族を護っていると信じている」（359）、「彼女によれば、彼女の歌こそが私たちを政治的あるいは経済的苦境から救っている、（……）彼女の歌は不幸を追い払いはしないまでも、少なくともそれに耐える力を私たちに与えている」（360）など、ヨゼフィーネの考えていることが語り手によって伝えられる。ヨゼフィーネはこうしたことを口に出して言ったわけではなく、「彼女の両眼からきらめき出ている」（360）という。語り手はこの強引な合理化によってヨゼフィーネの内面をも語ることができる複合的な視点を獲得している。このことが示すのは、語り手にとってヨゼフィーネはまったくの他人ではないということだ。それは不思議でも何でもない。両者は役割が違うだけで同じ自己の一部なのであるから。

五　歌うことと書くこと

ヨゼフィーネの「歌うこと」とカフカの「書くこと」との対応関係についてもう少し詳しく見ておきたい。

ヨゼフィーネはほんの些細なことでも自分の歌の効果を高めるために利用する（355）。とりわけ一族が困難な状況にあるとき、彼女は「自分の時が来た」（356）と見なし、歌うべく立ち上がる。彼女の歌う様子は次のように描かれている。

するともう彼女はそこに立っている。あの華奢な姿で。とりわけ胸の下の部分を、見る者を不安にさせるほどに震わせて。まるで持てる力のありったけを歌に注ぎ込んだかのように。まるで持っていても歌の役に立たないものからは生きる可能性がほとんど全部抜き取られてしまったかのように。まるで何もかも奪われ、棄てられ、ただ良き精霊たちの保護に委ねられたかのように。まるで自分自身をすっかり空っぽにされ、ただ歌の中に住んでいるので、掠め過ぎる冷たい風のほんのひと吹きで彼女を殺してしまえるかのように。（356）

ヨゼフィーネが一族が困難な状況にあるときに歌い始めるように、カフカもまた、危機にあるときに書いた。父との葛藤、結婚することへの不安、婚約を破棄したことから来る精神的苦境、そうしたことがカフカに執筆を促した。ヨゼフィーネが「歌うこと」にすべての力を注ぎ込むように、カフカも夜を徹して書いた。ヨゼフィーネが日々の労働からの解放を訴えるように、カフカも仕事のために書く時間がとれないことを嘆いた。ここで見逃してならないのは、ヨゼフィーネが些細なことから重大なことまであらゆることを歌うために利用する、と語る語り手のイローニッシュな眼差しである。それはカフカが自分自身の「書くこと」に向けた眼差しでもあろう。その眼差しはヨゼフィーネが歌う別の場面にも注がれている。

(……)ただ彼ら(ごく若いねずみたち――筆者注)だけが驚嘆して見つめている。彼女が唇にしわを寄せ、可愛らしい前歯の隙間から息を吐き、自分の出している声に賛嘆して死なんばかりになり、このよろめきを利用してさらに新たな、自分でもますます訳が分からなくなっていくパフォーマンスへと自ら鼓舞していく様を。(366)

歌うことに全精力を傾ける姿の描写に重ね合わせるように、どこか欺瞞的な自己陶酔に浸って本人にすら意味不明な歌となっていく様子が語られる。対象を一方で持ち上げ、他方で引きずり下ろすような語り口は、他人のようでいて実は他人ではないヨゼフィーネに向けられた語り手の、そしてカフカの「自己」批評なのである。

こうしたヨゼフィーネの歌に対するイローニッシュな眼差しの一方で、彼女の歌には「何か」があるとされていた。この「何か」があるからこそねずみたちは最大の賛辞を要求する我儘な歌姫のもとに駆けつけ、歌に聞き入り、「父親のように」(360) 彼女の要求をなるたけ聞き入れ、庇護しているのである。「何か」について語り手は「ほとんど一族のメッセージのよう」と語るが、メッセージが何であるかは不明である。ヨゼフィーネが他の声に混じって歌っているときに彼女の声を聞き分けられるかという課題を自分に課してみても、たかだか繊細さ弱々しさがわずかに目立つ程度だろうと語り手はいう (352)。おそらく、批評的・分析的な聞き方をする限り、ヨゼフィーネの歌はせいぜいどのねずみでも始終やっているちゅうちゅう鳴きの域を出ないのである。どんなに注意深く耳をそばだててみても無駄であろう。「何か」とは、そうしたアプローチによっては決して到達できないものであることを語り手の語り全体が示しているのである。

それはカフカが自分の「書く」という行為に向ける視線でもあるだろう。ヨゼフィーネがありとあらゆる機会をとらえて全力で歌うように、「書く」カフカはそれなしには生きていけないかのように全力で机に向かう。他方、「書く」カフカを見つめるもう一人のカフカは、卑下か韜晦か、書くことを「いたずら書き」[14] (Gekritzel, Kritzeln) と呼び、自らが生み出したものの価値評価に逡巡する。この葛藤のなかで「書くこと」を続けてきたカフカには、ある「何か」が確かに感じられていたに違いない。

ヴァイニンガーは「ユダヤ人は歌わない[15]」と書いている。彼によれば、それは恥ずかしさのためではなく、ユダヤ人は核となる信念を持っておらず、自分の歌を信じていないからである。この点、自らの歌の芸術性の承認を強く求めるヨゼフィーネは違っているようにみえる。しかし語り手の言葉の中に「ヨゼフィーネは歌わない」(352) という副文が忍び込んでいることに注意したい。この副文は『ヨゼフィーネは歌わない、ただちゅうちゅう鳴いているだけだ、(……)』ということが仮に本当だとすれば (……)」という形で非現実話法に接続されているので目立たないが、カフカははっきりと音楽をめぐる反ユダヤ言説をここに引用しているのである。だとすれば、カフカは自分の中に突き刺さり自分の一部となっている反ユダヤの声と作品中で対話を試みているのである。それは、たとえば偏見や差別に満ちた社会への批判といった水準で行われているのではない。そのような──語弊を恐れずに言えば──ありきたりの批判とはカフカは無縁である。あくまでも自己という内面における対話として、あるいは自己と自己との戦いとして行われるところにカフカの徹底した創作機制がある。若き日のカフカは自分が読む書物に「ぼくたちの中の凍りついた海を砕く斧[16]」であることを求めた。この言葉は、創作を始めた後、そのまま自分の「書くこと」に対する要求となり、「夢のような内面生活[17]」を描出する方法となって最晩年の『歌姫ヨゼフィーネ』まで厳格に適用されていくのである。

六　ヨゼフィーネの消滅――結論に代えて

あるときヨゼフィーネは忽然と姿を消す。歌が予定されていた場所に現れなかったのだ。このことを伝える段になって、語り手の語り口に一瞬の途惑いと乱れが生じる。

奇妙だ、なんという計算違いをしているのだ、あの賢い娘が、ひどい計算違いだ、これではまるでもともと計算などしておらずただ自分の運命に流されているだけのようではないか、私たちの世界ではひどく悲しいものになるしかない運命に。(376)

それまでのイロニーとユーモアをたたえた口調から一転して、この後の語りはヨゼフィーネの救済と忘却を、そしてねずみ族が彼女の喪失を乗り越えていくことを希求する哀切な言葉となって物語は閉じられる。ヨゼフィーネは、カフカがくりかえし書いてきた主人公のように「死」によって終わるのではなく、黙ってただ姿を消す。そこに劇的性格はなく、必然性はなく、ただ喪失感がある。作品を書いた頃、カフカが咽頭結核の進行によってほとんど声を失い、死期の近いことを知っていたことも、この結末に反映されているだろう。

ヨゼフィーネの歌にある「何か」とは何だったのか。自分の歌に芸術としての最高度の評価を要求するヨゼフィーネと、ちゅうちゅう鳴きの域を出ないとするねずみたちとは、少なくとも歌の評価に関しては完全に対立している。懐疑派のねずみたちにとってそれは歌ですらない。しかしこの対立はコンサートの場では消え、眠るように聞き入るねずみたちの耳に「何か」が聞こえてくる。おそらくそれは、とるに足らないちゅうちゅう鳴きにすぎないことによって、ねずみ族の存在そのものを肯定するものだったのだ。この肯定とは、肯定が否定と相対立する以前の層、知的・意識的に評価を下す以前の層における存在の絶対的肯定である。耐え切れない重荷に耐え、片時も休まず働き続けるねずみたちにとって、ねずみが存在してこの方、ねずみがねずみであるゆえんであり続けたちゅうちゅう鳴きに聞き入り、自分たちの生の実質に触れ、ねずみであることの全肯定の内に身をゆだねる場が必要だったのだ。

ここにはカフカが「書くこと」を「生きること」と等置し、「祈りの形式(18)」と表現した事態が物語の形をとって描出されている。生活する者としてのカフカは、結婚し家庭を築くという社会的、伝統的な要請に応えることができなかった。この要請は必ずしも外から強要されたのではなく、カフカ自身が自分に対して行った要請である。この要請に応えようとするカフカから見れば、「書く」という行為は社会的に一人前と認められて生きていくことと対立した。しかも書いたものは「いたずら書き」でしかなかった。しかしながら「書くこと」において、ペンの音だけが聞こえてくるこの沈黙の場において、相対立する自己は夢見るように一つに融和する。それはカフカの「書くこと」が批評的判断を遮断して内部に沈潜し、自分自身の生にじかに触れる場だったからである。

ヨゼフィーネの絶唱のパフォーマンスから聞こえてくる「何か」は、歌ではない。それは、鍛え抜かれた本物の歌手の声ではかえって遠ざかってしまう、ねずみ族の生そのものである。一九一六年秋頃から翌年にかけて書かれた八つ折版ノートに「誰でも真理が見えるわけではない、しかし真理であることはできる」[19]という一文がある。これと関連づけて言えば、ヨゼフィーネの絶唱は、批評的な耳には滑稽で弱々しいちゅうちゅう鳴きでしかなくとも、自ら真理であろうとする渾身のパフォーマンスだったのではないか。そこに「何か」があると語り手に言わせるカフカは、語り手のイローニッシュな視線の背後に立って、その成功を静かに認めていたのではないだろうか。

注

（1）原題は*Josefine, die Sängerin oder Das Volk der Mäuse*。テクストはこの作品が収められた次のものを用い、ここからの引用は本文中に頁数のみ記入する。Franz Kakfa: *Drucke zu Lebzeiten*. Hrsg. von Wolf Kittler, Hans-Gerd Koch und Gerhard Neumann, Fischer Taschenbuch Verlag 2002.

（2）自作の発表に極めて慎重だったカフカにしては、この新聞掲載と出版の早さは異例である。ベルリンでドーラ・ディアマントと共に暮らしていたカフカは一九二〇年代の猛烈なインフレと病のために貧窮しており、現金収入を得ることが急務だった。早い出版は友人マックス・ブロートの尽力による。

（3）カフカ文学の自己言及性については以下も参照していただきたい。古川昌文「『流刑地にて』――「書くこと」の断罪」、古川・西嶋編著『カフカ中期作品論集』同学社 二〇一一年、二六―四三頁。

（4）フランツ・ヨーゼフ一世（Franz Joseph I 一八三〇―一九一六）はオーストリア皇帝。オーストリア＝ハンガリー二重帝国が成立した一八六七年以後はハンガリー王を兼ねた。カフカの作品『一枚の古文書』や『皇帝のメッセージ』には、作品執筆前に没した皇帝の影を読み取ることができる。

（5）一九一一年一二月一三日の日記。Kafka, Franz: *Tagebücher*. Hrsg. von Hans-Gerd Koch, Michael Müller und Malcolm Pasley, Fischer Taschenbuch Verlag 2002, S. 291.

（6）一九一一年一〇月五日の日記。Ebd., S. 59.

（7）両作品がユダヤ人問題との関連で論じられてきたことについては、それぞれ、村上浩明「『ジャッカルとアラビア人』――自立の試み――」（前掲の『カフカ中期作品論集』所収）と本書の『ある犬の探究』を論じた一四章及び一五章を参照していただきたい。

（8）マックス・ブロート（辻瑆他訳）『フランツ・カフカ』みすず書房 一九七二、三〇五頁以下を参照（原著は Brod, Max: *Franz Kafka. Eine Biographie*, S. Fischer 1954）。

（9）マウシェルン（mauscheln）は「イディッシュ語なまりのドイツ語を喋る、わけのわからない喋り方をする」という意味で軽蔑的に使われた。マウシェル（Mauschel）はその名詞形。語源的にはマウス（Maus）とは無関係だが、しばしば混同された。

（10）マーク・アンダーソン（三谷研爾／武林多寿子訳）『カフカの衣装』高科書店 一九九七、三一二頁以下（原著は Anderson, Mark M.: *Kafka's Clothes. Ornament and Aestheticism in the Habsburg Fin de Siècle*. Oxford University Press 1995）。

（11）Weininger, Otto: *Geschlecht und Charakter. Eine prinzipielle Untersuchung*, Wilhelm Braumüller 1908[10], S. 435f.

(12) ねずみ族をユダヤ民族一般とみなそうとすると、たとえば「私たちねずみ族は歴史研究をおろそかにしている」(361) という語り手の言葉は疑問である。ハインツ・ポリツァーはこの点を重視し、ねずみ族を単純にユダヤ民族と同一視する見方に異議をとなえた。Vgl. Polizer, Heinz: *Franz Kafka. Der Künstler*. Suhrkamp taschenbuch 1978, S. 483f.

(13) Weininger, a. a. O., S. 442.

(14) たとえば一九二四年一月中旬（日付不明）のブロートに宛てた手紙を参照。Kafka, Briefe 1902-1924. Hrsg von Max Brod, Fischer Taschenbuch Verlag 1980, S. 472.

(15) Weininger, a.a.O., S. 443.

(16) カフカが友人オスカー・ポラックに宛てた一九〇四年一月二七日付けの手紙にある言葉。この年、カフカは最初の習作『ある戦いの記述』を書く。Vgl. Kafka, *Briefe 1902-1924*. a.a.O., S. 28.

(17) カフカの一九一四年八月六日の日記。Vgl. Kafka, *Tagebücher*, a.a.O., S. 546.

(18) Kafka, Franz: *Nachgelassene Schriften und Fragmente II*, Hrsg. von Jost Schillemeit, S. Fischer 1992, S. 354.

(19) Ebd., S. 62.

遺稿より

九 『ハゲタカ』
——結核の発病——

有村 隆広

はじめに

カフカは、一九一七年に短編集『田舎医者』を書いて以来、一九二〇年の秋の初めまで、アフォリズム等[1]を除いて、作品を殆ど書いていない。その最大の理由は彼が一九一七年の夏、三四歳の時、吐血して結核に侵され、心身ともに疲弊したからである。しかし、一九二〇年秋に彼は次の文を書き、新たなる創作へと突き進んだ。

最初の鍬入れだった。最初の鍬入れであって、土は和らかく、足元で崩れた。鐘がなった。一つのドアが揺れて。[2]

創作再開に向けての瑞々しい気持ちが、この文章にあふれている。カフカはさらに、彼の初期の作品群、『火夫』等をチェコ語に翻訳したミレナ・イェセンスカー＝ポラックに、一九二〇年の夏、次のような手紙を書いている。

ここ数日以来、いわゆる「軍務」生活（文学作品を書くこと——筆者注）、もっと正確に言えば「演習」生活を始めています。数年前のことですが、これが当分の間、最善の療法であることを発見したのです。午後は出来るだけベッドで眠り、それから二時間散歩をします。（……）軍務に服していることは成果が上がらない場合でもやはりよいことです。(3)

この手紙で用いられている「軍務」は文学を意味し、「演習」生活は作品を書くこと、創作することである。また前記文章の「数年まえのことですが、」という表現は、喀血した時期（一九一七年の秋以降）のことを指している。カフカは、このように決意した後、三年ぶりに創作を再開し、一九二〇年の八月から一二月までの間に、一連の「遺稿と断章」を書いた。カフカ全集を最初に編集したマックス・ブロートは、それらの遺稿から次の作品群を選んで、彼独自の判断で題名を付け、編集した。『都市の紋章』、『ポセイドン』、『仲間どうし』、『夜』、『掟の問題』（この遺稿だけにはカフカは題名を付けている)、『却下』、『徴兵』、『試験』、『舵手』、『こま』、『小さな寓話』。そして、本稿で論じる『ハゲタカ』もブロートの命名である。(4)

一九八三年から始まったヨースト・シレマイトによる『遺稿と断章Ⅱ』の編集では、ほとんどの作品には題名はない。したがって、題名のない遺稿原稿がそのままの形で編集されている。『ハゲタカ』は、三二九頁から三三〇頁に掲載されている。本稿では、題名はブロート版によるが、作品そのものは、シレマイト編集の『遺稿と断章Ⅱ』に従う。

一 『ハゲタカ』のストーリーについて

短編『ハゲタカ』の物語は、鳥のハゲタカに襲われて死に瀕する人間の物語である。一読すると、極めて奇怪な物語である。ヴェルナー・ホフマンは、この短編はまことに荒々しく、動物の死骸をついばむ鳥というより、伏魔殿から出てきた幽霊が作品の背景で策動するような物語である、と述べる。(5) 確かにこの短編は、一面において荒々しく、残酷である。しかし、後述するように、文学することに対するカフカの深遠な憧憬が見られる。『ハゲタカ』は、次の文章で始まっている。

それは、ハゲタカだった。私の足にくちばしを突き立てていた。長靴と長靴下にも大きな穴を空け、すでに足そのものを突き始めていた。絶えず襲いかかってきては、不安げに私の周りを二、三度旋回したかと思うと、また突き始めるのだった。(329)

ハゲタカは主人公の足をつつくが、不安げにその周りを旋回する。ハゲタカが攻撃相手を不安げに見つめるという所作が、すでにこの作品の異常さを表している。鳥のハゲタカにも人間と同じ心があるかのように描かれている。そこへ一人の紳士が通りかかり、なぜハゲタカのなすがままにさせているのかと尋ねる。それに対し主人公はハゲタカという鳥は顔にまで飛びかかろうとしたので、足を食べさせてやることにした、という。紳士は、私の痛みに同情して私を助けることを誓う。

「よろしいですとも。ただ、家へ帰って、鉄砲をもってこなくちゃなりません。三〇分ほど待っていただけないでしょうか」と紳士は言った。(……)「いずれにせよ、お願いですから、やってみてくださいませんか」「承知しました」と、紳士はいった。(329)

通常の物語の場合は、そのような緊急のときには、人々はその場で有害な鳥を追い払うことを試みる。三〇分の時間の経過は、人を死に追いやってしまう。このような描写も普通のリアリズムの作品とは異なっている。さらに、次の文章を読み進めてみよう。

ハゲタカはこの話の間、じっと耳を傾け、私と紳士とをかわるがわる見つめていた。どうやら話が全部わかったようだった。いきなり飛び上がったかと思うと（……）槍のようなくちばしを私の喉深く突き立てた。（329-330）

この文章を読むと、ハゲタカはどうやら人間の言葉を理解したので、助けが来ないうちに主人公の喉を襲ったように思える。したがって、普通の意味でのハゲタカという鳥ではないことが想像できる。そして、短編は次の文で終わっている。

私は仰向けに倒れながらも、喉の奥からどっと吹き出て口の外まであふれた血の中で、ハゲタカが、あがくこともできずに溺れてしまったのを見て、ほっとした。（330）

この文章では、ハゲタカと主人公の私の立場が逆転する。今度はハゲタカが、主人公の喉からほとばしり出た血の海の中で溺れてしまう。それを見た主人公は、激痛のことは忘れたかのように、ほっと一息つく。通常の物語では、痛みにもだえ苦しむ人がこのような平静な感情になることはない。いずれにしろ、リアリズムの物語ではない。まさしく寓話である。従って、カフカの他の作品に於けると同じように、ストーリーの奥に隠されているものを理解しなくてはならない。このように考えると、この主人公の私は、いったい何者であるか、また、ハゲタカは何を象徴したものであるかという疑問が生じてくる。

二　主人公の私、ならびに鳥のハゲタカは何の象徴か

結論を先に申せば、主人公の「私」は、作者のフランツ・カフカの分身である。事実、彼は一九一七年の夏、喀血した。そのことが原因でそれから七年後、一九二四年六月三日、ウィーン郊外にあるクロスターノイブルクのサナトリウムで四一歳の誕生日を前にして喉頭結核のため永眠した。ハゲタカは、鳥のハゲタカであるが、同時にまた、カフカの病気の原因ともなった喉頭結核そのものであり、彼を死に追いやった張本人である。さらにまた、ハゲタカは、カフカ自身の心の悩み、不安と心配の象徴でもある(6)。また、鉄砲でハゲタカを射殺して、主人公を助けようと考えた人物は、人間を死に追いやる無情な運命そのものである。カフカは既に一九一七年の夏に結核の感染により、己の運命を予知し、次のように述べている。

もし、私が近い将来死ぬか、あるいはまったく生きることができなくなるとすれば、その可能性

は大いにありうる。というのは、私はつい最近、二晩ほど激しく喀血した。その時こそ、私は、われとわが身をむしり裂いたと言えよう。父は以前よく、荒々しい、中身もない脅しを浴びせて、「俺はお前を魚のようにむしり裂くぞ」といったものだが、（……）今やその脅しが父とは無関係に実現するわけだ。世界——その代表者はＦ（婚約者のフェリーツェ——筆者注）——と私の自我とが、解決しようのない抗争のうちに、私の身体をむしり裂く。(7)

カフカは、一九二四年死去する年の一月中旬、ベルリンからブロートに、一九一七年の夏感染した結核について、次のような病床からの手紙を出している。

親愛なるマックス、手紙を書かなかったのは第一に病気だったからで、高熱、悪寒、そして後遺症として一回だけの往診に一六〇クローネ、Ｄ（ドーラ・ディアマントはカフカの最期の恋人——筆者注）はそれでも後から半分に負けさせた。ともかくそれから僕は病気になるのが一〇倍も怖くなった。(8)

この文章は、カフカが自分の病気を、経済的な面からも深刻にとらえていることを表している。同じ手紙の後半部で、さらに彼は次のように書いている。今度は主語を、「彼」にしているが、これはもちろんカフカ自身のことである。

（……）彼の左はＤ（恋人ドーラ・ディアマント――筆者注）ならば、Ｄが支えていて、右はさっきの男（カフカ自身のこと――筆者注）とでもしよう。彼が肩肘を張っているのは、例えば何かの〈引っ掻き〉（引っ掻くように殴り書きしたカフカ自身の作品――筆者注）のためかもしれない。あとはせめて足元の大地が固められ、目の前の奈落が埋められ、頭のまわりに群れるハゲタカどもが追い払われ、頭上の嵐が穏やかになれば、その時には少しは何とかなるかもしれないのだが。(9)

この文章で注目すべきは、「彼が肩肘を張っているのは、例えば何かの〈引っ掻き〉のためかもしれない」という箇所である。カフカは作品を書くことを、前述の手紙で示されるように〈引っ掻く〉としばしば書いていた。「彼が肩肘を張っている」ことは、骨身を削って、また、自らの身体を突いて、文学作品を書くことに精魂を傾けている情況を意味する。同時にそれは、ハゲタカが、彼の体を突くことにも通じる。他方、カフカは祈りの形式で文を書いているとも述べている。これもまた、文学に対するカフカの真実の姿であるといえよう。

以上のことを総合すれば、主人公は二つに分類される。その一人は鳥のハゲタカによって、自分の体を突かれ、喀血による体の衰えを感じている生身のカフカである。他の一人は飽く事なき創作意欲に燃えた作家のカフカである。しかし、生身のカフカは、ハゲタカから喉元を食い破られ、絶望の淵に沈む。ハゲタカも自らが生み出した血の海の中で、すなわち、生身のカフカのなかでもだえ死ぬ。他方、作家のカフカは、苦痛にもだえながらも、ハゲタカの死によって、文学にますます心を捧げることが出来ると思い、喜びの声を上げる。次の文章がそのことを暗示している。

私は仰向けに倒れながらも、のどの奥からどっと噴き出して口の外まであふれた血の中でハゲタカがあがくこともできずに溺れてしまったのを見て、ほっと安心した。(330)

つまり、ハゲタカの死は、カフカの肉体の部分的な死を意味すると同時に、また文学をとおして生を貫こうとするカフカの安堵の叫びでもある。当時のカフカには、結核がもたらす不安と、同時に文学に対する限りなき憧憬が併存していたといえる。

エムリッヒは、このことに関連して自己自身と動物との関連について、「カフカの描く動物たちは人間における自己矛盾の表現である」と述べている。[10] 事実、カフカの作品の主人公には多くの動物が登場する。[11] また、平野七濤も、訳書『病者カフカ――最期の日々の記録』のあとがきの中で、「実際カフカに於いては、人間と動物は、結局は通底しているのである」と述べている。[12]

カフカの心身に潜んでいるハゲタカも、まさしくエムリッヒの論じる動物であるが、カフカ自身の分身でもある。ハゲタカに変身したカフカは、人間カフカの血管をついばみ、その血液を吸い込むが、この場合の血液は、カフカの文学となる。他の動物（↓カフカ）の生き血を吸う意味では、ハゲタカは、まさしく動物であるが、彼が吸い取ろうとしている血液は、ほかならず、カフカの描く文学作品となる。カフカは、文学することを「ペンで引っ掻いて文章を書く」と常々述べていた。そのことは、ハゲタカという別のカフカが、もう一人のカフカに分身して、己の作品を書くことを意味する。ハゲタカは、ある時は、実物の鳥（結核）になり、カフカの血を吸い取り、ある時は、文学する人としてのカフカの心に入り込む。

それ故に、動物（鳥）としてのハゲタカが、血の海の中で死去するのは、カフカがその海のなかで、文学に対する飽くなき願望を満たすことを意味している。したがって、結核の発病により、文学することが不可能になるかもしれないという一九二〇年当時のカフカの恐怖と、その逆の、文学への激しい願望を、この短編『ハゲタカ』から読み取ることが出来る。

三　『ハゲタカ』執筆にいたるまでのカフカの生活と環境

（一）　結核に恐れおののくカフカ

なぜ、カフカが『ハゲタカ』を執筆するにいたったか、その生活とその環境について伝記的な資料を背景にして、述べてみる。カフカは、一九一七年八月一二日の未明から翌一三日の明け方にかけて血を吐いた[13]。すでに数日前から体調をくずしていたので、それほど気に留めなかった。しかし喀血はその後も続いたので、勇気を奮い起こし医者を訪ねた。医者の診断によれば、カフカの症状は急性の風邪、つまり、気管支カタルであった。しかし、カフカは、自分の病状はただならぬものであると感じたので、そのことをブロートに打ち明けた。二週間後、ブロートはカフカに専門医の診断を仰ぐように勧めた。その時の日記に彼は次のように書いている。

一九一七年八月二四日。カフカの病気の対策。彼は病気を心理的なもの、いわば結婚からの救助（結婚することから逃げ出すこと――筆者注）だという。病気は自分の決定的な敗北を意味するというのだ。しかし彼はそれ以来よく眠る。解放されたのか。痛めつけられた魂よ[14]！

カフカはブロートの強い忠告に従って九月四日、肺の専門医、フリードル・ピック教授の診断を受けた。その結果、肺尖カタル（遠まわしに結核を意味する）であることが判明した。ブロートはカフカの病気について、日記のなかで次のように述べている。

九月四日。午後、カフカとフリードル・ピック教授のところ。これを実現するまでにずいぶん日数を要した。肺尖カタルと診断される。三か月の休養が必要。結核の危険がある。何ということだ。しかし、まさかそんな恐ろしいことは起こるまい。(15)

このブロートの日記のなかで、カフカを専門医に診断してもらうまでの苦労が大変であったこと、そして、カフカの病気が深刻なものであることについての不安が記されている。

ブロートは、さらに喉頭結核がカフカの現実の生活にどのような悪影響をもたらすかを心配する。それは、婚約者のフェリーツェ・バウアーとの関係である。カフカは一九一二年フェリーツェと知り合って以来、既に一度婚約を解消し、二度目の婚約をした矢先であった。しかし、カフカは結婚に対する否定的な考え、すなわち、結婚すれば絶対的なものへ眼をむけること、文学することが出来なくなるという考えも依然として有していた。また、結婚するか、または独身かの二者択一の考えが、結核をもたらしたのであり、この病気は罰であるというカフカの考えを、ブロートは知っていた。

　さらにブロートは、カフカが中世職匠歌人の言葉を引いて、「私の神様はもっと話のわかる方だ[16]」と述べたことも、日記のなかに書いている。この文言は、神に反抗する文句であるとブロートは述べているが、これはブロートがカフカを非難しているというよりも、結核という病に侵されたカフカの絶望がいかに大きかったかということの証左であるといえる。

　医者はカフカにサナトリウムでの療養を勧めたが、カフカは全力をあげてさからった。彼はそれを断わり、一九一七年九月一二日、ポーランドとの国境にある北西ボヘミアの寒村、ツューラウへ出発した。そこにはカフカの一番下の妹オットラが住んでいて、夫の兄弟の家屋敷の管理をしていた[17]。カフカは発病した一九一七年の秋、労働者災害保険局から三カ月の休暇を得たが、数度の中断を挟んで、ツューラウで、一九一八年の夏まで過ごした。この時期のカフカの生活についてエルンスト・パーヴェルは次のように述べている。


彼にとってもっとも必要なのは休息であり、役所や家族、戦争や世間から離れることであった。彼に不足していたのは、理解力のある、犠牲的な精神に富んだ母性的な女性の愛情と世話だった。彼はこれらすべてを農村ツューラウの妹オットラのもとで見出す。(……)この期間のことをカフカは後に、生涯で最も幸福な時代であった、と述べている[18]。

ツューラウでのカフカは、通常の場合なら不安と絶望のなかで苦悩するはずであった。しかし、逆説的な表現であるが、パーヴェルの解釈は一面に於いては正しい。それはカフカの心に常に相対立する精神が併存していたからである。病に対する恐怖と絶望感と、それとは別の人間と自然に対する限りない信頼感が共存していた。カフカは、「人間は己の心の中に不壊なるものに対する絶えざる信頼感がなくしては、生きることは出来ない[19]」と述べている。不壊なるものは、通常の場合、宗教的・哲学的な概念を意味するが、この場合、人間の健康でやさしい生き方にも当てはめてよいのでないか。兄想いのやさしい妹オットラのもとでの生活、農民たちの自然に即した生活等が、カフカの心に安らぎを与えたことも事実である。保養休暇は一九一八年四月まで延長された。一九一八年の五月、カフカはプラハに帰り、労働者災害保険局の職場に復帰した。しかし、ツューラウでの良好な健康状態は長続きしなかった。

(二) 喀血によりフェリーツェとの二度目の婚約解消

カフカは、婚約者のフェリーツェとは一九一二年に知り合い、一九一四年の六月婚約したが、七月には早くも、解消した。しかし、両者の交際は続き一九一七年の夏、二度目の婚約をした。しかし、それもカフカの結核による喀血のために、同年一二月、破棄された。カフカは喀血したことを、同じ年の九月九日、フェリーツェに手紙で、次のように知らせている。

最愛の人よ、ほかならぬあなたに対して、逃げ口上とか、すこしずつ打ち明けるのは、してはならないことです。(……)しかし、ぼくの沈黙の理由はこうでした。この前のぼくの手紙の後、つまり四週間前、僕は夜ほぼ八時に肺から喀血しました。十分ひどいもので、一〇分間、あるいはそれ以上喉から血が流れ、もう決して止まらないのではないかと思いました。次の日医者に行き、その時以後もしばしば診察を受けました、レントゲン写真を撮りました。それからマックスにうながされて、ある教授に見てもらいました。(……)ぼくの両方の肺に結核があるということです。病気になったことでは僕は驚きませんでした。喀血したことでもそうです。僕は不眠と頭痛によってもう長い間大病を引き寄せているので、だから虐待された血液が飛び出したわけです。しかし、それがほかならぬ結核であることは、ぼくをもちろん驚かせます。[20]

カフカのこの手紙は、彼の病気についてのブロートの記述とほぼ同じである。カフカは喀血したことに恐怖を感じているが、長年続いた不眠と頭痛がなくなったことに一抹の安心感を抱いている。喀血の手紙を受け取ったのち、フェリーツェはカフカを訪問している。彼女はカフカの病気を心配して、三〇時間もかけて、見舞いに来たのである。カフカは彼女に対して申し訳ない気持ちで一杯になっていた。しかし今回も二人の婚約は成就しなかった。それは、一九一七年の一二月の終わりであった。ブロートは、その時のカフカの嘆きを次のように記している。

次の日の午前、フランツは私の事務所に立ち寄った。ちょっと、休ませてくれと、彼は言った。F（「フェリーツェ」のこと——筆者注）を駅まで送ってきたところだった。彼の顔は青白で固くこわばっている。そうかと思うと彼はおいおい泣きだした。私は彼が泣くのを見たのは後にも先にも初めてであった。私はその時の光景を決して忘れないであろう。（……）そこに座って彼は泣いた。泣きじゃくりながら彼は次のように言った。「こんなことになるなんて、恐ろしいことだね、君！」涙は頬を伝って流れた。この時を除いては、カフカが自制心を失って取り乱したところを私はつい見たことがない[21]。

このことは文学上の悩みとは別に、カフカは現実の生活に於いても、結核がもたらす苦しみを味わっていたことを意味する。つまりハゲタカが、病者カフカの喉首を突き続けていたのである。

(三)　結核に苦しむその後の療養生活

一九一八年五月、カフカは職場に復帰した。しかし、ツューラウでの一見健康な生活は長続きしなかった。同年、九月、夏の終わり、彼は再びツューラウで療養した。第一次世界大戦の終わりごろで、人々の栄養状態は悪化し、カフカもまた、充分な衛生上の配慮がなされないで多くの死者をだしたスペイン風邪を患った。数週間に及ぶ治療の後、カフカは幸いスペイン風邪から回復した。一一月一九日に再び役所に出勤したが、カフカの病気はまたもや深刻になった。かかりつけの医者の勧めで、一九一八年十一月三〇日、カフカはボヘミアの山村、シュレーゼンに赴き、ペンション「シュテュードル」で療養に努めた。(22) カフカの母親は息子の身を案じて、彼をそのペンションまで送っていった。彼は、ときおりプラハに帰る時を除いて一九一九年三月末日まで、静養に努めた。そこではツューラウでの場合と同じぐらいの心地よさを感じていた。彼はそこで、ユーリエ・ヴォホリゼクという女性に恋をした。その女性の父親はプラハで靴修理をしながらシナゴークで働いていた。ユーリエは小さな用品店を経営していたが、父親ヘルマンの猛反対もあって、一九一九年一一月、カフカは彼女との結婚を断念した。この頃カフカは『父への手紙』(一九一九年)を書いたが、この手紙は、一九一七年、喀血してから初めて書いた長文の文書であった。幼少からの父親への反抗、カフカの結婚への父親の批判等が書かれているが、この手紙は、父親に渡されることはなかった。一九二〇年の初頭にかけて、カフカの身体はますます衰弱してきた。同年、二月二六日付けで病気療養のための九カ月の休暇が当局から認められ、四月一日、カフカはイタリヤ領南アルプスのメラーンへ、療養のために旅立った。しかし、そこはサナトリウムではなく、ペンションであった。(23)

（四）『ハゲタカ』を書いた一九二〇年当時のカフカ」――ミレナとの出会い――

カフカは一九一九年の秋、プラハのカフェで、ミレナ・イェセンスカー＝ポラックに出会ったが、その時は彼女をそれほど気にも留めていなかった。その後、ミレナがカフカの短編『火夫』等をチェコ語に翻訳し、二人の間に文通が始まり、お互いに激しい恋愛関係に陥った。カフカは療養中のメラーンからミレナに会いたいという手紙を書いた。カフカはメラーンからの帰途、ウィーンで一九二〇年六月二九日から七月四日までミレナと過ごした。その手紙の中で、三年前の結核の発病について知らせている。それは、結核の発病がカフカにとっていかに深刻であったかの証左である。その手紙の一部分を紹介してみよう。

さて、肺について。私は一日中これを頭の中で思いめぐらし他のことは何も考えられませんでした。（……）ほぼ三年前の真夜中の喀血が、ことの始まりでした。何か新しいことが起きた場合の常として、私も人並みに興奮し、もちろん多少驚いてもいましたが、ベッドから起き上がり（……）部屋の中を歩きまわり、ベッドの上にすわってみました。血はさっぱりとまりません。しかし、だからと言って、私は全然悲しんではいませんでした。というのも、ある理由から喀血がとまるとしての話ですが、三年、四年と不眠が続いた後に、今初めて眠れるようになるであろうということが、徐々にわかってきたことです。事実、喀血は止まって（またそれ以来二度と起こりませんでした）。私はその夜の終わりを眠りました。その後、女中が来て（……）血をみるなりこう言いました。「博士さんもう長いことありませんね[24]」

このように結核はカフカにとっては大変な恐怖であり、今や、カフカの全生活に覆いかぶさってきた。しかし、カフカは同時にそれまで、三、四年続いた不眠がなくなったということはひとつの救いであったということも書いている。カフカは、ミレナに、「私の病気は精神の病気です。胸の方は、この精神の病気が岸部からあふれ出たものにすぎません。」と述べている[25]。ミレナと知り合って最初の頃の手紙で、はやくも自分の病気について書いているのは、彼が結核を如何に深刻に考えていたかの証左である。ミレナとの交際のときも、ハゲタカの存在は依然として、カフカの心身の重荷となっていた。

おわりに

短編『ハゲタカ』では、結核に苦しみ、ともすると文学（創作）することが不可能になるカフカの自画像が描かれている。主人公は、ハゲタカが死去することとよって、苦しみと絶望の彼方に文学への道を獲得しようとする。カフカは、同じく一九二〇年の秋から冬にかけて執筆した他の遺稿群、すなわち、『都市の紋章』、『却下』、『舵手』、『小さな寓話』等でも、ハゲタカのもたらす苦悩に堪えながら、彼独自の文学世界を描いている。

『都市の紋章』では、神学的存在根拠がその存在を失った世界がテーマとなっている。『仲間どうし』では一九二〇年当時における、プラハでのユダヤ人達の孤立感が描かれている。『却下』では、支配者と支配される市民達との間の「未到達のモチーフ」が論じられ、その後二年ほどして執筆された長編『城』との関係を予見することが出来る。『舵手』では、人生の目標を失った人間の自己崩壊の姿が描かれ、その姿は当時のカフカの自画像でもある。『小さな寓話』では、人生に絶望した人間の末路が生生しく、かつ象徴的に描かれている。

一九二〇年の秋から冬にかけてハゲタカの亡霊に苦しみながらも、カフカはそれ以外の広大な文学の世界に常に視線を向けていたと言えよう。しかし、一九二〇年の終わりから再び執筆を中断している。その最大の理由は、ハゲタカの亡霊、すなわち結核の病状が、またもや次第に厳しくなってきためである。

ハゲタカは、ますます激しく、カフカの体に食い入ってきた。カフカは一九二〇年、一二月一八日、スロヴァキア（現チェコ共和国の東方の国、スロヴァキア）のタトラの保養地、マトリアリィのサナトリウムに旅立った。その際妹のオットラがカフカと同行し、マトリアリィに数日滞在してカフカの世話をしようとした。しかし、オットラは妊娠しており、また結核の感染を恐れて、それは取りやめになった。[26]結核療養所への滞在は初めてのことであった。カフカは、ブロートへ「これまで結核患者の間で生活をすることを好まず、この病気をまともに見据えなかったのは間違いだった」と書いている。[27]また、カフカは、このサナトリウムにその後も滞在したいという理由の一端を、ブロートへの『手紙』（一九二一年三月中旬）のなかで、次のように訴えている。

決定的なのは僕の自覚症状だ。これはよくない、悪化する可能性はまだ無限にある。咳と呼吸困難がいつになっても激しい。（……）ひどい冬だった。寒さのことではなくて、絶え間もない猛烈な吹雪——呼吸することは時にはほとんど絶望的だった。（……）僕の休暇は三月二〇日で終わる。どうすればいいのかと、僕は長く考えすぎた。ただ不安とためらいながら今のままで、つまりぎりぎりまであと何日というところまで待っていたのだが、これでは休暇延長を申請しても殆ど無作法なゆすりになってしまう。[28]

カフカの身体の苦しみは、ますますひどく、彼は一九一七年当時の結核発病の頃にくらべて、より深刻な苦しみのなかにあった。休暇延長の願いが聞き入られて、カフカの休暇は一九二一年八月二〇日まで延長されることになった。しかし、彼の病状はその間も回復の兆しを見せなかった。休暇延長の八月二〇日を過ぎても回復せず、同月二六日にようやくプラハに帰ることが出来た。しかし、カフカの症状は思わしくなかった。一九二一年一〇月二九日、再び休暇が認められ、一九二二年の二月二日までの休暇が許可された。今回は、カフカはサナトリウムには行かないで、プラハの家族のもとで療養に努めた。しかし、病気は依然として快方にむかわなかった。

肉体的な苦痛はひどくなり、「ハゲタカ」が、彼の喉をますますひどく突きだした。また、症状に伴う精神的な苦痛と絶望感もますます激しくなってきた。カフカの精神は「地上的なものの最後の限界への突進」(29)に到達しようとしていた。カフカの休暇は、一月二六日に、四月の終わりまで延長された。今度は、ポーランド国境のシュピンデルミューレ山地のサナトリウムで療養したが、彼は人々から見捨てられているのではないかと感じた。昼間は散歩や、スキー、橇などに乗って過ごしたが、夜は不眠に悩んだ。カフカは、二月末には再びプラハに帰ってきた。

ハゲタカは依然として彼の身体にとどまっていた。しかし、このような肉体的、精神的な苦しみにかかわらず、カフカは、一九二二年の一月から、一年余のブランクを経て、再び書くことを始めた。執筆開始について、カフカは若い医者の友人、ローベルト・クロップシュトックに一九二二年の春、次のような手紙を書いている。

人が神経(ノイローゼ――筆者注)と呼ぶものから自分を救うために、私はしばらく前からものを書き始めました。晩の七時ごろから机などに向かっているのですが、何にもならない。世界大戦の掩蔽壕に釘の引っ掻き傷をつけた程度のものです。来月にはこれも終わりで、役所が始まります。(30)

当初、カフカは『城』を書き始めたが、それを一時、中断して、『最初の悩み』を二月から四月の間にかけて執筆した。カフカ後期の最後の創作が始まった。ハゲタカは血液の海の中で死に絶えたが、その中から死を喜びに変える血液を伴って、作者のカフカが甦り、書くことの最高の時期が始まったわけである。カフカは、その後、後期の主要作品のほとんどをわずか二年余で書き上げた。先ず、中断していた『城』の執筆にとりかかった。『断食芸人』を一九二二年五月に執筆した。同年七月一日、遂に、労働者災害保険局を退職した。最後の長編『城』の執筆も、一九二二年八月の終わり、執筆を断念した。しかし、一九二二年秋に遺稿『ある犬の探究』を書いた。これは、カフカの作品でも、最も自伝的要素の多い作品である。一九二三年秋から、ベルリンで恋人のドーラ・ディアマントと生活した。カフカは『巣穴』を一九二三年十一月下旬から一二月迄執筆した。主人公は、「シュー、シュー」という騒音に身の不安を感じるが、これはまさしくハゲタカの攻撃の音であり、すなわち、喉頭結核に悩む作者カフカの恐れの象徴でもあった。続いて、カフカは、『小さな女』を一九二三年一〇月半ばから一一月半ばに書いた。一九二四年の初めから、カフカは高熱と悪寒に苦しむ。三月一七日、ブロートはカフカを無理やりプラハへ連れ帰った。彼は三月半ばから四月初めまで両親の家に同居し、その間、最期の作品となった『歌姫ヨゼフィーネあるいはねずみ族』を執筆した。主人公のヨゼフィーネは、歌声も出なくなり、聴衆の面前から去って行った。失踪する前の歌姫ヨゼフィーネの決意を作者のカフカは、次のように書いている。

彼女が最高の冠を求めるのは、それが今や手の届きそうなところにあるからではなく、それが最高の冠だからである。出来ることなら、彼女は、その冠をさらに高いところに掲げるであろう。(31)

この場合のヨゼフィーネは、ハゲタカに喉首を食い破られ、結核で死を迎えようとした作者カフカであり、同時に常に「最高の冠」を求めてやまない作者カフカの分身であるといえる。その後、カフカは、四月五日、オーストリアに行き、二か所の医療施設を経て、四月一九日ウィーン郊外クロスターノイブルグのキーアリングにあるサナトリウムで療養したが、六月三日永眠した。一九一七年夏以来、七年の永きにわたりカフカにつきまとって彼を苦しめたハゲタカも遂にカフカの身体から去って行った。しかし、カフカの体に残された別のハゲタカは熱い血潮へと変化し、優れた文学作品を生む基盤となった。遺稿『ハゲタカ』は、作品そのものとしては小品であるが、常に後期の作品群の背景となり、カフカ文学の本質の一端を形成したといえよう。

テクストについて

本稿で論じるテクストは、『ハゲタカ』(*Der Geier*)であるが、記載されている全集のテクストは、次の二種類ある。その一は、マックス・ブロート(Max Brod)の編集によるものである。ブロート版は、独自の判断により、遺稿原稿その他の断章を、読者に分かりやすく分類し、ときにより補足している。『ハゲタカ』は、ブロート版では次の全集に収録されている。*Beschreibung eines Kampfes Novellen-Skizzen-Aphorismen aus dem Nachlass*. S. Fischer Verlag 1946. 日本語訳には、『決定版カフカ全集』第二巻『ある戦いの記録、シナの長城』(前田啓作訳　一九八一年　新潮社)が挙げられる。

その二は、ヨースト・シレマイト(*Jost Schillemeit*)の編集によるもので、『ハゲタカ』は『批判版カフカ全集』(作品、日記、手紙)の *Nachgelassene Schriften und Fragmente II*(『遺稿と断章Ⅱ』)の中に収録されている。なおこの『遺稿と断章Ⅱ』は考証史料として編集されたものではない。正式の原典版として収録されている。S. Fischer Verlag 1993.

いわゆる『ハゲタカ』の日本語訳は、カフカ小説全集⑥『掟の問題ほか』(白水社　池内　紀訳)に収録されているが、題名はなく、本文冒頭の下部に、小文字で「禿鷹」としるされている。また、『ハゲタカ』は、平野嘉彦編『カフカ・セレクションⅢ』(ちくま文庫　浅野健二郎訳)にも収録されているが、冒頭部分の直訳「それはハゲタカで」という文章が題名となっている。

注

(1) これらの遺稿(アフォリズム等も含む)の編集は二種類ある。その一つは、前記の *Nachgelassene Schriften und Fragmente II*(『遺稿と断章Ⅱ』)に、主として採録されている。日本語訳は「アフォリズム集成」の題名のもとに、カフカ小説集⑥『掟の問題ほか』に採録され、池内　紀訳で、白水社から二〇〇二年に出版されている。

他の一つは、同じく前記のブロート編集による *Beschreibung eines Kampfes Novellen-Skizzen-Aphorismen aus dem Nachlass*（『ある戦いの記録、シナの長城』）に採録されている。日本語訳は「罪、苦悩、希望、真実の道についての考察」の題名のもとに、『決定版カフカ全集』第三巻『田舎の婚礼準備、父への手紙』のなかに採録され、飛鷹　節訳で、新潮社から一九六六年に出版されている。

（2）*Nachgelassene Schriften und Fragmente II*（『遺稿と断章Ⅱ』）, S. 223.

（3）Kafka, Franz: *Briefe an Milena* (Herausgegeben und mit einem Nachwort versehen von Willy Haas)（『ミレナへの手紙』）, S. Fischer Verlag 1960, S. 208.

（4）*Der Geier*（『ハゲタカ』）は、『遺稿と断章Ⅱ』の三二九頁と三三〇頁に収録されている。本稿では『ハゲタカ』のテクストからの引用箇所は、同書の頁数のみを本文中にアラビア数字で記す。また、同時期に書かれた次の短編等も『遺稿と断章Ⅱ』に収録されている。*Das Stadtwappen*（『都市の紋章』）、*Poseidon*（『ポセイドン』）、*Gemeinschaft*（『仲間どうし』）、*Nachts*（『夜』）、*Die Abweisung*（『却下』）、*Zur Frage der Gesetze*（『掟の問題』）、*Die Truppenaushebung*（『徴兵』）、*Die Prüfung*（『試験』）、*Der Steuermann*（『舵手』）、*Der Kreisel*（『こま』）、*Kleine Fabel*（『小さな寓話』）。これらのなかで、『掟の問題』だけは、カフカは題名を付けている。他の短編の題名はブロートの命名による。

（5）Hofmann, Werner: *Ansturm gegen die letzte irische Grenze Aphorismen und Spätwerk Kafkas*. Francke Verlag 1984, S. 87.

（6）Binder, Hartmut: *Kafka Kommentar zu sämtlichen Erzählungen*. Winkler Verlag 1975, S. 250.

（7）Kafka, Franz: *Das fünfte Oktavheft. In: Hochzeitsvorbereitungen auf dem Lande und andere Prosa aus dem Nachlaß*. S. Fischer Verlag 1966, S. 131-132.

（8）Kafka, Franz: *Briefe*（『手紙』1902-1924）. S. Fischer Verlag 1958, S. 471.

（9）Ebd.（同書）, S. 472.

（10）Emrich, Wilhelm: *Franz Kafka*. Athenäum Verlag, 1960, S. 140.

（11）動物が主人公、または主要登場人物となる作品には、次のようなものがある。『変身』のグレーゴル・ザムザ、

『新しい弁護士』のブケファロス博士（マケドニアのアレキサンダー大王の軍馬）、『アカデミーへの報告』（猿から人間になった赤面ペーター）、『ある犬の探究』（生涯を振り返る犬）、『巣穴』（己の存在根拠を探し求め、不安におののく穴居動物）。

（12）ロートラウト・ハッカーミュラー著『病者カフカ——最期の日々の記録』の訳者、平野七濤のあとがきより。「訳者あとがき——病と書くこと」一九九頁。論創社　二〇〇三年。（*Kafkas letzte Jahre* 1917-1924. By Rotraut Hackermüller. Copyright © 1990 by P. Kirchheim Verlag, München）

（13）Binder, Hartmut: *Franz Kafka Leben und Persönlichkeit.* Alfred Kröner Verlag. Stuttgart 1979, S. 416.

（14）Brod, Max: *Franz Kafka Eine Biographie.* S. Fischer Verlag 1962, S. 198.

（15）Ebd.（同書）, S. 198.

（16）Ebd.（同書）, S. 199.

（17）ロートラウト・ハッカーミュラー『病者カフカ——最期の日々の記録』（平野七濤訳）二二二頁。論創社　二〇〇三年。

（18）エルンスト・パーヴェル『フランツ・カフカの生涯』（伊藤勉訳）世界書院　一九九八年　三六〇頁。（Ernst Pavel. *Das Leben Franz Kafkas*（Aus dem Amerikanischen von Michael Müller）, Carl Hanser Verlag 1986, S. 404.）

（19）『掟の問題ほか』——「アフォリズム集成」（池内紀訳）。白水社　二〇〇二年、一四六頁。（*Nachgelassene Schriften und Fragmente II*, S. 124.）

（20）Kafka, Franz: *Briefe an Felice und andere Korrespondenz aus der Verlobungszeit*（『フェリーツェへの手紙』）. S. Fischer Verlag 1967, S.753.

（21）Brod, Max: *Franz Kafka Eine Biographie.* S. Fischer Verlag 1962, S. 203.

（22）ロートラウト・ハッカーミュラー『病者カフカ——最期の日々の記録』（平野七濤訳）。二六頁。論創社　二〇〇三年。

(23) 同書　三〇頁。
(24) Kafka, Franz: *Briefe an Milena*（『ミレナへの手紙』）. S. Fischer Verlag 1952, S. 12.
(25) Ebd.（同書）, S. 50.
(26) ロートラウト・ハッカーミュラー『病者カフカ——最期の日々の記録』（平野七濤訳）。四二頁。論創社　二〇〇三年。
(27) Kafka, Franz: *Briefe*（『手紙』）. S. 304.
(28) Ebd.（同書）, S. 306-307.
(29) Kafka, Franz: Tagebücher（『日記』）, Hrsg. von Hans Gerd-Koch, Michael Müller und Malcolm Pasley. S. Fischer 1990, S. 878. この日記（一九二二年一月一六日）の中でカフカは次のように書いている。「そうしたら僕はどこへ行くのだろうか。〈狩りたて〉といったところで、もちろん一つの比喩に過ぎない。〈地上的なものの最後の限界への突進〉と言ってもいいのだ。」この日記から、喉頭結核に侵され、文学に全霊をささげることのできないカフカの深い絶望を読み取ることが出来る。
(30) Kafka, Franz: Briefe（『手紙』）. S. 374.
(31) Kafka, Franz: *Josefine, die Sängerin oder das Volk* der Mäuse. In: Drucke zu Lebzeiten（『生前刊行作品』）. S. Fischer 1994, S. 372.

一〇　『却下』
――ロシア像とユダヤ性――

林嵜　伸二

はじめに

物語の舞台は、国境からも首都からもはるか遠い僻地にあり、国境紛争についての情報が流れてはくるものの、長い間政治的変革とは縁のない小さな町。その町の支配者は首都から派遣された徴税官長である。大佐と呼ばれているその徴税官長は、町の支配者としての正当性は疑わしいものの、町民が公式に請願をする際には恐ろしい兵士達とともに「世界の壁」となって町民の前に立ちはだかり、その請願に対して常に「却下」をもって応じる。奇妙なことに、町民たちは請願が却下されると安堵し、今やこの却下なしではやっていけないほどだ。語り手の子供時代の思い出としてありありと思い出される、町民総出の行事でもあるこの請願と却下は、必ずしも形骸化した儀式というわけでもない。

ただし、不満を抱く若者たちもいる。彼らは「革命思想」の射程もわからない若造なのだが。

これは、中国物語群とも称される一九二〇年のカフカのテクスト群の最初のテクスト（NII 261–269）、つまりマックス・ブロートが『却下』（Die Abweisung）と題したテクストの粗筋である。このテクストは、一九一七年の中国物語『万里の長城が築かれた時』（以下『長城』）や『一枚の古文書』（以下『古文書』）のモチーフを継承していると指摘されてきたもの[1]の、その成立事情が不明だったこともあり、なぜ三年半を隔てたテクスト間にモチーフ上の関連が見られるのか、といった問題にまで論及されることはほとんどなかった[2]。

この研究の停滞状況の打開のきっかけを作ったのは、『批判版カフカ全集』で『却下』を含むテクストの編集を担当したシレマイトである。カフカの手稿を精査したシレマイトは、『却下』と一九二〇年八月二九～三〇日のミレナ・イェセンスカー宛の手紙の両方にはっきりと認められる同様のペン交換の跡から『却下』の成立時期を推定しただけでなく（NIIA 75）、その手紙にでてくるロシア革命論への関心が『却下』成立の背景の一つとなっていることを示した（NIIA 76）。その手紙にはロシア論の中でも「私に最も強い印象を与えた」（M 238）とカフカが言う、八月二五日のプラハ日報に載ったバートランド・ラッセルのロシア革命論の抜粋も添えられていた。

このシレマイトの発見を手がかりとし、カフカのロシアと革命への関心を彼の東方ユダヤ的性愛秩序への関心に結びつける川島隆は、『却下』の末尾に付け足しのように添えられた部分を主にジェンダー論の観点から解釈し、『却下』について新たな読解の可能性を開いた。[3] 本稿では、カフカの他のテクストにおけるロシア革命問題のユダヤ人問題への書き換えも視野に入れた上で、シレマイトも川島も具体的に論じていない『却下』の末尾以前のテクスト部分を中心に論じることで、東方ユダヤと連想関係にあるカフカ独特のロシア像の一面を明らかにしたい。

一　ロシア二月革命の痕跡としての『長城』の二つのエピソード

まずカフカのテクストにおけるロシア二月革命の痕跡を探ることから始める。そうすることで、川島も示唆するように、[4] これまで中国物語としてまとめられ、モチーフ上の関連を指摘されてきた『却下』と一九一七年の中国物語『長城』（の一部）や『古文書』が、ロシア二月革命に対するカフカの文学的反応という共通項によって結びつけられることが明らかになるだろう。ただし、カフカがテクストの中でロシア革命に直接言及することは稀である。言及箇所としては例えば、『判決』の中のロシアの「友人」が語った話として紹介される「ロシア革命についての信じられない話」（D 54）以外には、ラッセル論文に触れた箇所くらいであろう。[5] ラッセルが論じているのは一九一七年のロシア二月革命後のロシアなので、ここではカフカのロシア像について論じたドッドがカフカ文学におけるロシア二月革命の痕跡かもしれないと述べる箇所、[6] すなわち中国物語『長城』末尾近くの削除された檄文エピソード（NIA 298・299）を最初の手がかりとしよう。

『長城』の執筆推定時期とロシア二月革命の勃発時期（西暦では一九一七年三月中旬）はおよそ重なっており（順序としては中国物語『長城』の執筆中に二月革命が勃発したと思われる）、ドッドが指摘するように、この檄文エピソードに出てくる「反乱」は、三月一二日以降新聞で連日報道されていたロシア二月革命の影響のもとに書かれた可能性は高い。

この箇所で語り手は、はるか遠く離れた隣の州で反乱が起きた頃のことを、青春時代の思い出として回想している。政治的変革とは無縁の僻地の町が舞台となっている『却下』に似て、語り手たちの住む所は、カフカの同時代状況とは反対に、「国家的変革や同時代の戦争にはほとんど影響されなかった」と言われる。そんな語り手たちのもとに、反乱者たちの檄文が届く。

> 反乱者たちの檄文が、あの州をはるばる旅して来た巡礼者乞食によって私の父の家にもたらされたことがあった。ちょうど祝日だった。私たちの部屋は客で満たされ、真ん中には私の父の僧侶が座り、その紙を詳しく読んでいる。突然皆が笑い出し、その紙は客達の間で切り裂かれ、すでにたんまりとお恵みをもらっていた乞食は、部屋から突き出された。(7)（NIA 298）

この箇所の「反乱」がロシア革命の影響のもとに書かれたのだとしても、カフカがロシア革命にどのように文学的に応答したのか、あるいはロシア革命の衝撃をどのように文学的に書き換えたのかを理解するのは容易ではない。一読してわかるのは、語り手、少なくとも語り手の親たちは隣の州の反乱や反乱者に対して冷淡だということである。語り手達の家では反乱者達の檄文は嘲笑され、ろくに読まれもせずにたちまち破り捨てられ、それを伝えた男も家から突き出されるのである。この冷淡さは、カフカの親、そしてカフカ自身でさえも革命に対して冷淡であったことを示すのであろうか。いずれにしても、その「反乱」に冷淡である理由は、ロシア革命を否定する理由にしては不可解である。語り手は檄文が等閑視された理由を次のように説明する。

なぜか？　隣の州の方言は我々の方言とは本質的に異なっており、この方言は、我々にとってなにやら古めかしく感じられる書き言葉の形式で表現される。僧侶がそのような文を読み始めるやいなや、客はもう分かりきったように言った。古いこと、はるか昔に聞き、はるか昔に克服したことだ。（NIA 298）

言葉が違うということがロシア革命のような政治的事件を否定する理由にはならないだろうし、新しい実験であったロシア革命を「古いこと、はるか昔に聞き、はるか昔に克服したこと」と決めつけてしまうのは無理があるだろう。そもそもここでカフカが「隣の州の方言」と書く時に、ロシア語が念頭にあったとは思えない。では、この箇所で何がカフカの念頭にあったのだろうか。

川島が指摘するように、カフカの「ロシアへの関心は、自らのユダヤ性についての理解と独特の仕方で結びついて」いること、「カフカにとってはロシアの地と東方ユダヤ人への関心がもともと切り離せないものであった」ことを考慮に入れて、(8) この箇所は読まれるべきだろう。すなわち、「隣の州の方言」でカフカは、ロシア領域の東方ユダヤ人も話していた言語、つまりイディッシュ語を念頭においていたと思われる。ここではロシア革命という政治的問題からユダヤ人問題へのカフカ独特のずらし、書き換えが想定されるのだ。

ここで参考になるのは、一九一二年二月一八日に「東方ユダヤの詩人たち」によるイディッシュ語詩の朗読会の導入として行われた、カフカのイディッシュ語(カフカは「隠語」と呼んでいる)についての講演(NI 188-193)である。この講演は、カフカがイディッシュ語をどのように捉え、またどのように記述していたかを知る上で有益である。カフカはまず、聴衆であるプラハの同化ユダヤ人たちが抱くイディッシュ語に対するある種の反感をともなう不安を理解できると述べ、西ヨーロッパのユダヤ人にとってイディッシュ語は「楽しげな調和」に「混乱をもたらす」ものと説明している。

我々の西ヨーロッパの状況は、ざっと見るなら、すべてはおだやかに進むように秩序づけられています。我々はまさに楽しげな調和の中に生きているのです。(……)このような事物の秩序の中からあの混乱をもたらす隠語（イディッシュ語のこと——筆者注）を誰が理解できるというのでしょうか。誰がそれを理解しようとする気をおこすというのでしょうか。（NI 188）

西ヨーロッパのユダヤ人にこのように疎外されがちなイディッシュ語の存在が、檄文エピソードの中の、祝日に客達で賑わう家に持ち込まれ、冷淡に扱われた反乱者たちの檄文の存在と似ているのは偶然ではないだろう。「我々にとってなにやら古めかしく感じられる書き言葉の諸形式で表現される」という「隣の州の方言」の特徴も、同講演でカフカが述べたイディッシュ語の特徴と重なっている。「書き言葉さえ」「様々な方言だけからなる」イディッシュ語は、カフカの説明によると、中高ドイツ語から新高ドイツ語への移行期（一四～一五世紀）に発生したが、形式的には中高ドイツ語の段階にとどまった（NI 190）。中世から近代にかけてヨーロッパの諸都市に設けられたユダヤ人強制居住区域ゲットーから解放され、新高ドイツ語を日常的に話すカフカから同化ユダヤ人にとって、中高ドイツ語の諸形態にとどまるイディッシュ語が「古めかしく感じられる」としても不思議ではない。とりわけ同化一世であるカフカの父にとっては、自らが過去に捨て去ったイディッシュ語は「古いこと、はるか昔に聞き、はるか昔に克服したこと」でもあった。

「隣の州の方言」が東方ユダヤ人の言葉であるイディッシュ語を念頭において書かれたとすれば、その方言で書かれた檄文を冷淡に扱う語り手の「父の家」における親たちの像が書かれた時、同化ユダヤ人、とりわけ同化一世であるカフカの父のことが念頭にあったと言えるだろう。檄文エピソードは、「乞食」に耳を貸そうとせず、アクチュアルな事件を否認しようとする親達に対して語り手が皮肉めいたことを述べて終わっているが、その語り手の不満は、イディッシュ語話者である東方ユダヤ人達に冷淡で、政治的変革にも、ひょっとすると実際にロシア革命に対しても冷淡だった、父の世代に抱いていたカフカの不満の表れなのかもしれない。

このように見ると、『長城』の執筆中に勃発したらしいロシア革命は同化ユダヤ人カフカに、革命そのものについての問いを提起したというよりもむしろ、同化ユダヤ人と東方ユダヤ人との関係をめぐる問いを思い出させたのだと言える。こうした革命問題の書き換えが起こった最大の原因としては、当時カフカが中国物語『万里の長城が築かれた時』を通じて、他ならぬユダヤ性をめぐる問題に取り組んでいたことがあげられる。(9) しかし、この書き換えの背景としてカフカのある強い予感があったのではないか。つまり第一次世界大戦の時にガリチア地方やブコヴィーナ地方から東方ユダヤ人難民がプラハにやってきたように、革命の騒乱の中で併発するかもしれないポグロムや略奪を恐れて、ロシア地域から東方ユダヤ人難民が押し寄せるというカフカの予感が。隣の州からやって来た男が「たんまりとお恵みをもらっていた」という言い方が、第一次世界大戦中に着の身着のままで逃れて来た東方ユダヤ人難民がプラハの同化ユダヤ人達から受けた物資の支援のことを連想させるのは偶然ではないだろう。(10)

結局、この檄文エピソードは『長城』から削除された。しかし、ロシア二月革命の衝撃を物語る箇所は、檄文エピソードだけではない。三月中旬以降プラハの新聞でもロシア帝国の首都ペテルブルク[11]での反乱の様子が連日報道されていたが、この首都での反乱は『長城』の最後の部分（語り手の父の発言内容）にも反映している。

見知らぬ船頭（私はいつもここを通る船頭を皆知っているが、彼のことは知らなかった）が私に、皇帝を守るために巨大な長城が築かれるらしいと、話してくれたのだ。なんでも、不信心な諸民族が、~~そして~~その中には悪霊もいるのだが、皇帝宮の前にしばしば~~やってきて~~集まってきて、皇帝に向けて~~黒い~~矢を放つというのだ。（NIA 302・303）

物語中で「長城」は「北の遊牧民」に対する「防御」として築かれたと説明されていた。ということは、「長城」の建設の原因である、皇帝に矢を放つ「不信心な諸民族」は、「北の遊牧民」のことなのだろうか。この箇所も最終的に『長城』からは削除された。しかし、一旦は排除されたこれらの削除箇所のモチーフは、続けて書かれた『古文書』で回帰することになる。今度は「首都」にある「皇帝宮の前」の広場に突如現れた「北からの遊牧民」と都市住民の遭遇の事件という形で（NI 358）。『古文書』には、『長城』から削除されたロシア革命の痕跡を語り直したという側面があるのだ。

二　東西ユダヤ人遭遇の寓話『一枚の古文書』

『長城』の削除部分を語り直した『古文書』でも、ある遭遇事件が描かれるが、この背後にも東西ユダヤ人の遭遇の事件を読み取ることができるだろう。ここでも意思疎通の不可能性が取り上げられる。「国境からかなり遠く離れている」首都に突然やってきて広場への通路を占拠する遊牧民とは意志疎通ができないと都市住民の語り手は言う。

遊牧民とは話ができない。我々の言葉を彼らは知らない、いや、彼らは自分たちの言葉さえ持っていないのだ。彼らは互いにカラスのように意思疎通をしている。カラスの叫び声がずっと聞こえる。我々の生活様式、我々の慣行は彼らにとって理解できないだけではなく、どうでもいいことなのだ。（NI 359）

「我々の言葉を彼らは知らない」は、檄文エピソードの「隣の州の方言は我々の方言とは本質的に異なって」の部分に対応しており、「自分たちの言葉さえ持っていない」と書く時、カフカはイディッシュ語についての講演の「隠語（イディッシュ語のこと——筆者注）は外国の言葉だけからできています」（NI 189）という自らの言い回しを思い出していたのであろう。

そして、語り手たちの生活様式や慣行への遊牧民達の無理解や無関心は、東方ユダヤ人たちの自らの伝統への頑ななまでの忠実さに対応している。例えば、一九一五年三月頃カフカは、プラハに流入した東方ユダヤ人難民とプラハの同化ユダヤ人、価値観の違いで折り合わないユダヤ人たちの間で行われた「東方ユダヤ人と西方ユダヤ人の夕べ」という話し合いに参加して、プラハの同化ユダヤ人に対する東方ユダヤ人の軽蔑や無関心を目の当たりにしている。暖をとるためか同化ユダヤ人のマックス・ブロートが講演するホールにやってきた東方ユダヤ人たちの中には、耳栓をしているものさえいたという。相互理解どころか、ただ雑然とした場に居合わせたカフカは、東方ユダヤ人達の「あたりまえのユダヤ的生活」を感じると同時に、自分たち同化ユダヤ人と折り合えない彼らとの関係を思ってのことだろう、「私の困惑」（T 733）と日記に記している。

さらには、遊牧民と都市住民の関係が、一方が他方から無理に略奪するといった暴力的関係ではなく、檄文エピソードで隣の州から檄文を持ち込んだ男が「たんまりとお恵みをもらっていた」と描写されていたように、奇妙な援助関係になっていることも注目すべきである。この関係は、檄文エピソードの場合と同じように、東方ユダヤ人難民とプラハの同化ユダヤ人の援助関係を連想させる。

彼らは必要なものをとる。彼らが暴力に訴えると言うことはできない、彼らが手を伸ばせば、

我々は脇にのいて、すべて彼らの好きなようにさせる。(NI 359)

東西ユダヤ人遭遇の有り様を、部分的にではあれ、このように映し出す遊牧民と都市住民の遭遇の最中に、「皇帝」が一瞬「城」(NI 359) の窓辺に現れたように語り手には思える、とされるのは興味深い。中澤が解釈するように、[12]『長城』における「皇帝」が定義の曖昧な「ユダヤ人」という記号に置き換えられ、さらに『長城』の「皇帝」の寓意を『古文書』も引き継いでいるのなら、お互いに他者である東西ユダヤ人の遭遇の瞬間、その非同一的な場でこそ、「ユダヤ人」であることを表す(非同一的な) ユダヤ的アイデンティティーがかろうじて顕現する、とカフカが考えていたのかもしれないからだ。いずれにしても、『古文書』の詳細な読解が本稿の目的ではないので、ここでは『古文書』における遊牧民と都市住民の遭遇の事件の描写から、東西ユダヤ人の遭遇、そして両者の和解不可能性についてのカフカの苦い経験を読み取ることができることを、さらに『古文書』も、檄文エピソードと同様に、ロシア革命の問題をユダヤ人問題に書き換えた作品として読める部分もあることを確認するのにとどめよう。

三　遊牧民の後継形象としての『却下』の兵士

ラッセルのロシア革命論の影響が伺える、三年後に成立した『却下』でも、カフカ独特のロシア像を媒介にした同様の書き換えが起こっているのではなかろうか。例えば、『却下』で町の支配者の護衛を努める兵士が、『古文書』（と『長城』）の遊牧民像を引き継いでいるのは偶然ではないように思える。『古文書』の遊牧民のように、大佐を護衛する兵士たちも次のようにどこか遠くから来た恐ろしい存在として描かれている。

数人の兵士がすべてを見張っており、彼らは半円になって彼自身（大佐――筆者注）の周りに立ってもいた。全てを見張るのも基本的に一人の兵士で充分だっただろう。それだけ彼らに対する恐怖は我々にとって大きかったのである。これらの兵士がどこから来たのか、私には正確にはわからない。いずれにせよ遠くからだ。（NII 265）

そして兵士は、語り手たちとは異なる方言を話すという点では檄文エピソードの「隣の州」の反乱者たちを、そして語り手たちと話が出来ないという点では『古文書』の遊牧民を引き継いでいる。

兵士達は我々には全く理解できない方言を話し、我々の方言にはほとんど慣れることができない。それによって彼らにはある種の孤立感、近づきにくさが生じる。これらは彼らの性格にも対応している。彼らはもの静かで、真面目、そして頑固である。彼らは本来何も悪意のあることをしていないのだが、やはり悪くとれば、堪え難いともいえる。(NII 265)

悪意は無いが、不気味な他者であるという点では、兵士は遊牧民と同じである。ただし『却下』ではその他者性が少しコミカルに描写されている。

例えば、店に一人の兵士が来る。彼はちょっとしたものを買い、斜面机にもたれて立ったまま、会話に耳を傾ける。おそらく理解できないのだろうが、あたかも会話を理解しているかのような様子で、自分では一言も話さない。そして身じろぎもせずに話している方へ、また聞いている方へと目をやり、ベルトにある長い剣の柄のところで手を支えている。こんなことは気味が悪い。おしゃべりの意欲も失せ、店からは客がいなくなる。そして店に人がいなくなるとようやくこの兵士も出てゆく。こういうわけで兵士達が現れるところでは、快活な我々民衆も無口になってしまうのである。(NII 265・266)

このように『却下』の兵士像は、『古文書』の遊牧民像を引き継いでおり、その他者性においてはこれまで見たテクストの東方ユダヤ人像と似通っている。それに対して、兵士達と意思疎通のできない語り手達は、東方ユダヤ人と意思疎通のできない同化ユダヤ人像と重なり合う。ちなみに、町の支配者たる大佐と呼ばれる徴税官長も、都市住民と奇妙な援助関係にあるあの遊牧民像（東方ユダヤ人像）と重なり合う。『却下』の町民は大佐に対して「汝は我々の持っているものを我々から全て奪った。ほら、我々自身をも奪うがよい」と言っているかのように振る舞っており、「彼は支配を強引に我がものとしたわけではないし、暴君でもない」（NII 264）と大佐の暴力性を否定しているのだ。これらから『却下』の兵士や大佐と町民の関係は、東西ユダヤ人の関係と照応していることがわかる。

ところで、ここでカフカにとっての東方ユダヤ人を連想させる形象が、「店」でのシーンのように、かなり具体的に描写されているのは、当時カフカが間近で東方ユダヤ人を観察していたことに由来しているのかもしれない。『却下』が書かれた時期よりも約一週間後のことだが、再びラッセルのロシア革命論に触れた手紙でカフカは、ロシアからアメリカへ移住するためのビザを待つ、一〇〇人を越える東方ユダヤ人の集団について書いているのだ。手紙でその中の東方ユダヤ人の少年になりたいという願望を吐露するカフカだが（M 258）、それ以前に、つまり『却下』が成立する頃に街頭で彼ら東方ユダヤ人を見かけた可能性は充分にあるだろう。アメリカへ移住するためにロシアから一時的にプラハにやってきて間もない東方ユダヤ人であればなおさら、『却下』の兵士のように他者として見えたとしても不自然ではない。その東方ユダヤ人像が、これまでのカフカの東方ユダヤ人像と重なる遊牧民像と融け合い、ラッセルのロシア革命論の影響を受けることで、『却下』における独特の兵士像になったのだろう。

ただし『却下』の兵士の位置づけが、檄文エピソードにおける乞食や『古文書』における遊牧民の位置づけと異なっている点で、この兵士像は独特である。兵士は、語り手の父の家から突き出される乞食とも、突如現れて都市住民を圧倒する遊牧民とも異なっている。『却下』の兵士の場合、町の支配者の護衛という役割がすでに定着しているのだ。そして、檄文を伝える男（東方ユダヤ人）が語り手たち（同化ユダヤ人）に嘲笑され、追い出されるのとは全く反対に、今度は語り手たち（同化ユダヤ人）の方こそが兵士（東方ユダヤ人）たちの前でその請願をことごとく却下される。このような兵士像を理解するために、ここでようやく『却下』への影響が指摘されるラッセルのロシア革命論に目を向けたい。そして最後に『却下』における中心的なテーマでもある、あの繰り返される請願の却下の寓意について考察しよう。

四　ラッセルの革命論の影響と繰り返される〈却下〉

ラッセルのロシア革命論が『却下』に与えた影響は、次の三点にまとめられるように思える。まず、ラッセルがたびたび使う「アジア的」なロシアという言い回しが与えた、『却下』および後続するテクスト（『掟の問題』『徴兵』）の「アジア的」な舞台設定への影響である。次に、ロシア共産主義が宗教的基盤に基づいているというラッセルの指摘が、『却下』に与えた影響があげられる。第三に、禁欲主義的な共産主義者によって支えられる体制が気晴らしと快楽を求める本能に対して持つ脆さについてのラッセルの見立ての影響である。

第一の、「アジア的」な舞台設定への影響に関しては、中国物語である『長城』（の一部）や『古文書』にロシア像が混じり込んでいたように、『却下』以前からカフカの中国像とロシア像は混交していたのだから、限定的なものと言える。ただし、この影響の観点からすると、カフカのロシア像が色濃い『却下』と後続テクストを敢えて「中国」物語群と呼ぶ必要はないのかもしれない。

第二の、宗教的なロシア共産主義というラッセルの見方が与えた影響については、カフカのロシア像が東方ユダヤ性、つまり敬虔なユダヤ教徒と連想的に結びついていたこと、そしてカフカのテクストではロシア革命問題がユダヤ人問題に書き換えられてきたことを思い起こす必要があろう。グスタフ・ヤノーホの証言を信じるならば、カフカはソビエト・ロシアの共産主義を「宗教的な事柄[13]」と見なしていたという。ラッセルもまた次のように当時の「ロシア政府」が宗教的信仰を基盤の一つにしていることを指摘している。

現在のロシア政府の悪い側面にとても類似しているのは、フランス大革命の総裁政府で、よい側面ではクロムウェルの政府によく似ている。誠実な共産主義者と全ての古参の党メンバーは、目標追求においてその誠実さを示しており、真摯で政治的道徳的な目的という点では、ピューリタンの兵士に似ていなくもない。(……)両者(クロムウェルとレーニン——筆者注)ともに民主主義と宗教的信仰とを結合したものから出発しながら、軍事独裁によって、宗教のために民主主義を犠牲に供せざるをえなかった[14]。

『却下』においてもロシア革命問題のユダヤ人問題への書き換えが起こっているのなら、兵士像に関しては、「誠実な共産主義者と全ての古参の党メンバーは、(……)ピューリタンの兵士に似ていなくもない」という記述が注目に値しよう。おそらくカフカは、この「ピューリタン」の部分をユダヤ教徒に読み替えた。だからこそ、『却下』の兵士は、同化ユダヤ人に比べれば敬虔なユダヤ教徒である東方ユダヤ人像と重なっているのだろう。そして「軍事独裁によって、宗教のために」という箇所を受けて、大佐や兵士といった軍人によって支配される体制を『却下』でカフカは描き出したのだろう。こうして『却下』では、ラッセルが描く、共産主義者に支配されるロシアが、ユダヤ教的＝軍事的体制へと書き換えられ、東方ユダヤ人像と重なる兵士がその体制下で町の支配者の護衛という役割に位置づけられているわけである。ラッセルが指摘するロシア共産主義の宗教化に対してカフカが賛同していたかどうかについては異なる意見があるものの、[15] ロシア共産主義の宗教化についてのラッセルの記述が『却下』の描写に影響を与えていることは間違いないだろう。

第三の影響、つまり快楽追求する本能の前では禁欲主義的な体制も脆いとするラッセルの見立てが与えた影響は、『却下』末尾に出てくる町の体制に対する不満を抱く若者達の描写に見られる。

もっとも私の観察の及ぶ限り満足していないある年齢層もある。それは一七歳から二〇歳の間の若い人々であり、つまりひどく下らない、ましてや革命的な思想の射程を遠くからは予感できない全くの若造である。まさに彼らのもとに不満は忍び込む。(NII 269)

この若者達を描いている時、カフカの念頭にあったのは、ロシアの革命家アレクサンドル・ゲルツェンの自伝にある青春時代の記述、つまり性的遍歴を経て、革命思想へ目覚めるきっかけとなる、女性解放と「肉の復権」を唱えるサン＝シモン主義との出会いであった、と川島は述べている。[16] ラッセルの見立てによると、この性解放の思想もロシアの禁欲主義的な体制を脅かしかねないということになるが、若者達の冷淡な扱いが暗示するように、カフカはこの見立てを否認したかったのかもしれない。いずれにしても、この若者達への言及が『却下』には合わないと考えたのだろうか、この箇所でテクストが途絶している。

ラッセル論文の影響の中では第二のものが、『却下』で中心的なテーマである、あの繰り返される請願の却下と深く関わっている。つまり、ラッセル論文におけるロシア共産主義の宗教化の記述が、『却下』においてユダヤ教的＝軍事的体制へと書き換えられていることが、繰り返される却下を読み解く手がかりの一つとなる。この書き換えに加えて、再び三章で確認したことを思い出しておきたい。つまり、兵士像が敬虔な東方ユダヤ人像と重なること、それに付随して大佐にも東方ユダヤ人像と重なる部分があること、また、兵士との相関関係で語り手たち町民が同化（西方）ユダヤ人と重なり合うことである。この相関関係から、繰り返される請願の却下は、同化（西方）ユダヤ人が東方ユダヤ人（ユダヤ教）に拒絶（却下）され続けることを寓意化したものと読むことが出来るのである。

そして町民の請願と却下が、町総出の祭りや儀式のような行事となっていることに関しては、繰り返される儀式や祭りによる共同体形成のあの機能がここで働いていると考えることができるのではないか。確かに『却下』からは、同化ユダヤ人が東方ユダヤ人（ユダヤ教）に却下され続けるという寓意が読み取れる。『却下』における却下とは、東西ユダヤ人の違いを、それらの間にある裂け目を確認する行為とも言えるかもしれない。それゆえ、請願に対して却下という裁定が下される時、町民達に一種の安堵の気持ちが広がるのは、同化ユダヤ人と東方ユダヤ人の間の違いがそこで確認されたことへの安堵でもあろう。しかしそれでも、祭りや儀式のように繰り返される却下を通じて、彼らは一つの共同体を形成するのであり、それを通じて彼らはいわば一体なのである。

まとめにかえて

以上で考察したように、『却下』は、カフカがそれまでロシア革命の問題をユダヤ人問題に書き換えていたように、ラッセルのロシア革命論をカフカ自らのユダヤ人問題に読み替えたという側面のあるテクストである。ここでは同化ユダヤ人の請願が東方ユダヤ人に守護されたユダヤ教的な体制に拒絶されるという物語に読み替えられていたが、同時に祭りや儀式のような請願と却下の行事を通じて両者は同じ共同体を形成してもいた。『却下』でカフカは、互いの違いを認めた上で同じ共同体に属し得ることを東西ユダヤ人の関係を参照しながら文学的に示そうとしたと言えよう。

最後になるが、繰り返される請願の却下が、実はカフカの作品の中でも最も印象深い『掟の前』でも描かれていることを指摘しておきたい。意外かもしれないが、『却下』は『掟の前』の語り直しという側面もあるのだ。例えば、支配者としての正当性も怪しいどちらかといえば下端の大佐が請願の行事の際にする、二本の竹を両手で前にかざす奇妙な身振りがある。これを書いた時、カフカは『掟の前』のあの遊牧民風の門番を思い返していたに違いない。この身振りは次のように説明される。

あらゆる儀式の機会と同じように、大佐は直立し、前に伸ばされた手で二本の長い竹の棒を持っていた。それは、例えば次のようなことを意味する古くからある習慣である。つまりこんな風に彼は掟を支え、こんな風に掟が彼を支えている、という意味である。（NII 266）

「こんな風に彼は掟を支え、こんな風に掟が彼を支えている」ことを意味するという「前に伸ばされた手で二本の長い竹の棒」を持つこの奇妙な身振りは、そこがあの「掟」の門であることを暗示しているのである。そして『却下』での請願は、『掟の前』で門の中に入れてくれという語り手の請願が却下され続けるように、却下され続ける。

『掟の前』成立の背景には、東西ユダヤ人の遭遇と東方ユダヤ人による同化（西方）ユダヤ人の拒絶というカフカの苦い経験があったと思われる。周知のように長編『訴訟（審判）』の一部となったこの作品が書かれたのは、一九一四年十二月、まさに東方ユダヤ人戦争難民がプラハに押し寄せていた時期にあたる。カフカからプラハの同化ユダヤ人たちは、この時はじめて自分たちとは全く異なり、打ち解けない本物の東方ユダヤ人に出会ったのだった。この苦い体験の一部が『古文書』に描かれていることはすでに述べた。おそらく『古文書』と『掟の前』の間にあるこの潜在的な類縁性をよく分かっていたのは他ならぬカフカ自身であっただろう。[17] その証拠に短編集『田舎医者』では、『古文書』と『掟の前』が仲良く隣り合って配置されている。また、『却下』を書いている時に『掟の前』を思い出したからこそ、『却下』の少し後に『掟の問題』（NII 270-273）と題された小品も書かれたのであろう。『掟の問題』でも、カフカによって革命問題がユダヤ人問題に書き換えられている、あるいは両者は重ねられているようだ。本稿で取り上げなかったが、ラッセル論文の中に、ロシア共産党（ボリシェビキ）が民衆を顧みない貴族階級のような存在として描かれる箇所がある。[18] この貴族階級としてのロシア共産党の不可侵性の問題が、ユダヤ教のラビや掟の不可侵性の問題に重ね書きされているように思えるのだ。このように、これらのテクストのすべては、東方ユダヤと連想関係にあるカフカ独特のロシア像を媒介にして結びついていたのである。

注

カフカの一次文献は左記のものを使用し、引用個所は本文中に略記とページ数のみ示す。
Kafka, Franz: *Schriften, Tagebücher. Kritische Ausgabe.*（hrsg. von）Jürgen Born, Gerhard Neumann, Malcolm Pasley und Jost Schillemeit, Frankfurt am Main, 2002

Drucke zu Lebzeiten Textband（『生前刊行作品』）略記はD
Nachgelassene Schriften und Fragmente 1 Textband（『遺稿と断章Ⅰ』）略記はNI
Nachgelassene Schriften und Fragmente 1 Apparatband（『遺稿と断章Ⅰ資料』）略記はNIA
Nachgelassene Schriften und Fragmente 2 Textband（『遺稿と断章Ⅱ』）略記はNII
Nachgelassene Schriften und Fragmente 2 Apparatband（『遺稿と断章Ⅱ資料』）略記はNIIA
Tagebücher Textband（『日記』）略記はT
Kafka, Franz: *Briefe an Milena.* (hrsg. von Jürgen Born und Michael Müller) Frankfurt a. M. 1983（『ミレナへの手紙』）略記はM

（1）Emrich, Wilhelm: *Franz Kafka.* Frankfurt a. M. 1965 S. 196-198, Binder, Hartmut: *Kafka-Kommentar. Zum sämtlichen Erzählungen.* München 1977, S. 247f., Nicolai, Ralf R.: *Kafkas BEIM BAU DER CHINESISCHEN MAUER im Lichte themenverwandter Texte.* Würzburg 1991, S. 58-60.

（2）例外としては、川島隆『カフカの中国と同時代言説　黄禍・ユダヤ人・男性同盟』彩流社、二〇一〇年、一八三～一八四頁。

（3）川島隆同書第七章および終章、とりわけ二一七～二二二頁。

（4）川島隆同書、一八三・一八四頁。

（5）『判決』の「革命」は一九〇四年の革命、手紙の「革命」は一九一七年の革命に関連している。なお、カフカはロシアの革命家アレクサンドル・ゲルツェンやピョートル・クロポトキンの本を読んでいたことが知られている。

（6）Dodd, W. J.: *Kafka and Dostoyevsky. The Shaping of Influence.* London. 1922 S. 31f. ドッドは、カフカがロシアに関心を示したいわゆる「ロシア期」を、一九一二～一九一五年としており、それ以後のロシア像にはそれほど踏み込んで論じていない。

（7）ここでの字消し線はカフカ自身が修正した部分である。より細部の修正に関しては引用文献を参照のこと。

（8）川島隆前掲書、一八三頁。
（9）中澤英雄『カフカ　ブーバー　シオニズム』オンブック、二〇一一年、一三三～二四一頁。
（10）東方ユダヤ人難民を「乞食」と重ねるカフカの見方は、確かにかなり突き放した見方ではあるが、『判決』のロシアの友人の残酷な描き方がそうであるように、文学的効果としてその語が選ばれた可能性はある。そもそもその「乞食」は最初「巡礼者」と呼ばれていたのだから。なお、川島は、「乞食」の像に東方ユダヤ人難民のみならず、イディッシュ劇団員だった「ロシア人」イツハク・レーヴィをも重ね読みする。川島隆前掲書、二〇三～二〇四頁。
（11）ロシアがドイツと交戦状態だった一九一四～一九一七年のロシアではドイツ語風のペテルブルクからロシア語風のペトログラードと改名されていたが、ドイツではペテルブルクで通っていた。
（12）中澤英雄前掲書、二二七～二三〇頁。
（13）グスタフ・ヤノーホ（吉田仙太郎訳）『増補版　カフカとの対話』東京、一九九四年、二一一頁。
（14）Russell, Bertrand: Aus dem bolschewistischen Russland. In: *Prager Tagblatt* 25.8.1920 S. 4.
（15）ラッセル論文のカフカの読解に関して、ドッドがカフカのロシア共産主義の宗教化に対する賛意を読み取るのに対して、川島はカフカがその宗教化には批判的だったと見なす。Dodd, W. J.:a. a. O. S. 31. 川島隆前掲書、二一五頁。筆者には、少なくとも『却下』においては、ロシア共産主義の宗教化に対するカフカの賛意も批判も見られないように思えるが。
（16）川島隆前掲書、二二〇～二二一頁。なお、川島は、カフカがラッセル論文に記されたボリシェヴィキの禁欲的側面を肯定的に捉えていたとする。川島隆前掲書、二二三頁。
（17）類縁関係を示す例としては、『古文書』の遊牧民が占拠しているのが皇帝宮前の広場へ通じる全ての「入口（Eingänge）」であるのと同様に、『掟の前』の門番が番をする門は「入口」（Eingang）（『生前刊行作品』二六九頁）とも表現されていることが上げられる。
（18）Russell, Bertrand: a.a.O.

一一　『寓意について』

――カフカ作品における対話の「歪み」――

西嶋　義憲

はじめに

カフカ作品における対話（会話）の中には、言語相互行為として形式的に滑らかに進行しているように見えるが、意味論的に必ずしも整合的な事態が提示されているとは言えないものがある。本論では、そのような「歪み」をもつ対話の基本的な構造を、カフカのテクスト『寓意について』（*Von den Gleichnissen*）の対話部分の分析によって明らかにする。その成果は、カフカ作品の言語学的文体研究に貢献しうるものである。

一　カフカ作品の対話の特徴

（一）先行研究の問題点

文学研究および言語学研究において、カフカ作品を対象に、その作品内で行なわれる対話の構造を分析している研究はほとんどない。ヘス-リュティヒの研究（Hess-Lüttich, 1979）は、その数少ない研究例の一つである。本節では、議論の出発点としてこの論文を取り挙げる。

ヘス-リュティヒは、カフカ作品の対話に見られる、誤解による相互行為（Interaktion）の破綻をカフカ作品の特徴と見なし、言語学的な観点からその説明を試みている。その説明によれば、誤解とは、対話参与者間の対象規定の食い違いによって引き起こされる命題理解の不一致と定義される。そのような誤解が生じると、意味論的な結束性（semantische Kohärenz）が破られ、唐突にテーマが変わる。それによって対話の流れに溝が生じる。ところで、先行する発話と関連のある発話を行なうのは、いわゆる協調の原則にのっとった行動である。したがって、意味論的なレベルで食い違いが引き起こされると、それは、対話参与者による相互行為としては非協調的と見なされる。「カフカ的特徴（Das Kafkaeske）」は本質的に、誤解を招くことによる相互行為の失敗に基づいているという

(Hess-Lüttich 1979: 365)。

この議論で引き合いに出されているのは、グライスが提出した協調の原則（co-operative principle）である（Grice, 1975）。一般に話し手と聞き手は会話が成立するよう協力するが、グライスはそれを協調の原則という一般原則にまとめ、その下位規則として、量の公理（maxim of quantity）、質の公理（maxim of quality）、関連性の公理（maxim of relation）、様態の公理（maxim of manner）の四つの会話の公理（maxims of conversation）を区別した。この原則は、もともと会話の含意（conversational implicature）と呼ばれる言外の意味を説明するために考案されたものだ。たとえば、字義どおりに理解すると公理のいずれかに抵触し、非協調的と見なされうる発話が、おおもとの一般原則に従っていると期待できる限りにおいて、その発話には別の意味（含意）があると予測できる。その場合、ただちに推論が行なわれ、それによって適切な言外の意味が導き出されることになる。この原則は、会話というものは常に何らかの情報を効率的に提供するという前提に基づいて設定された。この前提に立てば、たしかに意味論レベルの食い違いによって相互行為が非協調的であると見なされるのは、情報の効率的な伝達という目的に関わる協調の原則に対する違反として説明できるかもしれない。しかし、たとえ対話がその意味で非協調的であるにせよ、対話という相互行為それ自体が形式的に成立していないわけではない。このような相互行為の形式的成立を、グライス流の協調概念で適切に説明することはできない。さらに付け加えるなら、作品内の対話の中には、必ずしも登場人物間の情報伝達を目的としているとは言えないものもある。言葉遊びはその一つの例である（カフカの言葉遊びについては、Polizer（1983）を参照）。とするなら、言語相互行為としての対話のやり取りでは、別の種類の協調も同時に働いていると考えざるをえない。

（二）対話と形式的協調

エーリヒによれば、言語行動における協調の形態はつぎの三種に区別できるという（Ehlich, 1987）。

（a）協働的協調（„materielle Kooperation"）
（b）道具的協調（„materiale Kooperation"）
（c）形式的協調（„formale Kooperation"）

（a）は、労働の生産過程で見られる協調であり、（b）は、労働という目的に限定されず、協調それ自体の外側にある目的に関わる一般的な協力関係である。（c）は、相互行為それ自体を成立させる参与者による相互作用形式である（相互行為と協調に関しては、丸井（一九九二）が詳しい。訳語の一部は、上記文献から借用）。ヘス－リュティヒが引き合いに出しているグライスの協調概念は、このエーリヒの三分類と関連づけると、（b）の道具的協調形式にあたる。対話という相互行為それ自体の外側にある目的（たとえば情報の効率的な伝達）によって規定されているからである。ヘス－リュティヒが主張しているように、たしかに、意味論レベルの食い違いによって、相互行為が「非協調的」と見なされるのは、情報の効率的な伝達という目的に関わる協調の原則、すなわち道具的協調形態に違反しているからであろう。その意味で、カフカ作品の対話の特徴は協調の原則違反による相互行為の失敗と規定できるだろう。しかし、その際、対話という相互行為それ自体が形式的に、その意味では協調的に成立していないと、この議論は成り立たない。ここで関連してくるのが（c）の形式的協調である。すなわち、カフカ作品の対話は、たしかに道具的協調という意味では「非協調的」と見なされるが、形式的協調に関しては「協調的」であり、この点で対話は形式的にまとまりをもつ。したがって、カフカ作品のある種の対話は、意味論レベルで齟齬を来たしてはいるが、相互行為レベルでは形式的協調行為がなされ、その意味で結束性が高い可能性がある。

（三）カフカ作品の対話における結束性

テクスト内の対話構造を分析する際、意味論レベルとそれが埋め込まれているテクスト内言語相互行為レベルの二つのレベルを区別することは有益である。その二つの区分にしたがって、テクストのまとまりを構成する結束性を、意味論レベルだけでなく、相互行為レベルにも関係づけることができるからだ。結束性とは、実際は程度の問題である。しかし、極端な場合として、二つのレベルそれぞれについて結束性の高低を想定することができる。すると、論理的にはつぎの四とおりの組み合わせがありうる。

（1）意味上の結束性が高い―相互行為上の結束性が高い。
（2）意味上の結束性が高い―相互行為上の結束性が低い。
（3）意味上の結束性が低い―相互行為上の結束性が高い。
（4）意味上の結束性が低い―相互行為上の結束性が低い。

たしかに論理的にはこの四つのパターンが考えられるが、そもそも相互行為レベルで言語表現を媒介とした形式的な結束性がきわめて低いと、対話という相互行為は基本的に成立しえないので、（2）と（4）のパターンは、理論上はありえても、現実的には存在しないだろう。すると、事実上ありうる対話は、残りの二とおりのパターンのいずれかに属することになる。通常期待される対話は、（1）のパターンであり、変則的なのが、（3）のパターンである。

（3）は、意味論レベルでは十分な結束性が欠如しているが、相互行為レベルで形式的な結束性が認められるという対話形態である。このような二つのレベル間の結束性の不統一という特徴は、カフカ作品に描かれる対話にしばしば見出される。カフカ作品の対話は多くの場合、意味論レベルにおいて一つの事態について相反する叙述がなされるため、その対立によって一見対話全体に結束性がないかのように見える。しかし、言語相互行為という側面から同じ対話をとらえると、形式的結束性があることがわかる。すなわち、そのような対話では意味論レベルでは結束性がきわめて低いが、対話参与者間の積極的な働きかけによる相互行為としては形式的「協調」関係が保たれているので、対話全体としてあたかも結束性があるかのように見える。

(四) テクスト例『木々』

そのような変則的な構造をもつテクストの分析例を紹介しよう。カフカの小品『木々』(*Die Bäume*) は、対話という明示的な構造はもっていないが、対話の形式を備えている。西嶋 (一九九〇) は、この小品のテクスト構造をテクスト言語学的に分析したものである。この分析に基づいて、このテクストの構造を簡単に説明する (詳細については前記文献を参照のこと)。以下にテクストの全文を掲げる。[1]

なぜならぼくたちは雪のなかの木の幹のようなのだから。それは滑らかに雪の上に載っているように見える、ほんの一突きで押しのけることもできるだろう。いや、そうはいかない、木の幹は大地とかたく結びついているのだから。しかし、見たまえ、それすらもそう見えるというにすぎない。

Denn wir sind wie Baumstämme im Schnee. Scheinbar liegen sie glatt auf, und mit kleinem Anstoß sollte man sie wegschieben können. Nein, das kann man nicht, denn sie sind fest mit dem Boden verbunden. Aber sieh, sogar das ist nur scheinbar.

テクストの全体的な構成に関しては、「ぼくたち」と「雪のなかの木の幹」の比較から始められ、残りのテクストはすべて「雪のなかの木の幹」をテクスト表層上のテーマとして展開される。すなわち、第一文のテーマが第二文以降に引き継がれず、「雪のなかの木の幹」が新たなテーマとして展開されている。意味論レベルでは、「雪のなかの木の幹」の様態について「滑らかに載っている」と「大地とかたく結びついている」が対立している。両者が次々に否定され、整合的な集約点のない構造をもっている。すなわち、意味論レベルでは、まず、接続法Ⅱ式（仮定法）によって主観関連世界の事態が提示され、それが否定される。その際、根拠として事実関連世界の事態（直説法による提示）が参照される。つぎに、その否定の根拠となっている事実関連世界の事態が否定される。しかし、事実関連世界における事態の否定は、その根拠が提示されない。したがって、意味論的に整合的な事態が最終的に提示されないので、結束性の程度は低い。ところが、言語相互行為レベルに関しては、否定の繰り返しとその否定表現の漸次的強調（「いや、そうはいかない」）→「それすらもそう見えるというにすぎない」）によって相互行為としての結束性がきわめて高いことがわかる。意味論レベルでは、整合的な意味世界の構築を拒否する構造をもつが、言語相互行為のレベルでは、結束性を高める口語的表現手段が使われ、まとまりがあるわけだ。

ところで、言語相互行為レベルでの結束性を構成しているのは、エーリヒの定義によれば形式的協調である（Ehlich, 1987）。丸井によると、形式的協調を構成する要因は、言語文化によって異なり、ドイツ語による相互行為において形式的協調を形成するのは、相手との違いを明確にさせる対立、すなわち競合だという（Marui, 1994, vgl. Reinelt, 1992. なお、丸井（二〇〇六）も参照のこと）。その競合関係は、論弁性（Argumentativität）という性格をもつ特定の言語表現の組み合わせによって実現されうる。上記作品には、その論弁的性格をもった場面性の高い表現が適切に利用されている。競合的なやり取りによって形式的協調関係をたもちながら、意味論レベルで結束性を欠如させる、あるいは焦点を合わせないという特徴を本論では「歪み」と定義する。このような「歪み」を含むテクストが、カフカの作品内対話に見られることがある。そのような作品内対話を対象にしてカフカ的な「歪み」を構造的に明らかにするための基礎をつくるのが、本論の目的である。

二 「歪み」の構造のテクスト言語学的分析

カフカの小品の中には対話部分が質・量ともに重要な役割を果たしていると思われる作品がある。たとえば、対話部分の構成比率が高く、その対話がテクスト末に現われている作品は、当該作品における対話の重要性を示唆していると言えよう。とするなら、そのような対話を分析することにより、当該のカフカ作品全体にかかわる特徴的な構造が明らかにできると期待できる。(2) 本論では、『寓意について』の対話部分のみを分析の対象とする。

(一)『寓意について』の全体的分析

『寓意について』は、地の文と対話の二つの部分からなる。地の文では、賢者の言うことは喩えばかりで、日常生活に役立たないということが提示される。それに対話が後続する。分析対象となる後半の対話部分のみ引用し、各発話に説明の便宜上、番号を付した。(3)

(1) これに対して、ある人が言った。

「何故さからうのだ? 喩えどおりにすればいい。そうすれば自分もまた喩えになる。日常の苦労から解放される」
Darauf sagte einer: Warum wehrt Ihr Euch? Würdet Ihr den Gleichnissen folgen, dann wäret Ihr selbst Gleichnisse geworden und damit schon der täglichen Mühe frei.

（2）するともう一人が言った。
「それだって喩えだ。賭けてもいい」
Ein anderer sagte: Ich wette daß auch das ein Gleichnis ist.

（3）先の一人が言った。
「賭けはきみの勝ちだ」
Der erste sagte: Du hast gewonnen.

（4）あとの一人が言った。
「残念ながら、喩えのなかで勝っただけだ」
Der zweite sagte: Aber leider nur im Gleichnis.

（5）先の一人が言った。
「いや、ちがう。きみはほんとうに賭けに勝った。喩えのなかでは負けている」
Der erste sagte: Nein, in Wirklichkeit; im Gleichnis hast Du verloren.

テクストの構造を概観してみよう。（1）では、「喩え話に従うなら、自身が喩え話になり、日々の苦労から解放される」という条件帰結表現による助言がなされている。この内容を命題Pとする。（2）では、この助言に対して、その命題Pさえもが喩え話（*Gleichnis*）であるという反論が行なわれる。その際、メタコミュニケーション的な口語的表現として「賭けてもいい」が用いられている（このメタ表現を使わなければ、「それだって喩えだ」というように副文が主文化されるところだろう）。このメタ表現は、二義的にあいまいである。一つは、副文の内容に関して文字どおりに勝敗を決する「賭け」の実行を表明する。他の一つは、副文の内容に関する確信度というモダリティを表現する（より記述的に表現するなら、„Ich bin überzeugt, dass...“あるいは„Es ist ganz sicher, dass...“となる）。ところが、後続する表現が（2）と反対の命題内容を表明していないので、このテクストでは文字どおりの「賭け」は期待されていないと判断される。

（3）では、このメタ表現の字義どおりの意味である「賭け」との関連で、「勝ち」の判断が下される。ただし、その根拠は提示されない。この決定は、単に「賭け」に勝ったことを表わすだけでなく、命題Pさえもが喩え話であるという主張が正しいことも暗示する。

（4）は、その「勝ち」だという判断に対して「喩え話の中で」という限定を行なっている。その限定は、メタ表現の字義どおりの意味での勝敗に対してだけなされているのか、それとも命題Pが喩え話であるという内容にも及ぶのかに関して、あいまいである。前者の場合、勝敗が問題にされ「喩え話の中で」という限定は、メタ表現の「賭け」にのみかかり、勝ちは「喩え話の中で」という限定を受けることになる。後者の場合、命題Pが喩え話であるのは、「喩え話の中で」有効という入れ子の関係になり、日常的な論理では理解しにくい。

（5）で今度は、（4）の「喩え話の中で」勝ちという限定が否定され、「現実世界の中で」の勝ちと訂正される。ここでも、その根拠は提示されない。（4）と同様に、その否定がメタ表現による「賭け」にのみかかるのか、それとも命題Pが喩え話であるという内容にも及ぶのかが明確でない。前者の場合、勝敗だけが問題にされ、勝ちは「現実世界の中で」と訂正され、「喩え話の中で」は負けであると主張される。現実世界での勝ちという判定は理解しやすいが、喩え話の中での負けは理解が困難である。後者の場合、命題Pが喩え話であるという主張が有効なのは、「現実世界の中で」であることが表明されている。すなわち、（2）で提示された、命題Pが喩え話であるという主張は「現実世界の中で」通用する事態であり、（4）での「入れ子」による主張は誤りであることが確認される。この主張は、現実世界という事実判断を可能にする次元に関連づけられるので、日常的な理解の範囲内にある。こうして、現実世界と喩え話が対立させられていることに気づく[4]。

上述の分析結果をまとめてみよう。最初の発言者とその相手をそれぞれAとBで表わす。数字は、上で引用したテクストに付した発話の番号に対応する。「↓」は、暗示関係を表わす。

A（1）助言（命題P［喩え話にしたがえば、自身が喩えになって日々の苦労から解放される］）
B（2）反論（［命題Pも喩え話である］）＋確信度の高い表現「賭けてもいい」
A（3）勝負判定（Bが勝ちである）→（［命題Pも喩え話である］は真）
B（4）限定（勝ちは喩え話の中で）
→（［命題Pも喩え話である］が真なのは、喩え話の中で）
A（5）反駁（勝ちは現実の中で、喩え話の中では負け）
→（［命題Pが真である］のは、現実の中で）

この分析結果を、意味論レベルと相互行為レベルごとにまとめておこう。

（一）意味論レベルの構造

意味論レベルでは、（1）で命題Pが提示される。（2）で、その命題Pが喩え話であるという内容がメタ表現を用いて主張される。（3）で、このメタ表現に対応し、その主張の妥当性が「勝敗」という枠組みで判定される。（4）によって、その「勝敗」に基づく判定が、喩え話という世界の中での「勝ち」という限定を受ける。ここで、表層的なテーマが、命題内容の妥当性という問題から、勝敗の次元へと移行していることに注意すべきである。最終的に（5）で、「勝敗」については、現実世界の中での「勝ち」であって、喩え話という世界の中では「負け」であると主張される。したがって、テクスト表層的なテーマが、命題Pが喩え話であるという主張の妥当性から「勝敗」へと移行し、結局、その妥当性については明確な判断は下されていない。一般に、ある主張の妥当性の判断は通常、現実世界を基準としてその関連でなされるはずだが、そこにそれと意味論的に対立する喩え話という可能世界が持ち込まれている。この錯綜関係によって、日常的な論理のもとでは整合的でない、つまり結束性の低い事態が提示されることになる。

(三) 相互行為レベル

相互行為レベルで見ると、(1)で命題Pが助言として提示される。(2)は、それに対して反論を行なう。その際、字義どおりには「賭け」を意味するメタコミュニケーション表現が用いられ、その主張が強調される。(3)は、そのメタ表現の形式に応じ、勝敗を決している。(4)は、その勝敗の決定に制限を加える。この発話での「残念ながら」という表現は、先行する発話に対する発話者の感情と密接に関連づけられる。(5)では、その判定が覆され、別の限定が提示される。このように論弁的性格をもつ言語行為の連鎖によって、この対話は、相互行為に関して結束性がきわめて高いと言える。

三　『寓意について』の対話における「歪み」の技法

以上の分析から明らかなように、対話に「歪み」をもたせているのは、テクストを構成する二つのレベル間における結束性の高さのアンバランスにある。このような「歪み」は、少なくともつぎの四つの技法によって実現される。

（a）テクスト表層上のテーマ展開における焦点のずらし。
（b）意味論的に相反する事項の対置による整合的集約点の欠如。
（c）根拠不提示による反駁。
（d）結束性のきわめて高い言語行為連鎖。

おわりに

『寓意について』に関する従来の諸研究は、そのテクストの整合的解釈という意味論レベルで論議しているものが多い（vgl. Allemann, 1964; Arntzen, 1964; Buhr, 1980; Kotani, 1989; 古川、一九九九）。

本論では、内容面と形式面の関係に焦点をあてた。その結果、意味論レベルと相互行為レベルの間の結束性に関する不統一が明らかにされた。その特徴を、カフカ的な「歪み」と見なし、テクスト構成上の技法（ストラテジー）と捉えることができる。本論で指摘できたのは、その「歪み」を構成しうる技法の一部に過ぎない。今後の課題は、他の作品を分析することによりさまざまな技法を検出し、その有効性の範囲を他の作家の作品を含めて検証してゆくことである。

注

（1）日本語訳は『決定版カフカ全集1』（二一〇～三〇頁）に、ドイツ語オリジナルは *Drucke zu Lebzeiten*（三三二頁）による。

（2）Philippi (1966) には、『城（*Das Schloß*）』における対話の特殊な機能に関して指摘がある（vgl. S. 21）。この点について、野口広明氏（九州産業大学）よりご教示を受けた。記して感謝する。

（3）日本語訳は『カフカ小説全集6』（四九五頁）、ドイツ語オリジナルは *Nachgelassene Schriften und Fragmente II*（五三二頁）によった。

（4）筒井康隆の『歌と饒舌の戦記』（新潮文庫、一九九〇、二九〇頁）の一部に以下のような記述がある。

「えっ。そりゃまたどうして」

「武器がすべて消滅したのさ。拳銃から自動砲にいたるまで、大小各種の武器弾薬が一斉にぱあっと消滅。そうとしか考えられないいね」

「比喩《ひゆ》的におっしゃってるんですか」

「いいや。比喩的なのはむしろこの現実の方だよ。つまり本当の現実または知を正当化するメタ物語への不信感だの、論理の破綻《はたん》だのに対する比喩的表現がこんな滅茶苦茶な結末になったわけであって、このコンピューター・ゲームのような現実は、実は言語ゲームの複数性を認めているポスト・モダンの、珍妙で新奇な物語形態をとり入れた現実らしいんだよね。だってその証拠に（……）」

この物語の一部では、現実世界と比喩を対比させている。詳細な比較は別稿に譲るが、明らかにカフカの『寓意について』の現実世界と喩え話との関連が認められる。なお、カフカと筒井との関連については、安藤（一九八五）を参照のこと。

使用テクスト

Franz Kafka: *Drucke zu Lebzeiten*. Hgg. von W. Kittler, H.-G. Koch und G. Neumann. Kritische Ausgabe, Frankfurt/M.: Fischer Taschenbuch Verlag, 2002, S. 33.

Nachgelassene Schriften und Fragmente II. Hrsg. von Jost Schillemeit, Kritische Ausgabe, Frankfurt/M.: Fischer Taschenbuch Verlag, 2002, S. 531-532.

マックス・ブロート編（円子修平訳）『決定版カフカ全集』新潮社、一九八〇、二九～三〇頁。

池内　紀訳『カフカ小説全集6 掟の問題ほか』白水社、二〇〇二、四九四～四九五頁。

Allemann, B.: „Kafka: *VON DEN GLEICHNISSEN*". In: *ZfdP* Nr. 83, 1964, 97-106.

安藤　秀國「カフカとSF、推理小説」有村隆広・八木浩編『カフカと現代日本文学』同学社、一九八五、二七三～二九八頁。

Arntzen, H.: „Kafka: *VON DEN GLEICHNISSEN*". In: *ZfdP* Nr. 83, 1964, 106-112.

Buhr, G.: „Franz Kafka, *Von den Gleichnissen*. Versuch einer Deutung". In: *Euphorion* 74. Band, 1980, 169-185.

Ehlich, K.: „Kooperation und sprachliches Handeln". In: F. Liedke & R. Keller (Hgg.): *Kommunikation und Kooperation*. Tübingen: Niemeyer, 1987, 19-32.

古川 昌文「反転する現実 —カフカにおける喩えの機能をめぐる一試論—」日本独文学会中国四国支部『ドイツ文学論集』第三二号、一九九九、一一～二〇頁。

Grice, H. P.: „Logic and Conversation“. In: P. Cole & J. L. Morgan (eds.): *Speech Acts. Syntax and Semantics.* Vol. 3, New York: Academic Press, 1975, 41-58.

Hess-Lüttich, E.W.B.: „Kafkaeske Konversation. Ein Versuch, K.s Mißverstehen zu verstehen“. In: W. Vandeweghe & M. v. d. Velde (Hgg.): *Bedeutung, Sprechakte und Texte. Akten des 13. Linguistischen Kolloquiums,* Gent 1978, Band 2, Tübingen: Niemeyer, 1979, 362-370.

Kotani, T.: „Zur Erzählstruktur in Kafkas《Von den Gleichnissen》“ 城西大学経済学会『城西人文研究』第一七号、一九八九、五五～六四頁。

丸井 一郎「談話の相互行為的基盤と『協調』の概念」『ドイツ文学』第八八号、一九九二、八九～一〇〇頁。

Marui, I.: „Argumentieren, Gesprächsorganisation und Interaktionsprinzipien -Japanisch und Deutsch im Kontrast-“. In: *Deutche Sprache* Heft 4, 1995, 352-373.

丸井 一郎『言語相互行為の理論のために 「当たり前」の分析』三元社、二〇〇六。

西嶋 義憲「カフカのテクスト *Die Bäume* を理解するために —テクストの多層性について—」『かいろす』(「かいろす」同人) 第二八号、一九九〇、三一～四四頁 [立花健吾・佐々木博康編『カフカ初期作品論集』(同学社、二〇〇八、九六—一三一頁) に改訂版として再録].

Philippi, K.-P.: *Reflexion und Wirklichkeit. Untersuchungen zu Kafkas Roman „Das Schloß“.* Tübingen: Niemeyer, 1966.

Polizer, H. (Hg.): *Das Kafka-Buch. Eine innere Biographie in Selbstzeugnissen.* Frankfurt/M.: Fischer Taschenbuch Verlag, 1983 (^{1}1977).

Reinelt, R.: „Interaktionsorganisation: Sprecherwechsel im Deutschen -In Kotrastierung mit dem Japanischen-“『ドイツ文学』第八八号、一九九二、一〇一～一一〇頁。

一二　『都市の紋章』
――ユダヤ性と不壊なるもの――

林嵜　伸二

はじめに

プラハのドイツ語作家フランツ・カフカのテクスト[1]には、旧約聖書にあるバベルの塔モチーフが何度か登場している。カフカが時々使う「バビロンの塔[2]」という表現もこのモチーフに含めるなら、このモチーフが登場するテクストは次のように列挙される。

1、『ある戦いの記述』（一九〇七／一九〇八年）
2、遺稿戯曲断片『墓守り』（一九一六年末）
3、遺稿物語断片『万里の長城が築かれた時』（一九一七年三月）
4、マックス・ブロート宛葉書（一九一七年八月二九日）

5、遺稿アフォリズム（一九一七年一一月）
6、遺稿物語『都市の紋章』（一九二〇月九月）
7、遺稿アフォリズム　（一九二二年一〇月）

これらのテクストの中でバベルの塔モチーフを最も集中的に扱っているのが、マックス・ブロートが『都市の紋章』（Der Stadtwappen）と題して公表した短い遺稿テクスト（NII 318-319・323）である。天に届かんとする塔の建設を神に対する人間たちの傲岸不遜として提示し、神の制裁による多民族と多言語の発生という神話を語るのが、旧約聖書の創世記一一章におけるバベルの塔物語だとすれば、(3)カフカのバベルの塔物語『都市の紋章』における多民族・多言語状況の設定や塔建設の意味づけは旧約聖書のバベルの塔物語とは異なっている。カフカ研究者たちもこのことを再三指摘してきた。(4)

第一に、カフカの物語の冒頭にすでに「通訳」の存在への言及があることからして多言語状況が、さらに物語中盤に複数の集団間の争いへの言及があることからして多集団（離散）状況がすでに前提とされている。第二に、『都市の紋章』における塔建設は、創世記のバベルの塔物語のように傲岸不遜で否定的な企てとしては全く描かれていない。むしろ、『都市の紋章』前半では塔建設の「思想」の偉大さが強く打ち出されている。

こう主張されたのだ。この全事業の本質にあたるものは、天まで届く塔を建設するという思想である、と。この思想に比べれば、他の全てのことは取るに足らない。この思想は、ひとたびその偉大さにおいて把握されたら、消え失せることはありえない。人間が存在する限り、塔を完成させたいという強烈な願望が存続するだろう。この点では将来のために心配する必要はない。（NII 318）

しかし塔建設は何かと理由をつけては延期され、都市建設や土地争いに明け暮れているうちにやがてその塔建設事業も無意味なことと見なされるようになる。この無意味さもまた、創世記のバベルの塔物語の記述からは縁遠い。

争いは止まなかった。この争いは次の主張のための新しい論拠を指導者達に与えた。つまり、必要な集中力が欠けているのだから塔の建設はじっくり時間をかけて、あるいはできれば普遍的平和条約が結ばれてからにすべきだ、という主張である。（……）このようにして最初の一世代が過ぎた。続く世代も代わり映えせず、ただ技術の巧みさが向上し、それに応じて闘争心が猛々しくなるばかりだった。（……）しかも第二、第三世代はすでに、天にとどく塔を建設することの無意味さを知るようになった。（NII 319・323）

ただし、物語の最後にはこの塔を建設しようとしない住民達の作る都市が巨大な拳によって破壊される「予言された日」への憧れが語られる。創世記の場合は塔建設の企てに宿る人間の思惑が神の制裁の対象になったと思われるのに対して、ここでは逆に塔建築の思想を捨てることこそ制裁の対象であるように描かれている。

この都市でできた伝説や歌謡すべては、この都市が巨大な拳の五回の短い連続打撃によって粉々に破壊される、そんな予言された日への憧れに満ちている。だからこの都市の紋章には拳が描かれてもいるのである。(NII 323)

これまでの研究は二つのテクストを比較してこのような差異を繰り返し指摘してきたが、創世記とは異なるカフカの『都市の紋章』の読解の際に、創世記を受容するカフカ側の文脈の検討が不十分であったように思える。本稿では、バベルの塔物語の改作を受容者カフカの側から照らしだすために、カフカ文学の伝記的背景やカフカの他の関連テクストを視野に入れて『都市の紋章』を読み直すことにしたい。この読み直しによって、『都市の紋章』のバベルの塔モチーフは、ユダヤ性、とりわけシオニズムに対するカフカの応答や省察を含む文学的取り組みという文脈で現れていること、さらには彼のツューラウ滞在時代のアフォリズムにおける〈人類の一体性〉についてのカフカの思想の影響を受けて、このモチーフの内実は創世記の物語から大きく変容していることが明らかになるだろう。

一　『墓守り』におけるバベルの塔モチーフ

バベルの塔モチーフが最初に現れるのは、『ある戦いの記述』においてであるが、バベルの塔の建築に触れていない点で他のバベルの塔モチーフとは関連が薄いと思われるので本稿では扱わない。ここでは一九一六年末の戯曲断片『墓守り』のバベルの塔モチーフを考察することからはじめたい。

『墓守り』は、一九一六年一一月末から一二月一四日にかけて書かれた小さな八つ折判のノート（以下「八つ折判」）にある未完の戯曲断片である。主人公の墓守りの存在とその存在意義をめぐる劇として構想されたと思われる『墓守り』では、「領主」について「宮内長官」が「侍従」に語る場面にバベルの塔モチーフが登場している。

宮内長官「領主は二重の形姿を持っています。一方の形姿は統治に従事しますが、民衆を前にして放心状態で揺れ動き、自分自身の権利を差し置いています。他方の形姿は、誰もが認めるとおり、とても綿密にその基礎の強化を求めています。その強化を過去に求め、しかもますます深い過去に求めています。なんという状況の誤認でしょうか。（……）一方の形姿が控え目なのは、領主が全ての力を、たとえばバビロンの塔のために十分なほどの基礎を寄せ集めている第二の形姿のために使うからです。このような仕事は妨害されなければなりません。」(NI 255・256)

領主の「二重の形姿」や「バビロンの塔」についてのこのどちらかというと脱線的な議論の部分を独立したテーマとして大きく展開したのが遺稿物語断片『万里の長城が築かれた時』(以下『万里の長城』)であると解釈する中澤英雄によると、(5)『墓守り』と『万里の長城』の対応関係から、『墓守り』はカフカのユダヤ人問題、とりわけユダヤ民族の中の作家の存在意義を扱ったテクストとして捉えられ、宮内長官が述べる領主の「二重の形姿」は、カフカが考える(人格化された)ユダヤ的アイデンティティーの二つの側面として理解できる。

領主の「一方の形姿」は、「統治」に従事するが、民衆達の前で「放心状態で揺れ動いて」おり、自らの権利を主張しない、とされる。この部分は、ユダヤ人たちをユダヤ民族としてまとめるもの(統治)があるはずなのに、肝心のユダヤ的アイデンティティーがあるかないかわからないほど曖昧であること(存在感の希薄さ)を指しているのであろう。カフカは、この曖昧さこそがユダヤ的アイデンティティーの一側面だと考えているようだ。

それに対し、領主の「もう一方の形姿」は、その「基礎の強化」を求めていて、それを「過去」に、しかもますます「遠い過去」に求めている、とされる。さらに、こちらは存在感が希薄で控えめな「一方の形姿」に比べるとより積極的で、全ての力を「バビロンの塔のために十分なほどの基礎を寄せ集める」のに使っている、とされる。領主、つまり（中澤に従うなら）ユダヤ人が、自らのユダヤ的アイデンティティーの基礎の強化を遠い過去に求める、というあり方は、旧約聖書の神話的過去へのユダヤ人の宗教的なこだわりを指すのであろう。そして自らのアイデンティティーの基礎固めのために神話的過去への遡及を積極的に進める動きということでは、反ユダヤ主義とユダヤ人の同化に対する反動として十九世紀末から二十世紀にかけて勃興したユダヤ性回帰の思想運動、つまりシオニズム運動も当てはまる。

では、領主の「もう一方の形姿」が行うという、「バビロンの塔のために十分なほどの基礎を寄せ集める」行為は何を意味するのだろうか？　これは、旧約聖書の神話的過去にこだわる広義のユダヤ主義の中でも、とりわけユダヤ性に目覚めたユダヤ人を結集し、故郷回帰を図るシオニズム運動のことを意味していると推測される。というのも、この引用箇所と強い相関関係を示す表現、つまり「バベルの塔の建築」や「基礎の弱さ」が『万里の長城』の中の「学者」の「本」に書かれたこととして登場し、その「学者」は文化シオニスト、マルティン・ブーバーを指していると見なされているからである。(6)

二　『万里の長城』におけるバベルの塔モチーフ

マルティン・ブーバーを指していると思われる「学者」は「長城建設」と「バベルの塔建設」を比較し、誰もが読んだ「本」の中で、「バベルの塔建設」は決して一般に主張される理由から目標にたどり着かなかったのではない、ということを証明しようとした。彼は書物や報告書にその証拠を見つけただけではなく、自ら足を運び調査をし、以下のことを発見した「つもりだった」、と語り手は幾分アイロニカルに説明する。

その建築は基礎の弱さで挫折した、挫折しなければならなかった、と。(……)彼は主張した、ようやくこの偉大な長城によって人類史上はじめて新たなバベルの塔のための確固たる基礎ができるであろう、と。そういうわけで、まず長城、そして塔、というのである。(NI 343)

「学者」の「まず長城、そして塔」という説について中澤は「長城」あるいは「基礎」をユダヤ人国家、「バベルの塔」を理想的なユダヤ教と解釈するが、(7) この「学者」がブーバーを指すのであれば、この読みには修正が必要であろう。ブーバーは、何よりもユダヤ人国家を樹立することを優先した政治シオニスト、テオドール・ヘルツルとは異なり、ユダヤ人個人の内なるユダヤ性の実現をこそ重視した文化シオニストと呼ばれているのであるし、第一次世界大戦期になってより実践的なシオニズムを支持するようになっても、まずユダヤ人国家、そして理想的なユダヤ教という説を唱えてはいなかったからだ。ではブーバーの学説であるらしい「まず長城、そして塔」をどう捉えればよいのだろうか。

ここでは、『万里の長城』における長城建設についての描写と「学者」の「本」の中の「まず長城、そして塔」の説を、川島隆がしたように分けて考えよう。[8] 川島は「学者」がブーバーを指していることを認めた上で、長城建設の描写が、とりわけ第一次世界大戦中に起こったブーバーの観念的な宗教思想から現実的実践的なシオニズムへのパラダイム転換を受けたブーバー信者たちの「労働」理念への強い関心と結びついていると主張する。そして長城建設の描写が、実践的なシオニズム、例えばパレスチナへの入植活動やユダヤ人難民救援活動等の社会事業を寓意していると論じる。バルフォア宣言以前の段階ではいわば「分割工事」のような形で進まざるをえないシオニズム運動を長城の「分割工事」の描写に読み込むこの捉え方は、長城建設をユダヤ人国家建設と把握する中澤の見方よりも緻密である。

長城建設の描写がより実践的なシオニズムを寓意しているのに対して「学者」の説は、川島によると、シオニストたちのパラダイム転換前の初期ブーバーの宗教思想と結びついている。実際、「学者」

がバベルの塔建設と長城建設を比較する「本」を書いたのは長城建築の「初期」、つまりシオニズム運動の初期とされている。「誰もが持っていた」とされるこの「本」はおそらく、プラハで行われ、カフカの友人ら同化ユダヤ人青年を魅了したユダヤ性に関する三つの講演をまとめた本のことであろう(9)。

この本の中でバベルの塔モチーフと関連していると思えるのは、ユダヤ性の問題を人類の問題に短絡する『ユダヤ性と人類』である。そもそも創世記のバベルの塔物語は、多民族と多言語の起源の物語であり、ただユダヤ民族だけではなく、人類の離散についての神話でもある。ブーバーによると、ユダヤ民族およびユダヤ人を特徴づける「基礎形式」とは、対立、矛盾、分裂する二つ要素を同時にもつ「二者性」、「二重性」であり、またその二重性に対する極端なまでの意識の高さである。ユダヤ人によるこの二重性の極端なまでの意識の高さは、誰よりもユダヤ人にこの二重性を克服することを迫る。他に類を見ないユダヤ人のこの「脱二重化」(Entzweiung)への傾向、あるいは「統一への努力」(das Streben nach Einheit)は、さらに「ユダヤ性を人類の一現象に、ユダヤ人問題を人類の問題の一つにする」とブーバーは述べる。

> 統一への努力。個々の人間の中の統一への。民族の諸部分の間の、諸民族の間の、人類とあらゆる生物との間の統一への。神と世界の統一への努力(10)。

ユダヤ人が「統一への努力」によってパレスチナで民族としてユダヤ性の実現を果たすことが、さらに人類の統一、果ては宇宙の統一へと繋がってゆくとブーバーは主張するのだ。「学者」が言う「新たなバベルの塔」とは、ブーバーのシオニズム理論におけるシオニズム運動を通じた人類の統一（さらには宇宙の統一）を意味すると考えられる。

以上の分析から、「学者」の「まずは長城、そして塔」の説は、次のように読み解ける。「長城」が初期ブーバーの考える観念的なシオニズムに、つまりユダヤ人たちが「統一への努力」によってパレスチナでの統一されたユダヤ民族という形でのユダヤ性の実現に対応するとすれば、「新しいバベルの塔」は、その「統一への努力」の根源性によってその先にもたらされるはずの統一された人類、果ては統一された宇宙に対応する。

このように、カフカのバベルの塔モチーフは一九一六～一九一七年頃には、ユダヤ性、とりわけシオニズムについてのカフカの文学的取り組みという文脈に位置づけられ、ユダヤ人の統一の先に生じるはずの統一された人類という、ブーバーの民族主義から普遍主義を志向するシオニズム理論と結びついていた。そうだとすれば、その後に成立した『都市の紋章』の場合にも、ある程度この関連性が予想されよう。興味深いことに、『都市の紋章』の成立時期、カフカは文学において再びユダヤ性との取り組みを始めており、その際『墓守り』や『万里の長城』も書かれている八つ折判を再読し、そこから刺激を受けていた。つまり、『都市の紋章』のバベルの塔モチーフは、『墓守り』や『万里の長城』の同モチーフを引き継ぎ、発展させた可能性があるのだ。

次に、『都市の紋章』論でこれまで顧みられなかった『都市の紋章』の成立時期の状況にも光を当てるべく、この時期のカフカの創作状況とユダヤ人問題を振り返っておきたい。

三　一九二〇年のテクスト群におけるユダヤ性との取り組み

一九一七年以降に創作力が低下し、約二年半の不調時代の後、カフカが再び活発に創作に打ち込むようになるのは一九二〇年のこと、より具体的には、年始にカフカの作品のチェコ語翻訳のためにウィーンからコンタクトしてきたチェコ人ジャーナリスト、ミレナ・イェセンスカーとの仕事上の関係がやがて文通を重ねる内に恋愛関係へと発展し、さらにその関係が危機を迎えた頃、つまり八月後半のことであった。ブロートが後にカフカ遺稿作品として公表したものの多くは八月二六日以後に書かれている。この時期の創作テクストは、マックス・ブロート編集の全集の場合とは大きく異なり、批判版全集では「一九二〇年の書類束」として編集し直されているが、興味深いのは、これらのテクストが書かれた紙が、ミレナ・イェセンスカーへの手紙の用紙と同じ種類のものでもあるということである。この時期のカフカの遺稿テクストを編集したシレマイトは、ミレナ・イェセンスカー宛の手紙とその頃書かれたテクストの間には内容的な「相互浸透」が見られると述べている[11]。

さて、「一九二〇年の書類束」の八月二六日以降の部分に特徴的なのは、ユダヤ性についての文学的取り組みを示すテクストが見られることである。この取り組みには、チェコ人女性ミレナ・イェセンスカーとの、いわゆる異民族間の恋愛関係が影響を与えているように思える。カフカと知り合った頃すでに彼女は、チェコ民族主義者で大学教授の父の反対を押し切って、ユダヤ人エルンスト・ポラックと通婚、つまり異民族間の結婚をした人妻であった[12]。こうした事情もあって、彼女との関係においてカフカは自らのユダヤ性を、あるいは自らとユダヤ性との関係を意識せざるを得なかった。例えば、八月一〇日の彼女の誕生日に次のように二人が出会えた運命について甘い言葉を手紙に綴る時にも、彼らの関係においては、その関係の困難さも含めて彼がユダヤ人であることが決定的に重要であるようにカフカは書いている。

ところで、堅信礼（ユダヤ教にも堅信礼のようなものがあるのです）の時にあなたが私に贈られたのをあなたは知っていますか？　私は八三年生まれで、あなたが生まれた時一三歳でした。一三歳の誕生日は特別のお祝いです、（……）私はたくさんの贈り物ももらいました。でも想像してみるに、私は充分に満足してはいませんでした。ある贈り物が足りなかった。私はそれを天から要求すると、ためらったあげく八月一〇日にようやく私にそれを与えてくれたのです[13]。

このユダヤ教の堅信礼は、形式的ではあれカフカがユダヤ教徒に、ユダヤ人になったことを指す。まさにカフカがユダヤ人になったその時に、ミレナ・イェセンスカーが彼に運命的に出会うべく生まれて来たというのである。しかし、異民族通婚に対する抵抗感が強かった時代には、この異民族間の出会いの運命は同時に通婚の挫折の可能性をも示唆することにもなろう。[14]

実際、彼女の父でチェコ民族主義者のヤン・イェセンスキーとの関係において、カフカはチェコ人ミレナ・イェセンスカーとの通婚の挫折を暗示する自らのユダヤ性に否定的な形で直面させられる。カフカは彼女に宛てた手紙で書いている。

あなたの父にとっては、あなたの夫と私との間には何の違いもありません、この点は全く疑いの余地がありません。ヨーロッパ人から見れば、われわれは全く同じニグロの顔をしているのです。[15]

反ユダヤ主義は、ヤン・イェセンスキー個人だけに見られるものではなかった。第一次世界大戦後に独立したチェコスロバキアで盛り上がっていたナショナリズムの影響で、首都プラハでもユダヤ人排斥の動きが見られた。一一月にはカフカは次のように書いている。

ここのところ午後はずっと街路を歩いていて、ユダヤ人憎悪に身をさらしています。ユダヤ人を「疥癬病みの人種」と呼んでいるのを私は今しがた耳にしました。かくも憎まれている場所から立ち去るのは、自明のことではないでしょうか？（シオニズムも民族感情もそのために全く必要ありません）それでも留まるというこだわりに存在するヒロイズムは、浴室からも排除出来ないゴキブリのヒロイズムでしょう。(16)

このように、ミレナ・イェセンスカーとの恋愛関係において、またナショナリズムが盛り上がるチェコスロバキア独立後のプラハにおいて、自らのユダヤ性を意識せざるをえなかったカフカであるが、同化ユダヤ人であったカフカは同時に、自分が充分ユダヤ人ではないという思いも抱いていた。上の引用の「シオニズムも民族感情もそのために全く必要ありません」という付言にもシオニズムや民族感情に対するカフカの微妙な距離感が表れているが、彼女宛の手紙で吐露される「東方ユダヤの少年になりたい」という実現不可能な願望もまた、逆にユダヤ性との隔たりを示している。アメリカ行きのビザを入手するためにプラハで足止めされていたロシアから来たユダヤ人たちのことに触れながら、カフカは次のように書いている。

もし誰かが私がなりたいものになるのを許してくれたなら、私は小さな東方ユダヤの少年になることを望んだでしょう。[17]

カフカは特にこの時期、自分がユダヤ人であるという意識と充分にユダヤ人ではないという意識の間を揺れ動いていた。このことが、その頃書いたテクストにユダヤ性をめぐる問題意識が見られる大きな理由である。また、こうした文学的取り組みの中で、一九一七年のバルフォア宣言を経て現実味を増したパレスチナにおけるユダヤ人国家建設に向けて、大戦後に再開されたユダヤ人達のパレスチナへの入植もまた視野に入ってきたようだ。

八月末以降の書類束に見られるもう一つの特徴は、一九一六〜一七年に書かれた八つ折判との関連性を示すテクストが少なくないことである。例えば、この書類束には、しばしば『万里の長城』と共に論じられ、「中国物語群」とも呼ばれる一連の異国テクスト群（『却下』『掟の問題』『徴兵』など）があり、一九一七年後半から一九一八年初頭にかけてツューラウで書かれたアフォリズム群とともに後に編集された、いくつかの新しいアフォリズムがある。さらに八つ折判の神話的形象（セイレーン、プロメテウス）の改作に連なるポセイドンのモチーフ、『ジャッカルとアラビア人』の舞台を思わせるオアシスにやってくるキャラバンについての断片、『新しい弁護士』で言及されるアレクサンドロス大王に関するアフォリズムもこの書類束に出てくる。八つ折判の『墓守り』、『万里の長城』のバベルの塔モチーフが『都市の紋章』にも出てくるのは、そうした関連性の一つなのである。すでに述べたカフカのユダヤ性をめぐる個人的社会的背景は、ユダヤ性をめぐるカフカの省察を後押しするのに十分であったが、八つ折判を読み直すことによってこの取り組みはさらなる化学反応を起こして創作テクストに結実することになったと思われる。しかも、とりわけ八つ折判は、『万里の長城』をはじめ、カフカが文学においてユダヤ性についての省察を行ったことを示すテクストを多く含むのである。

この時期のカフカ文学におけるユダヤ性との文学的取り組みを示し、八つ折判のモチーフと深く関連するテクストの例として、ここでは『都市の紋章』の少し前に書かれた、中澤が『町の建設』と呼んでいる遺稿テクストを取り上げておきたい（Stadt の訳を「都市」に統一して、以下では『都市の建設』）。粗筋はこうである。若い男達が荒涼とした土地に「都市を建築する」よう語り手に頼むが、「古い伝承」によって選ばれたという土地は都市建設に不向きに見える。語り手は疲労のあまり逃げ出そうとするが、見つかって連れ戻されてしまう。この物語が、「伝承」へのこだわり、「建築」、「防衛」といったモチーフ上の関連を有する『万里の長城』のいわば後継テクストと見なせることは中澤がすでに指摘している。(18)『万里の長城』では「長城（壁）」であったものが、ここでは「都市」となっているが、例えば「分割工事」のモチーフも継続されている。ここにいる若者達の数が少ないので、家で十分だろうと反論する語り手に対して、まだ他にぞくぞくとやってくるからと言って、都市の建築方法を次のように説明する。

都市は一度に建築してしまう必要はなく、まずは輪郭を定めて、それから少しずつ仕上げてゆけばいいのだ。(NI 302)

『都市の建設』は『万里の長城』の個々のモチーフ上の後継テクストであるだけでなく、『万里の長城』がそうであるようにシオニズム寓話の側面を持っている。バルフォア宣言後に現実味を増したパレスチナでのユダヤ人国家建設についての文学的な思考実験がここでなされているのだ。ブロートも言うように、『都市の建設』には「イスラエルにおけるシオニストの建設作業に対するひとつの見方が表れている」。さらに『都市の建設』に続けて書かれた、農家の争いを仲介する人物を描いたテクストもまたシオニズムを描いたものであるとブロートは述べている。(19)

『都市の紋章』では塔の建設だけではなく、都市の建設も話題に上る。その点でも少し前に書かれた『都市の建設』からの流れは見逃せない。こうした流れの中で、ブーバーのシオニズム理論およびそれに対するカフカの文学的応答と結びついていた『墓守り』や『万里の長城』のバベルの塔モチーフをカフカが『都市の紋章』で再び取り上げたのであれば、やはりこのモチーフは、カフカのシオニズムとの文学的取り組みと関連し、とりわけ『都市の建設』からの流れからみて、シオニストの入植活動に対するカフカの評価にも関連していると考えられるのである。

ただし、一九一七年と一九二〇年の間には『都市の紋章』のバベルの塔モチーフを読み解く上で見逃す事の出来ないカフカの中の変化もある。一九一七年後半から一九一八年にかけて療養のために滞在していたボヘミア北西部のツューラウで書かれたアフォリズムの中でカフカは、人類の統一の観念を展開するブーバーに対抗するかのように、独自の人類の一体性の観念を展開していた。このツューラウ・アフォリズムにおける人類の一体性の観念の『都市の紋章』への影響もまた無視できないと思われるのは、人類の統一性の観念が八つ折判に書かれ、ブーバーの人類の統一の観念との類似ゆえにバベルの塔モチーフとの関連を暗示するからだけではない。他ならぬ『都市の紋章』のテクストの間に（『都市の紋章』は一続きに書かれたものではなく、最終部分は後で書き足されたことが批判版全集によって明らかになった）、後のツューラウ・アフォリズム編集作業の際に新たに追加されることになるアフォリズムも挟まれているからである。すなわち、『都市の紋章』の執筆過程で、カフカは何らかの関連性のためにツューラウ・アフォリズムを再読するか思い出した可能性が高いのである。次章では、ツューラウ・アフォリズムの根本思想の一つである人類の一体性の基盤をなす「不壊なるもの」を概観しておきたい。

四　人類の一体性と「不壊なるもの」

中澤によると、ツューラウ・アフォリズムを貫く根本思想の一つは人類の一体性という神秘的観念である。[20] カフカはツューラウ期に「全ての人はただ一つの戦いを戦っている」（NII 29）と書いたり、「自分自身と同様に人類と深く結ばれて、この世界のあらゆる苦悩を通じて全ての同胞とともに発展する」（NII 94）と書いたりしているが、それもカフカの人類の一体性という神秘的観念に由来する。そしてその基盤を成すものは、カフカによって「不壊なるもの」（das Unzerstörbare）と呼ばれている。

不壊なるものは一つである。個々の人間はそれであり、同時にそれは万人に共通する。それゆえ類例のないほど分かちがたい人間同士の結びつきがある。（NII 66）

カフカの「不壊なるもの」は、リードが指摘するように、[21] ショーペンハウアーの「不壊なる生への意志」という観念から由来しているようである。カント哲学以降に「物自体」と呼ばれてきたものをショーペンハウアーは「意志」と呼ぶのであるが、認識形式で把握しうる表象とは全く異なった根源的本質である「意志」は、カフカの「不壊なるもの」と同様、「一つ」で、「分割不可能」であるとショーペンハウアーは述べている。

この物自体は、わたしはこれまでに十分立証してきたと思うが、意志であるとするならば、この意志は、現象から切り離してそのものとして考察すれば、時間と空間の外にあり、それゆえいかなる数多性をも知らず、一つである。が、これも前に述べたことであるが、意志は一つであるといっても、個体が一つであったり、一という観念があったりするということで一つなのではない。そうではなくて、数多性を可能にする条件である「個体化の原理」とは無関係ななにものかが一つであるという意味なのである。（……）意志は、事物が数多くあるにもかかわらず、いぜんとして分割不可能なのである。[22]

ショーペンハウアーの意志のように分割不可能な一者としての「不壊なるもの」は神をも連想させるが、実際カフカは「不壊なるもの」を「決定的に神的なもの」(das entscheidend Göttliche) とも言い換えている。[23] ただし、カフカの「不壊なるもの」は人格的な神ではない。[24]

人間は自分の中にある不壊なるものをたえず信頼していなければ、生きてはいけない、もっとも、その不壊なるものも、また信頼していること自体も、絶えず隠蔽されたままであることがありうる。その隠蔽状態の様々な可能な表現形態が、人格神への信仰である。(NII 58)

このように信頼なしには生きてゆけないほど「不壊なるもの」は、生の存在基盤を成すのであるが、認識困難で、人間が自己の外部に偽りの姿として投影してなんとか表象することができる。この意味でキリスト教やユダヤ教の人格神信仰などは、カフカによると、「不壊なるもの」の隠蔽状態であり、偽りの投影ということになる。

カフカの「不壊なるもの」がショーペンアウアーの「不壊なる生への意志」から由来しているとしても、最終的には苦悩の源泉として否定されるべきショーペンハウアーの「不壊なる生への意志」とは反対に、カフカの「不壊なるもの」が究極の目標として肯定されていることは重要である。カフカ自身、「不壊なるもの」の分割不可能性や各自己におけるその潜在的な内在性とともに、「不壊なるもの」の肯定性を表現しようとするため、様々に言い換えることしかできないようだが、次のように「信仰する」という宗教的語彙も用いていることは注目に値する。

信仰する（Glauben）とは、自らの中の不壊なるものを解放することである。より正しくは、自己を解放することである。より正しくは、不壊なることである。より正しくは、ある（sein）ことである。（NII 55）

カフカの「不壊なるもの」がショーペンハウアーの「不壊なる生への意志」と異なり肯定的に捉え

られているのは、ユダヤ思想の影響かもしれない。カフカのアフォリズムには、ユダヤ神秘主義カバラのルリア派に由来し、ハシディズムにも浸透していた世界の破壊・修復過程についての教義ティックーンの影響が見られると指摘しているのは、ロバートソンである。(25) 彼は、カフカの言う「自分自身と同様に人類と深く結ばれて、この世界のあらゆる苦悩を通じて全ての同胞とともに発展する」における「発展 Entwicklung」は、ティックーンにおける人類の発展を指している可能性があると述べる。ティックーンという宇宙的人類的発展過程においては、断片化した悪の力に囚われている神的火花を祈りのような信仰行為によって解放することが究極の目標とされるが、確かにそこで神的火花は「不壊なるもの」と同様、あらゆる人間によって解放されるべきものとして提示されている。

ただし、カフカにとって「不壊なるもの」の解放は、「あらゆる苦悩を通じて」可能である。カフカの「不壊なるもの」は、苦悩が付随する点でショーペンハウアーの「不壊なる生への意志」と似ているが、「あらゆる苦悩を通じて」「不壊なるもの」を解放するというカフカの方向性は、苦悩ゆえに「不壊なる生への意志」を否定したショーペンハウアーとは逆である。

我々のまわりのあらゆる苦悩を私たちも苦しまねばならない。キリストは人類のために苦しんだが、しかし人類はキリストのために苦しまねばならない。我々は皆で一つの身体 Leib を持たないが、一つの成長 Wachstum を持っている。そしてその成長が我々に、どんな形であれ、あらゆる苦悩を経験させるのである。（……）我々は、自分自身と同様に人類と深く結ばれて、この世界のあらゆる苦悩を通じて全ての同胞とともに発展するのだ。（NII 93･94）

「わたしたちの数は多いが、キリストに結びつけられて一つの身体Leibを形作っている」（ローマ信徒への手紙一二章五節）といった新約聖書の文言を念頭に置いた文であるが、ここでは「一つの身体を持たない」となっており、キリスト教の一般的な理解とは異なることが示されている。そして、あくまでも「世界のあらゆる苦悩を通じて」人類を結びつける「成長」と「発展」に重点が置かれる。このように、カフカの人類の一体性は、「不壊なるもの」の解放へ至る、苦悩を通じた発展の中で実現する、あるいは顕現するのである。

『墓守り』や『万里の長城』の「バベル（バビロン）の塔」が、とりわけブーバーのシオニズム理論における人類の統一を念頭においた隠喩であるとしても、ツューラウ期を経た数年後に再びユダヤ人問題やシオニズムをめぐる文学的思考実験を始め、八つ折判、および八つ折判に含まれるツューラウ・アフォリズムを参照した時期に現れたカフカのバベルの塔モチーフには、以上のようなカフカによる「不壊なるもの」を基盤とした人類の一体性の観念が混入していると思われる。そして『都市の紋章』がイスラエル建国の準備作業としてのシオニストの入植活動についての寓話だとすれば、そこにはカフカの人類の一体性の観念からシオニズムについて示された見解も見られるはずだ。最後に、

『万里の長城』と『都市の紋章』の間にあるバベルの塔モチーフにも触れた後、『都市の紋章』の、とりわけ最後の部分を解釈したい。

五 「不壊なるもの」の解放と自己保存のはざまで

一九一七年八月二九日のブロート宛の葉書で、カフカは自ら招いた病(結核)のことを明らかに指して、「内面のバビロンの塔でのある階での出来事[26]」と表現している。すでにツューラウ・アフォリズムに先立つ一九一七年夏の時点で、バベルの塔モチーフはカフカの人類の一体性の観念と結びついていたようだ。カフカによると、「不壊なるもの」の解放、その実現は「あらゆる苦悩を通じて」可能である。カフカの病は自己破壊的な苦悩でもあったから、その苦悩を通じてカフカは自分が人類の一体性に参与していたと考えていたのだろう。

この葉書で「内面のバビロンの塔」と表現されていることにも注目しておきたい。この表現には、「バビロンの塔」と「不壊なるもの」の関係が示唆されているように思えるからである。カフカにとって人類は、誰もが持つ「不壊なるもの」によって結びつけられているはずだが、「不壊なるもの」は認識困難であり、外部への偽りの投影という形でのみ表象できるのだとすれば、おそらくこの時点でのカフカのバベル(バビロン)の塔は、人格神と同様に、「不壊なるもの」の「隠蔽状態の様々な可能な表現形態」の一つであったのだろう。そして「内面のバビロンの塔」という表現で、外部に投影された偽りの「不壊なるもの」をカフカは逆に内面へと送り返そうとしているのだ。そうであるならば、ここから「不壊なるもの」の偽りの投影＝「バベルの塔」、そして「不壊なるもの」＝「内面のバベルの塔」の図式を読み取ることができるだろう。このように認識困難で、対象化できず、現実の塔そのものではありえない「不壊なるもの」の抽象的性質を考えれば、『都市の紋章』の冒頭近くで「全事業の本質にあたるものは、天まで届く塔を建設するという思想である」と「思想」が強調されていたことも腑に落ちるのではないか。

ツューラウ・アフォリズムの中にもバベルの塔に関するアフォリズムがあり、そこでは高みを目指すことなく塔を建築するという逆説的な可能性について触れている。

バベルの塔に登ることなく、それを建築することが可能だったなら、その建築も許されていたであろうに。（NII 45）

先の図式から読むとすると、このアフォリズムは、「不壊なるもの」の偽りの投影を追う（上に向かって実際に建築する）ことなく、「不壊なるもの」を解放すること（内面のバベルの塔の建設）が可能であるならば、それは許されていたであろうが、そもそも不可能であった、という意味だと考えられる。ただし、カフカは、「不壊なるもの」の解放が理論的には可能だと考えており、「不壊なるもの」という言葉を使って次のようにも述べている。

理論的には完全な幸福の可能性がひとつある。自らの中の不壊なるものを信仰し、それへ向かって努力をしないことである。（NII 65）

前章ですでに見たように、カフカにとって（自らの中の不壊なるものを）「信仰する」ことは、「不壊なるものを解放すること」の言い換えでもあるが、結局「信仰する」ことは、分割不可能な「不壊なるもの」として「ある」ことだった。だから完全な幸福になるには、分割された「不壊なるもの」「に向かって努力」してはいけない、つまり「不壊なるもの」を対象化し、それと自己と分離してはならない、とカフカは言うのである。対象化し、分割することによって分割不可能の「不壊なるもの」は「不壊なるもの」でなくなり、「完全な幸福」が「完全な幸福」ではなくなるからである。しかし、人が人格神を追い求め、時にそれに翻弄されてきたように、人は「不壊なるもの」の偽りの投影を追わずにはいられないのである。

なぜ人間は「不壊なるもの」としてあるだけではなく、「不壊なるもの」を認識対象として外部に投影し、偽りの投影を目指すのか。カフカの神話的説明によると、それは人間が認識の木の実を食べたからである。認識は世界を認識されるものと認識するものに分割すると同時に、善と悪を分割し、その認識に従って人は悪とは分割された善を目指すからである。しかし、「不壊なるもの」は原理的に分割できないから、分割することによって偽りのものになる。これはカフカの真理の捉え方と同じである。真理を認識対象として自己から分割して認識しようとするなら、この分割によって真理は虚偽になるのである。

二種類しかない。つまり真理と虚偽。真理は分割できない。だから真理は自らを認識することができない。真理を認識しようとする者は、虚偽であらざるをえない。(NII 69)

人間は認識の木の実を食べて以来、真理の分割状態、つまり虚偽から始めざるを得ない。虚偽であるほかない認識に従って行動することもまた虚偽であるが、自らの力の限界を越えた目標を目指すことによって人は苦悩し、時には肉体的あるいは精神的に自己破壊に至る。しかし既に確認したように、カフカによると、この苦悩、自己破壊を通じてのみ、人は「不壊なるもの」であることができ、「類例のないほど分かちがたい人間同士の結びつき」に参入することができるのであるのであった。ただしこの「究極の試み」は苦悩と自己破壊を伴うがゆえに、容易ではない。ツューラウ・アフォリズムには次のような箇所がある。

誰も認識だけで満足することはできない。認識に従って行動するよう努力しなければならない。しかしそうする力は彼には与えられていない。それゆえ彼は自分自身を破壊せざるをえない、自分自身を破壊することによって必要な力を維持できなくなるという危険をおかしてもそうするのである。しかし彼にはこの究極の試みしか残されていないのである。（……）ところがこの試みをすることに彼は怖じ気づく。彼はできれば善と悪の認識を無かったことにしたい。（……）しかし、起こったことは無かったことにすることはできない。ごまかすことができるだけである。このごまかしの目的のために諸々の補助構築物 Hilfskonstruktionen が発生する。世界全体は補助構築物に満ちている。いやひょっとすると全ての可視的な世界は束の間安らぎたい人間の補助構築物以外の何ものでもないのかもしれない。（NII 74·75）

この前半部分は、自分自身を否定し、破壊することになっても善悪の認識に従って行動することの重要性が説かれている。彼にはそうするしかない、はずである。しかし、彼は怖じ気づく。すべきことはわかっていても、自己自身の否定や破壊が恐ろしいあまり、ためらってしまうのである。『都市の紋章』の中でこれに対応していると思えるのは、自分が死ぬまでには完成せず、しかも自分の貢献が無に帰す可能性があるがゆえにバビロンの塔の建設に取りかかれない様子が描かれる箇所である。

人類の知は高まる、建築術は進歩をとげ、またさらに進歩するだろう、我々なら一年必要な仕事が百年後にはひょっとすると半年でできるかもしれず、さらには、より良く、より丈夫にできるかもしれない。ならばなぜ今日、力の限界まで苦労をするのか。一世代のうちの塔が建設できる見込みがあるというのなら、そうする意味もあろう。しかしそんなことはとうてい期待できなかった。むしろこんな風に考えることができた。つまり、より完全な知を備えた次の世代が前の世代の仕事をひどいと見なし、新たに作り直すために、建てられたものを取り壊すだろう、と。そんな風に考えると、力が萎えた。そして塔の建築よりも労働者都市の建築に関心を向けた。（NII 318・319）

アフォリズム後半部分では、究極の試みから逃れようとする人間達の末路が描かれる。「束の間安らぎたい人間」たちは、善の認識をなかったこととし、認識の事実をごまかすために「補助構築物」、つまり本質的に偽りである代替物を世界中に生み出すのである。この過程は、『都市の紋章』において、塔の建設の思想の偉大さを認めながら、理由をつけてはその事業を延期し、都市作りと紛争にあけくれている人々がやがて塔建設の偉大な思想を無意味と見なす過程と似た関係にある。天に届く塔の建設を無意味と考えるのなら、元々そのために集まった人々はその都市を去るべきであろう。しかし「すでに互いにあまりにも結びついていたために、その都市を去ることはできなかった」と語られる。究極の試みから逃れようとする人間達の末路が描かれる『都市の紋章』がシオニズム寓話だとすれば、カフカはここで、シオニズムの入植活動および国家建設を「不壊なるもの」の解放＝人類の一体性からの離反と見なしている、と言えよう。

しかし『都市の紋章』は、この都市の破壊への憧れとその憧れが拳として刻まれた都市の紋章について語られるという謎めいた形で終わる。この結末はいかなる意味を持っているのだろうか。都市の伝承や歌謡に残されているのは、都市の破壊への憧れ、つまり自己破壊への憧れである。「不壊なるもの」の解放に自己破壊が伴うのであれば、この自己破壊願望は「不壊なるもの」の解放への憧れの隠蔽表現、あるいはその換喩的な表現とも言えよう。その解放と実現は、自己破壊を伴う可能性がある以上、躊躇せざるをえない。都市の紋章に刻まれたこの巨大な拳の静止画は、自己破壊をもたらしかねない「不壊なるもの」の解放への憧れとそれを前にした、シオニストたちの、いやカフカの「ためらい」の寓意化なのである。

ところで、冒頭部分から第一世代が紛争と都市作りに明け暮れるまでと第二・第三世代が塔建設の無意味さに気づく所から最後までの間には、批判版全集にして数頁分のいくつかのテクストが挟まれている。この間に挟まれた有名なアフォリズムの一つは、このためらいについてカフカが自覚的であったことを暗示しているように思える。

たった一つの目標はある、しかし道はない。私達が道と呼んでいるものは、ためらいだ。（NII 322）

まとめにかえて

本稿では、創世記のバベルの塔物語の改作であるカフカのバベルの塔物語『都市の紋章』を解釈するために、まずカフカにおけるバベルの塔モチーフが一九一六〜一九一七年に書かれた『墓守り』や『万里の長城』でユダヤ性とシオニズムとの文学的取り組みという文脈に位置づけられることを確認した。[27] とりわけ『万里の長城』の「新しいバベルの塔」は、マルティン・ブーバーのシオニズム理論におけるシオニズムによる人類の（再）統一を意味している。

続けて『都市の紋章』が書かれた時期を改めて振り返り、この時期カフカにユダヤ性との取り組みを促す歴史社会的かつ個人的背景があっただけでなく、この時期の創作活動には、『万里の長城』を含めて、文学におけるユダヤ性との取り組みを示すテクストを多く含む八つ折判の再読の影響とモチーフ上さらなる展開が見られることを、『都市の建築』を例に見た。バベルの塔モチーフの使用と『都市の建築』からの流れから判断して、『都市の紋章』はシオニスト達の入植活動についての寓話だと考えられる。

ただし、『万里の長城』から『都市の紋章』までの間には、ツューラウ期のアフォリズムという形で現れているカフカの思想上の展開があり、『都市の紋章』の執筆時にカフカがアフォリズムを参照したらしいことから、ここでのバベルの塔モチーフには、ツューラウ期に展開されたカフカによる人類の一体性の観念が反映されている可能性が高い。この人類の一体性は、カフカのいう「不壊なるもの」を基盤とする。「不壊なるもの」の解放は、カフカにとって究極の目標でもあるが、認識困難で外部へ投影されがちであり、自己破壊の危険をはらむがゆえに実現も困難である。おそらく『都市の紋章』の時点のカフカにとって、バビロン（バベル）の塔は「不壊なるもの」の隠蔽状態の表現形態の一つである。『都市の紋章』冒頭でバベルの塔建設の「思想」が最大限評価されていること、人々がその思想をやがて無意味と見なすに至る過程には、「不壊なるもの」およびそれに向かうべき人間たちの末路についてのカフカの理解が反映されている。『都市の紋章』がシオニズムの入植活動を扱った寓話だとすれば、そこからは人類の一体性から離反するシオニズムを見るカフカの評価が読み取れよう。ただし、結末で述べられる都市の紋章に拳という形で刻まれた自己破壊願望の静止画からは、「不壊なるもの」の解放（人類の一体性）への憧れとそれを前にした、カフカの「ためらい」も読み取れる。

創世記のバベルの塔物語を改作したカフカの文脈をこのように綿密に追って行くと、彼のバベルの塔物語『都市の紋章』はまた違った相貌を示し始めるのである。

注

（1）カフカの一次文献は以下を使用し、引用個所は本文中に略記とページ数のみ示す。
Kafka, Franz: *Schriften, Tagebücher. Kritische Ausgabe.* (hrsg. von) Jürgen Born, Gerhard Neumann, Malcolm Pasley und Jost Schillemeit, Frankfurt am Main, 2002
Nachgelassene Schriften und Fragmente I Textband（『遺稿と断章Ⅰ』）略記はNI
Nachgelassene Schriften und Fragmente II Textband（『遺稿と断章Ⅱ』）略記はNII

（2）神話上の都市「バベル」(Babel) と歴史上の都市「バビロン」(Babylon) が混同され、「バベルの塔」と「バビロンの塔」が表記上の違いを除いて、ほぼ同じモチーフとして解釈できることについては、カフカの時代の考え方を知る上でも少し説明が必要であろう。今日では自明のものとされる「バベルの塔」と「バビロンの塔」の同一視は、カフカの時代には比較的新しい考え方であった。バビロンに「エサギラ」(esagila) と呼ばれる最大級のジグラート跡、つまり古代メソポタミア独特の高層宗教建築物の遺跡がドイツ人考古学者によって新たに発見されたのは一九世紀末のことで、この発見を契機に、学者達はこの高塔を聖書のバベルの塔のモデルと考える傾向にあったのである。Goebel, Rolf J.: *Kritik und Revision. Kafkas Rezeption mythologischer, biblischer und historischer Traditionen.* Frankfurt/M. 1986 S.75　しかし、当時からこうした同一視が可能だったとしても、カフカが「バビロン」を用いた理由は他にもあるように思える。というのも、「バビロン」は、バビロン捕囚以来ユダヤ民族の離散と連想関係にあるからである。つまり、カフカは、「バビロンの塔」という表現によって、バベルの塔の物語だけでなく、ユダヤ民族の離散状況との関連を含意していると考えられるのである。

（3）カフカが参照したとされる聖書はマルティン・ルター訳の一八九三年度改訂版である。これを検証したのは、Rohde, Bertram: *"Und blätterte ein wenig in der Bibel": Studien zu Franz Kafkas Bibellektüre und ihren Auswirkungen auf sein Werk.* Würzburg, 2002　同書一六〇頁では、カフカが参照したに違いない一八九三年度改訂版聖書からバベルの塔の物語の部分を読む事が出来る。本稿の比較もこれに基づいている。

（4）例えば、Binder, Hartmut: *Kafka-Kommentar. Zur sämtlichen Erzählungen.* München 1977, S.241ff, Hoffmann,Werner: *"Ansturm gegen die letzte irdische Grenze" Aphorismen und Spätwerk Kafkas.* Bern/München 1984, S.38-45, Zimmermann, Hans *Dieter: Der babylonischer Dolmetscher. Zu Franz Kafka und Robert Walser.* Frankfurt/M. 1985, S.61-66、Goebel, Rolf J.: a.a. O. S.74-88、Rohde, Bertram: a.a.O.S. 159-190。

（5）中澤英雄「カフカの「墓守り」における作家と民族」『言語・情報・テクスト（十六号）』二〇〇九年、三九頁

（6）中澤英雄『カフカ　ブーバー　シオニズム』東京、二〇一一年、一四八頁

（7）中澤英雄同書、一四八頁

（8）川島隆『カフカの中国と同時代言説　黄禍・ユダヤ人・男性同盟』東京、二〇一〇年、一四三頁

（9）三講演はBuber, Martin : *Drei Reden über das Judentum.* Frankfurt am Main. 1911として書籍化された。本稿ではこの三講演が所収されたBuber, Martin : *Der Jude und sein Judentum.* Köln, 1963, S.9-46 を参照した。

（10）Buber, Martin: a. a. O. S. 22

（11）Schillemeit, Jost: Mitteilungen und Nicht-Mitteilbares. Zur Chronologie der Briefe an Milena und zu Kafkas Schreiben im Jahr 1920. In: *Jahrbuch des Freien Deutschen Hochstifts* 1988, S. 269　シレマイトの比較検証をさらに押し進めているのは、中澤英雄「『ミレナへの手紙』の新しい日付と一九二〇年後半のカフカ」『東京大学教養学部外国語科研究紀要（41巻第1号）』一九九三年、二七～七四頁。

（12）厳密に言うと、ポラク自身もユダヤ人の父とドイツ人の母との間に生まれた通婚の子供であったが、彼は一般的にはユダヤ人と見なされている。エルンスト・ポラクの経歴については、Binder, Hartmut: Ernst Polak–Literat ohne Werk. Zu den Kaffeehauszirkeln in Prag und Wien. In: *Jahrbuch der Deutschen Schillergesellschaft* (Bd.21) 1979, S. 367-415

（13）Kafka, Franz: Briefe an Milena. (hrsg. von) Jürgen Born und Michael Müller 1983, S. 207

（14）川島は、この時期に書かれた小品『徴兵』を異民族（ユダヤ人とチェコ人）の通婚の挫折を描いた作品として解釈している。川島隆「カフカ『徴兵』に描かれた異民族「通婚」の挫折　一九二〇年の物語断片に見るロシア像とユダヤ人問題の観点から」『*Germanistik Kyoto 7*』二〇〇六、一九～三五頁

（15）Kafka, Franz: *Briefe an Milena.* S.182

（16）Kafka, Franz: a. a. O. S. 288

（17）Kafka, Franz: a. a. O. S. 258

（18）中澤英雄前掲書、一五七～一六三頁

（19）Kafka, Franz: *Hochzeitsvorbereitungen auf dem Land und andere Prosa aus dem Nachlaß.* (hrsg. von) Max Brod 1966, S. 452

（20）中澤英雄「カフカにおけるメシアニズム」『言語・情報・テクスト（十二号1）』二〇〇五年、八九頁。

（21）Reed,T.J.: Kafka und Schopenhauer. Philosophisches Denken und dichterisches Bild.In: *Euphorion* Nr.59 1965, S.165f.　なお、カフカはショーペンハウアーのイメージ言語（喩え）にも興味をもち、それらを独自に取り込んでいたようだ。例えば、真理に外から近づこうとしてもできない人を喩えた、城にたどり着けない人のイメージは、長編『城』の構想に一つのアイデアを提供したと思われる。「はやくもここでわれわれは、事物の本質には外から近づくことが決してできないことを悟る。どんなに探求しても、（外からでは）形象と名前のほかには手に入らない。それは城の周りをぐるぐる回って入口を探しても見つからないので、さしあたり正面のスケッチでもしておくというような人に似ている。しかしこれがわたし以前のあらゆる哲学者

の歩いた道なのである。」（アルトゥール・）ショーペンハウアー（西尾幹二訳）『意志と表象としての世界Ⅰ』東京、二〇〇四年、二一八頁。

（22）ショーペンハウアー同書、二八四頁。「意志」という名の本質自体が分割不可能で、「いかなる事物の中にもそっくり全体として分割されずに現存する」がゆえに、ショーペンハウアーによると、「真の叡智は、なにか個別的な一つのことをとことん究め、その真の本来の本質を完全に認識し理解することを学ぼうと努めることによって、かえって得られる。」（同書二八七頁）このショーペンハウアーの個別研究＝真理研究という捉え方は、カフカの掌編『こま』（『遺稿と断章Ⅱ』三六一-三六二頁）の哲学者の真理探究の捉え方と似ている。

（23）「理論的には、完全な幸福の可能性がある。自らの中の不壊なるものを信じて、それに向けて努力しないことだ。」（『遺稿と断章Ⅱ』六五頁）とほぼ同じ文章を、カフカはブロート宛手紙で「不壊なるもの」を「決定的に神的なもの」と言い換えて使っている。Brod, Max/Kafka, Franz: *Eine Freundschaft. Bd.2. Briefwechsel.* Frankfurt am Main, 1989, S. 282f.

（24）シレマイトは、カフカの非人格的な神観にトルストイの影響を見ている。Schillemeit, Jost: Tolstoj-Bezüge beim späten Kafka. Literatur und Kritik（140）1979, S. 606-619

（25）ルリア派のカバラの宇宙的発展過程は、ロバートソンによって次のように説明される。「ルリアが教えるところによると、神から発する光であるところの一〇のセフィロートは、元来は特別の壷に保管されていた。しかし、レベルの低い七つのセフィロートの光は、突然発散し、その壷に収まっているにはあまりに力強くなり、壷を破壊してしまった。壷の破片が、私たちが悪と呼ぶものの起源である。聖なる光のいくつかは元に戻ったが、残りは悪の力に囚われたままである。宇宙的過程（ティックーン Tikkun）は、悪の力に囚われたそれらの火花を解放し、元来の神的秩序を再生することを目的としている。この発展は、宇宙と人間の歴史双方で起こり、その完成がメシアの出現であるだろう。あらゆる人間はこの発展において役割を担い、祈りによってメシアの到来を早めるか、祈らないことによってそれを遅らせるかする。」Robertson, Ritchie:

Kafkas Züürau Aphorisms. In: *Oxford German Studies* 14 1983 S. 79　中澤も、カフカのアフォリズムにおける世界の破壊・修復過程の捉え方、とりわけカフカのメシアニズムの捉え方がティックーンに似ていることを認めている。ただし、宇宙の破壊と断片化から始まるというティックーンと、分割不可能な「不壊なるもの」、つまり「破壊されえないもの」との語義上の整合性の無さから見ても、そこに直接の影響関係を見ることは困難であろうが。

(26) Brod, Max/Kafka, Franz: *Eine Freundschaft. Bd.2. Briefwechsel.* Frankfurt am Main, 1989, S. 159

(27) なお、最後のバベルの塔モチーフ、つまり「我々はバベルの坑道 Schacht von Babel を掘っている」(『遺稿と断章Ⅱ』四八四頁)が出てくるのは、長編『城』が中断の後で、『ある犬の探究』の成立時期の頃と推定されているが、それは『ある犬の探究』が、自らのユダヤ性やシオニズムについての文学的省察や「不壊なるもの」についての探求でもあることを示唆しているのではないか。

一三　『夫婦』

――二者択一を越えて――

野口　広明

はじめに

『夫婦』は一九二二年晩秋に書かれた。カフカの死後に出版された作品ではあるが、タイトルを書き込んだ清書原稿が残されており完成度は高い。(1) フリードリヒ・バイスナーが、講演『物語作者フランツ・カフカ』のなかで、アインズィニヒ（einsinnig）という語でカフカの語りの特殊性を指摘した際、『失踪者』と共にこの作品が例として示された。(2) アインズィニヒとは、バイスナーの言葉を借りれば、「語り手にはその主要人物の魂のなかにしか居場所が残されていない」(38) ような語りのスタイルを指す。ein は「一つ」を Sinn は「感覚」を意味する語で、einsinnig は「一つの感覚で」といった意味の形容詞・副詞と理解できる。バイスナーによる造語であり辞書には掲載されていない。

Einsinnigkeitという名詞形も用いられる。～keitは、形容詞について抽象名詞をつくる接尾辞である。本論では、バイスナーの『物語作者フランツ・カフカ』を起点として『夫婦』を二者択一的な読解を誘う作品として読み解いていきたい。そして最後に、二者択一を越える可能性を模索する。

『夫婦』の要約

ある商人「私」が、最近取引のなくなったKという人物に会おうとする。Kは老人で、体調もすぐれず引きこもりがちなので、「私」は自宅を尋ねなければならない。案内された部屋にはベッドがあり、Kの息子が病気で横になっている。夫人との散歩から戻ったばかりのKは、ベッドの側に坐るが、そこにはすでに「私」の商売敵が陣取っている。負けじと売り込みを始めた「私」は、いつもの癖で部屋を歩き回りながら、一人で話し続ける。ふと気付くと、老人の様子がおかしい。発作を起こしているようだ。そして、あっという間にぐったりと椅子の背にもたれかかった。手首に触れてみると脈がなかった。もう一人の商人は、陣取った場所から動きそうにない。息子は、悲嘆にくれている。「私」しか、夫人にKの死を告げる者はいない。しかし、老いた夫人に、どのように夫の死を告げたらよいのか。戸惑ううちにも、夫人の足音が聞こえてくる。夫人は、Kが眠っているものと思い、そっと起こそうとする。すると、Kは身を起こし、退屈して眠ってしまったと妻に言い訳をする。そして、息子のベッドの裾に横になると、商人たちの売り込みに、穿ったコメントをつける。
立ち去ろうとする「私」は、玄関室で夫人と言葉を交わす。「私」は、夫人が母を思い出させると述べ、さらに続けて次のように語る。「さらに申し上げてよければ、母には奇跡が起こせました。私たちが壊してしまったものを、ちゃんと直してくれたのです。」そして「私」は重い足取りで階段を降りた。

一　クラフトとバイスナーの『夫婦』理解

ヴェルナー・クラフトは右に引用した商人の言葉を、Kの死と、夫人の愛の力による再生を示唆するものと理解した。『愛　夫婦』と題された『夫婦』を扱うエッセーで、クラフトは次のように述べている。

愛は、われわれがすでに壊したものを、もとどおりにした。母親がそうであり、この婦人がそうであった。（……）この『夫婦』の物語は、カフカの作品に愛の欠けていないことを証明している。(3)

一方、バイスナーは、『夫婦』を例にカフカ文学における語りの特殊性を指摘している。

この物語は内側から物語られている。後日に、平静な報告調で語られているのである。導入部と最後の文以外は、中間の重要でない幾つかの文が現在形になっているだけで（従って発作は、決して現在形で書かれていない）、その他ではおおむね過去形が用いられている。しかし、そこに独特のもの、カフカ的なものがある。一人称形式でありながら、何事も前提されていない。つまり、語り手は、聞き手や読者よりも多くを知ってはいないようにみえる。この効果の秘密は、過去形で語られる時でも、語り手が、物語られることに先立って存在することは、決してないということである。出来事は、同じ瞬間に逆説的に過去の形式で物語られる。一面的だが、完全に統一的な視野から物語られており、そのような視野のなかでありがちな、ほとんど不可避的な誤解を訂正したりはしない。(40)

「ほとんど不可避的な誤解」が、「Kの死」を指しているのは言うまでもない。クラフトのように、Kの発作と死を事実とし、後半を奇跡ととらえるのでなく、バイスナーは、それを主人公である商人の誤解とみなしている。しかし事柄を作品内での事実として伝えようとする語り手の姿勢が一貫しているので、クラフトの理解は自然である。すると死者が起き上がるのだから『夫婦』は宗教譚となる。

一方バイスナーは、クラフトの解釈の前提となっている、作品内の事実を伝える語り手を否定した。バイスナーにとって発作と死は、そのような語り手によって保証された事実ではない。主人公である商人の、その場での思い込みに過ぎない。バイスナーはそのように物語を読み換えるのである。作中で事実として述べられている事柄を、主人公の誤解と読み変えるところにバイスナーの読解の本質がある。

バイスナーが指摘したアインズィニヒな語りは、語り手と主人公との視点の一致と捉えられることが多い。しかし、バイスナーは語り手と主人公との視点の一致なるものを帰納的に証明しているわけではない。作品に内在する矛盾を梃にして、一挙に見いだしているのである。そして自らの読解に基づき、クラフトによる解釈を厳しく批判した。

わずか六頁の作品『夫婦』で、ある商人が一人称形式で報告している。取引相手の自宅を訪問する話で、この相手は、散歩から帰ったばかりなのだが、少しの間、発作的な衰弱でぐったりする。老人は死んだと商人は思うが、その直後、夫の厚い毛皮のオーバーを置きにいっていた夫人が部屋に戻って来ると、再びわれに帰る。（……）この素材的にはありふれた物語を、ある改変者は根本的に誤解している。語り手が、思い違いをはっきりと正していないため、物語を真に受け、老人は本当に死に、妻によって、その愛によって死から呼び覚まされたのだと解している。(39)

バイスナーの批判には必ずしも同意できない。すでにみたように、作品はクラフトの解釈を可能にするものを含んでいるからである。商人の言葉「母には奇跡が起こせました」があり、バイスナーも指摘している過去形による平静な報告調という語りの形式がある。このような形式で作中に示された事柄をそのまま受け取るのは、文学作品を読む時の一つのルールである。クラフトはルールに従っているのであり、バイスナーの読解はそこから逸脱している。

クラフトにおいては、即座に宗教的な物語が出来上がるところで、「退屈して眠り込んだ」のだとカフカは老人に語らせている。これはどういう意味に受け取るべき言葉だろう。発作と死は、うるさい商人を黙らせるための老人の芝居にすぎなかったのだろうか。いずれにしても発作と死を主人公の空騒ぎと読むこともできるのである。このようなバイスナーの読解をとおして顕になるのは、作品に内在する避けがたい二者択一である。

バイスナーは、内側から語られた物語の例として『夫婦』をあげた。しかし、『夫婦』の読者は、「脈がなかった」という部分を読んで、それが「私」の勘違いだと理解するわけではないはずである。老人が身を起こすとき初めて、発作と死を主人公の誤解と読み変える可能性が生じるのである。「この物語は、内側から物語られている」という見解は、読み変えの後で得られる。バイスナーの見解と、読解の流れとを区別しなければならない。まず読解の流れがあり、反省的総合を経て見解が現れてきたのである。論の運びでは、見解（内側から語られた物語）が最初に置かれているが、そのような物語がどのようにして現れてくるか、つまり、読解の段階については語られていない。しかし、この語られていない部分にこそ、カフカ的なものがあるのである。「厳格な文献学者としてバイスナーは、判断が始まるところで、主観的あるいは恣意的になる前に、解釈をひかえた。」（17）ケラーは、バイスナーのカフカ講演集『物語作者フランツ・カフカ』の序文を上の言葉で結んでいる。しかし逆に、重要なのはバイスナーの主観的な判断であり、その結果、作品が被ることとなった変形である。「内側から語られた物語」は、その変形の産物である。だがそのような物語が、最初から一義的に存在するわけではない。そのような読解の可能性が見出されたのである。バイスナーの『夫婦』理解を通して明らかになるのは『夫婦』に二者択一的な読み方が準備されているということである。

二〇一〇年に新たに出版された『カフカ　ハンドブック　生活―作品―影響』のなかで、編者でもあるマンフレート・エンゲルは『夫婦』について論じているが、参考文献としてバイスナーもクラフトも挙げていない。エンゲルは、クラフトと同様に老人Kの死と再生の物語として『夫婦』を読んでいる。『判決』と『変身』では恐怖を呼び起こす場所であった家族が、ここ『夫婦』では親密さと愛情にあふれたものとなり、その愛によってKは再び生へと呼び戻されるという理解である。(4)

二　語りの考古学

二者択一的な読み方を惹き起こす『夫婦』の構成と、そのような構成がもつ働きとについて考察することにしよう。老商人は発作を起こして椅子の背にもたれかかった。「私」が手首に触れると脈がなかった。ところが夫人が声をかけると老人は起き上がる。このような展開が、読解の水準での分かれ道となることは容易に理解できる。以下では語り手の働きを、トーマス・アーネスト・ヒュームが『ヒューマニズムと芸術の哲学』において、我々の思考の前提となっていると彼が考える人間中心主義を批判する箇所を手掛かりとして捉えてみたい。ヒュームは、具体的な個々の事象をA…B…C……とし、それらが見出される視点を（h）として以下のように述べている。（h）はヒュームが批判するヒューマニズムの省略である。

A…B…C……（h）。我々の思惟における（h）の位置を説明するためのもう一つのメタファは、（h）を移動する点の位置を定める軸と、あるいはAやBが基づく枠とたとえることである。後者のほうが、たぶん、よりよい説明となる。というのも、そのなかで我々が生きている枠は、我々が、当然のことと思っているものであり、日常生活では、めったに（h）を意識することがないからである。(……)通常、我々は(h)を全く意識しない。(h)から引き出された一つ一つの原理であるAやBを意識するのみである。(……)このようにカテゴリーという性格をもつ結果、(h)は我々にAを意見としてでなく事実として理解させる。我々は決して(h)を見ない。(h)を通してすべてのものを見るからである。[5]

ここで語られているのは、具体的な事象AやBがそれとしてあるときのメカニズムであり、文学作品における語り手が論じられているのではない。しかしこのヒュームの考察は、語り手について考える際にも示唆に富んでいる。

作品内の事柄Aが、それとして見出されるとき、事柄Aを事柄Aたらしめる枠があることになる。ただしAがAであるとき、ヒュームが言うように、AをAたらしめる枠は姿を現さない。しかし、まずAが提示され、次にそれが否定されると、新たな事柄を求めるか、A=Aを支えていたものを見出すかのいずれかに導かれることになる。『夫婦』においてバイスナーは「脈が切れていた」という「事実」を、商人のいわば「意見」と読み替えた。そして事柄を支えていた枠組み(h)として商人を発見する。一方クラフトは、「死と再生の物語」として比喩的次元に移行する。

『夫婦』においてヒュームの言う(h)として発見されるのは「商人/私」である。この発見へ導く過程の形成が作品展開の論理となっているようにみえる。Aは、語られる対象としてオブジェクトレベルを形成する。（h）は、それがAとして現象するとき、それを現象させる視点であり、メタレベルにある。その存在条件は、逆説的に、存在が意識されないことである。意識の場に現れる諸対象のなかに、その一つとして存在しないということだ。ところが、オブジェクトレベルにあった商人が、（h）の位置を占めるものとして発見される。そのとき現れるのがバイスナーの言う「内側から語られた物語」である。バイスナーの弟子であるヨルゲン・コープスは、このような現象について次のように語っている。

アインズィニヒカイトという原理を、語り手とその媒体との形式的な一致と理解することはもはやできない。アインズィニヒカイトの意味するところは、描かれた事柄がすべてある主観的な意識による仲介のなかでしか現れてこないということである。（……）アインズィニヒな表現においては、一つとして絶対的な命題はなく、疑う余地のない現実も存在しない。事実ではなく意見が物語られ、対象ではなくその主観的な印象が物語られる。(6)

コープスは、アインズィニヒカイトを語り手と主人公の視点の形式的な一致とする見解を退けている。しかし、ここでも注意が必要である。コープスは、物語が反転した後について語っているが、そのような物語を、最初から一義的に読むことができるわけではない。一旦いわば敷居を越えるやいななや、すべてが、ちょうどバイスナーやコープスが述べているように読めてくるのである。

「事実」から「意見」へ、「対象」から「その主観的な印象」へと物語世界が反転する。コープスは、反転した物語をカフカ的なものとみなす点でバイスナーと異ならない。しかし、バイスナーが明示的には示していない、物語の展開のなかに埋め込まれた逆転や矛盾を、『失踪者』の分析を通して具体的に示したのはコープスであった。逆転や矛盾を契機として生じうる出来事、それが物語の反転であり、語りの構造の変形である。バイスナーは、反転した物語を読んだ。しかし、反転の論理には注意を払わず、反転した物語を一義的に作品そのものと見做している。しかし、クラフトは文字通りの物語を読んで比喩的な解釈を試みていた。クラフトの立場を認めることは、バイスナーやコープスの立場に立てばできない。しかしカフカ研究の歴史のなかで、どちらの立場が一般的かを見れば、エンゲルの例にみるように、むしろクラフトの側であると言っても言い過ぎにはならないだろう。

反転した物語は、明らかに行き場を失っている。アインズィニヒカイトが単に形式的なものと見做されてきたのも理由のないことではない。そのように作品を読んだとき、作品がいかなる内容をもつのかを示すことができなかったからである。カフカ研究においてバイスナー派は形式主義と見做され、作品解釈の立場とは互いに相容れない領域を形成してきたようにみえる。本論では、バイスナーとコープスの説を批判的に検討しつつ、新たな作品理解の道を探りたい。

三　二者択一を越えて

老人Kの「脈がなかった」という描写は、最初老人Kの死を意味していたが、すぐに登場人物である「商人／私」の思い込みと読み替える可能性が生じる。その可能性が実現されるとき物語が反転するのである。物語が反転するのは、物語にそれを構成した主体が書き込まれることによる。つまり物語にその発生のプロセスが付与されるのである。物語の反転の後に残るのは、登場人物の「思い込み」だけではない。その「思い込み」によって物語のなかでの「事実」が構成される様が示されるのである。物語の反転は、『夫婦』の物語の生成過程をあらわにする。このように『夫婦』を読むとしたら、最初の相の物語から、その物語の生成過程へと眼差しが移動することになる。最初の相の物語に止まる限り、そのような眼差しの移動は生じない。そして、このような眼差しの移動こそバイスナーの『夫婦』読解でなされていることなのである。「内側から語られた物語」は、一つの具体的な物語ではない。いかなる具体的な内容をもつにせよ、それとは異なる次元、すなわち生成の次元を開示する。この異なる次元に作品の本質を見るバイスナーは、具体的な物語の相での解釈を行っていない。

「内側から語られた物語」は、バイスナーが見出した一つの読解可能性であり、もう一つの読解に基づく解釈との亀裂が研究史を貫いている。クラフトの解釈も、作品のなかに根拠を持っているからである。「母には奇跡が起こせました。私たちが壊してしまったものを、ちゃんと直してくれたのです。」この商人の言葉に導かれて、クラフトは「死と、愛の力による再生の物語」を読んだ。商人の言葉は、印象的である。我々は二者択一的な読解可能性の前に立つのである。バイスナーは、このもう一つの読解可能性が、共に作品に内在する様を見ない。そのため、バイスナーの解釈では作品が一方向に閉ざされる。もちろんクラフトの解釈でも同様である。作品を読むには、このいずれかの道しかないのだろうか。クラフトがとった道を行けば、比喩的な理解へ導かれる。そして、バイスナーやコープスの道を行けば、「内側から語られた物語」に出会う。

バイスナーに従えば『夫婦』では、「老商人Kは死んだ」（a）から、「老商人Kは死んだ、と商人は思った」（a'）へと作品内容が変質する可能性が隠されていることになる。この（a）と（a'）との関係の受け取り方が問題である。一方を特権化するのでなく、循環するものとして読むことができないだろうか。物語の生成という次元は、循環に身を置くときに初めて見えてくる。この循環する可動的な作品世界という考えは、コープスの『樹木』分析におけるパラドクスの輪の発見に始まる。[7] 今日の我々の立場からみれば、バイスナーの言う「内側から語られた物語」は、作品世界の流動性を開示するものと理解すべきである。『夫婦』の物語り世界は、二者択一的に二つの世界を含みこんでいるが、それは循環する動的な物語である。しかし、そのような動的な物語は、循環を生み出すような読者なしに生じることはない。読者こそが循環する物語を生み出す可能性なのである。

注

（1）Kafka, Franz: *Nachgelassene Schriften und Fragmente II.* Hrsg. v. Jost Schillemeit, S. Fischer 1992. S. 534 - 541. 下書きは作品名なしで同書五一六〜五二四頁に掲載されている。

（2）Beißner, Friedrich: *Der Erzähler Franz Kafka.* Suhrkamp Taschenbuch Verlag 1983. 以下同書からの引用は頁数をカッコで示す。

（3）Kraft, W.: *Die Liebe. Das Ehepaar In: Franz Kafka.* Suhrkamp 1968. S. 138.

（4）Engel, Manfred / Auerochs, Bernd（Hrsg.）: *Kafka Handbuch Leben-Werk-Wirkung.* J.B. METZLER 2010. S. 360 f. またエンゲルは老人の呼び名が草稿でのKから、ブロートによってNと書き替えられていることを指摘している。本文批判版ではKにもどっているが、ブロート版カフカ全集では、老人はNと呼ばれている。「K」は言うまでもなく、『訴訟（審判）』や『城』の主人公のイニシャルである。ブロートは老人がKと呼ばれるのが納得できずNと書き替えたのであろう。確かに「老人K」という呼称には、カフカ文学の読者であれば誰しも違和感をもつのではなかろうか。

（5）Hulme, T. E.: *Speculations. Essays on humanism and the Philosophy of art.* Edited by Herbert Read. Brandford 1924. S. 65-66.

（6）Kobs, J.: Kafka. *Untersuchungen zu Bewußtsein und Sprache seiner Gestalten.* Athenäum 1970, S. 33.

（7）Kobs, a.a.O. S. 7ff.

一四　『ある犬の探究』

――〈沈黙〉のうちに〈語る〉こと――

山尾　涼

はじめに

一九一八年から一九二〇年に亘って執筆されたアフォリズム集成には、カフカによって数字が割りふられているものだけで一〇九もの数にのぼるアフォリズムが収められている。後にこれらを編集したブロートが、『罪・苦悩・希望・真の道についての考察』というタイトルをつけたように、ここでは、生きる上で避けがたく生じてくる様々な罪の意識や、それに付随する苦しみや悩み、また「不壊なるもの」(Das Unzerstörbare)(NSFII 128)という言葉で表現される不変性へと至ることの困難さが表現されている。その「考察」の手段とはもちろん、作家自身の認識に頼らざるをえないのだが、カフカは物事をあるがままに認識して捉えるという行為に対して、ことのほか強い疑いを持っていた。はたしてそのようなことが可能であるのか、もしくはたとえ可能であったとしても、その認識に耐えうる力を個人が持ちうるのかという疑いである。その深い懐疑の念について、カフカは一九一五年二月七日の日記にこのように記している。

自己認識のある状態、そしてその他観察に好都合な付随的状況にあっては、自らを嫌悪すべきものとみなすことが規則的に起こらざるをえないだろう。(……)人は自らを、惨めな底意の鼠穴に他ならないと認識するだろう。もっとも些細な行為でさえ、この底意から解き放たれることはない。これらの底意とは不潔なものであり、人はそれを自己観察の最中にあっても、一度たりとも考え尽くすことを望まないだろう。むしろ遠くから眺めて満足するだろう。(……)この不潔は、人の見るであろう最も深い底である。(……)その不潔は最も深いものであり、もっとも最上のものでもあって、そして自己観察という疑いすら、やがては非常に弱くなり、肥溜めの中で揺れる豚のように自己満悦するようになるだろう。(T 725, 726)

カネッティの言葉を借りれば、カフカの「自分の心理状態と本性への洞察は無慈悲で恐ろしい[1]」ものであるが、引用した日記の言及からわかるように、その無慈悲な洞察の瞳は主に「自己欺瞞」によって「認識」を欺く行為に対する批判に向けられる。日記で語られた「豚」という不潔の象徴でもあるこの生き物は、ここでは自己をも含めた事柄を正確に認識するために、観察の対象を根底まで見通すことを避け、底意という「汚泥」にまどろんで理解したつもりになっている状態を指している。カフカの視点のもとでは、底意という不潔に慣れることは、自己観察の際に抱いていた「自らを嫌悪すべきものとみなす」という羞恥心を失った「豚」と重なっていく。「遠くから眺めて満足する」という行為も、ここでは対象を客観視することには繋がらず、自らの底意に潜む「不潔」をただ遠ざけることにより、安心するという「欺瞞」に終わってしまう。

「肥溜め」という言葉で表現される自己欺瞞に溺れる「豚」とは、都合のいい偽りの表象で、現実の出来事を覆い隠してなんとか折り合いをつけることの比喩である。その際の自己欺瞞とは、「鼠穴」として自らを守る「城塞」[2](Burg)となりうるのだが、しかしそれは所詮鼠の作った穴に過ぎず、自らの認識の外にある「現実」からの攻撃に対しては、いとも容易く崩れ落ちてしまうだろう。誤った認識の上へと築き上げた「鼠穴」という脆い「城塞」は、実のところ、危険へと繋がる迷誤ともなりうるのである。上述したカネッティの文章は、このように続く。

> つまり不安と並んで冷淡さが、彼が人間に対して抱いていた基本的感情であるということ。そこから彼の作品の特異性が説明されうる。その作品においては、文学の中に饒舌に、混沌としつつ充満している大部分の情動が、欠けている。勇気をもって考えると、我々の世界は、不安と冷淡

さが支配する世界となったのだ。カフカは情け容赦なく自らを表現することによって、先駆けとしてこの世界の像を示したのである。[3]（傍点原著者）

アフォリズム集成の成立以降から最晩年に至るまでの、カネッティの指摘したカフカの表現の「情け容赦のなさ」は、生き物の認識と認識器官に対する疑いと共に徐々に増していく傾向があるのではないだろうか。

カフカの晩年に書かれた三つの〈動物物語〉、執筆された年代順に取り上げるとすれば、『ある犬の探究』、『巣穴』、『歌姫ヨゼフィーネあるいはねずみ族』では、主体が世界を認識する際に陥る欺瞞と、それによって生じる現実世界との齟齬という晩年の問題意識が先鋭化されている。その齟齬はやがて、偽りの認識と現実世界の狭間という幻とも真実とも判別不可能なひとつの〈裂け目〉を生み出し、そこから流れ出る「汚泥」は主人公を引き込む破滅への力となる。その力を生成する認識のあり方を、『ある犬の探究』の主人公のディスクールから明らかにすることが本稿の目的である。

一　『ある犬の探究』

一九二二年の夏、カフカは妹のオットラと共に避暑地プラナーで過ごした。『ある犬の探究』はこの時期に書き始められて、その年の一〇月の終わり頃まで書き綴られたと推測されている。[4] 生前には出版されず、現在知られているタイトルはブロートによって付けられた。複数のノートや日記帳に亘って記述された断片だが、内容的には完結しており、段落分けや誤字の訂正なども行われた形跡が残っている。カフカはいずれこの作品を発表したいという意図をひそかに抱いていたのかもしれないが、この二年後に死亡している。

主人公は老境に達した一匹の「犬」である。「わたし」と称するこの「犬」が、幼年時代に遭遇した、後に研究に身を捧げる一因となった衝撃的な出来事、およびその出来事についての独自の研究にまつわる様々なエピソード、また犬族の歴史や自省など、実に多岐に亘る事柄について語る回顧調の物語である。その衝撃的な出来事とは、まだ「わたし」が子犬だった頃、音楽に合わせて統率された動きをとる七匹の犬たち、テクスト中でいわゆる「音楽犬」と呼ばれる集団に出会ったことだった。

彼らは語らず、歌わず、大体においてほとんどある種の頑強さのうちに押し黙っていた。だが、何もない空間から、音楽を高みへ響かせるという魔法を彼らは掛けていた。すべてが音楽だった。彼らが脚を上げること、下げること、頭を決まった向きに変えること、走ること静止すること、互いの位置取りの配列、互いに輪舞のように繋がって作り出す配列、たとえば一匹が他の犬の背の上に前脚を付き、七匹全員がそのように実行して、その結果最初の犬が他の全部の犬の重

さを支えた。(NSFII 428)

さらに「音楽犬」たちは、犬族にとって最もいかがわしい行為とされる、後足で立って裸を晒すポーズを取りつつ踊り続ける。「わたし」は、なぜそんなことをするのか「音楽犬」たちに尋ねるが、彼らは答えずに去って行く。この出来事にショックを受けたものの、同時にその「音楽」に激しく魅了された「わたし」は、この「音楽犬」という謎の解明へと取り掛かる。その後、くつろいだ姿勢で空中を漂い続ける子犬のように発育不全の「空中犬」のエピソードや、断食をした時の思い出、「猟師」と名乗る犬との短い会話はあるものの、作中で大きなストーリー転換や出来事は生じない。人間そのものや人間が生活を営む場面は一切描かれることなく、物語は「わたし」の視点から切り取られた事象と、それにまつわる反省のみに限定されている。

本作品の語りの特徴は、犬である「わたし」の語りのとりとめのなさと、断定を避ける口調にある。それは冒頭の一文に早くも表れている。「わたしの人生は、いかに変化したことか、そのくせ根本的にはなんと変化していないことか!」(NSFII 423) その変化とは、「わたし」があらゆることに疑問を感じるようになり、懐疑的になったせいで「世間から隔絶し、孤独に、ただわたしのちっぽけな、希望のない、だがわたしにはどうしても必要な研究に従事して、というように生きる」ようになったという意味の変化である。その原因は「音楽犬」との出会いにあった。だが「音楽犬」の謎は本作品の内容である「わたし」の半生を掛けた研究でもまったく解明されず、物語中の表現を借りれば、「前足を学問の最初の段階にさえ掛けること」（NSFII 482）ができなかったという点で、「わたしの人生」は根本的には何も「変化していない」といえる。

先の言説を直後に打ち消すという語り方は、一九二四年に執筆された同じく一人称の物語『歌姫ヨゼフィーネあるいはねずみ族』にもみられる特徴である。両作品の語り手とも、打ち消した内容を補足したり結論を述べたりすることはなく、結局何を伝えたいのかをはっきりとさせないまま、ひたすらに物語を引き延ばす。(5) この引き延ばしや、アンチテーゼから止揚されない語りが、二つの作品に共通する「読みにくさ」を生み出す原因となっており、さらには単純な面白さに繋がりうるような物語のテンポを削ぐ原因ともなっている。

語りの引き延ばしは『ある犬の探究』の他の箇所でも見つかる。「わたし」は犬族の性質について、「わたしたち全員は文字通り、たったひとつの群れとなって生きている、といってもおそらくいいだろう」（NSFII 425）と語った直後、「さてしかし、これに加えて正反対のこともある」（同）と、犬族ほどばらばらに生きているものはいないと真逆の性質を述べる。語られる矛盾は犬族の矛盾に満ちた性格を表していると同時に、テクスト全体に散見される「わたし」の語りの齟齬を示す。

だがこの結論を引き延ばす語り方は、晩年の作者の入念な意図に基づくものであり、しかも『ある犬の探究』の場合には、この語り口から語られる物語全体が、出来事をうまく語ることのできない「わたし」の犬としての本性を表すものとして機能している。「わたし」は犬族特有のこの語り方を、引用符付きで「長々としゃべる」„verreden"（NSFII 433）と表現する。これに再帰代名詞がつくと、verplappernと同義の、秘密をうっかりと漏らす、うっかり口を滑らせるという意味になる。テクストの語られ方と、犬の本性に関する考察は、『ある犬の探究』を解明する手掛かりとなるのである。「わたし」によると、犬族には決定的な事柄に関しては「沈黙」（Schweigen）して語りたがらないという性質があるという。早くも「長々としゃべる」（verreden）という特徴と相反すると思われるのだが、本文をたどればその食い違いも理解されうるので、まずは先へと進める。

その「沈黙」の性質が「わたし」にとっては不満であり、「音楽犬」やその他の疑問を誰に尋ねても、具体的なことが何ひとつ分からない原因となっていると嘆く。だがその時、「わたし」は自らに問い掛ける。自分自身も「〈犬の知〉」〈Hunde-Wissen〉（NSFII 442）を持っているのだから、問うのではなく、自らが犬族を代表して答えればいいのではないか。「そうすればお前は真実、明晰さ、そして告白を、望むだけ手にするのだ。」（同）

しかし「わたし」が自ら語ることができないのも、やはり犬の「沈黙」の性質から抜け出せないからである。「わたしはおそらく黙っているし、沈黙に取り囲まれて穏やかに死ぬだろうし、それをほとんど冷静に待ち受けている。」（NSFII 444）そして「わたし」は自分たち犬族を、「わたしたちはあらゆる問いに抵抗する、自分自身の問いにさえ。沈黙の防塁なのだ、わたしたちは」（同）と表現する。

ここまでの内容では、作者による括弧つきで記された「〈犬の知〉」とは何か、犬の望む「真実」とはなにか、そしてまた「沈黙の防塁」と称する犬族が守っているもの、もしくは語ることによって暴露されてしまうのを避けているものとは何なのか、という疑問が放置されたままである。だが、これらについて明らかにすることなく、「大地はどこからわれわれのための食料を得るのか」(同) という研究へと話題は移り替わって、読者を謎の中に置き去りにする。これまでの話題とは何の脈絡もなさそうなこの唐突な問題設定こそが、「わたし」が「音楽犬」の謎を解明するために情熱を注いだ当の研究内容なのだが、結論からいえば食料と大地の問題もまったく解明されない。

犬の語りは「長々と話し」つつも、結局は物語の核の周縁をなぞっているだけで、内容の核心へは至らない。この点で犬は「沈黙」しているも同然なのであって、「わたし」の語った「沈黙」と「長々と話す」という特徴は実のところ、それほど食い違ってはいないことがわかる。「沈黙」してしまうという犬の本性と、この報告調の作品を成立させるはずの「わたし」の語ることへの動機が噛みあわないことが、この物語の読みにくさと語りの特徴を作り出しているのだが、「長々と話しつつ」／「秘密をうっかり漏らす」(verreden) 犬の「沈黙」の中へと沈み込んでしまう問題を解明しなければならない。

二　「音楽」のモティーフ

エムリッヒは、この「音楽犬」とその音楽について、「その音の中にはいわば存在者の全体性が圧縮されていて、絶対的な、『まやかしではない』真実が達成されている[6]」と、全面的に肯定できるものとして捉えた後、さらには以下のような解釈を行う[7]。

実際この音楽は、以下の両方を包括している。つまり最も隔たった遠さと、最も身近な近さとである。その音楽は「至る所」にあり、そして同時に人間の「自己」である。（……）というのもまさに、最も身近なもの、つまり自己とは人間にとって最も遠いもの、秘密に満ちたものだからこそ、である。（……）自己法廷と世界法廷が、ここでは同一のものとなるかのようにみえるが、また自己認識と世界認識もひとつとなるのである。この音楽の外見上の「破壊する」こととは同時に解放であり、「自由」の中への突破であって、全体の「概観」への突破なのである[8]。

このエムリッヒの見解に対する仔細な検討は一旦保留にしておいて、まずは「音楽犬」の音楽が、「破壊性」の要素を秘めているという指摘はうなずける。テクストをみると、「わたし」は音楽を「暴力」(Gewalt)(NSFII 430)を秘めたものとして捉え、自らをその暴力の「犠牲者」(Opfer)(同)だと表現している。他の箇所も確認すると、「わたし」は「音楽犬」たちがその音楽に「意思を挫かれる／背骨を折られることなく」(ohne daß es ihnen das Rückgrat brach)(同)耐えられることに驚いている。また「わたし」はその音調に、「もし屈服させられなかったら／膝をつくことを強いられなかったら」(wenn [sie] nicht [⋯] mich in die Knie gezwungen hätte)(NSFII 433)、全感覚が支配されるようなその音楽に抵抗できただろうと述べている。身体部位を示す語を比喩表現として用いることで、ここでは音楽が主体へ直接的な暴力を振うようなイメージの関係性へとおかれる。

「音楽犬」の場面と、物語の終盤に「猟師」が登場する時の「音楽」と「わたし」の関係は、常に「わたし」と音楽の戦いの構図、そして「わたし」が圧倒されて、感覚的および身体的な一種の麻痺状態に陥ることでの「わたし」の敗北という一連の流れが浮かび上がる。また、以下の場面では、そのような音楽の破壊的な力が、苦痛を伴って感受されていることがわかる。

音楽が次第にはびこっていく。わたしを文字通り鷲掴みにして、この実在する小さな犬たちからわたしを連れ去ってしまった。そして全力で抗いつつ、痛みを感じたかのように吠えつつ、まったく意志に反する形で、この音楽に専念するほか許されないのだった。四方八方から、高みから、奥底から、至る所からやってくる音楽のみに。聴き手を引き込み、責め掛けて、押し潰し、破壊してもなお、これほど近くにあってもすでに遠くにあり、ほとんど聞こえないながらも、まだファンファーレを吹き続けているこの音楽だけに。（NSFII 429）

すでに引用したエムリッヒは、この音楽の「破壊性」を、自己へと至り、まやかしの認識を突破する力として肯定的に捉えていた。だが、これほど暴力的な表象と結びついて感受されて、苦痛の表現といいうるような描かれ方がされているのをみると、はたして「音楽」をひたすらポジティヴなものとして捉えることができるのか、という疑問が生じる。

音楽と「音楽犬」に出会って以来、「わたし」は周囲が「虚偽の世界」（Welt der Lüge）（NSFII 475）であるという予感を抱くようになり、ついには冒頭で告白しているように自分と仲間との間に「破れ目」（Bruchstelle）（NSFII 423）を感じるようになる。そして「気に入っている仲間の犬をただ見ることが、（……）わたしを当惑させ、驚愕させ、寄る辺のない気持ちにさせて、まさに絶望させた」（同）というような周囲から隔絶された印象を抱くようになった。自分の見ている現実が何かおかしいと思う気持ち、周囲の認識と自分の認識との間に居心地の悪さを感じることは、たとえその違和感の結論を導き出すことが「わたし」にとって結果的には不可能であったとしても、これまでとは違う新たな世界認識を「わたし」が獲得する手掛かりとなったという意味においては、たしかに「音楽犬」と「音楽」との出会いには肯定的な面もあるのかもしれない。

だが、これまでの音楽にまつわる引用中の表現からわかるように、音楽とはむしろエムリッヒのいうような「自由」とはまた別の表象、つまり聴き手の思考を痺れさせ、身体の主体性を奪い、対象を意のままに操る支配力を持つものとしても捉えられる。その「音楽」の強力な拘束力は、「わたし」の以下の観察から強烈に浮かび上がってくる。「わたし」が「音楽犬」と呼ぶ犬たちが、音楽に合わせて不思議な動作をする場面である。

もっとも今わたしは自分の隠れ穴から、よりじっくりと観察し、音楽犬がそれほど平静ではなく、むしろ極度に緊張して運動していることを見抜いた。見たところかなり安定して動かされる脚は、一歩ごとに絶え間なく不安げな痙攣に震え、互いに絶望したように竦んで見つめ合っていた。そして繰り返し口から垂らすのを抑えようとする舌は、すぐに再び口からだらりと垂れてくるのだった。彼らをそんなにも苛立たせているのは、成功に対する不安ではありえない。(……)では一体何に不安を抱いているのか？誰が彼らに、ここでこんなことをするようにと強制したのだろうか？（強調筆者）(NSFII 430–431)

ここに挙がった「緊張」、「痙攣」、「不安」、「絶望」というキーワードは、エムリッヒが主張するような「自己認識と世界認識がひとつになる」という理想的で調和的な状態からは程遠い。しかも音楽の破壊性が与えてくれるという日常を突破した「自由」な自己のあり方を「音楽犬」たちは得ているどころか、観察している子犬の「わたし」以上に、精神的にも身体的にも強く拘束されている。「わたし」が最後の一行の文章で、しかしおそらくは的を射た形で仄めかしているように、「音楽犬」たちは誰かに「強制」されてこのようなことを行っているのであって、それは以下の観察によってはっきりと把握される。

彼らはまさに、一切の羞恥心をかなぐり捨てていた。この惨めなやつらは、最も愚かしく、同時に最も卑猥なことを行っていた。つまり、後ろ足で直立して歩いたのである。まっぴらだ！　彼らは露出し、これ見よがしに素っ裸を見せつけていた。彼らはそれを自慢していた。そして一瞬良い本能に従って前脚を下ろしてしまった時には、文字通りそれが過ちであるかのようにぎょっとした。まるでその本性が過ちであるかのように、再び素早く脚を上げた。その眼差しは、まるで自らの罪深さに少し中断せねばならなかったことのゆるしを請うかのようだった。（NSFII 432）

ここまでの物語の流れから、「音楽犬」たちにこのようなことを強いているのは彼らの「主人」であるはずの人間であり、また「音楽犬」とはすなわち、人間の音楽に合わせて踊るサーカスの犬であることが推察される。したがって、物語を正確に語ることができないのは、語る「わたし」の世界と事物の捉え方に原因があるのである。このように読めば、「音楽犬」や「空中犬」、また空から降ってきたり、空中を漂って「わたし」の後を付いてきたりする食べ物などの、「わたし」の語りを言葉通りに捉えると意味不明な物語の事象の裏に、犬族の「主人」である人間の姿がはっきりと表象されるようになる。

くつろいで空中を漂う超小型犬の「空中犬」は人間に抱かれた犬、空から降ってくる食べ物は、人間が与える餌、「猟師」と名乗る犬はすなわち「猟犬」であり、その登場と共に聴こえてくる音楽は狩猟の際の人間の角笛というように、である。「わたし」の認識には、人間そのものの姿や人間が生活を営む世界のシステムそのものが完全に抜け落ちてしまっている(9)。

引用したように「わたし」は他の犬族との間に抱いていた一種の疎外感を、「破れ目」と表現した。「破れ目」と表現される疎外感の原因は、「わたし」と「他の犬族」という他者との次元のみに存在していたのではなく、「わたし」の認識という内的な次元にもある。つまり、そこから錯誤的な認識が生成されているという意味において、「わたし」の世界観の歪みを生み出す認識の誤謬という「破れ目」なのである。

おわりに

この物語は、「〈犬の知〉」によって語られる犬の視点と読者があまりに同一化してしまうと、そもそも「わたし」に人間が見えていないだけで、超日常的な生き物や出来事について語っているのではないという見解を持つことができなくなる仕組みになっている。世界の〈破れ目〉が、「わたし」の語るディスクールの中に巧妙に隠されている。『ある犬の探究』でカフカが意図したのは、犬という動物が、いわゆる〈環境世界〉を「人間」と同様には感受することができないことを描くことではない。カフカはこの物語を「わたし」の〈犬の知〉という特殊な認識フィルターを通して語る／もしくは語らせることで、「認識すること」がどのように主観に左右されるかを、「わたし」とともに読者に疑似的に体験させることを意図して描いている。カフカ自身が故意に、〈犬の知〉という言葉を取り囲んだ括弧は、「わたし」に代表される生き物の認識能力の限界を、暗に可視化した表現だといえる。

「音楽」とは「音楽犬」や「猟師」たちを支配する「主人」側のツールである。本稿に引用した表現では、「音楽犬」たちにまるで自分たちの「本性」（Natur）を「過ち」（Fehler）であるかのように思い込ませるほど、「主人」は犬たちを従属させている。「わたし」の〈犬の知〉の特徴は、「主人」の存在をことごとく無視して、自らの認識世界から外してしまうことにある。「わたし」にとって不可視な「主人」は、「音楽」や「食べ物」という手段を通じて、「わたし」には視えない支配する力を行使している。それは不在の「主人」から聞こえてくる「音楽」が、精神と運動に対して「破壊的」な作用を及ぼしつつも、「わたし」にとっては同時に魅力的なものとして感じられることからわかる。「わたし」はこのようにいう。「ああ、それにしてもこれらの犬たちはなんて幻惑的な音楽をやっていたのだろう。」(NSFII 433)

「主人」の側のツールに魅了されることは、主人公の「わたし」が、物語内で何度も使われるhündischという形容詞を文字通りに体現した〈犬〉という生き物であることに関係している。「わたし」がhündischと語る時、それは文脈上では「犬の」と理解するのが相応しいのと同時に、その言葉の背後には「卑屈な/隷従的な」という比喩的ではあるが、通常の意味も読み取ることができる。

物語で〈支配〉とは、「音楽犬」の運動をコントロールする音楽のように、一挙手一投足を統轄されたうえに、「本性」をまるで「過ち」であるかのように感じさせられることとして表現されている。ここでの支配とは、他者によって主体の行為や思考が規定され、あり方を左右されることを指す。だが、「主人」とそれに隷従するものとの関係とは、必ずしも「主人」の側のみが得をするような一方的なものではなく、「主人」に頼ることによって、「食べ物」や安全などの一定の保証を手にすることもできるという点では、従う者にとっても「幻惑的な」ものともなりうるのである。(10)『ある犬の探究』では、「わたし」のhündischな性向に元来相応しい「主人」の存在と、「支配されること」への誘いは、「音楽」という暴力的であると同時に魅惑的なモティーフの中に示されている。

物語の中の「わたし」は食べ物が天から降ってくるという。大地に排泄さえしておけば、食べ物は自ずと与えられ、時には鼻先にまであてがわれることもあるという。「わたし」は「主人」とその世界のシステムに養われつつ、それを認識から消してしまうことで、何かに隷従している自分を同時に否定している。「音楽犬」や「大地はどこからわれわれのための食料を得るのか」という研究に拘泥することで、「わたし」が目をそらしているのは支配されている自分自身なのだが、「わたし」にとってそれを認めることは、アイデンティティの崩壊に繋がりうるため、事態の引き延ばしに似た、さらなる自己欺瞞的な研究に没頭せざるをえない。その限りにおいて、「わたし」の世界の〈破れ目〉がふさがることはない。「沈黙の防塁」である「わたし」と犬族がかたくなに「沈黙する」ことで守っているもの、つまり公には口に出さないで隠し通しているものとは、そのように本来それらが具えている「卑屈な／隷従的な」(hündisch)「本性」(Natur) である。だが、この問題を避けて「沈黙する」ことで、「わたし」や犬族は「語る」よりも雄弁に、自分たちの本性の「秘密をうっかり漏らす」のだ。

カフカは「わたし」に世界のあり方を何ひとつ客観的に語らせないことを通じて、主観的な迷誤から抜け出すことのできない認識のあり方の真実を語る。真実への到達不可能性が問題となっているのではなく、真実を避けて文字通り「黙従する」という性向が、ネガティヴな意味での「卑屈な／隷従的な」(hündisch) 性質と繋がりうるのである。

注

この論文は、二〇一三年に『愛知工業大学研究報告』第四八号に掲載した拙論「〈犬の知〉から語られるディスクール―フランツ・カフカの『ある犬の研究』」および二〇一〇年度に名古屋大学大学院文学研究科に提出した課程博士論文の一部、また『カフカの動物物語〈檻〉に囚われた生』（水声社）第Ⅳ章の一部に加筆、修正を施したものである。カフカのテクストからの引用は、（ ）内のアルファベットと頁数で示す。

NSF II: Kafka, Franz: *Nachgelassene Schriften und Fragmente II*. Hrsg. von Jost Schillemeit. Frankfurt am Main: Fischer, 2002.

T: Kafka, Franz: *Tagebücher*. Hrsg. von Hans-Gerd Koch, Michael Müller und Malcolm Pasley. Frankfurt am Main: Fischer, 2002.

（1）Canetti, Elias: *Der andere Prozeß. Kafkas Briefe an Felice*. München: Carl Hanser, 1969, S. 54f. また、『ある犬の探究』について、ユダヤ人問題の視点から論じた先行研究はロベールをはじめとして散見する。ロベールはこのようにいう。「周知のように『犬』とは、いつの時代もまたどこであっても、反ユダヤ主義者の紋切り型の侮辱の言葉である。カフカはその言葉を言葉に即して受け取り、また言葉通りに用いることによってのみ、彼はその言葉を論理的な状況の中で作動させる。」ユダヤ人問題とカフカの作品を結びつけるロベールの研究は全体を通して綿密で妥当性を感じる一方で、そのようにユダヤ民族との関係性においてのみ本作品を捉えてしまうと、本作品の具えた普遍性を個別的な一民族だけに制限してしまうことになるのではないかとの疑問も抱かせる。カフカは少なくとも、「犬」を主人公に据えたことで、ひとつの民族を直接的に特定化することを避けているのである。以上のことから、本稿ではユダヤ人問題と作家とテクストとを結びつける解釈は、保留にすることとする。Vgl. Robert, Marthe: *Einsam wie Franz Kafka*. Übers. von Eva Michel-Moldenhauer. Frankfurt am Main: Fischer, 1985, S. 20.

（2）カフカの短編小説『巣穴』に出てくるキーワードである。（NSF II 601）『巣穴』を自己欺瞞という観点から考察した論文は、拙論「欲望される死への行程『巣穴』――挫折する「脱領域化」の試み」『ドイツ文学研究』

第三九号、2007年、S. 63-75を参照のこと。

（3）Canetti, S. 55.

（4）Vgl. NSF II, S. 106-114. Binder, Hartmut: *Kafka Kommentar zu sämtlichen Erzählungen.* München: Winkler, 1975, S. 261-262.

（5）直前の語りを打ち消す手法は、カフカが愛読し、その小説スタイルを尊敬していたドストエフスキーの『地下室の手記』の冒頭部分とも共通している。分かりやすい例をひとつ挙げると、同書の主人公は、「わたしは意地の悪い人間だ」といった後、「自分は意地悪な役人だった」と語り始める。その後、「意地悪な役人だったといったが、悪意から嘘をついた。（……）意地悪どころか、何者かにさえなれたためしがない。意地の悪い人間にも、善人にも」と、先の言説を打ち消す。『ある犬の探究』と共通した、このような語りの打ち消しの手法が、『地下室の手記』では他のエピソードでも繰り返されている。ヴァーゲンバッハによる『若き日のカフカ』に記された作家の蔵書目録に『地下室の手記』のタイトルは見当たらないが、ドストエフスキーの語りの実験を、本作品でカフカが試したという可能性もありうるだろう。Vgl. Dostojewskij, Fjodor: *Aufzeichnungen aus dem Kellerloch.* Übers. von Swetlana Geier. Stuttgart: Philipp Reclam, 2005, S. 3-5.

（6）Emrich, Wilhelm: *Franz Kafka.* Frankfurt am Main: Athenäum, 1960, S. 155.

（7）また、フィンガーフートは「音楽犬」や「空中犬」のモティーフが、研究者や苦行者の生き方を体現しているとして、芸術に取り組む際のカフカの禁欲的な姿勢と直接的に結びつけて捉えている。この点でエムリッヒと同じく肯定的な解釈を行っている。Vgl. Fingerhut, Karl-Heinz: *Die Funktion der Tierfiguren im Werke Franz Kafkas. Offene Erzählgerüste und Figurenspiele.* Bonn: H. Vouvier u. Co., 1969, S. 186, 187, 281.

（8）Emrich, 同.

（9）人間の姿が描かれないとの指摘は、すでに以下の論文でも指摘されている。Vgl., Winkelman, John: *Kafka's "Forschungen eines Hundes"*, in: Monatshefte 59, No. 3. University of Wisconsin Press, 1967, S. 204-216, S.

204.

（10）『変身』と『ある犬の探究』の中のモティーフ上の繋がりは、支配関係の他に「音楽」や「食料（Nahrung）」といった細部にも及ぶ。だが、グレーゴルにとっての「音楽」とは、妹の存在に集約される家族愛を象徴する肯定的なものへと至るツールであり、また同時に「音楽」に導かれることによってそこへ至ろうとするのを拒まれて死ぬ、という筋書き上においては否定的に機能したという点で本作品での描かれ方とは異なっている。

一五　『ある犬の探究』
――カフカ文学の軌跡――

有村　隆広

はじめに

カフカは、一九二二年の二月から四月にかけて『最初の悩み』、五月に『断食芸人』を執筆したが、結核による病状はますます悪化した。彼は、医者の勧めで、同年、七月一日付で、療養に専念するために、労働者災害保険局を退職した。このことはカフカにとっては、大変な衝撃であった。人間社会のなかで生活するという試みはすべて挫折したように思われた。彼は、一九二二年九月一一日のマックス・ブロートへの手紙で次のように書いている。

この一週間はあまり愉快にすごせなかった。（どうみても『城』の物語を永遠に放置しておかざるをえなくなったからだ。プラハ行きの一週間前に始まった崩壊から、書き続けることが出来なくなった。プラナー（南ボヘミアの森の保養地――筆者注）で書いた部分が、君が読んでくれたところほど酷いわけではないが）、あまり愉快な気持ちではない、しかし、実にゆっくりできた。(1)

『ある犬の探究』はこのような情況のもとで、すなわち長編『城』の執筆を放棄した後、九月一八日から一〇月の終わりに書かれた。(2)

ハルトムート・ビンダーは、『ある犬の探究』は、主人公の犬がその生涯をどのように生き抜いたかの回想であるが、その犬はまさしく作者カフカの分身であると分析する。そして、この物語は、カフカが作家としてどのように作品を書いてきたか、その創作活動の記録であり、カフカの生活史であると述べる。(3)また、リッチー・ロバートソンは『ある犬の探究』は、カフカの全作品の一種の謎を解く物語であると論述している。(4)さらに、ヴェルナー・ホフマンは、『ある犬の探究』の主人公が探究に従事する犬であり、作家ではないということは、何らの支障もきたさない、と述べる。つまり主人公の犬と作者のカフカは同一人物である、と述べている。(5)これら三人の研究者の解釈はそれぞれ、『ある犬の探究』分析の一端を貫いている。いずれにしろ、本作品は、いわゆる日本風の「私小説」ではないが、カフカの文学の営みが、ある犬の回想をとおして語られている。

カフカは、『ある犬の探究』を執筆した直接の動機と思われる文章を次のように書いている。

私はもう書くことが思うようにできなくなった。そこで、自伝ではなく、自伝的な調査を計画してみた。できるだけ小さな事の調査とその発見である。私はそれをもとにして自分を立て直してみたいのだ。(6)

この文章に書かれているカフカの決意は、まぎれもなく『ある犬の探究』を執筆する動機となったといえる。

一　物語の構成について

(一)　テクストについて

『ある犬の探究』には、二種類のテクストがある。その一はブロート版『フランツ・カフカ全集』であり、一九四六年に出版されている。(7)カフカの遺稿には題名がなかったので、ブロートが内容を検討して、彼自らの判断で『ある犬の探究』と名付けた。彼はカフカの原稿にときおり、句読点、その他若干の文章に手を入れて、読みやすくしている。他の一つはヨースト・シレマイトの編集による批判校訂版『批判版カフカ全集』（作品、日記、手紙）である。[8] これは一九九二年に出版され、カフカの原稿の束をほぼそのまま編集した批判校訂版である。シレマイトの版は、ブロート版に遅れること四六年を経ている。

シレマイトの編集による批判校訂版には題名は付いていない。その理由は当然のことながらカフカの遺稿には題名は付いていないからである。シレマイトはその原稿をそのまま忠実に再現している。『ある犬の探究』の冒頭部分は批判校訂版（『遺稿と断章Ⅱ』）では、四二三頁で始まるが、四五九頁から四六〇頁にかけて数字にわたると思われる空白の箇所がある。その空白の箇所は、前後関係を読めばストーリーの流れに影響は与えない。しかし、文章が中断していることには間違いない。したがって、このようなテクストは通常の意味での物語の形態とはみなされない。また、四八五頁から四九一頁まで、何らの説明なしに遺稿の前半部分の清書が編集されている。カフカ文学に精通していない一般の読者にはこのような物語の構成は理解できない。

それゆえ、本稿ではシレマイトの批判校訂版を参照しつつも、物語の構成そのものがまとまっているブロート版に基づいて、『ある犬の探究』を論述する。したがって、題名も『ある犬の探究』をそのまま題名として扱う。[9]

（二）ストーリーの区分について

『ある犬の探究』は、ブロート版では二四〇頁から二九〇頁にかけて印刷されているが、章分けはしてない。冒頭から最後まで文章の羅列が続く。それ故、筆者はこの物語をストーリーの展開に即して、次のような区分に識別して論述を展開させていきたい。

第一区分　問題提起（二四〇頁—二四二頁二九行）
第二区分　音楽犬の出現（二四二頁三〇行—二五一頁一六行）
第三区分　音楽犬と食物（二五一頁一七行—二五八頁一六行）
第四区分　芸術家としての空中犬（二五八頁一七行—二七一頁二一行）
第五区分　探究の続行と断食の実行（二七一頁二二行—二八四頁一七行）
第六区分　断食の断念から新世界へ（二八四頁一八行—二九〇頁八行）

二　ストーリーの展開と内容について

（一）第一区分　問題提起

第一区分は、これまでの人生についての主人公の回想で始まる。主人公は人間ではなく、一匹の犬である。この犬の過去への回想をとおして、カフカの文学の発展の過程をたどることが出来る。主人公の犬は、老境に達して、若い頃を回想し次のように述べている。

私の人生もずいぶん変わってしまったが、それでいて大切なところは少しも変化していない。今、昔のことをふりかえり、私がまだ犬族の一員として生活し、犬族の関心事をそのまま私の関心事として、大勢の犬の中の一頭であった頃のことを思いだしてみるとそこには初めからなにやらしっくりいかないこと、小さな亀裂があったと思う。(240)

文章の表現では「小さな亀裂」であるが、この言葉はカフカの生涯とその文学の在り方を決定している重要な意味をなしている。彼は一九一〇年七月一九日の日記のなかで次のような文を書いている。

私たちは、これまで私たちのつくったもの、眼に映じたもの、耳に聞こえたもの、足で踏んだものへ、私達の全人格を振り向けてきたが、私達は、今突然ちょうど山上の風信旗のように、まったく反対の方向へ向き直っているのだ。(……)この男はいまやどうしようもなく、私たちの民族の圏外、私達人類の圏外に立っていて、いつも餓死せんばかりである。[10]

この場合、「人類の圏外」に立つということは、老犬が若い頃感じた「小さな亀裂」のことであり、他の犬達はそのような不安を感じない。この老犬の疑念は、作者のカフカに即して言えば、人間存在の亀裂を意味する。しかし、この第一の区分においては、当然のことながら具体的な内容は描かれていない。カフカ文学の在り方が、老犬の心を通して予測されているだけである。

この主人公の犬のモデルの由来について、ヴェルナー・ホフマンは、まず次のようにカフカの生活の劇的変化を述べる。カフカは一九二二年七月一日付きで、労働者災害保険局を退職し、七月二三日、妹オットラが幼い娘と住んでいる南ボヘミアの森にあるプラナーに行き、妹の所に身を寄せた。ヴェルナーは、さらに、カフカの七月二七日の日記の文章、「さまざまな攻撃。昨日の夕方の散歩は犬を連れていった」[11]に注目し、この犬は家主の犬であろうと推測し、この犬が『ある犬の探究』のモデルであるかも知れないと述べている。[12]また、ビンダーもカフカは愛犬家であったらしいと書いている。[13]

(二) 第二区分　音楽犬の出現

主人公の老犬は、若い頃体験したことを思い出して次のように述べる。

私は少年の日のある出来事を思い出す。当時、私はおそらくどの犬でも子供の頃に経験する、あの至福に満ちた、名状しがたい興奮のなかにあった。私はまだ若い犬であった。あらゆることが気に入り、関心の的になった。(242—243)

「あの至福に満ちた、名状しがたい興奮」は、カフカの初期の作品『国道の子供達[14]』のことを連想させる。主人公の少年は両親の家の庭の木陰でぼんやりたたずんで、未来への憧れと夢に耽り、仲間の少年と遊ぶ。そして南の国へと旅立つ。この少年と同じように、主人公の犬も、淡い夢のような思春期の頃を思い出す。そのような時に、主人公の犬は七匹の犬の小さな集団に出合う。出合うというよりも彼等が彼のほうにやって来たといえる。

当時の私は、犬族にのみ授けられている創造的な音楽の天分については、まだほとんどなにも知らなかった。(……)この七匹の偉大な音楽家たちは私にとって肝をつぶすような圧倒的な力を持っていた。彼らは、音楽のことを話したわけでも、歌を歌ったわけでもなく(……)深い沈黙を守っていた。しかし、その沈黙の中からまるで魔法のような音楽を浮かびあがらせたのである。(244)

しかし、主人公の犬は、彼らの行動は冷静というより極度の緊張状態であることがわかってきた。

そして、彼らは羞恥心をかなぐりすてて、後脚で立って歩いている。ところが、その様なときにひとつの音が出現する。それについて、主人公の犬はこの犬達が作り出すのは、何という魅力的な音楽であろうか、と感激する。当時いまだ若かった主人公の犬はこれらのことについて、あらゆる人々に質問したが、誰もそれについて解答を与えてくれなかった。それ故主人公の犬は、七頭の犬の出現の理由を自分で調べようと考え、「とことんまで調べあげて解決してやろう。そうすれば最後には静かで幸福な普通の日常生活に、再び目を向ける余裕が得られるであろう」と思った（250）。

エムリッヒは、この騒音にも似た音楽について、次のように解釈している。

あらゆる方向から、「至るところから聞こえてくる」この騒音のような音楽のなかに、あらゆる存在者の総体性が濃縮されていることは疑いない。この総体性はそれ自身で一切の問いに対する答えであり、同時にこれまで通用してきた掟を破棄するものであり、自然と住み慣れた世界とを「逆さま」にし、無力化するものであるから、もはや如何なる問に対しても個別的な答えを与えることが出来ず、また、許されもしないのである。[15]

この場合、「掟を破棄する」ということは、従来の伝統的な存在圏からの脱出を意味している。すなわち、これまで人間の世界を支配してきた真・善・美がすべて否定される世界のことである。それゆえに、七頭の犬が発する音楽は存在の亀裂を意味している。このような解釈は必然的に、カフカの最初の作品『ある戦いの記述』（草稿Aと草稿B）を連想させる。その中で、登場人物の「祈る男」は、次のように述べる。

君たちは、あたかも実在しているかのようにふるまっているが、それはいったいどういうわけなのだ。（……）空よ、円形広場よ、君たちはずっと前には実在していたが、今はもう実在していないのだ。[16]

この「祈る男」は、この現実の可視的世界はいつわりの世界、幻の世界であることを認識する。つまり、一九世紀の伝統的な世界像がこの時点で崩壊しているのである。それゆえ、本作品の主人公の犬の驚きは、『ある戦いの記述』のモチーフと一致していると考えられる。要するに、第二区分では、第一区分の「小さな亀裂」が、音楽犬の出現とともに生じ、それを主人公の犬が体験したといえる。すなわち、主人公の犬がエムリッヒの説く、「存在者の総体性」を味わったといえる。

エムリッヒの存在論的解釈に対して、ユダヤ主義に立脚する解釈や、それと関連して自伝的解釈もなされている。ノルベルト・フュルストは、七頭の音楽犬の七という数字は聖なるユダヤの数であると述べ、音楽犬は預言者であり、それゆえに音楽は宗教を意味していると解釈する。[17]

ハルトムート・ビンダーは、一九一一年当時のカフカの自伝的要素に着目する。一九一一年の秋から冬にかけて、東ユダヤ人の巡回劇団がプラハを訪れ一連のイディシュ語劇で公演した。カフカは劇団の座長、イツハク・レーヴィと交友を結び、この東ユダヤ劇団とのコンタクトによって、ユダヤ教の世界とその周囲の世界との葛藤を認識した。[18] また、エルンスト・パーヴェルは、カフカは、東ユダヤ劇団に接するまでは、社会に対して受動的、かつ未分化の状態であり、順応主義的な性格であったが、それ以来、彼の人生にまつわる種々の出来事、文学上の発想等に激震が走った、と述べている。また、イディシュ語劇を観て以来、カフカはユダヤ人の歴史と文学の勉強を開始し、ユダヤ民族の根源を知ろうとした、と論述している。[19] 谷口茂は、老いた犬は作者の分身であり、「音楽犬たちがレーヴィを中心とする東ユダヤ劇団員の化身であり、犬族が西ユダヤ人の比喩であることは、殊更に説明する必要もないだろう[20]」と解釈している。

フュルスト、ビンダー、パーヴェル、また谷口の解釈は、当時のカフカの自伝的体験を基盤にしたものであるが、東ユダヤ人のプラハへの出現は、カフカの文学人生に深刻な影響を与えたことも事実である。

音楽がモチーフとして現れる作品には、『ある犬の探究』の他に、『変身』(一九一二年)と最後の作品、『歌姫ヨゼフィーネあるいはねずみ族』(一九二四年)がある。『変身』のグレーゴル・ザムザが、妹の奏でるバイオリンの音色を聴いたときの様子を、カフカは次のように書いている。

これほど音楽の力に捉えられるとは、やはり彼は動物なのか。待ち焦がれていた未知の糧（食物）への道が、今目の前に浮かび出たような気がした。[21]

ゲルトハルト・ノイマンによれば、この場合の「音楽」は、「あらゆる文化的象徴の彼方における未知の、渇望された食物としての芸術を意味している。またノイマンは、『歌姫ヨゼフィーネあるいはねずみ族』の中のねずみ社会は、非音楽性の典型（権化）であるが、ヨゼフィーネだけはその死に至るまで音楽に憧れ、音楽に身を捧げる、と指摘している。さらに、ノイマンは『ある犬の探究』の動物の世界では、音楽は幼少の時以来、当然のこととして存在し、絶対必要な生活の要素となっている、と分析する。[22]

マーク・アンダーソンは、『歌姫ヨゼフィーネあるいはねずみ族』のヨゼフィーネの歌は、動物にのみ近づくことが許されていた、希少な純粋性を意味している、と述べる。そしてこの純粋な希少性は、同様に、妹の演奏するバイオリンの音に「餓えて」いる『変身』のグレーゴル・ザムザや、『ある犬の探究』に登場する「空中に浮かぶ」空中犬にも当てはまると、解釈している。[23]

（三）第三区分　音楽犬と食物

主人公の犬は、不可思議な音楽犬の存在に驚き、このような犬が存在している犬族とはいったいなにものであるか、犬族の生態についての研究を始める

あの頃、私は私の研究をもっとも簡単なことから始めた。（……）私は、犬族は何を食べて生きているかということから研究を始めた。これはもちろん、決して簡単な問題ではないと言ってよい。私たちは太古以来、この問題と取り組んできた。それは私たちの思索の主要な対象であり、この分野で発表された観察、見解、試論のたぐいは数限りなく多く、それは一つの学問にすらなっているほどである。（251）

このような決意のもとに、主人公の犬は犬族の食物についての研究を始める。それによると、大地は彼等の小水（オシッコのこと――筆者注）を必要とし、それを養分としている。すると、その代価として大地は、彼等に食物を与えてくれる。このことに関しては、主人公はたやすく理解するが、その次の段階、「大地は、この食物をどこから手に入れてくるのか」という質問に答えることは出来ない。主人公の犬が語る「犬」は何の象徴であるか、食物は、何を意味するのかという疑問が生じてくる。この場合、カフカは、人間を犬にたとえている。したがって犬族は「人間そのもの」を意味している。

他方、食物は、本来日々の食べ物の意味であるが、『ある犬の探究』では、人間の心を支えている

もの、すなわち、人間の存在根拠となるものを意味する。主人公の犬の言葉でいえば、「小さな亀裂」を埋め合わすものであるといえる。カフカは、結核で死去する四年前の一九二〇年、若い頃を思い出して、次のように回想している。

次に述べることが重要なのだ。もうずいぶん前のことだった。哀しみに打ちひしがれて、私はラウレンチの丘の中腹に腰を下ろしていたことがあった。そして人生にいだいている願いを考えてみた。そのうちで最も重要な、あるいは最も魅力的な願いとして明らかになったものは、人生を展望すること（もちろんそれに必然的に結びついていることであるが、他人を納得させるようにその展望について書くこと）であった。人生が、それ本来の厳しい浮き沈みをつづけ、同時に人生がそれと同じようにはっきり、虚無として、夢として、浮動として、認識されるように展望したかったのである。(24)

若き日へのこの回想は、カフカの文学人生の目標となるべきものであった。それは人生を展望すること、すなわち人生を「虚無として、夢として、浮動として」捉えることであり、この主人公の犬の場合には「食物」はどこからくるのかを突き止めることであったといえる。しかし、『ある犬の探究』の主人公の犬は、その研究テーマの解明には到達することは出来ない。彼の「探究」には様々な問題が立ちはだかる。彼は、「食物」についての質問を同族の犬達にしたが、どの犬も彼の質問を喜ばなかったし、馬鹿げた質問とみなし、そのような質問をすることを止めさせようとした。

そこで主人公の犬は、犬はどこから食物を手にいれるのか、大地は食物をどこから手に入れるのかという質問を、問の形式ばかりではなく、答として公に明らかにすることを決意する。つまり、自らの力で答えを見つけようとする。そして、答が見つかれば、「私達は、みな肩をならべて、はるかな自由の天国へ昇っていくだろう」(256)と考える。しかし、主人公の犬は、自分の質問と研究は途方もない夢物語であるから、いつまでそれに耐えられるかが生涯の課題でもあると不安を述べる。そして、次のように自分自身の将来を予見する。

私は、おそらく沈黙を続けながら、また、沈黙にとりまかれて、ほどなくやすらかに死ぬだろう。今から静かにその日を待ち受けている。(……)私達はあらゆる問いに、自分自身の問いにさえ抵抗する。(258)

このように、主人公の犬は希望と絶望の淵をさまよっている。作品に即していえば、この場面はカフカ初期の作品『田舎の婚礼準備』の主人公、ラバーンに相当するものと考えられる。人生の目的に不安をいだくラバーンは婚約者の住んでいる村へ列車に乗っていく。本来なら喜びと期待に満ちた旅であるはずだが、彼は車窓から荒涼とした村々を眺めて、婚約者の住んでいる村も、あのような重圧感のある暗い世界であるのではないかと考える。すなわち、「論理的整合性を信奉する人間[25]」にとっては理解し難いところのように思われる。主人公の犬もまさにこのような情況の下に生きている。

(四) 第四区分 芸術家としての空中犬

主人公の犬は、そろそろ生涯の決算をつけてみたいと考える。彼はその探究の実現は不可能なことであり、その帰結は完全なる絶望に終わると慨嘆する。そして、彼の研究テーマ、「大地は私達に与える食物をどこから手にいれるのか」を放棄しようとする。そのように嘆き苦しんでいるときに、主人公は、不思議な空中犬のことを耳にする。

> 私は、空中犬についていろいろの知識を手にいれている。残念ながら今日までのところまだ一頭ともお目にかかっていないが、もうずっと前から彼等の存在を固く信じて疑わないし、彼らは私の世界像の中で重要な地位を占めている。(261)

主人公の犬は、これらの空中犬は彼の世界像のなかで重要な地位を占めていると考えるが、同時に彼らを批判的に論じる。空中犬は、たいてい空中を浮遊しているが、仕事をするでもなくぶらぶらしている。彼らは、大地との接触を失い、種まきはしないで取入れを行い、話によると犬族の犠牲において特別上等の食物にありついているそうである。そして、彼らの中の誰かが芸術とか芸術家とかいうようなことを口にする。

彼らは肉体的労苦を完全に断念しているから、いつも哲学的な思索に耽ることができるし、あの高所から下界を眺め渡している。そうして思索し、観察したことを絶えずしゃべりまくっているのである。(262)

この空中犬は、『最初の悩み』の主人公の空中曲芸師と対比することが出来る。『最初の悩み』は一九二二年の二月から四月に執筆され、『ある犬の探究』は同年九月に書かれている。両者の間にはほぼ六カ月の間隔がある。空中曲芸師は、ブランコに乗り、空中で芸をすることが唯一の仕事であるが、この空中曲芸師は、カフカの描く芸術家の象徴であり、彼もまた作者フランツ・カフカの分身である。[26]『最初の悩み』では、作家として創作活動を続けてきたカフカがこれまでの人生を振り返り、文学とは何を意味するかを社会と対比させ、そしてその後どのような展開がなされうるかを正面から描いている。

確かに、『ある犬の探究』の空中犬は、『最初の悩み』の空中曲芸師と同じように芸術家のことを意味している。その場合、芸術家の自己批判という解釈もなりたつが、同時に世間の人々の生き方と対比しながら生を営む芸術家の限界状況を表している。すなわち、己の存在意義を、現実社会のなかで確証できない芸術家の焦燥感をも描いているといえる。『ある犬の探究』では、芸と芸術をもてあそぶという空中犬は、死ぬことなく空中を漂い続ける。このことは、カフカは芸術（文学）に絶望することもありうるが、他方、その可能性の限界を執拗に追究し続けていることを意味している。

第四区分の後半では主人公の犬は空中犬の存在を意識しながらも、空中犬は彼には何らの救済をもたらさないことに気づき、さらに救いを求め続ける。主人公は、彼を助けてくれる本当の友人が存在するかどうかを真剣に考える。

それでは、いったい、私の同類たちは、どこにいるのであろうか。まったくこんなことを話すのは泣き言である。嘆きのくりごとである。彼等はどこにいるのであろうか。どこにでもいるし、どこにもいない。もしかしたら私の隣の三歩ほど離れた所に住んでいる犬がそうかもしれない。

（266）

そして彼は、以前から交際しているただ一匹の老犬と次のような対話を夢見る。「あなたは、もしあなたなりに私の同類なのではありませんか。なにもかも失敗したからと言って恥ずかしく思っているのですか。(……)一緒に来ませんか。二人で一緒にいるのは快適ですよ」(270)と、ときおり考える。この友人も、主人公の犬の分身であると言える。主人公は自分自身の哀しみと絶望を自分自身に投影していることになる。その哀しみと絶望は次の発言によって明らかになる。

犬族が長い時代を通して全体として進歩してきたことはしばしば賞賛の的になっているが、その場合の進歩とは主として学問や知識の進歩を指しているらしい。確かに学問は進歩しているらしい。確かに学問は進歩していく。とどめようもない。(……)しかし、そのどこに賞賛しなければならないようなところがあるのだろか。誰かが歳とともに老いてゆき、その結果ますます死に近づいていくから賞賛してやろうといっているようなものであろう。(267)

この発言は主人公の犬の発言であるが、人間の知識、理性、認識能力に対する強烈な批判である。このことも、作者のカフカが彼の分身である主人公の犬に、語らせていることになる。

主人公の犬は、この老犬と彼との間には、もしかしたら、単なる言葉以上の深い一致点があるのかもしれない、と考える。しかし、彼はこの友人とも別れ、残された時間を、研究にささげることを誓う。この場合の友人は、『訴訟(審判)』における画家のティトレリに例えられる。主人公のヨーゼフ・Kは、無罪獲得のために当初、弁護士に相談するが要領を得ないので、画家のティトレリに裁判所の機能について尋ねる。それによると、判決には本当の無罪、見かけ上の無罪、引き伸ばしの三つのケースがあるが、本当の無罪とはこの世界ではありえないことを告げられる。[27] この裁判所に所属する画家が示すように、主人公はどこにも彼の疑問を解き明かすそのような人、すなわち、存在の亀裂を埋め合わすような人を見つけることができない。

（五）第五区分　探究の続行と断食の実行

主人公の犬は、自分の研究について、何やら馬鹿馬鹿しいと思うようになり、かっては夢中になって駆けずりまわっていたころのこと、すなわち「大地は、食物をどこから手に入れてくるのか」という問題を考えた頃のことを思い出してみる。

伝統的な学問の教えによると、食物を手に入れるには次の二つの方法がある。その一つは本来の耕作であり大地を掘り返したり、水をやったりすることである。[28] その二つめは　耕作を完全にするために、呪文を唱え、歌ったり、踊ったりすることである。しかし、主人公の犬は、犬族の大衆は、呪文を天に向かってとなえ、古くからの民謡を空中に響かせているので、大地のことを忘れていると考える。

そこで主人公の犬は、学問の教え通りに、収穫期が近づいてもその注意力を完全に大地だけに向け、頭をできるだけ地面に近づけておこうとした。土地が食物を斜めに引き寄せるのではなく、彼自ら食物を誘い、彼の後についてこさせるのを証明しようと思った。
主人公の犬は、食物は偶然に空中から生じるのではなくて、彼自身が食物を自分の方へおびき寄せるのだということを実証しようとする。したがって、偶然に食物が口のなかに入り込むことを避けるために、口を封じていなければならない。そのために、主人公の犬は断食を実行することを決意する。かくして、彼は断食を次のように正当化する。

というのは、今日でも私は、断食こそ自分の研究にとって、最後の、また最も有力な手段であることを信じていた。道は断食の森を通らなくてはならない。もし最高の成果をあげることができるとすれば、それは最高の努力によってのみ達成される。そしてこの最高の努力とは、私達の場合自発的な断食にほかならない。(280)

しかし断食の途中から、主人公の犬は体力が衰え弱り果て、絶望のあまり若い頃のひたむきな攻撃力は衰えてきた。疲労困憊した主人公は、のたうちまわり、気を失いそうになった。若い頃のひたむきな攻撃力は、もちろん永久に過去のものになっていた。既にあの断食の最中に消え失せてしまったのである。さらに、主人公の犬は、身からしぼり出るような嘆きを訴える。

食物の匂いがし始めた。永いこと食べたことのないようなすてきな食物、幼児の頃の喜び――そう、母の乳房の匂いがしてきたのである。私は匂いには断固として抵抗しようという自分の決心をわすれてしまった。(283)

このような苦しみの中で、主人公の犬は、幼き日の母親のことを思いだす。母親は子供をこの世界に生み出す。そして乳を子供に飲ませることによって、子供を育て、一人前の大人にする。子供は成長の過程で、様々な知識を身に着け、長じては人生を語り、その意義を究めようとする。子供の成長の過程、そしてその精神の発達の端緒は、母親によってなされる。成長した子供の喜怒哀楽は、母親の心のなかに再び立ち戻っていく。

主人公の犬も、その苦しみを逃れるために、自分をこの世界に生み出した母親の心に再び戻ろうとする。作者のカフカもそのことを考えたのであろう。このことに関連して、エルンスト・パーヴェルは次のように述べている。

カフカは全生涯をつうじて、安全・安泰な境地に憧れ、母性愛を渇望した。そしてカフカは幼児の頃から自分に欠けていて寂しく思っていたあの連帯感を、さらに幼年時代になっても、またユダヤ人としての存在になっても見出すことのできなかった連帯感を得たいと切望したのであった。カフカはこうした探求を試みながらも、作品のなかの主人公たちと同じように、門は開かれているのに、自分がその門の前で押しとどめられているのを感じた[29]。

このようなカフカの孤独と絶望を、まさしく主人公の犬も感じている。そして改めて自分自身とその周囲をとりまく世界を凝視し、次のように考える。

この孤独は、私が望んでいたのではなかっただろうか。なるほどそうかも知れぬ。しかし、それはこんなところでくたばるためではない。この孤独は虚偽の世界から抜け出し、真理の世界へ入っていくためだ。この世界には、真理を教えてもらうような相手は、ひとりもいない。もしかしたら、真理はそれほど遠くにあるのではなかったかもしれぬ。ほかの誰からも見捨てられず、なすすべもなく自分自身からだけ見捨てられているのかもしれない。(284)

主人公の犬は、深い絶望のそこに沈み込む。この苦しみと懐疑は、作者のカフカその人の心の悩みでもある。

（六）第六区分　断食の断念から新世界へ

主人公は、断食のために死んだと思い込むが、ストーリーの展開の中で自分が生きていることを感じる。その時、一匹の、美しい犬が目の前にたっていた。彼は、主人公の犬に向かって立ち去るようにと促した。それに対し主人公の犬は、「何故私のことを心配するのか」と問いかける。その犬は、「あなたの心配は、私の心配でもあるのです」と答えた。そこで、主人公の犬は不審に思って、その犬に、「あなたは、いったい誰ですか。」と尋ねた。すると、その見知らぬ美しい犬は、「私は猟師です」と、答えた。

つまり、この時、私が知ったと思ったのは、この犬は自分でもそうとは知らずにすでに歌を歌っていたということであった。それだけではない。その歌の旋律は彼から離れると、自分自身の法則に従って空中を漂い、この旋律とはかかわりない者であるかのように彼の頭上を飛び越えて、私を目がけて、私だけを目がけて押し寄せてきた。(287)

その歌を聞いて、主人公の犬は忘我の状態になり、この旋律は彼のためにだけ存在しているらしいことに気付いた。彼は、断食のあとのやせこけた体をしていたが、見事な跳躍をしながら逃げ出した。

そしてこの美しい狩猟犬との出会いがきっかけとなり、彼は断食を続けることを断念した。
この美しい猟犬との出会いとその別れは、『訴訟[30]（審判）』の寓話「掟の前」に出てくる「田舎の男」と「門番」との関係に対比できる。田舎の男は掟の門に入るために、永い間、門の前で待っているが、そのなかに入ることを許されず、遥か彼方に救済の光を認めながら死んでしまう。門番はその様を見届けると、「この門はお前のためにだけあったのだ」と話して、去って行く。『ある犬の探究』の主人公も美しい猟犬に様々なことを依頼し、質問するが、猟犬はそれらに答えることもしないで、沈黙の音声を残して去って行く。このような経緯について、リヒャルト・ヤイネは主人公の老犬も、『訴訟（審判）』の田舎の男と同じように待ち焦がれていた超越的当該官庁の指示を仰ぐことが出来なくなった、と解釈している。[31]
主人公の犬は、音楽犬にまつわる食物の研究を続行するつもりであったが、その美しい狩猟犬から情報を得ることに失望した。また様々な疑問に襲われ、自分には学問的能力が欠けていることを認識したので、遂にその研究を断念した。

（……）私は、本物の学者の前に立たされたら、学問上のどんなにやさしい試験にもとても合格はおぼつかないだろう。その原因は、前に述べた私の生い立ちを別にすれば、私の学問に対する無能力、乏しい思考力、まずしい記憶力、とりわけ、学問上の目標をつねに把握していなくてはならない能力の欠如にある。私は、これらのことをはっきりと、それどころかある種の喜びを以て告白する。というのは学問に対する私の無能さのより深い原因は、ある種の本能、それも決して下等なものでないある本能から来ていると思えてならないからである。(289)

主人公の犬は、学問に対する無能力を告白する。そして、学問に対する彼のより深い疑念は、ある種の本能からくるものであることを認識する。カフカは、一九一七年、一〇月一八日に学問について次のように述べている。

すべての学問は絶対者から見ると方法論に過ぎない。したがって、この明らかに方法論的なものに対して不安は無用である。それは豆のさやであり、あえて言えば、唯一の絶対者をとりまく雑多ながらくたにほかならない。[32]

カフカのこの発言は、主人公の老犬の諦めと一致する。老犬は、学問に対する彼の無能力の原因は、誇るに値するある本能に由来する、と考える。

もしかしたら、学問のために今日行われているものとは異なった学問、いわば究極の学問のために、私をして自由というものを他の何ものにもまして評価させたのは、この本能であった。自由！　今日可能であるような自由は、確かにいじけた成長不全の植物である。しかし、それでもやはり自由であり、一種の所有物である。（290）

主人公の老犬によると、本能がもたらすものは、説明不可能な自由である。その自由はどのようなものであるのかは、主人公の犬は、学問にたいして無能力のゆえに説明できない。しかし本能がもたらすものは、自由であることを自覚したがゆえに、食物はどこからくるのかを、もはや知る必要性を感じなくてもよいということになる。

「自由」というものを他の何ものにもまして評価させた「本能」というものは、いったい何であろうか。それには、カフカの次のアフォリズムの意味を理解することが必要である。

目標はある。しかし、そこに至る道はない。ふつう、私達が道と呼んでいるのは逡巡である。[33]

この場合の目標は、形而上学的な真理である。カフカの分身である主人公の犬は、本能という超学問的な精神によって、真理への道を求め続ける。それは新たなる「逡巡」の道でもある。カフカのいう「逡巡」の道は、カフカの次の文章と関連する。

芸術は真理の周りを飛び交う。しかし、真理に焼き尽くされまいと固く決意してのことだ。芸術に成しうるのは、空漠とした闇のなかにあって、あらかじめ所在を知ることのできない光を受け止められる、そういう一点を発見することである。[34]

芸術（文学）は真理を求める。しかし、その真理に近づきすぎると、その真理に焼き尽くされる。その真理に近づくためには、光を受けとめる一点を発見しなければならない。しかし、その一点の所在を知ることは絶対に出来ない。まさに真理を求めての永遠の「逡巡」がなされる。このことが、文学の永遠の営みであり、『ある犬の探究』の主人公が求める自由であり、また、作者のカフカが求め続ける文学の道である。

エムリッヒは、この犬は「真理と自由への突破を経験したのである」[35]と論述しているが、この犬はむしろ、真理と自由への突破を夢見ながらも、真理と自由は、遥か彼方の手の届かないところにあることを認識した、と解釈することもできる。

マンフレート・エンゲルは、主人公の行動について次のように述べている。[36]『ある犬の探究』から察知できるもの、すなわちカフカの哲学的な物語では、形而上学的な問題と人間存在との関係が欠如していること（形而上学的な問題と人間存在との関係が説明不可能であること）が述べられている、と解釈する。すなわち、エンゲルは、『ある犬の探究』では、経験的、合理的な精神に基づく世界観の彼方に存在するもの、すなわち形而上学的・哲学的存在と、現実の人間存在に関係するものとの論議が達成され得ないことが記述されている、と分析する。

おわりに

ストーリーの流れを通して、それぞれの区分におけるテーマについて論究したが、今一度、主人公の犬の行動と心の動きについてまとめてみる。『ある犬の探究』は、カフカの作品の主人公達の心の動きを、創作初期から後期にかけて描いたものである。すなわち、カフカの文学上のいとなみの過程が、「犬」という動物の姿を借りて描かれている。そして、その場合、カフカは作家としてではなく、解説する人としての役割を果たしつつ、その生涯にわたるテーマの流れを再構成している。エムリッヒは、カフカ文学においては、「動物は一切を客体化する」、と解釈している。(37)

『ある犬の探究』の主人公の犬は、真理を獲得することはできないことを、遂に悟ったとき、これまでの望みを捨て、ある理解不可能な本能の命ずるままに、「いじけた成長不全の植物」である「自由」を手に入れた。これは、カフカ文学に即して考えたら何を意味するのであろうか。

カフカは、「人間は自分の心のなかに不壊なるものがあることを、絶えず信じていなくては生きていくことはできない（……）」と述べる。[38]「不壊なるもの」を直訳すれば、「破壊しがたきもの」という意味になる。「不壊なるもの」とは、人間の心の支えとなる絶対的なもの、形而上学的な存在根拠となるものである。

この場合「不壊なるもの」への信頼感は『ある犬の探究』の主人公の犬が求めた食物であり、別の表現では人間の存在根拠である。カフカの生涯をとおしてのテーマは、この存在根拠を求めての葛藤であったといえる。本稿の『ある犬の探究』では、主人公の犬は、食物を獲得すること、すなわち存在根拠を求めることができないことが描かれている。しかし、「本能の命ずる世界」では、主人公の犬は、新しい生き方に挑戦する。それは、「芸術は真理を求めて飛び交う[39]」ということの見果てぬ憧憬であった。

カフカは若い日の文学への想いを日記のなかで、「人生がそれ本来の厳しい浮き沈みを続け、同時に人生がそれと同じようにはっきり、虚無として、夢として、浮動として認識されるよう展望したかったのである」と回想し[40]、その日記の回想文の終わりの部分で、さらに次のように記述している。

（……）しかし、彼は、とてもそのように願望することは出来なかった。というのは、彼の願望は、願望といえるようなものではなかった。それは、無を弁護し、非存在に市民権を与え、無に一抹の生気を吹き込もうとすることであった。[41]

若き日のカフカは、すでに当時、「無を弁護し、非存在に市民権」を与えることが、自分の生の構成要素であることを予感していたといえよう。

カフカは、彼の分身である主人公の犬のように、その生涯におよぶ努力にもかかわらず、真理を獲得することはできなかった。そして自分自身の存在意義を定着させることが出来なかった。しかし、主人公の犬、そしてその分身である作者のカフカは、新たなる世界、真理をもとめて永遠の逡巡を続けることを決意した。

文学する人としてのカフカは、『ある犬の探究』の主人公の犬の場合と同じように、永遠に真理の周囲を飛びつづけている。カフカは、長編『城』の執筆を放棄した後、『ある犬の探究』を書いているが、『城』の主人公の土地測量技師のKも、いかなる努力をしても城の中に入場を許されず、城の支配下の村でも定住することを許されない。従って、土地測量技師のKも真理の周囲を永遠に逡巡することになる。それ故、彼の分身が、『ある犬の探究』の主人公の犬であるといえよう。彼等主人公達の行為はまさしく「無を弁護し、非存在に市民権を与え、無に一抹の生気を吹き込もうとすること」(42)であったともいえる。

『ある犬の探究』の日本語訳について

本稿『ある犬の探究』のテクストの日本語訳は、現時点では三種類ある。その第一番目は、マックス・ブロートの編集による『フランツ・カフカ全集』の、『ある戦いの記述　短編、小品、遺稿からのアフォリズム』を編集した決定版カフカ全集2、『ある戦いの記録、シナの長城』の中で翻訳されている。（前田啓作訳、新潮社　一九八一年）。第二番目は、ヨースト・シレマイトの編集によるもので、それは『批判版カフカ全集』（作品、日記、手紙）の、『遺稿と断章Ⅱ』のなかに収録されている。日本語訳は、カフカ小説全集⑥『掟の問題ほか』（池内　紀訳、白水社　二〇〇二年）の中に編集されている。しかし、シレマイト版には題名がないので、訳文の冒頭部分（四〇七頁）の下部に「ある犬の研究」と小文字で記してある。第三番目としては、平野嘉彦編の『カフカ・セレクションⅢ』（浅井健次郎訳）で、冒頭部分の文章の和訳、「如何に私の生活は変化したことか」を題名として、ちくま文庫から出版されている。これらの三種類の題名は、まさに、『ある犬の探究』が、遺稿であるがためである。それぞれの訳者のカフカに対する想いがしのばれる。

本稿で使用したテクスト

本稿で使用したテクストは、（『ある犬の探究』）Forschungen eines Hundes である。（In：*Beschreibung eines Kampfes Novellen-Skizzen-Aphorismen aus dem Nachlass*. S. Fischer Verlag 1946. Hrsg. von Max Brod）本稿では、『ある犬の探究』の引用箇所は、同書の本文中のアラビア数字で記載している。

注

（1）Kafka, Franz. *Briefe*（『手紙』）（1902-1924）. Hrsg. von Max Brod. S. Fischer 1958, S. 413.

（2）Engel, Manfred: *Zu Kafkas Kunst-und Literaturtheorie: Kunst und Künstler* im literarischen Werk. In: *Kafka Handbuch Leben-Werk-Wirkung*.（Hersg. von Manfred Engel Bernd Auerochs）Verlag J. Metzler 2010, S. 489.

（3）Binder, Hartmut: *Kafka Kommentar zu sämtlichen Erzählungen,* Winkler Verlag 1975, S.262.

（4）Robertson, Ritchie: *Kafka Judentum Gesellschaft Literatur*（Aus dem Englischen von Josef Billen）. J.B. Metzlersche Verlagsbuchhandlung 1988, S. 357.

（5）Hofmann, Werner: *Ansturm gegen die letzte irdische Grenze Aphorismen und Spätwerk Kafkas*. Francke Verlag 1984, S. 160 -161.

（6）Kafka, Franz. *Nachgelassene Schriften und Fragmente II*（『遺稿と断章Ⅱ』）S. 373.

（7）カフカの原稿を預かったブロートはその原稿（遺稿）には題名が付いていないので、彼独自の判断で作品の内容に即して、*Forschungen eines Hundes*『ある犬の探究』という題名を付けた。『ある犬の探究』は、Franz/Kafka Gesammelte Werke『フランツ・カフカ全集』の、Beschreibung eines Kampfes Novellen-Skizzen-Aphorismen aus dem Nachlass（『ある戦いの記述　短編・小品・遺稿からのアフォリズム』）に収録されている。（S. Fischer Verlag 1946）

（8）もう一人の編者のヨースト・シレマイト（Jost Schillemeit）は、カフカの原稿（遺稿）の Forschungen eines Hundes『ある犬の探究』に相当する部分には題名が付してないので、当然のことながら題名なしで、その原稿を編集している。題名なしの『ある犬の探究』の原稿は、Franz Kafka Schriften Tagebücher Briefe Kritische Ausgabe『批判版カフカ全集（作品・日記・手紙）』の、*Nachgelassene Schriften und Fragmente II*（『遺稿と断章Ⅱ』）のなかに収録されている。(S. Fischer Verlag 1992)

（9）Kafka, Franz: *Forschungen eines Hundes.*（『ある犬の探究』）. In: *Beschreibung eines Kampfes Novellen・Skizzen・Aphorismen aus dem Nachlass.* Hrsg. von Max Brod. S. Fischer Verlag 1946. なお、ブロート版による原文は、Forschungen eines Hundes（『ある犬の探究』）の題名のもとに、二四〇頁に始まり、二九〇頁で終わっている。

（10）Kafka, Franz: *Tagebücher*（『日記』1910-1923）Hrsg. von Hans-Gerd Koch, Michael Müller und Malcolm Pasley. S. Fischer Verlag 1990, S. 20-21.

（11）Kafka, Franz: Tagebücher（『日記』1910 -1923）. S. Fischer 1990, S. 924.

（12）Hofmann, Werner: *Anstrum gegen die letzte irdische Grenze Aphorismen und Spätwerk Kafkas.* S. 170.

（13）Binder, Hartmut: *Kafka Kommentar zu sämtlichen Erzählungen,* S. 262.

（14）Kafka, Franz: *Kinder auf der Landstraße*（『国道の子供達』）. In: *Drucke zu Lebzeiten*（『生前刊行作品』）. S. Fischer Verlag 1994, S. 9-13.

（15）Emrich, Wilhelm: *Franz Kafka.* Athenäum Verlag 1967, S. 154.

（16）Kafka, Franz: *Beschreibung eines Kampfes Die zwei Fassungen Parallelausgabe nach den Handschriften.* S. Fischer Verlag 1969, S. 106.

（17）Fürst, Norbert: *Die offenen Geheimtüren Franz Kafkas.* Wolfgang Rothe Verlag 1956, S. 14.

（18）Binder, Hartmut: *Kafka Kommentar zu sämtlichen Erzählungen,* S. 268-269.

（19）エルンスト・パーヴェル『フランツ・カフカの生涯』（伊藤勉訳）世界書院　一九九八年。二四八頁。Pavel, Ernst: *Das Leben Franz Kafkas*（Aus dem Amerikanischen von Michael Müller), Carl Hanser Verlag, S.

276.
(20) 谷口茂『フランツ・カフカ論—ユーデントゥムとの関係を中心に』明星大学出版部　一九八三年。二〇四頁。
(21) Kafka, Franz: *Die Verwandlung*（『変身』）. In: *Drucke zu Lebzeiten*（『生前刊行作品』）. S. Fischer Verlag 1994, S. 185.
(22) Neumann, Gerhard: *Kafka und die Musik*. In: *Franz Kafka Schriftverkehr*. Hrsg. von Wolf Kittler/G. Neumann. Rombach Verlag 1990, S. 391-398.
(23) マーク・アンダーソン『カフカの衣装』（三谷研爾、竹林雅子訳）高科書店　一九九七年 三一四頁。
(24) Kafka, Franz: *Tagebücher*（『日記』1910-1923）. S. Fischer Verlag 1990, S. 854-855.
(25) 有村隆広「『田舎の婚礼準備』—自己発見の旅—」、立花健吾・佐々木博康編『カフカ初期作品論集』同学社　二〇〇八年、四三頁。
(26)『最初の悩み』の主人公、空中曲芸師はブランコに乗って、観衆の前で毎日のように曲芸を行う。しかしある日彼はブランコひとつだけでは、これ以上芸を続けることは出来ないと述べ、向かい合うもう一つのブランコが必要であると、興行師に嘆願する。そして曲芸を中止する。この場合のブランコの芸は文学そのものを意味し、空中曲芸師は、文学そのものの困難さを興行師に訴えたことになる。
(27) Kafka, Franz: *Der Proceß*. Hrsg. von Malcolm Pasley. S. Fischer Verlag 1990, S. 205.
(28)「水をやったりする」の「水」は、小水（オシッコ）を意味する。主人公の犬は、母親たちが子犬を乳房から放して、人生へ送りだすときの発言、“Mache alles naß, soviel du kannst.“（S. 252）「なるだけオシッコをかけるのよ」を思い出す。主人公の犬は、オシッコを土地にかけると、それが養分となり、豊かな食物を生み出すかもしれないと、その可能性を考えたといえよう。この点に、母性愛についての作者カフカの憧憬を垣間見ることができる。
(29) エルンスト（英語読み「アーンスト」）・パーヴェル（清水健治訳）『カフカとユダヤ性』—「フランツ・カフカのユダヤ性」。教育開発研究所　一九九二年。三九九—四〇〇頁。（*Franz Kafka und das Judentum*

(Hrsg. von Karl Erich Grözinger, Stéphane Mosès und Hans Dieter Zimmermann). In：*Franz Kafka und das Judentum*. Jüdischer Verlag bei Athenäum 1987, S. 256

(30) Kafka, Franz: *Der Proceß*. Hrsg. von Malcolm Pasley. S.Fischer 1990, S. 292-295.

(31) Jayne, Richard: *Erkenntnis und Transzendenz Zur Hermeneutik literarischer Texte Kafka: Forschungen eines Hundes*. Wilhelm Fink Verlag 1983, S. 72.

(32) Kafka, Franz: *Nachgelassene Schriften und Fragmente II*, (『遺稿と断章Ⅱ』) S. 29.

(33) Kafka, Franz: *Nachgelassene Schriften und Fragmente II*, (『遺稿と断章Ⅱ』) S. 118.

(34) Ebd. (同書), S. 75-76.

(35) Emrich, Wilhelm: *Franz Kafka*, S. 163.

(36) Engel, Manfred: *Zu Kafkas Kunst-und Literaturtheorie: Kunst und Künstler im literarischen Werk*. In: Kafka Handbuch Leben-Werk-Wirkung. (Hrsg. von Manfred Engel und Bernd Auerlochs) . Verlag J. B. Metzler 2010, S. 489.

(37) Emrich, Wilhelm: *Franz Kafka*, S. 118.

(38) Kafka, Franz: *Nachgelassene Schriften und Fragmente II* (『遺稿と断章Ⅱ』), S. 58.

(39) Ebd. (同書), S. 75-76.

(40) Kafka, Franz: *Tagebücher* (『日記』 1910-1923), S. 854-855

(41) Ebd. (同書), S. 855.

(42) Ebd. (同書), S. 855.

一六　『巣穴』
――創作の原動力としての「敵」――

村上　浩明

一　『巣穴』のテクストについて

一九二三年九月二四日、カフカは同年七月にバルト海岸ミューリッツにて知り合ったユダヤ人女性ドーラ・ディアマントとベルリンで暮らし始める。『巣穴』はその年の一一月末から翌年一月末にかけて執筆された。[1]その大部分は一二月末前までには書かれていたとも推測されている。[2]この物語テクストは一六枚の手稿の束から成る未完の断片であり、カフカの生前には出版されていない。手稿に表題はなく、『巣穴』というタイトルはカフカの死後遺稿の出版に踏み切った友人マックス・ブロートによってつけられた。本稿でもこのテクストをブロートに従って『巣穴』と呼ぶ。

物語は地中に穴を掘って暮らすアナグマのような動物の独白体として進む。テクスト自体に章の区分はないが、本稿では便宜上、主人公の場所移動に伴いテクストを三つの部分に分ける。第一部は主人公が巣穴内部からその構造を説明する部分（576-590）。ここでは、巣穴ならびに主人公自身を破滅させるかもしれない「敵」の存在についても語られる。巣穴はそのような「敵」の目を欺き静寂と平安を保つために多数の通路および小広場から構成され、食糧の備蓄場所として「城塞広場」と呼ばれる主要広場を持つ。主人公は時おり備蓄場所を分散すべきかどうか思い悩み、右往左往する。そのような時を過ごした後には、巣穴を一旦離れ外界へ遠足に出かけるという。第二部は巣穴外部から巣穴を観察する部分（590-602）。この観察により初めは巣穴の安全を確信するが、自分が内部にいない状態での安全が無意味であることに気づき、巣穴に戻ろうとする。但し、主人公はここでも狐疑逡巡を繰り返す。あれこれの危険を想定し、信頼できる協力者の存在を夢想するものの、結局信頼できるのは自分と巣穴だけだという結論に至り、疲労のあまり半ば放心状態でようやく巣穴内部に戻る。第三部は巣穴に帰還後、原因不明の「雑音」に悩まされる部分（603-632）。内部の点検中に眠りに落ちた主人公は、「シューシューという音」で目覚める。主人公は巣穴のあちこちを掘り返しながら、この音の原因について様々な可能性に思いを巡らす。

このテクスト全体に浸透しているのは、言いようのない「不安」である。このことはまず、『巣穴』執筆当時のカフカの個人的な「不安」と無関係ではないだろう。当時のカフカは両親の住むプラハを離れるという積年の夢を叶え、結婚という形はとれなかったものの、[3] 共に暮らす伴侶を得た。彼は死の前年になってようやく「平安」を手に入れたのである。『巣穴』の主人公は言う、「そこで私は甘美な眠りを眠る。家を持ち、目標が達成され、欲望が静められた、平安の甘美な眠りを」(580)。だがカフカが「平安」を見出したのは、当時その言葉に最もふさわしくない都市であった。一九二三年のベルリン――第一次世界大戦敗戦後のドイツ経済は悪化の一途を辿り、ストライキ、テロ、流血沙汰に至る激しいデモが頻発。インフレーションは止まるところを知らず、日々の食料を手に入れるのも容易ではなかった。そのような状況下、カフカが一九一七年から患っていた結核の症状は悪化。翌年三月一七日にはプラハへの帰郷を余儀なくされた[4]。この作品に登場する「言葉の多くは日常会話でも用いられた(例えば、動物=苦しい咳。カフカは一九二四年六月三日に結核で死んだ[5])」とブロートが述べているように、巣穴内に聞こえる「シューシューという音」は、しばしば肺結核の暗示と解釈される[6]。

また、「うまくいったように思われる」(576) 巣穴を作り上げても常に「敵」の存在に怯え続け、「完全無欠な巣穴」(599) を夢見ながら更なる不安にかられる主人公の姿は、滑稽であると同時に、生を営んでいる限り多かれ少なかれ誰しも抱く漠たる不安の典型状況でもあろう。根拠のない不安にかられ、思考の袋小路に迷い込む。ここには人間一般の生における「不安」が、動物物語という寓話の中で表現されているともいえる。

作中ではこの「不安」は、主人公が想像する未だ姿を見たことのない「敵」として描かれている。

本稿では、この「敵」を「不安」を誘発する否定的なものとしてのみ捉えるのではなく、主人公にとって否定されるべきこの「敵」こそが、主人公の営みにとって必要不可欠な要素であることを明らかにする。

二　敵

第一部で主人公が語る「敵」は、「貪欲な鼻づら」(577)、「情熱的な盗賊」(577) などとも呼ばれるが、「敵対者」(Gegner) や「敵」(Feind) という呼称が最も多い。しばしば複数形で用いられることから、主人公の「敵」は複数存在することが推測され、実際、「敵対者は数え切れぬほどいる」(578) とも語られている。また、主人公は外部から侵入する「外敵」の他に、地中内部にもそのような「敵」がいることを仄めかす。

私を脅かすのは外敵たちだけではない。地中内部にもそのような者たちが存在する。私はまだ見たことはないが、諸々の伝説が彼らのことを伝えており、私はそれを固く信じている。それは地中内部の存在であり、伝説でさえも彼らを描写することはできず、彼らの犠牲になった者でさえ、その姿をほとんど見てはいない。彼らがやって来る。自分のすぐ下の、彼らの領分たる地中で鉤

爪の引っ掻く音が聞こえるや、もう何もかも終わりである。（578）

主人公の説明によれば、地中内部の敵の存在は「諸々の伝説」（Sagen）が伝えているという。「伝説」とは形式上「事実」を装った（口承）伝承ではあるが、その真偽は不明（しばしば虚構）である。姿を描写することもほとんど見ることもできないのであれば、それは想像の産物である可能性も否定できない。実際、巣穴内部で主人公は食料となる小生物以外の他者と未だ対峙したことがなく、少なくとも物語の前半では巣穴内部は「静寂」に包まれた「孤独」を享受できる空間となっている。

主人公はこのような「敵」に何を怯えているのであろうか。「敵」によって自らの生命が脅かされる様子を想像したり、「暗い苔の下のその場所で私は死すべき運命にある」（577）と述べたりしていることから、一見「生命の危険」（577）すなわち「死」に怯えているように見える。だがそれにしては場所を問わず眠り込んだり、外界に出て巣穴を観察したりと、無防備な行動が目立つ。巣穴はそもそも主人公が安全快適に暮らすために造られたものであるが、いつしかその目的が逆転し、主人公は自らの死自体を恐れているというよりはむしろ、巣穴が安全であるかどうかに不安を覚えているように見える。実際、外界から自分が「城塞広場」に立っている様子を想像した際には、巣穴の中では死をも厭わないという考えを示す。

そうして私ははっきりと、ここが我が城塞であることを知る。引っ掻いたり噛み砕いたり、踏んだり突いたりすることで、反抗的な土から勝ち取った我が城塞。それは決して他の誰のものでもありえず、私のものなのだ。とどのつまりはここで私の敵から致命的な傷を受けてもかまわないほどに。というのも、私の血はここで我が土の中に染み込み、失われることはないのだから。(601)

さらに、巣穴への帰還後には、自分と巣穴との一体性が強調される。

通路と広場たちよ、そして何よりも城塞広場よ、お前たちのために私は我が命を顧みず戻って来たのだ。我が命のために震えおののき、お前たちのもとへ帰るのを先延ばしにするという、長きに亘る愚行の後に。お前たちのもとにいる今、危険が何だというのか。お前たちは私に属し、私はお前たちに属す。私たちは結びついており、そんな我々に何が起こりえよう。(605)

巣穴は主人公が生涯をかけて作り出した作品である。両者の関係は生み出した親と生み出された子、いわば血の繋がった親子の関係であり、巣穴が「極度に集中した知性の仕事」(580)の結果であるならば、巣穴とは主人公の精神が宿った分身でもあろう。そのような巣穴を脅かす「敵」はむろん排除されなければならない。主人公は巣穴建造の最初期から、「敵」の存在を意識していた。出入り口付近を迷路状にしてしまった当時を振り返り、次のように言う。

ここが俺の家への入り口なのさ、と私は当時皮肉まじりに見えざる敵たちに向かって言い放ち、彼らがみな早くも入り口の迷路で窒息するのが目に見えた。(587)

「敵」は排除すべき対象である。だが他方で「敵」の存在がなければここで作り上げた迷路は意味を持たない。この矛盾が、主人公が定期的に「敵」の存在を意識する契機となる。その最たるものが、第三部に現れる「雑音」の解釈であろう。主人公は巣穴外部からの帰還後、「お気に入りの広場のひとつ」で丸まっているうちに深い眠りに陥るが、長い眠りの後、「それ自体としてはほとんど聞こえないシューシューという音」で目を覚ます(605-606)。この音は初め、小さな生き物が新しい道を掘りその道が古い道とぶつかったために生じたのだと推測される(606)。だが場所に関係なく同じように聞こえることから、「雑音」の中心が二つあるという可能性が語られ(609)、さらに小動物の可能性、未知の小形動物たちの群れの可能性が挙げられる(613)。主人公は巣穴内をあちこち掘り返してみるが、「雑音」の正体は一向に分からない。その後、「雑音」の方向に向かって大きな溝を掘る決心をするが(614)、この計画は結局実行には移されない。そうして主人公は、巨大な「敵」の存在を想定する。

想像力は止まるところを知らず、実際私は信じ続けようとする――自らそれを否定しても無意味だが――このシューシューという音はある動物が発したものであり、それもたくさんの小さな動物ではなく、一匹の大きな動物のものである、と。その考えに反する事実はいくつもある。例えば、その音が至るところで聞こえ、常に同じ音量で、おまけに昼夜を問わず規則的に聞こえるという点。たしかに、初めはどちらかといえばたくさんの小動物だと思いがちだったが、そうであれば私が掘り返した際にその小動物を見つけていたはずであり、何も発見できなかったということは、大きな動物の存在を想定せざるをえない。この想定に矛盾するように見えることも、この動物の存在を否定するものではなく、ただその動物が想像可能な範囲を超えて危険であることを示しているにすぎない。ただそれゆえ、私はこの想定に抵抗したのである。私はこのような自己欺瞞をやめる。(622-623)

「その考えに反する事実はいくつもある」といくつかの矛盾点を挙げながらも、結局は「想像力」によって、「想像可能な範囲を超え」た巨大な「敵」を創造してしまう。そもそも、「雑音」の方向に向かって溝を掘っていくことは、この音の正体判明に有効な手段だったはずである。だが主人公はその場所をもう一度確認したところで仕事を行う気にはならず、それどころか「この溝が私に確証をもたらすというのか？　私はもう確証など全く欲しくないところまで来ているのだ」(630) と考え、「雑音」の正体が判明することを避けようとする。

主人公にとっての自己の存在意義とは、巣穴を建造し、それを改修するという創造的行為を遂行することである。現状に満足してしまえば巣穴の改修は必要なくなってしまう。だからこそ巣穴の欠陥をあれこれと語り、「敵」の存在を想定することで巣穴改修の契機とするのだ。このことの告白ともいえるのが次の場面である。巨大な「敵」の存在を想定したものの、最終的に主人公はこの「敵」が遠ざかっていると考える。

もっとも今やこの動物はずいぶん遠ざかっていったようである。やつがもう少し遠くに退けば、たぶん音も消えるだろう。そうすれば全てがまた昔のようによくなるかもしれず、そうなればそれは、いやらしくはあったが有益な経験にすぎなくなり、その経験は実に多様な改良を巣穴に施す気を私に起こさせるだろう。平安が与えられ、危険が差し迫っていないならば、私にはまだ多種多様なひとかどの仕事をこなす能力が十分にあるのだ。(631)

想像上の「敵」との戯れは「有益な経験」であり、「実に多様な改良を巣穴に施す気を私に起こさせる」契機となる。主人公にとっての「敵」の存在意義はまさにこの点にあり、彼は「敵」を自ら作り出すことで、創作の原動力としているのだ。雑音の方向に向かって溝を掘っていくという最も理性的な計画を断念するのは、彼がこの音の正体を根本のところ知りたくないからであろう。彼はこの計画について、「その理性的な新計画は私を引きつけるが、他方で引きつけはしない」(616)と、相反する反応を示している。

三　静寂のざわめき

『巣穴』の「敵」をこのように創作の原動力と捉えると、カフカにとっての創作活動、すなわち「書くこと」との関連が見えてくる。実際、『巣穴』には「書くこと」を彷彿させる表現が多い。古代において「書く」という行為は、石などの硬い面に文字を刻み込む、あるいは彫り込む行為であった。[7]それゆえ、「鉤爪」で土を引っ掻いて地中を「掘る」という主人公の営みは「書くこと」を連想させる。また、主人公が最初に建設した入り口付近の迷路を「処女作」(587)と呼び、「城塞広場」の数を「一部」(ein Exemplar)(584)と数えることから、巣穴全体を「作品」とみなすこともできよう。[8]その「処女作」が迷路であることは(586)、カフカの最初期のテクスト『ある戦いの記述』が入れ子状の複雑な構成であることを想起させる。[9]さらには、『巣穴』をカフカ文学の比喩とする「物語の物語」としてのみ捉えるのではなく、「敵」が不明なこのテクストにおいては語られる対象が欠如しているのであり、テクストが示すのは、「物語ること（das Erzählen）そのものを自己言及的に提示する物語行為」、すなわち「物語りの物語」と捉える解釈も存在する。(10)

では、『巣穴』を「書くこと」と関連づけた場合、「城塞広場」はどのように位置づけられるであろうか。「城塞広場」は食糧を貯える場所である。『巣穴』の主人公の営みが「書くこと」のメタファーであるならば、彼の行う「狩猟」(11)（581）は文学の素材集めと考えられよう。備蓄食糧は主人公の右往左往の中で時には別の小広場に移され、再び「城塞広場」に戻されるという循環運動を繰り返す。この営みによって「城塞広場」は、文学的素材ないし文学的常套句の集まる「場所（トポス）」を形成する。(12)「城塞広場」はまさにこのような循環運動が行われる「場所」であり、主人公がとりわけこの広場を気に掛けるのは、ここが彼の営み（＝「書くこと」）の源泉となっているからである。

かつて主人公は「城塞広場」を今とは全く別の形にする構想を抱いていた。第三部で主人公の耳に「雑音」が聞こえ始め、その原因を調査中、昔企てたが実行には移さなかった「お気に入りの計画のひとつ」が語られる。それは「城塞広場」の周りに空洞を造って広場を周囲から切り離し、その空洞から広場を監視するというものであった。その空洞を「最も素晴らしい滞在場所」として想像し、「城塞広場か空洞かのどちらかを滞在場所に選ばなければならないとしたら、きっと空洞を選び、全生涯をかけて、ただ常にそこを上へ下へと歩き回り続けて、城塞広場を守る」という（611）。

他者のみならず自らも立ち入ることができないのは本末転倒ともいえようが、この計画が実現していれば、「城塞広場」は別の意味を帯びていたであろう。その場合、広場は備蓄場所としての役割は果たさず、何人も不可侵の聖なる領域にまで高められる。「城塞広場」の宗教的意味については、ゲルハルト・クルツによってすでに指摘されている。[13] ヨーロッパにおいて神ないし信仰は伝統的に「城塞」と関連づけられており、例えば、マルティン・ルター（一四八三―一五四六）は「神はわがやぐら〔城塞〕」という賛美歌を残し、スペインの神秘家アヴィラの聖テレサ（一五一五―一五八二）は「霊魂の城〔城塞〕」を著し、魂を七つの部屋からなる城〔城塞〕に喩えた。

進入不可能な場所の周辺を守るという設定は、長編断片『訴訟（審判）』の挿話として書かれ、短編集『田舎医者』に独立して収録された小品『掟の前』（一九一四年執筆）を想起させるだろう。いわば、この作品の門番の役割を『巣穴』の主人公が果たすことになる。また、長編断片『城』の冒頭で主人公Kが村へと続く橋の上に到着した際、城があるはずの場所は「見かけ上の空虚（見たところそこには何もない状態）」scheinbare Leere（KKAS 7）として描かれる。むろん、テクスト内の現実では城は建物として存在するため「空虚」ではないし、「見かけ上の空虚」という表現は、「空虚」が「見かけ」であり、実際には城が存在することを暗示している。だが、村および城のことを何も知らないKにとって、城は目指すべき場所でありながら、まだ何の情報もないという意味で「からっぽ」Leereでもある。Kは村人たちから城あるいは城の役人たちの情報を集めることで、そのままでは認識できない「空虚」に言葉を与えているのだ。『城』はKの測量による城構築の物語ともいえる。但し、村人たちの発言は相矛盾しており、それゆえ城は矛盾を内包した複合体として描かれる。だが、「空虚」であるからこそ、あらゆる属性を付加しうるという無限の可能性が生じるのだ。

『巣穴』の主人公が創り出そうとしていたものも、このような可能性を秘めた「空虚」なのではあるまいか。「空虚」に存在する可能性に、そっと聞き耳を立てる――この行為を主人公は、先の引用箇所に続いて次のように表現する。

そうすれば壁に雑音がすることはなく、図々しくも広場まで掘り進む音もないだろうし、そうすれば広場では平和が保証され、私はその監視者となり、小さな族どもの掘る音に嫌悪しながら聞き耳を立てるのではなく、私が今完全に聞き逃しているものに恍惚状態で聞き耳を立てるだろう。すなわち、城塞広場の静寂のざわめきに。(611-612)(傍点筆者)

ここで注目すべきは「静寂のざわめき」という一見矛盾した表現である。「私の巣穴の最大の美点は静寂だ」(579)とあるように、第一部から主人公は「静寂」に対し並々ならぬ執着を示していた。だからこそ、第三部で「雑音」が聞こえ始めると、半狂乱になってその原因を探ろうとする。だがここでは「静寂」を「静寂」として捉えるのではなく、「ざわめき」として聞こうとしている。ドイツ語の「ざわめき」（Rauschen）という語はマイクやラジオなどの機材の雑音を指すこともあるが、必ずしも不快な音だけを意味するのではない。小川のせせらぎや葉が風に揺れる音など、サラサラ、ザワザワという音を指す。これらの音は聞いていて不快なものではないが、無音ではない。では、「静寂のざわめき」とは何か。「静寂」は無音状態、いわば「空虚」である。それを「ざわめき」として聞くということは、主人公の欲しているものが単なる無音状態ではなく、そこから何かがふつふつと湧き上がってくるような「静寂」であることを意味している。

カフカ文学にとって、「静寂」ないし「沈黙」は重要な意味を持つ(14)。例えば、一九一七年一〇月二三日に八つ折判ノートGに書かれ、ブロートによって『セイレーンたちの沈黙』と名づけられた小品では、セイレーンたちの歌よりもなお恐ろしい武器は「沈黙」であった（KKAN II 40）。このセイレーンの沈黙について、河中正彦は次のように述べている。

（カフカが――筆者注）歌と呼んでいるのが、音を伴う音楽ではなく、歌われようと身構えながらまだ歌い出されていない歌、決して空虚だから静まり返っているのではなく、詩的言語がまさにそこから噴出しようと煮え返っている熱狂したあのしじまだからなのだ。どんな言葉とでも結合してやるぞ、という不逞な覚悟を秘めた沈黙、言語による分節をまだ蒙っていないがゆえに、そこにはなにひとつないと同時に、またなにひとつ欠けてもいないない過飽和な沈黙(15)（……）

「沈黙」ないし「静寂」をこのように捉えると、「城塞広場」はいわば詩的言語の源泉であり、その場所に「聞き耳を立てる」ことは、詩的霊感を得ようとすることに他ならない。文学とは、言語で捉えがたいものを言語で捉えようとする営為である。「静寂のざわめき」を聞く――この矛盾した表現は、文学的営為が孕む矛盾のメタファーだといえよう。さらに、「静寂」とは無音であり、「静寂のざわめき」を聞くとは、「無」を「有」として聞くこと、「不在」を「存在」させる行為に他ならない。これは、想像力を以って「不在」の物語を「存在」させる文学的営為のメタファーでもあるだろう。

だが主人公のこの計画は実現されておらず、「お気に入りの計画」(611)の域を出ていない。この計画は「雑音」の原因究明中に思い出されたものだが、主人公はこの計画のことを忘れ、再び「雑音」の原因を探る。主人公が実際に聞き耳を立てることになるのは、静寂の「ざわめき」(Rauschen)ではなく「雑音」(Geräusch)であった。だがこれもまた、主人公が否定しつつ求めた「敵」が「音」の形で具現化したものであり、主人公の「想像力」によって「不在」を「存在」させたものなのである。

四　むすび

『巣穴』は未完の断片であり、現存するテクストは、「(……)だが全ては変わらぬままであり、それが」(632)という文の途中で中断している。この文は手稿の束の一六枚目最終行にあるため、物語の続きないし結末が書かれていながら原稿が散逸してしまった可能性も排除できない[16]。実際、ブロートは自ら編集した全集のあとがきで、ドーラの発言によればこの作品は完成していたのであり、主人公は「敵」との戦いで敗北するだろうと述べている[17]。

もっとも、「敵」の存在に怯える主人公の独白が延々と続くこのテクストにおいて、最終的には「敵」が主人公の前に姿を現し、主人公を死に至らしめるという結末は些か疑わしい。たしかに、残された原稿が未完である以上、カフカが意図していた真の結末を知る術はない。とはいえ現存するテクストが多くの紙数を割いて描き続けているものが、姿を見せぬ「敵」に対する主人公の姿であるならば、そこにこそテクストの主題を読み取るべきであろう。

本稿で見てきたように、『巣穴』の主人公にとっての「敵」は巣穴(=主人公の作品)創作の原動力と捉えられる。だがこの原動力は同時に主人公の不安を増大させ、第三部で描かれるように、主人公が自らの創作物を半狂乱になって荒らしてしまうほどの破壊的な力を持つ。『巣穴』はそのような狂気と紙一重の創作行為として読み解くことができるだろう。だがこの破壊は同時に、改修(=改作)という更なる創作行為とも結びついているのである。

テクスト

『巣穴』のテクストは次の版を用い、引用後の括弧内に頁数のみを付す。

Kafka, Franz: *Nachgelassene Schriften und Fragmente II*. Hrsg. von Jost Schillemeit. Frankfurt a. M.: Fischer Taschenbuch Verlag, 2002.

なお、カフカの他のテクストからの引用の際には、引用後の括弧内に略号と頁数を付す。略号は以下のとおり。

KKAD＝Kafka, Franz: *Drucke zu Lebzeiten*. Hrsg. von Wolf Kittler, Hans-Gerd Koch und Gerhard Neumann. Frankfurt a. M.: Fischer Taschenbuch Verlag, 2002.

KKAN I＝Kafka, Franz: *Nachgelassene Schriften und Fragmente I*. Hrsg. von Malcolm Pasley. Frankfurt a. M.: Fischer Taschenbuch Verlag, 2002.

KKAN II＝Kafka, Franz: *Nachgelassene Schriften und Fragmente II*. Hrsg. von Jost Schillemeit. Frankfurt a. M.: Fischer Taschenbuch Verlag, 2002.

KKANA II＝Kafka, Franz: *Nachgelassene Schriften und Fragmente II*. Apparatband. Hrsg. von Jost Schillemeit. Frankfurt a. M.: Fischer Taschenbuch Verlag 2002.

KKAS＝Kafka, Franz: *Das Schloß*. Hrsg. von Malcolm Pasley. Frankfurt a. M.: Fischer Taschenbuch Verlag, 2002.

注

（1）KKANA II 144.

（2）Engel, Manfred/Auerochs, Bernd（Hrsg.）: *Kafka-Handbuch. Leben-Werk-Wirkung*. Stuttgart, Weimar: J. B. Metzler 2010, S. 337.

（3）カフカはドーラの父親に宛て結婚を申し込む手紙を出したが、敬虔なユダヤ教徒である父親がその手紙を地区の「偉大なラビ」に見せたところ、拒否されたという。（エルンスト・パーヴェル（伊藤勉訳）『フランツ・

カフカの生涯』世界書院　一九九八年、四三五―四三六頁参照。）

（4）カフカの死後、ドーラは『巣穴』について次のように述べている。「それは自伝的な物語だった。ひょっとしたらそれは両親の家に帰ることになるという予感、自由が終わるという予感だったのかもしれず、その予感が彼の中にこの突然の激しい不安感を呼び起こしたのである。彼は私に、君がこの巣穴の『城塞広場』だと説明した。」Diamant, Dora: Mein Leben mit Franz Kafka. In: *„Als Kafka mir entgegenkam ...“. Erinnerungen an Franz Kafka*. Hrsg. von Koch, Hans-Gerd. Berlin: Verlag Klaus Wagenbach 2005, S. 199.

（5）Kafka, Franz: *Beschreibung eines Kampfes*. Hrsg. von Max Brod. Frankfurt a. M.: Fischer Taschenbuch Verlag 1996, S. 259.

（6）Engel und Auerochs, a.a.O., S. 339.

（7）ドイツ語の「書く」schreiben という動詞はラテン語の「書く」scribere に由来し、この語は本来「尖筆で刻み込むこと」を意味した。

（8）Politzer, Heinz: *Franz Kafka. Der Künstler*. Frankfurt a. M.: Suhrkamp Taschenbuch Verlag 1978, S. 491.

（9）Kurz, Gerhard: Das Rauschen der Stille. Annäherungen an Kafkas „Der Bau“. In: *Franz Kafka: Zur ethischen und ästhetischen Rechtfertigung*. Hrsg. von Sandberg, Beatrice und Lothe, Jakob. Freiburg im Breisgau: Rombach Verlag 2002, S. 159.

（10）尾張充典『否定詩学――カフカの散文における物語創造の意志と原理』鳥影社　二〇〇八年、一一三―一一四頁。

（11）一九一七年に執筆された『猟師グラフス』断片のひとつに次のような箇所がある。「私がここで書くものは、誰にも読まれないだろう」(KKAN I 311)。「誰も私のことを知らない」とも語られるこのテクストでは、「猟師」、「書くこと」、「孤独」が結びつけられているといえよう。
また、ゲルハルト・クルツは「書くこと」と「狩猟」の同一視の例として、一九二〇年八月二六日のミレナへの手紙を挙げている。そこでは、数日来「軍務」〔執筆のこと〕を開始しているが、本来の「獲物」は夜更けにひそんでいると述べられている。Vgl. Kurz, a.a.O., S. 160.

(12) Vgl. Kurz, a.a.O., S. 160.
本来「場所」を意味するギリシア語「トポス」τόπος は、古代ギリシアの修辞学において(とりわけアリストテレス以降)、議論の際に重要となる論点や論題の貯蔵庫を意味した(中村雄二郎『中村雄二郎著作集第X巻　トポス論』岩波書店　一九九三年、とりわけ一八九頁以下参照)。また、E・R・クルツィウスは『ヨーロッパ文学とラテン中世』(一九四八年)の中で、「トポス」をヨーロッパ文学の中で繰り返し用いられる文学的「常套句」として捉え直したが、それは決して静的なものではなく、使い古された「常套句」は、現代のテクストの中で甦る際に変容を蒙りながら新たなものを吸収し、原テクストへと回帰するという(小黒康正『黙示録を夢みるとき——トーマス・マンとアレゴリー——』鳥影社　二〇〇一年、七—八頁参照)。

(13) Vgl. Kurz, a.a.O., S. 158 f.

(14) カフカ最後の作品『歌姫ヨゼフィーネあるいはねずみ族』では、語り手の鼠は次のように言う。「我々を恍惚状態にするのは、彼女の歌なのだろうか?　それよりむしろ、彼女の弱々しい小さな声を取りまく荘重な静寂ではないだろうか?」(KKAD 354)。ここではヨゼフィーネの弱々しい歌があることで逆に「静寂」に意識が向くという文脈のため、「静寂」を「ざわめき」として聞くという『巣穴』の文脈とは方向性が異なるものの、「静寂」を重視しているという点では注目に値する。

(15) 河中正彦「カフカとリルケ——沈黙の詩学——」(有村隆広編『カフカと二十世紀ドイツ文学』同学社　一九九九年)三三頁。

(16) Engel und Auerochs, a.a.O., S. 337.

(17) Kafka, Franz: *Beschreibung eines Kampfes*, a.a.O., S. 259.

あとがき

カフカ研究会より『カフカ後期作品論集』をお届けします。カフカ研究会では今日まで、『カフカと現代日本文学』（一九八五年）、『カフカと二〇世紀ドイツ文学』（一九九九年）、『カフカ初期作品論集』（二〇〇八年）、『カフカ中期作品論集』（二〇一一年）を順次出版してまいりました（いずれも同学社刊）。従って本書は、同学社から出版される本研究会の五冊目の単行本となります。また単行本というかたちではありませんが、一九八〇年に西日本のドイツ文学研究誌『かいろす』第一八号に掲載された「カフカ特集――カフカ研究の問題点」は本研究会による論文発表の出発点でした。『かいろす』第一八号で発表された諸論文については、日本独文学会ホームページとリンクした「かいろす」の会ホームページでお読みいただくことができます。著作の刊行と並行して、私たちは日本独文学会で研究報告をおこなってきました。一九七九年、秋の全国学会（九州大学）で「カフカ研究の問題点」、一九八三年、秋の全国学会（静岡大学）で「カフカと現代日本文学」、一九九四年、西日本支部学会（山口大学）で「カフカと二〇世紀ドイツ文学」、二〇一二年、西日本支部学会（福岡大学）で「特集フランツ・カフカ」です。

共同での研究活動は今後、長編小説へと向かいます。またこれまでの論集で扱いきれなかった遺稿が研究対象として残されていますし、「カフカと現代日本の表現者たち」として『カフカと現代日本文学』の続編を出そうという声もあります。このような新たな課題に取り組むにあたり、研究会に加わる若手研究者の存在は力強いものです。本書では二名の執筆者が加わりました。林嵜伸二氏（京都大学非常勤講師）と山尾涼氏（松山大学）です。カフカ研究会は西日本、九州を中心に活動していますが、その他の地域からであってもカフカに関心をもつ若い研究者が、新しい風と活力を運んできてくれることを望んでやみません。二泊三日の研究集会を福岡、大分、広島、松山の持ち回りで年に二回おこなっています。会則や会費のないゆるやかな集まりです。お気軽に声をおかけください。

本書は当初、カフカ生前に出版された『断食芸人』を中心として構想されました。しかし、カフカの後期作品を論じる場合、一九二〇年代の遺稿群はどうしても必要だという意見が出され、「遺稿より」の部分は当初予定していた『ある犬の探究』『夫婦』『巣穴』に加え、さらに四つの対象作品と五つの論文が順次付け加わる結果となりました。結果として出版時期に予定より遅れが生じましたが、カフカ文学とカフカ研究を多角的に捉えた、より充実した内容の論集ができあがりました。

本書には初出論文七編と過去に様々な研究誌や所属機関の紀要等に発表された論文一一編が掲載されています。既発表の論文はすべて、本書に掲載するにあたり加筆・修正を加え、さらに当研究会での発表と相互の査読を経たものです。以下、各論文について本書初出か、既発表であるか、また既発表の場合には初出誌を示します。

一　『最初の悩み』――芸術と芸術家――（有村隆広）
本書初出。

二　『小さな女』――語りの磁場を逃れて――（野口広明）
「カフカの『小さな女』――語りの磁場を逃れて――」、『九州産業大学国際文化学部紀要』第五四号、二〇一三年、七一―七八頁。

三　『小さな女』――「お見通し」行為という観点からの分析――（西嶋義憲）
「カフカの『小さな女』における「お見通し行為」」、金沢大学外国語教育研究センター『言語文化論叢』第一八号、二〇一四年、一〇七―一二六頁。

四　『断食芸人』――書く人として生きる――（佐々木博康）
「カフカの『断食芸人』――書く人として生きる――」、『大分大学教育福祉科学部研究紀要』第三五巻　第二号、二〇一三年、一二一―一三五頁。

五　『断食芸人』——見られない芸——（上江憲治）

本書初出。

六　『断食芸人』——ある作家の宿命——（立花健吾）

「『断食芸人』試論」、『福岡大学人文論叢』第二三巻　第一号、一九九一年、四三—六五頁。

七　『歌姫ヨゼフィーネあるいはねずみ族』——芸術家か、英雄か——（下薗りさ）

本書初出。

八　『歌姫ヨゼフィーネあるいはねずみ族』——歌のない絶唱——（古川昌文）

本書初出。

遺稿より

九　『ハゲタカ』——結核の発病——（有村隆広）

本書初出。

一〇　『却下』――ロシア像とユダヤ性――（林嵜伸二）
本書初出
一一　『寓意について』――カフカ作品における対話の「歪み」――（西嶋義憲）
「カフカ作品における対話の『歪み』――Von den Gleichnissen のテクスト言語学的分析――」、日本独文学会中国四国支部『ドイツ文学論集』第三三号、二〇〇〇年、五―一四頁。
一二　『都市の紋章』――ユダヤ性と不壊なるもの――（林嵜伸二）
「フランツ・カフカのバベルの塔物語『都市の紋章』」日本独文学会京都支部『Germanistik Kyoto 15』二〇一四年、四一―五九頁。
一三　『夫婦』――二者択一を越えて――（野口広明）
「カフカ論Ⅱ――パラドクスの輪――」、『九州ドイツ文学』第一号、一九七八年、一三一―一五三頁。

一四　『ある犬の探究』――〈沈黙〉のうちに〈語る〉こと――（山尾　涼）
「〈犬の知〉から語られるディスクール――フランツ・カフカ『ある犬の探究』」、『愛知工業大学研究報告』、第四八号、二〇一三年、二一―二七頁。

一五　『ある犬の探究』――カフカ文学の軌跡――（有村隆広）
「カフカの後期の作品“Forschungen eines Hundes”作品分析とモチーフ」、『ドイツ文学』五二号、一九七四年、八六―九五頁。

一六　『巣穴』――創作の原動力としての「敵」――（村上浩明）
本書初出。

本書の出版に変わらぬご理解とご協力をいただいた同学社社長、近藤孝夫氏と編集に際し貴重なご意見とご助力をいただいた並里典仁氏に心から感謝いたします。

二〇一五年一〇月

編者

カフカ年譜

年	生涯・主要作品・著作
一八八三（誕生）	七月三日、チェコ系ユダヤ人ヘルマン・カフカ（一八五二―一九三一）とドイツ系ユダヤ人ユーリエ（旧姓レーヴィ、一八五六―一九三四）の第一子として、プラハ（当時はオーストリア＝ハンガリー帝国の属領ボヘミア王国の首都）に生まれる。父のヘルマンは手芸装身具店を経営していた。
八五（二歳）	弟ゲオルク誕生（八六年没）。
八七（四歳）	弟ハインリッヒ誕生（八八年没）。
八九（六歳）	九月、フライシュマルクトにあるドイツ系小学校に入学、同級生にフーゴー・ベルクマン（哲学者でシオニスト）。妹エリ誕生。
一八九〇（七歳）	妹ヴァリ誕生。
九二（九歳）	妹オットラ誕生。
九三（一〇歳）	九月、プラハ旧市街キンスキー宮殿《パレ》の中にあるドイツ系中高等学校《ギムナジウム》に入学、同級生にベルクマン、オスカー・ポラック（美術史家）。

九六（一三歳）	六月一三日、ユダヤ教の堅信礼《バル・ミツワー》（成人式にあたる）。
九九（一六歳）	社会主義に熱狂。ポラックと親しくなる。教師の影響でチャールズ・ダーウィンを読む。
一九〇〇（一七歳）	七月、モラヴィアのトリーシュに住む叔父で医者のジークフリート・レーヴィのもとで過ごす。
〇一（一八歳）	中高等学校卒業試験《アビトゥーア》に合格。夏、北海地方のヘルゴラント島とノルダーナイ島へ旅行。一〇月、プラハのドイツ系カール・フェルディナント大学に入学。最初、ベルクマンとともに化学を専攻したが、二週間後に法学に変更。しかし、また文学に専攻を変え、美術史、哲学を学ぶ。
〇二（一九歳）	夏学期に美術史、ドイツ文学の講義、またブレンターノ学派のマルティ教授の講義を聴く。冬学期からミュンヘン大学でドイツ文学を専攻する計画を立てるが、結局プラハで法学を専攻。一〇月二三日、マックス・ブロートとの生涯にわたる親交が始まる。カフカは、ブロートが講演で批判したニーチェを擁護。
〇三（二〇歳）	一月、ポラックを通じてブレンターノ学派の会合に参加。八月、ドレスデン近郊の自然療法サナトリウムへ行く。このころ、ブロートを通じてフェーリクス・ヴェルチュ（シオニストで哲学者）と知り合う。

年	生涯・主要作品・著作
〇四（二一歳）	ポラックとの交友終わる。夏か秋、現存する最初の作品である**『ある戦いの記述』**（A稿）を執筆。秋、ブロートを通じて盲目の作家オスカー・バウムと知り合う。カフカ、ブロート、ヴェルチュ、バウムは定期的に集まり、議論したり作品を朗読し合ったりした。
〇五（二二歳）	夏、シレジアのツックマンテルにあるサナトリウムに滞在、同地で年上の既婚女性と恋愛。**『田舎の婚礼準備』**（A稿）に着手するが、試験勉強が忙しくなる。一一月、最初の口述試験に合格。
〇六（二三歳）	三月、二回目の口述試験に合格し、四月から九月まで、叔父リヒァルト・レーヴィの弁護士事務所で研修。六月、最後の口述試験に合格し、法学博士号を取得。夏、再びツックマンテルのサナトリウムに滞在。一〇月から一年間の司法実習（翌年九月まで）。
〇七（二四歳）	春か夏、**『ある戦いの記述』**（A稿）が成立。八月、トリーシュのジークフリート叔父のもとで過ごし、ヘートヴィッヒ・ヴァイラーという娘と知り合う。一〇月から民間の一般保険会社《アスィクラツィオーニ・ゲネラーリ》に見習いとして就職。
〇八（二五歳）	三月、文芸誌「ヒュペーリオン」に散文作品八篇が**『観察』**というタイトルで掲載される（Ⅰ**『商人』**、Ⅱ**『ぼんやりと外を眺める』**、Ⅲ**『帰路』**、Ⅳ**『走り過ぎていく者たち』**、Ⅴ**『衣服』**、Ⅵ**『乗客』**、Ⅶ**『拒絶』**、Ⅷ**『木々』**）。これが活字となった最初の作品。七月三〇日、執筆時間を確保するために一般保険会社をやめて、半官半民の労働者災害保険局の臨時職員となる（午前八時から午後二時までの勤務）。この年の末か翌年の初め、フランツ・ヴェルフェルと知り合う。

〇九（二六歳）	一月、ヘートヴィッヒに彼女からの手紙をすべて送り返す。初夏、日記（創作ノートともなった）をつけ始める。六月、「ヒュペーリオン」三・四月号に『**祈る人との対話**』と『**酔っぱらいとの対話**』を発表。夏、『**田舎の婚礼準備**』（B稿とC稿）が成立。夏か秋、『**ある戦いの記述**』（B稿）を書き始める（一一年夏まで）。九月、ブロート兄弟と北イタリアのガルダ湖畔リーヴァへ旅行。ブレシアにも行き、飛行機ショーを見物。プラハの新聞「ボヘミア」紙にエッセイ『**ブレシアの飛行機**』を発表。日本の軽業師の公演を見る。翌年にかけて馬術を習う。
一九一〇（二七歳）	三月、「ボヘミア」紙に『**観察**』というタイトルでまとめた五篇の小品を掲載（『**窓辺で**』＝『**ぼんやりと外を眺める**』、『**夜に**』＝『**走り過ぎていく者たち**』、『**衣服**』、『**乗客**』、『**アマチュア騎手のための考察**』）。五月一日、労働者災害保険局の正規職員となる。一〇月、ブロート兄弟とパリへ休暇旅行。一一月、妹エリが結婚。一二月、ベルリンに一週間滞在。
一一（二八歳）	一月から二月、北ボヘミアのフリートラントへ出張。三月、人智学の創始者ルドルフ・シュタイナーの講演を聞き、文学的習作を彼に送る。五月、アインシュタインの相対性理論の講演を聞く。八月末から九月、ブロートと北イタリアやパリへ旅行、引き続き、単身でチューリッヒ近郊のエアレンバッハのサナトリウムに滞在。東ユダヤ人のイディッシュ語劇団（九月から翌年一月までプラハに滞在）の公演をしばしば訪れる。同劇団の俳優で主宰者のイツハク・レーヴィと親交を深める。ユダヤ民族とシオニズムへの関心強まる。冬に、『**失踪者（アメリカ）**』の第一稿が書かれるが、のちに破棄。
一二（二九歳）	一月一日、アスベスト工場の公式な設立日。工場の責任者は妹エリの夫カール・ヘルマンで、カフカも共同経営者として資本参加した。六月から七月、ブロートとライプツィヒを経てワイマールへ休暇旅行。六月三〇日、ワイマールのゲーテハウスを見学。七月、ハルツ山地のユングボルン自然療法サナトリウムに滞在。八月一三日、ブロート宅でベルリンから来た職業婦人フェリー

年	生涯・主要作品・著作
	ツェ・バウアーと出会う。九月二〇日、フェリーツェに最初の手紙を書く（一七年までに五〇〇通以上の手紙や葉書が送られた）。九月二二日から二三日にかけて**『判決』**成立。二六日の晩（推定）から、長編**『失踪者（アメリカ）』**第二稿の執筆開始。一一月一七日から一二月六日、**『変身』**執筆。一二月四日、プラハ・ヘルダー協会の作家の夕べで**『判決』**を朗読（公の場での初めての朗読）。最初の短編集**『観察』**をエルンスト・ローヴォルト社より出版。
一三（三〇歳）	一月、妹ヴァリが結婚。ユダヤ系の思想家マルティン・ブーバーに会う。二四日、**『失踪者（アメリカ）』**の執筆を当面中断する。二月、ブロートが結婚。三月、労働者災害保険局で副書記に昇進。復活祭の休暇に、ベルリンにフェリーツェを初めて訪ねる。五月、聖霊降臨祭でフェリーツェを訪問、家族を紹介される。ブロート編集の年鑑「アルカディア」に**『判決』**が掲載される。**『失踪者（アメリカ）』**草稿の第一章が、**『火夫—ある断章—』**というタイトルで、独立した短編としてクルト・ヴォルフ社より出版される。八月、キェルケゴールの日記を読む。九月、ウィーン出張。その後、トリエステ、ヴェニス、ヴェローナを経てリーヴァへ。リーヴァのサナトリウムでスイス人女性と親しくなる。一〇月末、プラハでフェリーツェの女友達グレーテ・ブロッホと会う。
一四（三一歳）	五月末、フェリーツェとの婚約式のため父と共にベルリンへ旅行。六月一日、フェリーツェと婚約。七月一二日、ベルリンのホテル「アスカーニッシャー・ホーフ」でフェリーツェと話し合い、婚約を解消。その後、リューベック、バルト海へ旅行。八月一一日ごろ、長編**『訴訟（審判）』**執筆開始。一〇月五日から一八日までの休暇中、**『流刑地にて』**成立、また、**『失踪者（アメリカ）』**の「オクラホマの劇場」の章が書かれる。

一五（三二歳）	一月二〇日、『**訴訟**（**審判**）』執筆を中止。フェリーツェと再会する。二月、ビーレクガッセに部屋を借り、初めて両親と離れて住む。三月、ランゲガッセの黄金カワカマス館（ツム・ゴルデネン・ヘヒト）に移る。四月、ハンガリー旅行。五月から七月にかけて二度フェリーツェと会う。夏、北ボヘミアのルムブルク近郊のサナトリウムで休養。一〇月、『**変身**』が月刊誌「ヴァイセン・ブレッター」に掲載される。フォンターネ賞を受賞したカール・シュテルンハイムが、その賞金をカフカに譲る。一二月初め、『**変身**』をクルト・ヴォルフ社より出版。
一六（三三歳）	七月、フェリーツェとマリーエンバートで共同生活を試みる。一〇月か一一月、『**判決**』がクルト・ヴォルフ社より出版される。一一月一〇日、フェリーツェとミュンヘンへ行き、「新しい文学のための夕べ」の朗読会で『**流刑地にて**』を朗読。一一月末から、妹オットラが借りていた、プラハ城敷地内にある錬金術師小路（黄金小路）の部屋に通い執筆するようになる（翌年四月まで）。ここで短編集『**田舎医者**』を構成する一連の作品が書かれる。
一七（三四歳）	五月ごろ（推定）、ヘブライ語を学び始める。七月、フェリーツェと二度目の婚約。八月、最初の喀血。再び両親のもとで暮らし始める。九月、肺結核の恐れありと診断され、北ボヘミアのツューラウに住む妹オットラの小さな農場で療養する。クリスマスにプラハでフェリーツェとの婚約が再び解消される。
一八（三五歳）	四月末、ツューラウからプラハに戻り、職務に復帰。九月、休養のためトゥルナウに滞在。一〇月から一一月、重いスペイン風邪にかかる。一一月末から一二月、シレジアで休養。
一九（三六歳）	一月下旬から三月末まで、療養のためシレジアを再度訪問、チェコのユダヤ人職人の娘、ユーリエ・ヴォホリゼクと知り合う。四月、職場復帰。保険局の同僚の息子グスタフ・ヤノーホと知り合う。九月、ユーリエと婚約。一〇月末、『**流刑地にて**』をクルト・ヴォルフ社より出版。一一

年	生涯・主要作品・著作
	月半ば、シレジアに行き長大な『**父への手紙**』（批判版全集で七五頁に及ぶ）を書くが、父親には渡されなかった。
一九二〇（三七歳）	一月、保険局で正書記に昇進。六日、いわゆる『**彼―アフォリズム**』を日記に書き始める（二月二九日まで）。二月か三月、ウィーンに住むチェコ人ジャーナリストで翻訳家のミレナ・イェセンスカーと知り合う。四月の終わりか五月の初め、短編集『**田舎医者**』をクルト・ヴォルフ社より出版。四月から三ヶ月間、南チロルの保養地メラーンに滞在、ミレナとの頻繁な手紙の交換。六月末から七月初めにかけてウィーンでミレナと会う。プラハに戻り、ユーリエとの婚約を解消。七月、妹オットラ結婚。八月半ば、プラハとウィーンの中間にある国境の町グミュントで、ミレナと再度会う。九月から一一月にかけて、『**却下**』、『**掟の問題**』、『**ポセイドン**』、『**都市の紋章**』、『**ハゲタカ**』、『**こま**』など多くの小品を書く。一二月、スロバキアのタートラ山地のマトリアリイにある結核療養所に出発（翌年八月まで）。
二一（三八歳）	一月初め、ミレナにもう手紙を書いてこないよう頼む。二月、医学生ローベルト・クロップシュトックとの親交始まる。八月末、プラハで職場復帰。一〇月、ミレナにこれまでの日記と『**失踪者（アメリカ）**』の原稿をゆだねる。一〇月末から病気休暇を取得（翌年一月末まで）。
二二（三九歳）	一月、休暇が四月末まで延長される。リーゼンゲビルゲ山地（ズデーテン地方）のシュピンデルミューレで療養。一月下旬から長編『**城**』を書き始める。二月、保険局で上級書記に昇進。五月、引き続き五週間の休暇が認められる。五月二三日ごろ、『**断食芸人**』成立。六月、南ボヘミアのプラナーにあるオットラの夏の家に移る（九月まで）。七月一日、結核の悪化のため労働者災害保険局を退職、年金生活に入る。八月下旬、『**城**』の執筆を中止。九月一八日、プラハに戻り、『**あ**

	る犬の探究』を書く（一〇月末ごろまで）。一〇月、「ノイエ・ルントシャウ」誌に『**断食芸人**』が掲載される。一一月二九日付けのブロート宛の出されなかった手紙（カフカの「遺書」として知られる）で、自分の死後、『**判決**』、『**火夫**』、『**変身**』、『**流刑地にて**』、『**田舎医者**』（短編集）、『**断食芸人**』以外はすべて焼却するように指示。
二三（四〇歳）	四月から五月、パレスチナに移住していたベルクマンがプラハを訪問。カフカは何度も彼に会い、自身も移住を計画（八月に断念）。七月、妹エリとその子供たちとともにバルト海岸ミューリッツに滞在、ポーランド生まれのユダヤ人女性ドーラ・ディアマントと知り合う。ドーラはベルリンのユダヤ民族ホームの子供たちを連れて臨海学校に来ていた。夏、シレジアにオットラを訪ねる。九月二四日から、ドーラとベルリンで暮らす（翌年三月一七日まで）。一一月末から一二月末まで『**巣穴**』執筆。
二四（没）	三月、容態が悪化し、迎えに来たブロートとドーラに付き添われてプラハに帰る。三月半ばから四月初め、『**歌姫ヨゼフィーネあるいはねずみ族**』を執筆。四月五日、オーストリア東部オルトマンのサナトリウムへ。喉頭結核と診断される。ウィーン大学病院を経て、一九日、ドーラとともにウィーンの隣町クロスターノイブルクのキーアリングにあるサナトリウムへ移る。二〇日、『**歌姫ヨゼフィーネあるいはねずみ族**』が「プラハ新聞」に掲載される。五月、クロップシュトックが来て治療に加わる。オットラ、叔父ジークフリート・レーヴィ、ブロートが見舞う。ドーラの父から、娘との結婚に同意しない旨の手紙を受け取る。六月二日、最後の短編集『**断食芸人―四つの物語―**』（『**最初の悩み**』、『**小さな女**』、『**断食芸人**』、『**歌姫ヨゼフィーネあるいはねずみ族**』を収録）を校正する。三日、同サナトリウムにて死去。一一日、プラハのシュトラシュニッツにあるユダヤ人墓地に埋葬される。

索　引

人名、作品名、事項別に五十音順に配列した。

【人名】

あ行

か行

コープス、ヨルゲン（Kobs, Jörgen）315-316, 318
Kotani, T.（小谷哲夫）264, 267

さ行

シュタンツェル、フランツ・カール（Stanzel, Franz Karl）170-171
シェパード、リチャード（Sheppard, R. W.）82-83, 107
ショーペンハウアー、アルトゥール（Schopenhauer, Arthur）287, 288, 289, 290, 303-304
シレマイト、ヨースト（Schillemeit, Jost）198, 220, 225-226, 279, 302, 304, 343-344, 372, 373

た行

谷口 茂　351, 375
筒井康隆　265, 266
ディアマント、ドーラ（Diamant, Dora）32, 43, 127, 129, 149-150, 192, 202-203, 218, 377, 392, 393, 394
ツィマーマン、ハンス＝ディーター（Zimmermann, Hans Dieter）302, 376
ドゥルーズ、ジル（Deleuze, Gilles）153, 170
ドッド、W・J（Dodd, W. J.）226-227, 247, 248
ドーラ→ディアマント、ドーラ

な行

ニコライ、ラルフ・R（Nicolai, Ralf R.）33, 41-42, 43, 44
ノイマン、ゲルハルト（Neumann, Gerhard）28, 32, 38, 83-84, 105, 106, 163-164, 170, 172, 352, 375

は行

パーヴェル、エルンスト（Pawel, Ernst）208, 222, 351, 362, 374, 375, 393
バイケン、ペーター・U（Beicken, Peter U.）84, 107
バイスナー、フリードリヒ（Beißner, Friedrich）170-171, 306-307, 308-312, 314-318, 319
ハイマン、ロナルド（Hayman, Ronald）22, 30
バウアー、フェリーツェ（Bauer, Felice）7, 10, 16, 29, 100, 108, 202, 207, 209-211, 222
ハッカーミュラー、ロートラウト（Hacker-müller, Rotraut）222, 223
ビーメル、ヴァルター（Biemel, Walter）84
平野七濤　204, 222, 223
平野嘉彦　220, 372
ヒルマン、ハインツ（Hillmann, Heinz）20, 108
ビンダー、ハルトムート（Binder, Hartmut）16, 44, 342, 347, 351
ヒューム、トーマス・アーネスト（Hulme, Thomas Ernest）313-314, 319
フィリピー、クラウス・ペーター（Philippi, Klaus Peter）265, 267
フィンガーフート、カール＝ハインツ（Fingerhut, Karl-Heinz）339
フュルスト、ノルベルト（Fürst, Norbert）19, 350-351
ブーバー、マルティン（Buber, Martin）40, 44, 248, 274-278, 285-286, 291, 299, 302
フェリーツェ→バウアー、フェリーツェ
フラッハ、ブリギッテ（Flach, Brigitte）20
フランツ・ヨーゼフ一世（Franz Joseph I.）176, 193
フロイト、ジークムント（Freud, Sigmund）42, 45
ブロート、マックス（Brod, Max）7, 8, 13, 16, 21, 44, 77, 100-101, 107, 108, 128, 133, 149, 181, 193, 194, 197-198, 202, 206-208, 210-211, 216, 219, 220, 221, 225, 234, 266, 268-269, 279, 285, 292, 304, 319, 320, 324, 341, 343-345, 372, 373, 374, 377, 379, 390, 392
ヘス＝リュティヒ（Hess-Lüttich）250, 251, 252-253, 267
ヘッセ、ヘルマン（Hesse, Hermann）36
ヘーネル、インゲボルク（Henel, Ingeborg）81-82, 107
ヘラー、パウル（Heller, Paul）84-85, 105

ヘルツル、テオドール（Herzl, Theodor）276
ヘルムスドルフ、クラウス（Hermsdorf, Klaus）81-82, 96, 104
ホフマン、ヴェルナー（Hoffmann,Werner）20-22, 198, 342, 347
ホフマン、E・T・A（Hoffmann, Ernst Theodor Amadeus）42
ポラック、エルンスト（Pollak, Ernst）280, 303
ポリツァー、ハインツ（Politzer, Heinz）81, 96, 194, 394

ま行

丸井一郎　252, 257, 267
ミレナ→イェセンスカー、ミレナ（Jesenská, Milena）
モーザー、ティルマン（Moser, Tilmann）42

や行

ヤイネ、リヒャルト（Jayne,Richard）365
ヤノーホ、グスタフ（Janouch, Gustav）107-108, 121, 151, 241, 248
ヤールアウス、オリヴァー（Jahraus, Oliver）171
ユーリエ→ヴォホリゼク、ユーリエ

ら行

ラッセル、バートランド（Russell, Bertrand）225-226, 236, 238-239, 240-244, 246, 248
ライネルト、ルードルフ（Reinelt, R.）257, 267
ランゲ＝キルヒハイム、アストリート（Lange-Kirchheim, Astrid）42
リード、T・J（Reed, T. J.）287, 303
リヒター、ヘルムート（Richter, Helmut）19-20, 59, 76
レーヴィ、イツハク（Löwy, Jizchak）178, 183, 248
ロバートソン、リッチー（Robertson, Ritchie）172, 290, 304, 342
ロベール、マルト（Robert, Marhte）338

【作品・書名等】

あ行

『新しい弁護士』(*Der neue Advokat*) 222, 283
『アフォリズム』(*Aphorismen*) 109, 124, 196, 220, 222, 269, 271, 283, 286-287, 290, 291, 292, 293, 295, 297, 298, 300, 305, 320, 323, 367, 372, 373
『あるアカデミーへの報告』(*Ein Bericht für eine Akademie*) 102, 106, 172
『ある犬の探究』(*Forschungen eines Hundes*) 4, 20, 102, 103, 106, 119-120, 123, 153-154, 177, 181, 193, 218, 222, 305, 320, 323, 326-327, 335-336, 338, 340, 341-345, 347, 351-352, 353, 354, 357-358, 365, 368-370, 371-373, 374
『ある戦いの記述』(*Beschreibung eines Kampfes*) 112, 194, 220, 221, 268, 272, 350, 372, 373, 386
『一枚の古文書』(*Ein altes Blatt*) 42, 193, 225, 226, 232-233, 235-236, 238, 239, 240, 245-246, 248
『田舎医者』(*Ein Landarzt*) 7, 172, 196, 246, 388
『田舎の婚礼準備』(*Hochzeitsvorbereitungen auf dem Lande*) 221, 355, 375
『歌姫ヨゼフィーネあるいはねずみ族』(*Josefine, die Sängerin oder Das Volk der Mäuse*) 2, 3, 4, 22, 24, 25, 27, 102, 106, 117, 129, 152-155, 165, 168-169, 171, 173-177, 179, 180-182, 183-184, 189, 219, 323, 326, 351-352, 395
『掟の前』(『律法の門前』)(*Vor dem Gesetz*) 135, 244, 245, 246, 248, 388
『掟の問題』(*Zur Frage der Gesetze*) 8, 197, 220, 221, 222, 240, 246, 283

か行

『火夫』(*Der Heizer*) 8, 197, 213
『却下』(*Die Abweisung*) 198, 215, 221, 224-227, 236-246, 248, 283
『旧約聖書』(*Das Alte Testament*) 44, 268-269, 274
『木々』(*Die Bäume*) 255
『寓意について』(*Von den Gleichnissen*) 249, 258, 264, 266
『皇帝のメッセージ』(*Eine kaiserliche Botschaft*) 193
『こま』(*Der Kreisel*) 8, 28, 198, 221

さ行

『最初の悩み』(*Erstes Leid*) 2-4, 6, 11-23, 25, 27, 28, 129, 176, 218, 341, 357, 375
『試験』(*Die Prüfung*) 8, 198, 221
『城』(*Das Schloß*) 4, 25, 77, 129, 153, 215, 218, 265, 303, 305, 319, 341-342, 371, 388-389
『審判』 → 『訴訟』
『新約聖書』(*Das Neue Testament*) 106, 291
『ジャッカルとアラビア人』(*Schakale und Araber*) 181, 193, 283
『招集』 → 『徴兵』
『巣穴』(*Der Bau*) 218, 222, 323, 338, 377-379, 386-387, 388, 389, 391-392, 394, 395
『砂男』(*Der Sandmann*) 42
『青春は美わし』(*Schön ist die Jugend*) 36
『セイレーンたちの沈黙』(*Das Schweigen der Sirenen*) 177, 390
『創世記』(*Genesis*) 41
『訴訟(審判)』(*Der Proceß*) 25, 107, 132, 134, 153, 175, 245, 359, 365, 388

た行

『舵手』(*Der Steuermann*) 8, 28, 198, 215, 221
『断食芸人』(*Ein Hungerkünstler*) 2-4, 19, 22-24, 25, 27, 77-80, 102, 105, 106, 109, 112, 114, 120, 123, 124, 127, 129-130, 136, 137, 142-143, 145, 146, 148, 152, 173, 176, 218, 341
『小さな女』(*Eine kleine Frau*) 2, 4, 27, 32-33, 36-37, 38, 40, 41-44, 46, 48-49 75, 129, 218
『小さな寓話』(*Kleine Fabel*) 8, 28, 198, 215,

221
『父への手紙』(*Brief an den Vater*) 8, 28, 42, 47-49, 75, 212
『徴兵』(『召集』)(*Die Truppenaushebung*) 8, 198, 221, 240, 283, 303
『罪・苦悩・希望・真実の道についての考察』 320
『天井桟敷にて』(*Auf der Galerie*) 151
『都市の紋章』(*Der Stadtwappen*) 8, 28, 197, 215, 221, 268-269, 271, 278-279, 284-286, 291, 292, 293, 296-298, 299-301

な行

『仲間どうし』(*Gemeinschaft*) 8, 28, 197, 215, 221
『日記』(*Tagebücher*) 3-4, 9-11, 14-16, 18, 21, 22-23, 28, 29-30, 77, 99, 107, 147, 148, 150, 153, 177, 193-194, 206-208, 220, 223, 234, 321, 324, 344, 346, 347, 370, 372, 374, 375, 376
『20世紀の小説』叢書 129
『ノイエ・ルントシャウ』(*Die neue Rundschau*) 77

は行

『墓守り』(*Gruftwächter*) 268, 272-273, 278-279, 283, 285, 291, 299
『ハゲタカ』(*Der Geier*) 8, 28, 196, 198, 205-206, 213, 214, 219-220, 221
『判決』(*Das Urteil*) 106, 121, 123, 130, 132, 133, 136, 138, 142-144, 146, 226, 247, 248, 312
『万里の長城が築かれた時』(*Beim Bau der Chinesischen Mauer*) 225-227, 231-233, 235, 236, 240, 268, 273, 274-275, 276, 278-279, 283-285, 291-292, 299-300, 372
『夫婦』(*Das Ehepaar*) 306-314, 317-318
『変身』(*Die Verwandlung*) 25, 95, 102, 106, 107, 121, 123, 132, 133, 136, 143-145, 150, 177, 221, 312, 340, 351-352
『ポセイドン』(*Poseidon*) 8, 28, 197, 221

や行

『夜』(*Nachts*) 8, 197, 221

ら行

『律法の門前』→『掟の前』
『猟師グラフス』(*Der Jäger Gracchus*) 147, 394
『隣人』(*Der Nachbar*) 32, 38, 44
『流刑地にて』(*In der Strafkolonie*) 75, 106, 107, 135, 193

【事項】

あ行

か行

さ行

た行

な行

は行

ま行

や行

ら行

編者・執筆者紹介（五〇音順）

有村隆広（九州大学名誉教授）
Takahiro Arimura

上江憲治（弓削商船高専教授）
Kenji Kamie

佐々木博康（大分大学教授）
Hiroyasu Sasaki

下薗りさ（駒澤大学講師）
Risa Shimozono

立花健吾（福岡大学名誉教授）
Kengo Tachibana

西嶋義憲（金沢大学教授）
Yoshinori Nishijima

野口広明（九州産業大学教授）
Hiroaki Noguchi

林嵜伸二（京都大学非常勤講師）
Shinji Hayashizaki

古川昌文（広島大学助教）
Masafumi Furukawa

村上浩明（九州大学非常勤講師）
Hiroaki Murakami

山尾　涼（松山大学特任准教授）
Ryo Yamao

©カフカ後期作品論集

Interpretationen zu Werken der späten
Schaffensperiode Franz Kafkas

2016年1月30日　初版発行　　**定価本体 3,000 円（税別）**

編　者	上　江　憲　治 野　口　広　明
発行者	近　藤　孝　夫
印刷所	ジャパンプランニング
発行所	株式会社　同　学　社

〒112-0005 東京都文京区水道 1-10-7
電話（3816）7011（代）・振替 00150-7-166920

ISBN 978-4-8102-0322-6　Printed in Japan

（有）井上製本所